KB082140

우리는
어떻게
사랑에
빠지는가

이 저서는 2017년 대한민국 교육부와 한국연구재단의 지원을 받아 수행된 연구임
(NRF-2017S1A5A2A03068711).

일러두기

이 책에 수록된 몇몇 작품은 저작권자와의 연락이 닿지 않아 부득이하게 게재 허락을 받지 못했습니다. 출판사로 연락을 주시면 허락을 받고 게재료를 지불하겠습니다.

우리는 어떻게 사랑에 빠지는가

세계문학으로 읽는 16가지 사랑 이야기

초판 1쇄 인쇄 2021년 5월 21일
초판 1쇄 발행 2021년 5월 28일

지은이 · 이명호 외

펴낸이 · 최현선
편집 · 김현주
마케팅 · 손은혜
디자인 · 霖design김희림
제작 · 제이오

펴낸곳 · 오도스 | 출판등록 · 2019년 7월 5일 (제2019-000015호)
주소 · 경기도 시흥시 배곧4로 32-28, 206호 (그랜드프라자)
전화 · 070-7818-4108 | 팩스 · 031-624-3108
이메일 · odospub@daum.net

ISBN 979-11-91552-01-0 (93800)

odos 마음을 살리는 책의 길, 오도스

우리는 어떻게 사랑에 빠지는가

이명호 외 지음

세계문학으로 읽는 16가지 사랑 이야기

odos

서문

사랑, 미니멀 코뮤니즘에 이르는 멀고 험난한 여정

개별성은 사랑의 전제 조건이다.
그러나 사랑 그 자체는 바로 이 개별성을 넘어서려는 욕망이다.
— 로버트 솔로몬Robert Solomon

사랑의 다면성과 역사성 : 서구 사랑 담론의 원천으로서의 플라톤의 『향연』

"에뤽시마코스, 다른 신들에게는 시인들이 지어놓은 송가와 찬가가 있거늘 그토록 오래되고 그토록 위대한 신인 에로스에게는 이제껏 살아온 수많은 시인들 가운데 어느 누구도 찬가 하나 지어놓은 게 없다는 건 부끄러운 일 아닌가?"[1] 파이드로스가 에뤽시마코스에게 했다고 전해지는 이 항변은 기원

1. 플라톤, 『향연』, 강철웅 옮김, 이제이북스, 2010, 64쪽.

전 400년 무렵 아테네의 어느 향연장에 참석한 이들이 사랑을 주제로 담소를 나누게 된 연유이다. '에로스'라고 불리는 사랑의 신을 예찬하기 위해 파이드로스가 동원한 표현, "그토록 오래되고 그토록 위대한"이라는 구절은 사랑이 유구한 역사를 지닌 인간의 근원적 욕망이자 고귀한 가치라는 사실을 인정한 것이다. 그런데, 그토록 중대한 사건에 대해 납득할 만한 해명이 없다는 것은 수치스러운 일이라 하지 않을 수 없다. 플라톤은 『향연』에서 이 무능과 나태에 대해 철학적 교정을 시도한다. 플라톤이 사랑 담론의 부재를 메우기 위해 벌이는 사유의 향연, 사상의 경합을 지적 쾌락으로 바꾸는 이 유쾌한 대화는 사랑 담론의 전범을 제시했다. 서양의 사랑 담론은 플라톤의 『향연』에 대한 일련의 주석에 지나지 않는다는 화이트헤드의 발언이 지나치게 느껴지지 않는 것은, 사랑의 본질과 기능을 둘러싼 서양의 논의가 기독교와 함께 플라톤의 자장 안에서 움직인다고 해도 과언이 아니기 때문이다. 아니, 기독교적 사랑조차 '플라토닉 러브'라고 알려진 이 그리스 철학자의 이름을 딴 사랑 형태에서 완전히 벗어난 것은 아니다.

『향연』을 철학의 위대한 고전으로 만드는 것은 사랑에 관한 플라톤의 입장이 그의 스승 소크라테스의 목소리에서 확정되고 다른 화자들의 입을 통해 제시되는 이야기들을 잘못된 것이라고 단순 폐기하지 않는다는 점이다. 각각의 화자가 하는 말은 사랑의 중요한 측면을 짚어내는 그 자체로 의미 있는 발언이다. 소크라테스를 포함하여 모두 일곱 명의 연사가 사랑에 대한 이야기를 주고받는 이 대화에서, 사랑 논의와 관련하여 세 개의 주목할 만한 담론이 제시된다. 아리스토파네스는 사랑을 잃어버린 반쪽을 되찾으려는 존재론적 결합의 욕망으로 정의하고 있고, 디오티마라는 가상의 지혜로운 여성의 메시지를 전달하는 형태로 이루어지는 소크라테스의 발언은 사랑을 보편적이고 이상적인 아름다움과 좋음에 대한 갈망으로 읽어낸다. 이 갈망을 이끄는 동인은 인간의 존재론적 결핍이다. 결핍에서 출발한 에로스는 결핍을 채워줄 아름다운 것과 좋은 것을 갈망하고, 그 갈망은 시공간의 제약을 넘어 보편성과 영원성의 바다에 이른다. 소크라테스가 정의하는 사랑은 개별적 존재로서의 구체적 개인에 무심하며 육체적 욕망을 초월한다. 여러 화자들의 연설이 진행되는 동안 아리스토파네스의 입에서 터져 나오는 딸꾹질은 육체적 차원을 벗어나 천상에서 노니는 담론들에 인간의 몸이 보내는 거부 신호이다. 흥미롭게도 소크라테스의 발언이 사랑에 대한 진리를 결정짓는 듯 보이는 순간 그를 연모하는 아름다운 청년 알키비아데스가 등장하여 그에게 사랑 고백을 한다. 술에 취해 우스꽝스러운 말을 늘어놓는 알키비아데스는 소크라테스의 초월적 사랑 개념을 상대화한다. 연상의 동성 연인을 향한 그의 사랑은 소크라테스라는 한 인격체를 향한 지극히 개인적이고 육체적인 사랑으로서, 앞서 소크라테스가 말한 보편적이고 초월적인 사랑 개념에 대한 희극적 반론이라 할 수 있다. 물론 이런 알키비아데스의 사랑 요구에 소크라테스는 응답하지 않는다. 그는 말한다. "나는 아무것도 가진 것이 없다"고. 알키비아데스가 그에게서 찾는 것을 자신이 갖고 있지 못할 뿐 아니라, 실상 알키비아데스의 사랑 요구는 타자 안에서 자신의 욕망의 대상을 발견하려는 환상에 지나지 않는다고 본 것이다. 알키비아데스는 소크라테스에게서 욕망의 대상을 찾고, 또 다른 아름다운 청년 아가톤이 소크라테스를 흠모하여 그의 곁에 앉으려고 한다. 소크라테스의 옆자리를 차지하기 위해 두 젊은 남자가 벌이는 질투 어린 말싸움은 보는 이의 웃음을 자아낸다. 셰익스피어의 『한여름 밤의 꿈』의 그리스 버전과도 같은 이 희극적 장면에서 사랑은 한 대상에 고정되지 못하고 미끄러진다. 진리의 조달자로서 소크라테스는 욕망을 추동하는 이런 환상의 연쇄 회로를 벗어나 주체의 진리를 발견하도록 안내하는 것이 자신의 임무라 생각한다. 소크라테스, 그는 사랑의 수행자가 아니라 욕망의 분석가이다.

『향연』에 등장하는 사랑에 대한 대표적인 세 가지 해석은 사랑이 다면적 성격을 지닌 인간의 복합적 경험이자 사건이라는 점을 말해준다. 아리스토파네스의 해석이 사랑에서 존재론적 결핍을 넘어서려는 인간의 근원적 갈망을 읽어낸다면, 디오티마는 결핍을 메우려는 욕망에서 출발하지만 그것으로 환원되지 않는 초월적 이상화의 가능성을 열어주며, 알키비아데스는 어느 한 개체적 존재를 향한 성적 욕망이라는 육체적 차원을 다시 불러들인다. 사랑이 지닌 이 세 측면은 역사 속에 등장하는 주요 사랑 형태들의 토대를 이루고 있다. 사랑에 대한 아리스토파네스의 해석은 존재의 합일을 갈망하는 '낭만적 사랑(romantic love)'으로, 알키비아데스의 해석은 이루어질 수 없는 귀부인을 향한 육체적 구애의 형태를 띤 '궁정식 사랑(courtly love)'으로 나타난다. 디오티마의 해석은 개별 영혼의 내적 느낌을 강조하는 기독교 정신과 결합하여 '성스럽고 이상적인 사랑(sacred and ideal love)'으로 발전한다. 기독교는 성적 사랑을 가져와서 그것을 더 이상 성적이지 않고 개인적이지 않으며 인간적 수준을 넘어서는 사랑, '카리타스(caritas)'라고 불리는 숭고한 형태로 변형시킨다. 이처럼 사랑이 여러 모습으로 나타났다는 것은 하나의 규범적 정의로 사랑이 지닌 다면적 측면들을 소진할 수 없을 뿐 아니라, 역사적 조건과 상황에 따라 사랑의 형식과 내용이 달라진다는 것을 의미한다. 궁정식 사랑이 결혼 제도 바깥에서 불륜의 형태로 일어나는 사랑의 모습을 보여준다면, 낭만적 사랑은 종국적으로 이성애 핵가족 속으로 수렴되면서 결혼 안의 성으로 통합된다. 물론 낭만적 사랑에는 결혼 제도와 합치되지 않는 균열의 지점들이 존재하며, 이것이 낭만적 사랑을 위반의 아우라로 물들게 한 이유이다. '사랑'에 대한 이해가 '사랑의 역사'에 대한 이해를 포함하여 이루어져야 하는 까닭이 여기에 있다.

낭만적 사랑의 등장과 현대적 변형

사랑의 역사에 등장한 유력한 세 형태 중에서 낭만적 사랑은 근대 서구 사회에 등장하여 강력한 문화적 힘을 발휘했지만 현재 많은 도전에 직면해 있다. 낭만적 사랑은 산업화되던 자본주의 체제가 봉건적 친족 질서에서 떨어져 나와 경제적으로 독립된 핵가족을 만들고 남성뿐 아니라 여성도 연애와 결혼 상대의 선택에 상당한 권한과 자율성을 행사할 수 있게 된 시기에 출현했다. 또한 철학적으로는 신성한 사랑과 비천한 사랑의 구분이 무너져 양자가 세속적 방식으로 통합되고, 개인의 감정적 자율성을 강조하던 시기, 역사학자 로버트 스톤이 "정서적 개인주의(affective individualism)"라 부른 시기에 등장했다. 서양에서 이 시기는 대략 17세기 말에서 19세기까지를 포괄하는 것으로 알려져 있다. 낭만적 사랑은 내적 자아의 자유와 감정을 옹호하면서 이를 합일의 관념과 결합한다. 그것은 적어도 원리적으로는 평등한 두 개인이 양도할 수 없는 열정의 권리를 주장하고, 자발적으로 성애적 관계를 실현함으로써 계급질서, 국가, 가족 같은 통상적 제도에 도전하는 것으로 받아들여졌다. 경제적 이해관계가 지배하는 시장에서 거래 파트너는 대체될 수 있지만 낭만적 사랑에서 상대는 유일무이하고 대체 불가능한 단독적 존재로 여겨진다. 낭만적 사랑은 단독적 개인들 사이에서 일어나는 영혼과 육체의 결합에서 대안적 사회질서의 가능성을 찾는다. 사랑의 사회학자 에바 일루즈가 낭만적 사랑이 "경계적인 것을 경험하고 유토피아에 접근할 수 있는 감정적 공간을 만들어낸다"고 주장하는 이유가 여기에 있다.[2]

그러나 후기자본주의 사회에서 낭만적 사랑에 내재된 유토피아 체험이 사회질서를 변혁하는 위반적인 행위로 이어지지 못하고 차가운 친밀성에 기초한 소비 행위로 떨어졌다는 일루즈의 비판에 우리가 온전히 동의하지 않더라도, 낭만적 사랑이 많은 비판과 도전에 직면해 있다는 점을 부인하기는 어렵다. 낭만적 사랑에 함축된 사적 유토피아가 디스토피아로 전락했다는 진단도 곳곳에서 흘러나오고 있다. 사실 1960년대 이후 전개된 제2물결 페미니즘의 주요 목표 중 하나는 여성들을 사랑의 신화에서 빠져나오게 하는 것이었다. 급진적 페미니스트 슐라미스 파이어스톤은 사랑을 "남성 지배라는 건축물을 지은 시멘트"로 보았다.[3] 그녀의 펜에 의해 낭만적 사랑은 "계급과 성의 차별을 은폐할 뿐 아니라 사실상 이런 차별을 만들어내는 주범"으로 기소된다. 여기서 한 걸음 더 나아가 티그레이스 앳킨슨은 사랑이 "여성의 학대를 위한 심리적 덫"이라는 과격한 주장을 펼친다.[4] 일루즈는 파이어스톤이나 앳킨슨과는 다소 결이 다른 논지를 전개하면서도 이들의 비판에 분명 강점이 존재한다고 평가한다. "결정적인 것은 사랑과 섹스가 그 핵심에서는 권력투쟁이며, 이 싸움에서 늘 승리를 거두는 쪽은 남성이라는 페미니즘의 주장이다. 경제 권

---

2. 에바 일루즈, 『낭만적 유토피아 소비하기 : 사랑과 자본주의의 문화적 모순』, 박형신 · 권오현 옮김, 이학사, 2014, 1장 참조.

3. Shulamith Firestone, *The Dialectic of Sex : The Case for Feminist Revolution*, New York : William Morrow and Company, 1970. 에바 일루즈, 『사랑은 왜 아픈가 : 사랑의 사회학』, 김희상 옮김, 돌베개, 2013, 18쪽에서 재인용.

4. Ti-Grace Atkinson, "Radical Feminism and Love" 1969, *Amazon Odyssey*, 1974. 에바 일루즈, 『사랑은 왜 아픈가』, 18쪽에서 재인용.

력과 섹스 주도권은 서로 맞물리며 수렴하기 때문이다."[5] 낭만적 사랑에 대한 이런 비판은 그 강도가 다소 누그러지긴 했지만 한국의 페미니스트들도 어느 정도 공유하고 있는 점이다. 이를테면, 2000년대 한국 사회의 사랑과 연애 풍속도를 분석한 김신현경은 "근대의 낭만적 사랑이 갖는 딜레마가 극한에 도달한 것이 오늘날 우리가 사랑과 연애를 생각할 때 혼란과 두려움이 앞서는 근본 원인"이라고 주장한다.[6] 소설가 은희경은 1990년대에 발표한 문제작 「그녀의 세 번째 남자」에서 사랑이란 "천상의 약속"임을 알아차리고 더 이상 사랑의 미혹에 속지 않는 30대 여주인공을 등장시킨다.[7] 그녀에게 운명적 사랑을 약속했던 연인은 이제 그녀의 세 번째 남자로 격하되고, 그녀는 사랑 없는 세계를 외로이, 그러나 자유롭게 유랑하기로 결정한다. 이 작품은 1990년대 한국의 젊은 여성들이 수행한 사랑의 탈낭만화 선언 중 단연 으뜸의 자리에 놓일 수 있는 소설이다. 20년 뒤 은희경의 후배들이 탈결혼과 탈연애를 선언하는 장면을 지켜보는 것은 기시감을 자아낼지언정 새롭진 않다. 이런 페미니스트들의 탈사랑 기획에 동의하지는

---

5. 앞의 책, 18쪽.
6. 김신현경, 『이토록 두려운 사랑』, 반비, 2018, 40쪽.
7. 은희경, 「그녀의 세 번째 남자」, 『타인에게 말걸기』, 문학동네, 1996, 70쪽.

않지만 프랑스 급진주의 철학자 알랭 바디우 역시 두 존재가 하나로 용해되는 황홀한 만남의 순간에 몰입함으로써 새로운 세계의 구축에 이르지 못하는 낭만적 사랑을 이제 우리가 거부해야 한다고 주장하고 있다는 점에서는 이들과 같은 생각이다.[8]

우리 시대에 낭만적 사랑이 이런 한계와 모순에 처해 있다는 것은 분명하다. 그 한계와 모순이 후기자본주의의 물적 토대에서 기인한 것이든, 사랑의 미망에서 벗어난 여자들의 각성에서 비롯된 것이든, 아니면 더 급진적인 사랑의 가능성을 추구하는 마르크스주의 철학자의 비판 의식에서 연원한 것이든, 낭만적 사랑이 이른바 '나쁜 죽음'의 상태, 죽어야 할 때 제대로 죽지 못하고 부작용을 일으키며 지리멸렬하게 죽어가는 상태에 처해 있다는 진단에 대해 수긍할 수도 있다. 그러나 이 모든 진단에도 불구하고 낭만적 사랑의 유효성이 완전히 사라졌다고 단언할 수 있을지는 의심스럽다. 우리 시대에 적합한 새로운 사랑 개념을 모색하고 있는 철학자 로버트 솔로몬은 "로맨스의 재발명"을 주장하며 낭만적 사랑의 폐기가 아니라 현대적 재구성이 필요하다고 말한다.[9] 그의 주장에 귀 기

8. 알랭 바디우, 『사랑 예찬』, 조재룡 옮김, 도서출판 길, 2010, 42쪽.

울여보면 낭만적 사랑에는 버려야 할 것과 보존해야 할 것이 공존한다. 솔로몬은 잃어버린 자신의 반쪽을 되찾아 온전한 전체가 된다는 생각, '원초적 합일'이라는 잘못된 관념을 버리고 아리스토파네스의 견해를 새롭게 읽어낸다면, 사랑의 본성에 접근할 방향타 하나를 얻을 수 있다고 주장한다. 그것은 낭만적 사랑에서 '타자를 통한 정체성의 공유 과정'이라는 생각을 살려내는 것이다. 낭만적 사랑은 에로스적 사랑의 근대적 형태이다. 그것은 특정한 한 사람에 대한 강렬한 유사-육체적(pseudo-physical) 감정이다. 사랑에서 성적 욕망으로 나타나는 것은 실제로는 성적 욕망만이 아닌 그 이상을 담고 있다. 문제는 그 '이상'이 무엇인지 분명치 않다는 것이다. 아리스토파네스는 '존재의 공유'라는 키워드를 던져주었지만, 어떻게 공유를 만들어낼 것인가에 관해서는 말해주지 않았다. 공유(sharing)는 한때 내 것이었지만 잃어버린 것을 되찾는 것이라기보다는 차이를 지닌 타자와의 관계 속에서 새롭게 만드는 것, 신비로운 '재발견'이 아니라 끈질긴 '구축 행위'이다. 그것은 기존의 자신으로부터의 분리와 이탈, 차이를 지닌 타자와의 교류와 교섭을 통해 자아의 변형과 재구축을 시도하는 행

---

9. Robert C. Solomon, *About Love : Reinventing Romance for Our Times*, Indianapolis /Cambridge: Hackett Publishing Company, 2006, p343-349.

위이다.

사랑, 정체성의 공유를 둘러싼 모순의 드라마

정체성의 공유, 혹은 공유된 정체성이 낭만적 사랑의 핵심을 이룬다면, 낭만적 사랑은 자아를 초월한 이타성의 추구가 아니다. '에로스'의 한 형태로서 낭만적 사랑은 '아가페'나 '카리타스'와 달리 자기(self)에 대한 관심을 버리지 않는다. 그러나 자기에 대한 관심이 반드시 이기적이거나 자기애적이라고 말할 수는 없다. 사랑은 자신에 대한 관심에 토대를 두고 있으면서 타자에 대한 관심과 배려로 나아간다. 사랑은 타자를 자신을 되비추는 거울만이 아니라 자신의 삶의 준거점으로 삼기도 한다. 사랑은 원래 하나였다가 분리된 반쪽이 신비롭게 맞춰 들어가는 것이 아니라 조정하거나 협상해야 할 차이를 전제한다. 내가 결합하고자 하는 타자는 나의 욕망과 의지와 감정으로 환원되지 않는 자유롭고 독립적인 존재이다. 그런 개별성을 지닌 존재에게 자신을 열고 그/그녀와 접촉하고 결합하면서 정체성을 공유하려면 갈등과 모순에 직면할 수밖에 없다. 정체성의 공유가 일어나는 상호 자기 동일시의 과정은 자율적 개인주의의 이상과 충돌한다. 연인들은 상호 공유된 정체성을 서로 소유하고 통제하려고 싸우며, 또 그것을 수정하고 변형시키려고 다툰다. 사랑의 열정 이면에 소유욕과 적개심과 복수심이 놓여 있으며, 사랑의 과정이 주도권을 쥐기 위한 권력투쟁의 형태를 띠는 이유가 여기에 있다.

더욱이 사랑을 나누는 두 사람은 진공 속에 존재하는 것이 아니라 특정한 방식으로 만들어진 사회, 특정한 가족 질서와 계급 구조, 성적 관습과 경제적 하부 구조를 취하고 있는 사회에 살고 있다. 연인들이 열정적으로 나누는 정체성 공유 작업, 서로 사랑하고 사랑받는 과정은—짝사랑의 형태로 일어나는 경우에도—이런 외부 힘들의 영향을 받지 않을 수 없다. 사랑은 두 사람이 만드는 사건이지만 그들 뒤에는 사회라는 거대한 제삼자가 버티고 있다. 연인들이 처음으로 서로에게 끌리는 환상, 성과 육체를 나누는 지배적 관습과 그 불평등성, 연인들을 매혹시키는 아름다움에 대한 상이한 관념과 해석, 자신의 진정성을 인정받으려는 갈망과 그것을 (불)가능하게 하는 사회제도와 물적 현실, 관계에 대한 충실성과 배반, 이별의 선택 등등 '사랑의 드라마'를 구성하는 모든 요소들은 사회적 영향권 아래 놓여 있다. 그리고 이 사회적 힘은 사랑에 빠진, 혹은 사랑을 나누고 있는 개인들이 감당하기에는 녹록하지 않다. 사랑의 과정에 본원적으로 내재된 권력투쟁은 그것이 불평등하게 분배된 사회질서, 특히 불공정하게 이루어진 젠더와 섹슈얼리티 체계에 의해 뒷받침될 때 더 험악해질 수밖에 없다.

"사랑은 모순의 드라마이다"라는 카프카의 말처럼 사랑은 패러독스이다. 사랑은 자유롭고 독립된 개체를 전제하지만, 또한 사랑이 넘어서려는 것이 다름 아닌 독립된 개체이다. 사랑은 자신을 상대에게 열어놓고 상대를 자기 안으로 들여놓는 것이기 때문에 결핍과 무력감은 사랑의 내적 조건이다. 사랑의 열림은 자신의 취약성을 드러내는 것이기도 하므로 수치심과 혐오감을 수반한다. 자신이 느끼는 무력감이 상대에게 받아들여지지 않을 때 사랑은 복수심으로 바뀐다. 사랑은 하나의 단일한 감정이 아니라 여러 개의 부정적 감정들과 연결되어 있다. 연인의 삶은 다른 존재에게 붙잡힌 간수의 삶과 같다. 더욱이 이 간수의 몸과 마음은 기존 사회질서가 요구하는 규범 안에 머물러 있기 어려울 만큼 뜨겁고 격렬하다. 때로 그것은 자신과 상대를 파괴할 정도로 위험하고 과격하다. 사랑에 내재된 이 모순을 무릅쓰는 것이 사랑의 모험인 만큼, 사랑이 순간적 매혹을 넘어 시간을 버텨내려면 보폭이 다른 두 발이 절뚝거리며 걸어가는 것과 같은 힘든 과정을 거쳐야 한다.

"오직 한 가지 심각한 문제가 존재한다. 그것은 어떻게 사랑을 지속시킬 것인가이다." 현대 미국 소설가 톰 로빈스(Tom Robbins)가 자신의 소설 『딱따구리와 함께하는 고요한 삶(Still Life with Woodpecker)』에서 던진 이 문장은 연인들이 짊어져야 할 과제가 무엇인지 말해준다. 물론 지속은 지속하지 않을 수 있음을 전제하고 그것을 배경으로 이루어진다. 강요된 지속을 옹호하는 것은 더더욱 아니다. 사랑의 전제가 자유롭고 평등한 개인들 간의 친밀한 만남이라면, 그 자유와 평등을 훼손하거나 불가능하게 만드는 상황을 지속하지 않을 선택권은 마땅히 존중받아야 한다. 좋은 이별은 좋은 사랑의 일부이다. 그러나 어떻게 사랑을 지속할 것인가가 우리가 마주해야 할 삶의 유일한 문제는 아니겠지만, 중요한, 아주 중요한 문제임에는 틀림없다. 사랑은 정체성의 공유라는 삶의 기획이 걸린 중차대한 문제이다. 좋은 삶은 사적 관계를 배제한 공적 활동만으로 이루어질 수 없다. 사적 세계에서 사랑할 수 있는 사람이 공적으로도 좋은 사람이 될 수 있다. 양자의 분리는 우리 시대의 큰 불행이다. 사랑을 지속시키는 보편적 법칙은 없다. 허위와 대별되는 진정한 사랑이라는 정답이 있을 수도 없다. 사랑의 드라마는 사회 속에서 자아와 타자가 공동으로 만들어가는 협업의 과정이기 때문이다. 연인들은 사회 속에서 사회와 맞서고 사회와 갈등하고 협상하면서 자신들에게 맞는 사랑의 규칙을 만든다. 아니, 연인들은 자신들만의 고유한 사랑의 규칙을 만드는 입법자가 되어야 한다.

문학, 사랑을 탐사하는 광학기계

마사 누스바움은 사랑을 탐구하려면 철학이 아니라 문학에 기대야 한다고 말한 바 있다. 사랑은 다른 어떤 열정보다 더 신비롭고 사랑의 이유를 목록화할 수 없기 때문에 우리는 이야기에 의존할 필요가 있다는 것이다. 사랑의 경험이 어떤 것이고 사랑의 기능이 무엇인지에 대한 가장 믿을 만한 대답은 사랑을 깊이 생각한 사람에게서 나오는 것이 아니라 사랑을 충만하게 산 사람에게서 나온다. 우리는 '지혜에 대한 사랑'뿐 아니라 '사랑의 지혜'도 필요하다. 사랑의 지혜는 머리와 가슴과 다리 사이의 연속성이 끊어진 철학자에게서는 좀체 발견하기 힘들다. 사랑은 추상적 정의나 공식으로 규정할 수 없는 개개 사례로 존재한다. 그렇다면 사랑의 실패와 성공, 사랑의 깊이와 넓이, 사랑의 모양과 색깔은 각각의 사례에서 찾을 수 있을 것이다. 그 사례는 사랑에 대한 추상적 사유를 전개하는 철학자가 아니라 소설 속 인물들과 그들이 만들어가는 사건들을 통해 확인할 수 있다. 이야기는 "사랑에 내재된 갈망과 그에 따른 고통을 조사할 수 있도록 해주는 광학기계"이다.[10] 사랑에 대해 철학적 해명을 시도했던 플라톤의 언설도 이야기의 형태를 취하지 않을 수 없었다. 그는 디오티마라는 가상의 여성 인물을 창조하고 그녀의 입을 통해 사랑의 진리의 일단을 말하도록 만들었다. 그러나 플라톤이 철학적 사유를 위해 부분적으로 차용한 이야기보다 더 생생하고 구체적인 이야기, 더 우스꽝스럽고 더 아프고 더 치명적인 이야기를 문학은 우리에게 들려준다. 위대한 문학은 본질적으로 위대한 사랑 이야기이다. 사랑을 직접 다루고 있느냐 아니냐에 상관없이 그렇다. 인간의 근원적인 갈망을 건드리지 않는 문학, 인간을 그 기저에서 뒤흔드는 열정을 다루지 않는 문학, 그 갈망과 열정을 온갖 적대적 힘들과의 관계 속에서 드러내지 않는 문학이 위대한 문학의 경지에 오를 수는 없다. 우리가 고전의 반열에 오른 세계문학을 통해 사랑에 접근해보려고 한 까닭이 이것이다.

많은 사람들이 진단하듯, 우리 시대는 한편에선 사랑의 열정이 놀랄 만큼 차갑게 식어버렸고, 다른 한편에선 우리의 행

---

10. 마사 누스바움, 『감정의 격동 3 : 사랑의 등정』, 조형준 옮김, 새물결, 2015, 858쪽.

복과 자존감을 결정짓는 사랑이 여전히 막강한 위력을 발휘하고 있다. 우리는 사랑에 너무 냉소적이거나, 반대로 사랑을 지나치게 이상화한다. 그러면서 정작 사랑에 대해 성찰하지 않고 사랑에 정성을 기울이지 않는다. 자신을 그 전체로 온전히 실현하는 방식으로서 사랑할 줄 아는 능력이 중요한 인간적 역량이라면, 우리는 이 역량의 쇠퇴를 막고 인간적 유대를 키우기 위해 우리 시대에 맞는 새로운 사랑법을 개발할 필요가 있다.

이 책은 그 길로 나아가기 위한 통로로 세계문학 읽기를 택했다. 우리는 사랑을 심도 있게 그리고 있는 문학작품을 통해 사랑의 다면성과 역사성을 들여다보고 사랑을 공부하는 기회로 삼고자 했다. 우리는 세계문학이라는 광학기계에 세밀하게 잡힌 연인들의 모습, 그들의 몸과 마음을 짓누르는 시대의 무게와 그것을 뚫고 나아가기 위해 그들이 벌인 고투의 흔적들을 들여다보려고 했다.

세계문학을 통해 사랑에 접근해본 이 책은 근대소설과 감정의 역사적 변화라는 주제로 2018년부터 2019년까지 2년 동안 함께 공부한 연구 모임이 대중 독자들과 만나기 위해 기획한 것이다. 근대의 감정 변화를 가장 잘 드러내는 것이 사랑일 것이라는 소박한 생각에서 출발했지만, 사랑은 무엇이고, 역사 속에서 사랑이 어떻게 변화해왔으며 현재 어떤 상태에 처해 있는지 아는 일은 쉽지 않았다. 진부해 보이지만 정말 다루기 힘든 주제가 사랑이라는 것을 절감할 수 있었다. 이 책은 올해 안에 오도스 출판사에서 번역 출간될 로버트 솔로몬의 『사랑에 관하여 : 우리 시대를 위한 로맨스의 재발명(About Love : Reinventing Romance for Our Times)』과 함께 읽으면 좋을 것이다. 니체에 정통한 실존주의 철학자이자 감정 철학자인 솔로몬의 이 책은 사랑을 둘러싼 어지럽고 혼란스러운 생각들을 정리하는 데 많은 도움을 준다. 철학적 성찰의 깊이를 유지하면서도 일상적 경험으로서 사랑을 이해하는 데 특히 유용하다. 바쁜 와중에도 좋은 글을 써주신 필자 선생님들과, 연구팀이 아니었지만 청탁에 응해준 진인혜, 이미선, 김영미 선생님께 감사드린다. 여러 저자들의 글을 묶는 번거로운 편집 실무를 꼼꼼히 챙겨 아름다운 책으로 만들어준 오도스 출판사에도 고마운 마음을 전한다.

2021년 5월
이명호

Contents

섹슈얼리티
: 육체와 정신

참된 나의 확인과 공유
: 진정성 이슈

경계를 넘어
: 퀴어와 비인간의 사랑

불확실성의 시대
: 우리는 사랑을 할 수 있을까

그 남자와 그 여자는
무엇을 꿈꾸었을까
:
이상화와 환상

제1장

돈키호테는 둘시네아를 진정으로 사랑했을까?

—

미겔 데 세르반테스, 『돈키호테』

본 글은 《스페인어문학》(제92집, 2019)에 게재된 「돈키호테가 둘시네아에게 부여한 '사랑'의 이미지」를 수정 보완하였음.

권미선

경희대학교 스페인어학과 교수

고려대학교 서어서문학과를 졸업하고 스페인 마드리드 국립대에서 문학 석·박사 학위를 받았으며, 현재 경희대학교 스페인어과 교수로 재직 중이다. 주요 논문으로는 「스페인 황금세기 피카레스크 소설 장르에 관한 연구」와 「『돈키호테』에 나타난 소설의 개념과 소설론」 등이 있으며, 역서로는 이사벨 아옌데의 『영혼의 집』, 가브리엘 가르시아 마르케스의 『납치 일기』, 라우라 에스키벨의 『달콤쌉싸름한 초콜릿』 등 다수의 작품이 있다.

근대의 문턱에서 고철 더미와 다름없는 중세의 갑옷으로 중무장한 채 기사의 숭고한 이상을 좇는 돈키호테는 현실 세계의 실리를 추구하는 산초 판사와 끊임없이 충돌한다. 그러나 두 사람은 대립적인 관계가 아닌 상호 보완적 관계로 발전을 거듭하며, 서로 동화되어가는 모습을 보여준다. 그렇게 스페인의 대문호 세르반테스는 극단적 대립으로 인한 단순화와 독단론을 경계하면서, 비극적 운명을 짊어진 희극적 영웅 돈키호테를 통해 고된 현실의 벽에 부딪혀 힘겹게 살아가는 인간의 삶을 유머러스하게 풍자한다. 『돈키호테』는 우리네 삶이 절대적이거나 단편적이지 않으며 상대적이고 다양한 것임을 반복적으로 암시한다. 돈키호테의 존재 이유인 사랑 또한 상대적이고 다양한 모습으로 우리에게 다가온다. 릴리가 언급했듯이 『돈키호테』는 삶과 문학, 살아 있는 삶과 꿈꾸는 삶, 현실과 환상의 총체적 결합이라 할 수 있다.

나는 사랑한다. 고로 존재한다

밤낮없이 기사소설을 읽다가 뇌가 말라비틀어진 알론소 키하노는 세상의 정의를 구현하기 위해 편력기사가 되기로 결심하고, 그를 위한 만반의 준비에 돌입한다. 그는 맨 먼저 창고의 먼지 더미에서 무기와 갑옷을 찾아 꺼낸 후 비실거리는 빈약한 말 한 필을 준비한다. 그러고 나서 자신에게 '돈키호테 데 라만차'라는 멋지고 늠름한 이름을 붙여준 후 마지막으로 사랑하는 여인 '둘시네아 델 토보소'를 머릿속에 떠올린다. 둘시네아는 알론소 키하노라는 하급 귀족이 돈키호테라는 편력기사가 되기 위해 없어서는 안 되는 주요 인물이다. 돈키호테는 불가능한 모험 앞에서 자신의 존재마저 미련 없이 내던지며 사랑하는 둘시네아와 자신이 하나라고 굳게 믿는다. 그렇게 돈키호테는 둘시네아에 대한 사랑을 그 무엇보다 앞세우며 늘 사랑이라는 지향점을 향해 무조건 돌진한다. 사랑과 존재가 하나라고 믿으며 불가능 앞에서 자신의 존재마저도 거침없이 내던지는 사랑이다. 순결하고 지고지순하고 아름다운 사랑이다.

> 그녀가 내 안에서 싸우고 있어. 그리고 내 안에서 승리를 거뒀어. 나는 그녀 안에서 살아 숨을 쉬고 있어. 그래서 내가 살아 있고 존재하는 거야. **(1부 30장)**[1]

둘시네아와 돈키호테의 사랑은 현실적인 이해관계나 파급력을 따지지 않는, 그 어떤 것에도 우선시되고, 근본이 되고, 지향점이 되는 사랑이다. 그렇게 둘시네아는 돈키호테의 사랑과 함께 하나밖에 없는 유일무이한 존재가 되어 작품 전체를 가득 메우며 돈키호테의 마음 저변에 늘 존재하면서 그를 지탱해주는 힘이 된다. 그러나 그녀는 돈키호테의 상상에서만 존재할 뿐 작품에서조차 존재하지 않는 정확한 실체가 없는 인물이다. 둘시네아의 실체는 아이러니하게도 근처 엘 토보소 마을에 사는 알돈사 로렌소라는 농사짓는 처녀로 "만차 지방을 통틀어 돼지고기를 염장하는 데 최고의 손맛을 자랑하는 여자"**(1부 9장)**이다.

---

1. Miguel de Cervantes, *Don Quijote de la Mancha* I, II, Madrid : Cátedra, 1989. 인용문은 저자의 번역문이며 페이지 표기는 스페인어 원서의 부(部)와 장(障)으로 표기함.

> 사실 우리가 아는 바로는, 그가 살던 마을에서 가까운 한 고을에 아주 아름다운 농사꾼 처녀가 살았는데, 그가 한때 짝사랑했던 여자였다. (하지만 그 여자는 그 사실을 전혀 알지도 못했고 눈치도 못 챘던 것 같다.) 그 여자 이름이 알돈사 로렌소였는데, 바로 이 여자를 자기가 연모하는 귀부인으로 모시는 게 좋겠다고 생각한 것이다. 그리하여 그는 원래 이름에서 너무 벗어나지 않으면서도 공주나 귀부인 냄새가 나는 그런 이름을 고심한 끝에 '둘시네아 델 토보소'라고 부르기로 했다. 엘 토보소라는 성은 그녀의 고향 마을이라 붙인 것이고, '둘시네아'라는 이름은 자기 이름이나 다른 사물들을 명명할 때 그랬던 것처럼 음악적이고 특이한 의미가 담긴 것 같아 붙인 것이다. **(1부 1장)**

아랍인의 피가 섞인 드센 농사꾼 알돈사는 글을 읽고 쓸 줄조차 모르는 까막눈이지만 하급 귀족 알론소 키하노의 마음을 앗아 간 여자이다. 알론소 키하노는 알돈사에게 말 한번 걸어본 적 없지만, 어느 날 우연히 그녀를 본 이후 그녀를 마음에 담아 특별한 존재로 승격시켰다. 사실, 2부에서 돈키호테가 산초에게 고백한 바에 의하면 그는 알돈사 로렌소를 먼발

치에서조차 본 적이 없었다. 그냥 그녀의 이름만 어렴풋이 들었을 뿐이었다.

> "세상에 둘도 없는 둘시네아 공주를 내 평생 단 한 번도 본 적이 없노라고 자네에게 수천 번 말하지 않았나? 그리고 그 궁전의 문턱도 넘어가본 적 없다고. 그녀가 그토록 아름답고 얌전하다는 크나큰 명성만 듣고, 오직 귀로만 듣고서 사랑에 빠졌을 뿐이야."
>
> "이제 그 말을 들으니, 나리께서 그 여자를 본 적이 없다면 소인 또한 본 적이 없습지요." **(2부 9장)**

이처럼 돈키호테의 사랑은 우연한 발견에서 시작한다. 미켈란젤로가 의미 없고 쓸모없어 보이는 대리석 덩어리로 피렌체의 상징이 된 아름다운 다비드상을 만들었듯이 시큼한 땀 냄새를 풍기는 알돈사가 세상에 둘도 없이 아름답고 숭고한 둘시네아가 된 것이다. 미켈란젤로는 대리석에서 다비드의 이미지를 발견하고 그것을 드러내기 위해 나머지 불필요한 부분들을 깎아내고 다듬어 마침내 다비드의 모습을 완성했다고 한다. 심리학에서 상대방에 대한 긍정적인 지지나 기대를 통해 상대방의 이상적인 모습을 끌어내는 현상을 미켈란젤로

효과라고 하는데, 돈키호테 또한 둘시네아를 자신이 원하는 이상적인 모습으로 아름답고 숭고하게 빚어냈다. 그렇게 돈키호테는 알돈사 로렌소라는 보잘것없는 원석에서 세상에 둘도 없는 둘시네아라는 절대적 아름다움을 창조해낸 것이다.

알돈사는 알론소 키하노의 눈에 띄기 전까지, 돈키호테의 상상 속에 자리 잡기 전까지는 특별한 존재가 아니었다. 일반적인 관계에서는 서로 낯설었던 남녀가 새롭게 조화를 이루고 변화를 꾀하며 둘만의 사랑의 의미를 만들어간다. 사랑을 주고받고, 또 나누기도 하며 끊임없이 사랑의 메시지를 전달한다. 그러나 사랑하는 여인에게 둘시네아라는 이름을 붙여준 사람은 알론소 키하노가 아닌 돈키호테 데 라만차이고, 둘시네아는 실체조차 없는 상상 속 인물이다. 『돈키호테』에서는 현실을 이상화하는 도식에 따라 돈키호테의 판타지가 촌스러운 알돈사 로렌소를 둘시네아 델 토보소 공주로 탈바꿈시킨 것이고, 그 과정에서 언급되는 사랑은 서로 주고받는 사랑이 아니라, 말과 상상 속에서만 존재하는 허구적인 사랑이다. 그렇다면 돈키호테가 그토록 아름답고 숭고하게 그리고자 했던 사랑은 무엇인가? 기사소설 속 아름답고 고귀한 귀부인을 대표하는 둘시네아와 현실 세계에서 육화(肉化)된 모습을 하고 있는 알돈사 로렌소는 돈키호테에게 어떤 사랑의 의미를 담고 있는 것인가?

기사소설의 궁정식 사랑 : ‘사랑의 종교’로 자리매김한 중세의 판타지

돈키호테의 탄생부터 죽음까지 그의 행동은 둘시네아의, 둘시네아에 의한, 둘시네아만을 위한 지고지순한 사랑으로 일관한다. 아무리 황당하고 위험한 모험이라도 그것이 둘시네아를 위한 것이라면 돈키호테는 일분일초도 망설이지 않는다. 무모하리만큼 무조건적이다. 그런데 그런 맹목적인 사랑이 일방적인 짝사랑이라 그는 정작 둘시네아의 곁에 다가가지도 못한 채 허공을 떠다니는 구름처럼 늘 먼 곳에서 맴돌기만 할 뿐이다. 그리고 사랑의 열병을 앓는 편력기사는 사랑의 결실을 한없이 늦추기만 하는 궁정식 사랑(el amor cortés)의 규범에 따라 열탕과 냉탕을 오가며 행복과 불행을 동시에 맛본다.

> 편력기사치고 사랑하는 귀부인이 없는 기사는 없습니다. 기사들에게 사랑하는 사람은 하늘에 떠 있는 별처럼 너무나 당연하고 자연스러운 것이어서, 사랑 없는

> 편력기사가 있었다는 말은 내 평생 들어본 적이 없습니다. 만약 사랑하는 여인이 없는 기사가 있었다고 하면, 그건 정식 기사가 아니라 가짜 기사일 겁니다. 어쩌면 기사도의 성(城)에 입문하는 과정이 정식 문으로 들어간 게 아니라 도둑이나 강도처럼 월담해서 들어간 경우일 것입니다. **(1부 13장)**

기사소설에서 사랑하는 여인을 위해 목숨도 헌신짝처럼 내버리며 정의를 실현하는 기사들은 중세부터 전해져 내려오는 궁정식 사랑을 몸소 실천한다. 궁정식 사랑은 사회 · 종교 · 철학적인 요소가 복잡하게 뒤얽힌 복합적인 개념으로, 11세기 봉건주의 체제 아래의 프랑스에서 음유시인(trovadores)들이 전하는 구전문학과 12세기에 유행한 기사소설의 이상적이고 신비주의적인 사랑이 결합한 전통에서 비롯되었다. 궁정식 사랑은 중세 유럽의 서정시와 로망스(romances)에서 등장한 연애관으로 상당 부분 신플라톤주의가 반영되어 이상적인 사랑과 천상적인 구원의 여성상을 등장시킨다. 기사가 '사랑의 성스러운 순교자'의 모습으로 등장하여 감각적인 아름다움 앞에서 느끼는 매혹과 존경, 두려움에서 단계적으로 승화하여 신성한 아름다움과 초자연적인 선, 그리스도교의 신의 '관조'에까지 이르게 되는 것이다. 신플라톤주의는 기독교의 교리와 그리스 철학을 결합시키고자 하는 이론적 토대에 근거한, 신비적이면서도 종교적인 사상이다. 다시 말해, 플라톤주의 전통이 중세의 철학적, 종교적 사상에 수용되어 르네상스의 철학으로 전이되는 과정에서 당대의 종교적인 시대정신을 강하게 반영한 것이다. 그러한 신플라톤주의는 인식론적으로 인간 영혼의 구원을 목표로 하고 있으며, 이때 영혼의 구원은 단순히 정서적인 것이 아니라 지성적이고 영적인 성격을 띤다. 그렇게 신플라톤주의는 인간존재의 목표를 위해 영혼 불멸을 강조함으로써 신에게 이르는 관조적인 상승을 인간 구원의 실현으로 제시한다.

이렇게 중세 유럽에 등장한 궁정식 사랑은 플라토닉하면서도 신비주의적인 색채를 띠며 상류 귀족층의 사랑을 얘기한다. 그때 기사와 귀부인의 관계는 가신(家臣)과 군주의 관계와 비슷하다. 기사는 자기보다 사회적 지위가 높은 귀부인을 사랑하면서도 군주를 섬기듯 충성을 맹세한다. 그런데 그때 궁정식 사랑의 중요한 요건은 기사가 연모하는 귀부인이 유부녀로 쉽게 범접할 수 없는 존재라야 하며, 그렇기 때문에 그들의 사랑은 서로 이루어질 수 없는 것이어야 한다는 점이다. 당시의 결혼은 주로 사업적인 이해관계나 권력 동맹을 맺기 위한 밀약의 결과였기 때문에 기사가 바치는 사랑은 합법적인 혼인 관계를 벗어난 부정(不貞)한 것이었다. 궁정식 사랑에서는 부정이 가장 치명적인 죄악이기 때문에 시인들은 육체적인 열정을 이상화하기 위해 결혼을 넘어서는 경지를 바라보게 된다. 그렇게 기사는 자신이 전능한 사랑의 신을 섬기듯 성녀(聖女)를 숭배하고 있다고 믿었고, 그의 존재 이유는 자기가 사랑하는 귀부인을 섬기는 것이다. 불가능한 사랑의 늪에 빠진 기사는 시와 무훈(武勳)을 통해 자신의 감정을 내비치며 귀부인이 원하는 것은 모두 들어주고자 한다. 기사는 욕망의 기쁨을 찬양하면서도 순화된 사랑의 감정을 표현하며 사랑하는 여자에게 무조건 복종한다. 귀부인은 뛰어난 미모에 매우 훌륭한 덕목과 자질을 겸비한 여인이지만 기사와는 늘 거리를 두고 있고, 그로 인해 기사는 귀부인의 잔인함과 냉담함에 괴로워하며 가슴앓이를 한다. 기사는 사랑하는 귀부인에게 매우 드물게 말을 걸 수 있지만 그들의 관계가 이루어지는 경우는 극히 드물다.

문학에 '궁정식 사랑'이라는 개념을 접목시키는 데 이바지한 시인은 오비디우스였다. 그는 『사랑의 기술』에서 사랑에 빠진 남자를 열정의 노예로 그리며, 결국 사랑 때문에 탄식하고 신음하다가 죽음까지 이르게 한다. 이 작품에서는 여성 숭배를 통해 감각적인 보상을 얻으려는 의도가 숨겨져 있다. 그러나 궁정식 사랑에서는 겉으로는 비슷한 열정을 드러내면서도 자신이 사랑하는 귀부인에 대한 존경심이 우선시된다. 그리고 이는 당시의 열렬한 종교적 신앙심, 특히 성모마리아에 대한 종교적 숭배에서 비롯된 것이다. 궁정식 사랑은 곧 유럽 문학 전반에 스며들어 중세 독일 미네징거의 서정시와 고트프리트 폰 슈트라스부르크의 『트리스탄과 이졸데』(1210년경)와 같은 궁정 서사시들에서 그 영향을 보여주었다. 이탈리아에서는 12세기에 궁정식 사랑의 전형들이 나타났고, 14세기에는 프란체스코 페트라르카가 라우라에게 바친 소네트들에서 궁정식 사랑의 진수를 담아냈다. 그리고 그보다 앞서 단테는 궁정식 사랑과 신비스러운 환상을 결합해 생을 뛰어넘는 사랑을 노래했다. 단테의 베아트리체는 이승에서는 지상(地上)의 영감의 대상이었고, 『신곡』에서는 낙원의 신비로 그를 인도하는 영적인 길잡이가 되었다.

12세기 프랑스에서는 기사의 충성과 무용을 강조하는 무훈시 『롤랑의 노래』와 함께 기사의 사랑을 다루는 로망스가 유행하면서 기사소설이 본격적으로 등장하기 시작했다. 이러한 기사소설들은 샤를마뉴 시대와 같이 실제 시대를 배경으로 하기도 하고, 아서왕 시대처럼 허구적인 시대를 배경으로 하기도 했다. 또한 실존 인물은 물론 아서왕이나 랜슬롯과 같은 허구의 인물들이 주인공이 되기도 했다. 전투, 마상 시합, 귀부인과의 사랑뿐만 아니라 마법이나 경이로움, 초자연적인 것들까지 어우러져 판타지 같은 느낌을 주며, 이러한 이상적이고 환상적인 세계가 알론소 키하노를 돈키호테가 되게 한 것이다.

> 결국, 그 양반은 독서에 너무 빠져든 나머지 밤이면 밤마다 날이 훤히 샐 때까지, 낮이면 낮마다 밤이 어둑해질 때까지 책만 읽었는데, 잠은 안 자고 책만 읽는 바람에 머릿속 골수가 다 말라버려 마침내 정신이 이상해지고 말았다. 머릿속은 기사소설에서 읽은 갖가지 환상으로 가득 찼고, 둔갑술, 결투, 전투, 상처, 그리고 사랑이며 귀부인 잘 모시는 예법, 그 밖에 상상을 초월하는 폭풍우나 엉터리 이야기들이 그의 생각 속에 실제로 자리 잡았다. 그리하여 자기가 읽은 유명한 기사소설 속의 꿈같은 희한한 이야기들이 모두 현실이라고 믿게 되었다. (……) 그는 이렇게 완전히 정신이 돌아버려서, 마침내 이 세상 그 어떤 미치광이도 상상조차 해보지 못한 이상한 생각을 품게 되었다. 나라를 위해 봉사하고 자신의 명예를 세우기 위해서도 자신이 지금 편

력기사가 되는 게 필요하고 또 적절하다고 판단한 것이다. 편력기사가 되어 칼을 차고 말을 타고서 모험을 찾아 세상 방방곡곡을 순회하며 책에서 읽은 대로 편력기사가 되기 위한 수련과 수행을 시작해야 되겠다는 생각이었다. 위험과 고난을 무릅쓰고 모든 억울한 자를 풀어주고, 세상일을 해결해줌으로써 영원한 명예와 명성을 얻어야겠다는 각오였다. **(1부 1장)**

대다수가 귀족 출신인 기사들은 전장에서는 충성과 무용, 명예, 용맹을 갖춰야 했고, 궁정에서는 예의와 우아한 태도를 갖춰야 했다. 예절을 의미하는 'cortesía'는 궁정(corte)에서 파생된 단어로, 궁정에 있는 사람들이 취해야 할 적절한 예법을 갖춘 태도를 의미한다. 그러면서 궁정 예법에 속했던 명예와 염치, 약자에 대한 보호 등이 기사도에 추가되었다. 그렇게 궁정 생활을 하는 기사에게는 여성에 대한 정중함, 점잖고 세련된 화법, 사교댄스, 노래, 의복 등이 필수적으로 갖추어야 할 궁정 예법으로 자리 잡았다. 13세기 유럽에서는 르네상스 시대가 열리면서 중세보다 인간 중심적이고 현실적인 사고가 가능해졌다. 그러나 그 이면에서는 여전히 무훈시와 로망스 등 중세의 유산인 기사문학이 인기를 끌었다. 사람들은 르네상스 시대의 이성과 합리성을 외치면서도 마법과 마법사가 등장하는 판타지 가득한 이상주의 소설에 심취해 허무맹랑한 이야기에 빠져 지냈고, 스페인에서는 그 상황이 좀 더 오래 지속되었다.

스페인에서는 1508년 가르시 로드리게스 데 몬탈보(Garcí Rodríguez de Montalvo)가 개작한 『아마디스 데 가울라(Amadís de Gaula)』가 선풍적인 인기를 끌며 17세기 중반까지도 기사소설이 널리 읽혔다. 당시 『아마디스 데 가울라』의 영향력은 기사소설은 물론 서정시, 연극 등 문학 전반에 미쳤고, 심지어 일상생활에서도 그 영향력을 쉽게 찾아볼 수 있었다. 기사소설이 미풍양속을 해친다는 우려에도 불구하고 사람들은 기사들의 무훈담을 모방하려고 했고, 돈키호테와 같은 예는 현실에서도 쉽게 찾아볼 수 있었다. 기사소설에 빠진 사람들은 소설에 묘사된 기사와 기사도를 실제와 유사한 것이라 착각하여 그에 흠뻑 취해 있었다. 711년부터 이슬람 세계의 침략으로 800년 가까이 전쟁이 끊이지 않았던 스페인에서는 기사소설에 등장하는 기사들의 무훈담을 실제로 착각하여 더욱 기사소설에 심취했던 것이다. 그리고 아메리카 신대륙의 정복사업 또한 기사소설을 현실에 그대로 옮겨놓은 것과 다름없었다. 1492년 그라나다의 알람브라 궁전의 함락으로 스페인에서 이슬람 세력은 축출되었지만, 그 이후 아메리카 신대륙의 정복 사업으로 기사소설과 같은 기사들의 전쟁은 여전히 계속되었다. 그렇게 기사들의 무훈담은 스페인의 젊은이들을 신대륙 정복 사업에 뛰어들게 했고, 아메리카 대륙에 첫발을 내디딘 스페인 군인들은 기사소설에서 읽었던 장면들이 실제로 눈앞에서 펼쳐지는 모습에 어리둥절하며 현실과 허구를 분간하지 못할 정도였다. 그들은 기사소설에 등장하는 지명과 인물들을 아메리카 신대륙에 적용했고, 그렇게 아마존, 캘리포니아 등의 지명이 탄생했다. 17세기에 들어와서 세르반테스가 『돈키호테』를 쓴 것도 이런 우스꽝스러운 세태와 기사소설을 비판하여 중세와는 다른 새로운 시대상을 알리기 위해서였다.

"그래서 자네의 책이 세상과 일반인들 사이에서 기사도 책들이 범람하여 권위를 갖는 걸 깨부수는 게 유일한 목적이라면, 구태여 철학자의 명언이나 성서의 충고를 구걸할 필요가 어디에 있으며, 시인들의 이야기나 수사학자들의 문장, 성인들의 기적 따위가 무슨 소용이 있겠는가? 그보다는 평범하면서도 의미 있고, 적절하게 잘 정돈된 말로 자네 글의 단문이나 복합문들이 낭랑하고 재미있게 전개되도록 하는 게 더욱 중요하다네. 되도록 힘닿는 데까지 자네의 의도를 잘 표현해서 자네가 말하려는 개념을 복잡하거나 어둡지 않고 분명하게 잘 전달하는 게 중요하지. 또한 자네의 글을 읽으면서 우울한 사람은 웃고, 잘 웃는 사람은 더 웃으며, 바보는 화내지 않고, 점잖은 사람은 기발함에 감탄하고, 심각한 사람은 경멸하지 않고, 진지한 사람도 칭찬받도록 힘써야 할 걸세. 그리하여 많은 사람이 싫어해도, 훨씬 더 많은 사람이 그토록 칭송하는 기사소설이라는, 근거도 없는 수많은 책을 모두 쓰러뜨리는 데 주안점을 두어야 할 것일세. 그 목적만 달성해도 적잖은 성과를 거두었다고 할 수 있지 않겠나." **(1부, 서론)**

둘시네아 : 궁정식 사랑의 패러디

세르반테스는 전통적인 기사소설의 형식을 그대로 가져와 기사소설을 신랄하게 조롱하고 비난한다. 모험을 떠나는 기사와 하인, 수많은 난관과 영광 속에서 정의를 실현하는 와중에도 한 여성에게 바치는 지고지순한 사랑 등 기사소설의 전형(典型)

을 따르지만, 그것은 기사소설을 패러디하기 위한 것이다. 돈키호테의 광기 어린 행동은 당시 기사소설에 익숙해 있던 독자들을 당혹스럽게 하면서도 웃음을 유발했고, 그런 기사가 영혼까지 바쳐 사랑하는 둘시네아는 기사소설의 꽃이라 할 수 있는 궁정식 사랑의 패러디이다.

둘시네아는 매우 복합적인 인물로, 정확히 말하면 실체 없이 다른 등장인물들의 말 속에만 존재하는 허구적인 인물에 불과하다. 그러나 그녀의 존재는 소설에서 진정으로 중요한 위치를 차지한다. 하급 귀족 알론소 키하노가 편력기사 돈키호테 데 라만차가 되는 데 가장 중요한 요소로 작용하면서 사랑의 주제와 연관되어 있기 때문이다. 돈키호테가 무모하고 위험한 모험에 뛰어들 때마다 둘시네아가 그 모험의 원동력이 되는 정신이자 힘이기 때문이다. 그런데 돈키호테가 그리는 사랑은 실제로 존재하는 사랑이 아니라 기사소설의 편력기사를 흉내 내기 위한 것이고, 그러한 돈키호테에게 둘시네아는 기사들을 애끓게 하는 궁정식 사랑에 등장하는 귀부인의 패러디에 불과하다.

> 시인들이 제멋대로 이름을 붙이고 사랑하고 칭송하는
> 그 귀부인들이 다들 실제로 존재하는 여인인 게 아닐

세. (……) 물론 아니지. 대부분 시의 소재로 쓰기 위해 가상의 여인을 만들어 쓴 것일 뿐이야. 사람들이 사랑을 느끼고, 또 사랑을 할 만한 덕과 용기를 가지는 게 필요하기 때문에 지어낸 여자들인 거야. 그래서 나는 알돈사 로렌소라는 그 알량한 여자가 어떠하든, 그저 아름답고 정숙하다고 생각하고 믿으면 그만이야. 그리고 혈통 같은 게 그다지 중요하지 않은 건 족보를 일일이 조사해 귀족 복장을 입힐까 말까 정하려고 찾아갈 사람은 없으니까 나는 그저 그 여자가 세상에서 가장 고귀한 공주님이라고 알고 믿는 걸세. **(1부 25장)**

그렇지만 돈키호테의 귀부인은 기사소설에 등장하는 귀부인들보다는 살과 뼈를 가진 실체인 알돈사 로렌소와 더 깊이 연관되어 있다. 둘시네아는 작가인 세르반테스가 현실을 전복하기 위해 카니발화한 인물로 궁정식 사랑을 패러디하기 위해 설정한 인물이다. 돼지고기 염장을 기가 막히게 잘하는 농사꾼 알돈사 로렌소가 기사소설의 이상화된 귀부인으로 뒤바뀐 것이고, 이는 행동거지와 미모만이 아니라 사회계층까지 뒤바뀐 것이다. 스페인 사회에서 천대되는 아랍인의 피가 섞인 데다 돼지고기를 소금에 절이는 천한 일을 하는 여자가 편력기사의 귀부인이 된다는 설정 자체가 아이러니와 풍자를 자아내는 것이다. 들에서 험한 일을 하는 까막눈 알돈사가 알론소 키하노의 마음을 앗아 간 여자이고 그는 그녀에게 말 한 번 걸어본 적 없지만, 알돈사가 아름답고 정숙하다고 믿고 그녀를 사랑하게 된 것이다. 소설 안에서는 실재하는 사랑이며, 그로 인해 돈키호테를 현실에 붙잡아두는 원동력이 되기도 한다. 그래서 1부 23장에서 돈키호테가 둘시네아에게 보내는 편지를 산초 편에 부탁할 때 돈키호테는 정확하게 둘시네아가 아닌 알돈사 로렌소를 떠올리며 편지를 보내는 것이었고, 산초도 알돈사의 부모 이름을 듣는 순간 돈키호테가 말하는 둘시네아가 누구인지, 그 실체를 깨닫게 된다.

> "아이구머니!" 산초가 말했다. "그러니까 로렌소 코르추엘로의 딸이 바로 둘시네아 델 토보소 귀부인이라구요? 원래 이름이 알돈사 로렌소구요?"
> "바로 그렇지." 돈키호테가 말했다. "그녀야말로 온 우주의 여왕도 되실 분이야."
> "소인이 그 여자를 잘 알아요." 산초가 말했다. "그 여자는 온 동네 힘센 청년들보다 힘이 더 장사라 무거운 쇠절구질도 혼자 잘한다고 알고 있습니다. 하늘이 알고 땅

이 아는 일이지만요, 그 여자야말로 정말 가슴에 털 난 장정보다도 더욱 용감하고 멋진 나무랄 데 없는 처녀지요. 세상에 어떤 편력기사, 혹은 미래의 기사라도 그 여자를 귀부인으로 모시고 있는 한, 그에게 닥친 모든 어려움을 다 해결해줄 겁니다! 우와, 정말이지 그 여자 목소리하며 뚝심 센 건 더 말할 것도 없지요!" **(1부 25장)**

이런 알돈사의 역할에서는 욕망이 중요한 요인이 되고, 그 당시 르네상스 사상에 존재하는 진정한 사랑, 열정적인 사랑, 육체적인 사랑을 유지하게 한다. 반면에 돈키호테의 마음속에 자리 잡은 둘시네아는 돈키호테가 편력기사가 되기 위해 만들어낸 이상화된 인물로 돈키호테의 도덕적 이상형이다. 기사가 되기로 했을 때 돈키호테는 헌신적이고 숭고한 사랑을 바칠 수 있는 귀부인부터 최우선으로 찾았다. 그렇게 돈키호테의 상상 속에서 그린 둘시네아는 미모와 지덕을 갖춘 완벽함의 결정체로, 이상적인 사랑의 개념이자 구원의 여성상으로도 전혀 손색이 없는 귀부인의 덕목을 갖춘 여자이다. 그런데 성배를 찾아 나선 기사들과 달리, 편력기사를 흉내 내며 세상을 떠돌기로 한 돈키호테는 모험을 위한 모험만을 찾아 떠난다. 기사소설에서 성배를 찾아 나선 기사들은 성스러운 목표를 이루기 위해 기사의 정조를 최우선으로 하지만 『돈키호테』에서는 그런 성스러운 목표는 사라지고 둘시네아만이 목표가 되어 사랑에 버림받은 기사들을 흉내 내기 위한 장치로 전락하고 만 것이다.

『돈키호테』에서 사랑은 사랑하는 남녀의 격정적이고 치명적이고 반사회적인 열정이 아니다. 이 작품에서 감정과 욕망은 늘 주변과 더불어 존재하며 돈키호테의 모델이 되는 아마디스가 돈키호테를 대신해 그 사랑을 선택한다. 2부 32장에서 돈키호테는 "나는 사랑에 빠졌다. 그런데 그것은 편력기사들이 사랑에 빠지기 때문에 나도 어쩔 수 없이 그렇게 하는 것에 불과하다"라고 말한다. 질투 또한 돈키호테가 직접 느끼는 감정이라기보다는 기사도를 따라 아마디스를 흉내 내며 느끼는 척하는 질투이다. 시에라 모레나의 일화에서 돈키호테는 둘시네아를 위해 미치기로 작정하지만 그 광기는 자기가 사랑하는 귀부인을 의심해서라기보다는, 오리아나에게 무시당한 아마디스의 광기를 흉내 내며 사랑의 광기에서만큼은 아마디스에게 지지 않으려는 경쟁심에서 비롯된 것이다.

> "소인 생각에," 산초가 말했다. "그런 짓을 한 기사들은 그런 미친 짓이나 고행을 할 이유가 있어 열받아 그렇

게 했다지만, 나리에게는 그렇게 미쳐야 할 이유가 없는 것 같은데요? 어떤 귀부인이 나리를 냉대했나요? 아니면 무슨 배신의 흔적이라도 발견하셨나요? 둘시네아 델 토보소가 모로족이나 내국인하고 철없는 짓을 했다고 생각할 만한 근거라도 찾았나요?"

"바로 그게 문제의 핵심이지." 돈키호테가 대답했다. "바로 그게 내 수행의 절묘한 점이라구. 말하자면, 한 편력기사가 좋든 싫든 이유도 없이 미친다는 것이지. 문제는 딱히 이렇다 할 만한 동기도 없이 정신이 나가서는 내 공주님에게 알리는 거야. 맨정신으로도 내가 이 정도인데, 화가 날 이유라도 있다면 어떠하겠는가를 말이야." **(1부 25장)**

깊은 산중에서 돈키호테는 자기가 둘시네아 때문에 힘든 고행을 하고 있다는 사실을 알리기 위해 산초에게 편지를 들려 엘 토보소로 보낸다. 그리고 그 과정에서 둘시네아의 실체를 알게 된 산초는 놀라움을 금치 못하고, 돈키호테에 의해 이상화된 둘시네아와 산초에 의해 추락한 둘시네아의 실체가 극명하게 대비되며 웃음을 자아낸다. 돈키호테는 온 힘을 다해 투박한 현실을 숭고하고 아름답게 그리며 둘시네아를 이상적으로 묘사한다. 그리고 그의 창조는 미친 사람의 광기가 아니라 예술적인 창조자의 창조이다. 돈키호테는 시인이고, 둘시네아는 사랑을 가장 아름답게 표현한 시 그 자체이다. 반면에 산초의 묘사는 투박한 현실을 날것 그대로 반영해 무미건조하면서도 심드렁하지만 그래서 더욱 코믹함이 묻어난다.

> "그래, 갔더니 무얼 하시던가, 그 아름다운 여왕님은? 틀림없이 사랑에 몸부림치는 이 기사를 위해 문장이 새겨진 갑옷에다가 금실로 수를 놓고 있거나 진주를 꿰매고 있었겠지?" 돈키호테가 말했다.
>
> "그러고 있지 않던데요." 산초가 말했다. "집 마당에서 밀 두 말을 체로 치고 있던데요."
>
> "잘 생각해보게." 돈키호테가 말했다. "그 밀알들이 혹시 그녀 손에 쥔 진주알이 아니던가? 밀을 보았다고 한다면, 이 사람아, 그게 하얀 거던가 아니면 봄보리 같던가?"
>
> "그냥 불그죽죽하던데요." 산초가 대답했다. **(1부 31장)**

돈키호테의 말에는 르네상스 시대의 페트라르카를 거친 궁정식 사랑의 전형적인 언어들이 등장하지만, 산초의 말에는 사실적이고 그로테스크하고 투박한 일상적인 언어들이 등장한다. 그러나 두 언어 체계는 서로 대립하기보다는 각기 영향을 주고받으며 서로 동화되어간다. 산초는 알돈사의 실체를 사실적으로 묘사하며 알돈사에 대해 알고 있는 사실을 있는 그대로 전한다. 둘시네아를 격하시키려는 의도도 있지만, 그가 속한 하층계급의 언어 체계 때문에 어쩔 수 없이 저급한 표현이 등장하게 되는 것이다. 한편, 돈키호테 또한 산초의 저급한 언어를 고상하게 고쳐주려고 애쓰지 않는다. 그리고 이러한 표현이 서로 극과 극으로 대치된 언어를 절충해가며 코믹함은 극대화된다.

그렇게 돈키호테가 얘기하는 둘시네아와 산초가 얘기하는 둘시네아는 극명한 대비를 이루며 고상함과 코믹함을 추처럼 오간다. 그리고 2부 초반에 돈키호테는 새로운 모험을 떠나기 전 엘 토보소로 가서 둘시네아와 작별 인사를 나누고 그녀의 축복을 받고자 한다. 그러자 산초는 1부에서 자기가 둘시네아를 만나지 않았으면서도 만났다고 한 거짓말이 탄로 날까 봐 고민하다가 새로운 해결책을 만들어낸다. 돈키호테도 둘시네아를 본 적이 없으므로 길 가다가 만나는 농사꾼 처자 아무나 붙들고 둘시네아라고 우기면 되리라 생각한 것이다. 산초는 이상적인 사랑을 노래하는 시 한 편 제대로 읽어본 적 없지만 돈키호테를 오랜 시간 따라다니다 보니 돈키호테 못지않게 둘시네아를 이상적으로 묘사할 수 있게 되었다. 그리고 돈키호테는 산초가 농사꾼 처자를 가리켜 둘시네아라고 하는 것을 이상하게 여기면서도 그녀가 마법에 걸려서 그런 걸로 생각한다. 여기서 중요한 것은 산초가 또 다른 둘시네아를 창조해냈다는 것이며, 그 둘시네아 또한 상상력에서 비롯된 결과라는 것이다.

이름도 촌스럽고 계급도 천하고 어쩌면 성적으로도 문란할 수 있는 알돈사 로렌소는 기사소설보다는 목가소설의 여주인공 냄새를 물씬 풍기는 둘시네아가 되었다. 둘시네아라는 목가소설의 전원적인 이름과 촌스러운 느낌이 강한 엘 토보소라는 성 또한 서로 삐걱거리며 어울리지 않는다. 그 이름은 이상주의와 건조함이 뒤섞인 이중적인 뉘앙스를 풍기며 돈키호테가 사랑하는 여인을 특징짓는다. 둘시네아에게는 늘 알돈사의 그림자가 짙게 드리워져 있거나(1부) 아니면 산초의 마법이 통하는 엘 토보소 마을의 농사꾼 처자의 그림자(2부)가 드리워져 있다. 그렇게 둘시네아는 둘시네아-알돈사 또는 둘시네아-엘 토보소의 농사꾼 처자로 분열한다. '말'의 신비스럽고도 강력한 힘으로 천하고 추잡하고 건조한 현실을 아름답고 숭고하고 이상적인 세계로 변화시킨 것이다. 전에는 존재하지 않았던 새로운 현실을, 즉 둘시네아를 돈키호테가 말 한마디로 창조한 것이다. 실제로도 돈키호테는 무기를 들고 싸우기보다는 입으로만 싸웠고 편력기사 이전에 시인이었다. 돈키호테는 시인의 언어로 둘시네아의 아름다움과 덕목을 아름답게 그리지만, 그것은 개인적인 경험에서 우러나온 표현이 아니라 기존의 이상주의 작품들에서 흔하게 접할 수 있는 표현이다.

에로스의 두 얼굴 : 둘시네아와 알돈사

플라톤의 『향연』에서 디오티마는 에로스의 양면성을 출생 내력으로 설명한다. 신들이 잔치를 열어 아프로디테의 탄생을 축하하는 자리에 빈곤의 여신 페니아가 구걸하러 왔다가, 술에 취해 잠들어 있는 풍요의 신 포로스에게서 에로스를 잉태했다고 한다. 디오티마는 에로스가 가난의 여신 페니아와 풍요의 신 포로스 사이에서 태어나 사랑의 여신 아프로디테의 품에서 자랐기 때문에, 결핍된 것을 메우고자 하는 갈망과 함께 이 갈망을 메우기 위한 창조력을 타고났다고 한다. 페니아의 자식인 에로스는 늘 빈곤에 허덕이며 결핍을 느끼면서도, 풍요의 신인 아버지를 닮아 아름답고 선한 것을 추구한다. 그 때문에 사랑은 풍요롭고 생기가 넘치다가도, 가난과 무기력에 빠져 허전함으로 몸부림치기도 한다. 그렇게 사랑하는 사람은 보고만 있어도 또 보고 싶은 감정이 들기도 하고, 사랑에 빠져 사리 분별을 잃었다가도 지혜롭게 대처하기도 한다.

에로스의 두 얼굴처럼 둘시네아와 알돈사 또한 풍요와 결핍, 지혜와 어리석음, 고상함과 추함을 오가는 이중적인 모습을 띤다. 그리고 그 두 존재를 모두 사랑하고 껴안은 돈키호테는 그 사랑을 영원히 소유하고자 한다. 그런데 그 사랑은 둘시네아나 알돈사에 대한 개별적이고 인간적인 사랑이 아니라 관념(Idea)으로서의 사랑이다. 돈키호테의 사랑은 아름답고 선하고 지혜로운 것을 영원히 소유하고자 하는 것으로, 영원히 지속될 불멸의 명성을 얻으려는 사랑이며 죽음을 넘어서는 사랑이다. 사실, 작품에서 돈키호테는 아무도 사랑하지 않는다. 돈키호테가 사랑하는 건 기사소설에서 정의된 관념으로서의 사랑에 불과하다. 신플라톤주의의 숭고한 사랑이 귀부인에 대한 이상화로 드러난 사랑이라 할 수 있다. 실체조차 없는 둘시네아를 향해 얼굴도 모르고 시작된 사랑이기에 허구적인 사랑이라고 할 수도 있다. 즉, 자신의 관념을 매개로 얻은 쾌락을 추구하는, 영원하고 불변한 가치를 지닌 진리를 지향하는 본질적이고 영원한 것에 대한 사랑으로 승화된 사랑이다.

사랑을 조화의 원리로 보고, 대립을 조화로 이끄는 에로스를 사랑하는 것으로, 이런 에로스가 확대되어 우주 만물의 원리가 되는 것이다.

돈키호테에게 둘시네아나 알돈사가 지닌 아름다움은 결국 '하나이고 동일한 것'이므로 개별적인 육체에 얽매이지 않는다. 한 개인에 대한 집착과 열정을 상대화하는 것이다. 육체적 아름다움은 그것을 넘어서는 '아름다움'을 자각하는 과정의 일부이다. 개별적이고 아름다운 육체들은 '아름다움 자체'를 부분적이고 일시적으로 드러내는 것이고, 그렇게 육체들의 아름다움을 경험하는 과정에서 아름다운 육체들이 나타났다가 사라진 이후에도 불변의 '아름다움'이 존재함을 깨닫게 된다. 아름다운 육체의 가치를 상대화하고 아름다움 자체를 지향하는 시야를 얻어, 육체의 아름다움보다는 영혼의 아름다움을 더 귀하게 여기는 것이다. 아름다운 것들에서 벗어나 '아름다움'에 눈뜨는 것이다. 아름다움 자체는 변하는 것이 아니라 그 자체로 존재하기 때문이다.

이러한 아름다운 것들과 아름다움 자체의 관계는 현상들과 이데아의 관계와 같다. 아름다움(美)의 이데아는 현실에 존재하는 모든 개별적인 아름다움들을 아름답게 하는 보편적인 것이다. 그렇게 참되고 불변적으로 존재하는 것, 생성과 변화에 휘말리지 않는 '하나'의 배움, 아름다움 자체에 대한 배움을 추구할 수 있게 되는 것이다. 그리고 그것은 '늘 있는 것'이어서 '생겨나거나 소멸하지도 않고, 증가하거나 감소하지도 않는' 것이다. 그렇게 아름다움 자체는 부분적이거나 변화하는 것이 아니기 때문에 보편적이다. 때에 따라 아름답거나 추한 것이 아니라, 완벽하게 아름답고, 항상 아름답고, 절대적으로 아름답고, 모두에게 아름다운 것이다. 보편적인 아름다움이라고 할 수 있다. 아름다운 것들은 형태를 보이지만 '아름다움 자체'는 어떠한 형태도 갖지 않는다. 그것은 그 자체로 존재하기 때문에 특정한 얼굴이나 육체처럼 형태를 지닌 것으로 나타나지 않는 것이다.

그렇게 돈키호테의 상상 속에 존재하는 둘시네아는 개별적인 육체를 지닌 실체가 아닌 '관념'으로서의 '아름다움 자체'이다. 즉, 둘시네아는 이미지, 관념이며, 돈키호테의 마음 밖에서는 모습도 정체성도 없다고 할 수 있다. 그러나 둘시네아는 스스로 생명력을 발휘해 그녀를 만들어낸 창조자에게서조차 벗어난다. 둘시네아는 알론소 키하노가 돈키호테가 된 순간부터 생명력을 얻어, 기사의 영혼 속에서 귀부인으로 존재한다. 하지만 그녀는 돈키호테와 함께 죽지 않고, 그의 광기가 사라진 이후에도 계속 남아 있게 된다. 둘시네아는 돈키호테가 제정신을 찾아 알론소 키하노로 돌아온 이후에도, 즉 돈키호테가 사라지고 난 이후에도 영원한 생명력을 얻어 신비스럽고 미스터리한 존재로 남게 된다. 그리고 그 절대적인 사랑 앞에서는 그 어떤 것과도 비교가 되지 않는다. 그 사랑은 일시적이고 가변적인 대상에 얽매이지 않기 때문에, 더욱 강렬하고 지속적으로 영원히 사랑할 수 있는 것이다. 진리를 사랑함으로써 개별적인 아름다움에 좌우되는 상대적인 사랑을 넘어서, 절대적인 것을 지향하고 불멸을 향해 열정을 불태우는 사랑이 되는 것이다.

제2장

보바리 부인의 사랑, 그 신기루를 좇아서

—

귀스타브 플로베르,『마담 보바리』

진인혜

목원대학교 글로벌커뮤니케이션학부 글로벌문화콘텐츠 전공 교수

연세대학교 불어불문학과를 졸업하고 동 대학원에서 석사와 박사 학위를 받았으며 파리4대학에서 D.E.A.(박사과정 수료)를 취득했다. 현재 목원대학교 글로벌커뮤니케이션학부 글로벌문화콘텐츠 전공 교수로 재직하고 있다. 플로베르를 전공하여 그에 관한 많은 논문을 발표했으며, 저서 『프랑스 리얼리즘』과 『마담 보바리』, 역서 『감정교육』, 『부바르와 페퀴셰』 등이 있다.

프랑스 문학사에서 불륜을 다룬 고전 작품을 꼽으라면 누구나 『마담 보바리』를 제일 먼저 떠올릴 것이다. 한 유부녀의 간통 사건과 파멸을 그린 이 작품은 작가인 귀스타브 플로베르에게 단번에 유명세를 가져다준 출세작이었을 뿐만 아니라 19세기를 뛰어넘어 지금까지도 지속적으로 읽히고 수없이 영화화되며 많은 사람의 뇌리에 각인되었기 때문이다. 유부녀의 불륜이라는 주제 자체가 태생적으로 통속성을 내포하고 있듯이, 사실 『마담 보바리』의 줄거리는 지극히 진부하다. 농가의 딸로 태어나 낭만적 소설을 탐독하며 호화로운 생활과 감미로운 연애를 꿈꾸던 여주인공 에마가 단조롭고 무미건조한 결혼 생활에 권태를 느껴 불륜에 빠지고 그 과정에서 눈덩이처럼 불어난 빚을 해결하려고 발버둥 치다가 결국 절망하여 음독자살한다는 내용이다.[1] 신문의 사회면에 실리거나 가십거리가 될 법한 통속적인 이야기라고 할 수 있는데, 실제로 플로베르는 노르망디 지역을 떠들썩하게 만들었던 '들라마르 사건'에서 작품의 모티프를 얻었다. 그런데 이 통속적인 간통 사건을 다룬 작품에 대해 프랑스 문학사상 최대의 걸작이라는 사르트르의 평가를 비롯해 많은 작가와 비평가들이 찬사를 쏟아낸 것은 참으로 아이러니가 아닐 수 없다. 그것은 물론 작품의 줄거리를 근거로 한 평가는 아니다.

플로베르는 1851년 9월에 『마담 보바리』를 쓰기 시작했으나 그 진척이 매우 더뎌 1856년 4월에야 탈고한다. 실제 사건을 바탕에 둔 소설인데도 집필에 4년 반 넘는 긴 시간이 걸렸다는 것은 무엇을 의미할까? 그것은 무엇을 쓰느냐가 아니라 어떻게 쓰느냐가 중요하다는 것을 말해준다. 사실 플로베르는 예술적인 미(美)를 무엇보다 중요시했고, 문체의 내적인 힘에 의해 스스로 유지될 수 있는 작품을 가장 아름답다고 여겼다. 그래서 형태에 주의를 기울이고, 언어를 가장 중요한 미의 대상으로 삼았다. 즉 언어가 단지 의미 전달을 위한 도구가 아

---

1. 이 부분은 《유럽사회문화》 3호(2009년 12월)에 실린 필자의 논문 「플로베르의 『마담 보바리』: '다른 곳'을 향한 욕망과 아프로디지아」에서 요약한 내용과 동일하다. 그 밖에 작품 인용에 있어서 동일한 부분을 인용하거나 몇 군데 문장에서도 동일한 표현이 사용된 곳이 있음을 밝혀둔다.

니라 그 자체로 아름다움을 창조할 수 있는 실체라고 인식한 것이다. 그리하여 산문의 문장 역시 시 못지않게 정확하고 리듬이 있어야 하며 다른 것으로 대체될 수 없는 것이어야 한다고 생각했고, 거의 읽을 수도 없을 지경으로 지우고 고치기를 수없이 반복하면서 단 하나의 문장을 위해서도 며칠씩 고민했다. 그가 굳이 유부녀의 간통 사건이라는 통속적인 이야기를 선택한 것도 지극히 평범한 이야기를 가지고도 잘 쓸 수 있다는 것을 보여주고 싶었기 때문이다. 세상을 있는 그대로 묘사하면서도 위대한 문장가일 수 있다는 것을 증명해 보이고 싶었다는 플로베르의 말[2]은 바로 그런 맥락에서 나온 것이다. 그는 완벽한 문체를 완성하기 위해 고심하는 자기 자신의 모습을 "배에 상처를 입히는 거친 속옷을 사랑하는 고행자"[3]에 비유하는데, 그러한 고행을 거친 덕분에 진부하고 통속적인 줄거리의 『마담 보바리』는 독창적인 문체가 빛을 발하는 탁월한 예술 작품이 될 수 있었다. 그러므로 『마담 보바리』의 가치는 무엇보다 풍부한 예술적 미를 함축하고 있는 문체의 효과에서 찾아야 할 것이다.

---

2. 허버트 로트먼, 『플로베르』, 진인혜 옮김, 책세상, 1997, 407쪽.

3. Gustave Flaubert, *Correspondance II*, Paris : Gallimard, p75. 1852년 4월 24일, 루이즈 콜레에게 보낸 편지.

플로베르가 "순수한 예술의 관점에서 볼 때 주제란 없으며 오직 문체만이 사물을 보는 절대적인 방법"이라고 주장하며 "그 무엇에 대해서도 이야기하지 않는 책, 전혀 외부와 결부되어 있지 않으며 마치 지탱하는 것이 없어도 대기 중에 떠 있는 지구처럼 문체의 내적인 힘에 의해 스스로 유지될 수 있는 책"[4]을 추구했다는 것은 잘 알려져 있는 사실이다. 더구나 그가 그런 바람을 피력한 것은 『마담 보바리』를 집필하던 중이었다.

그런데 과연 『마담 보바리』가 오직 문체의 힘만 보여주면서 정말 아무것에 대해서도 이야기하지 않는 책일까? 그렇지는 않다. 플로베르의 문체에 의해 창조된 인물들은 분명 생생한 생명력을 가진 심리적 주체로서 우리에게 많은 이야기를 건네고 있기 때문이다. 그렇기에 『마담 보바리』가 출간된 이후 한 세기 반이 넘는 긴 세월 동안 비평가들이 끊임없이 여주인공 에마의 초상화를 그리고자 한 것이 아니겠는가? 그 많은 초상화는 종종 서로 대립되고 상충되기도 한다. 예를 들어 생트뵈브는 "에마는 몽상적인 인물일 뿐 타락한 것은 아니다"[5]라고

---

4. 앞의 책, 31쪽. 1852년 1월 16일, 루이즈 콜레에게 보낸 편지.
5. Charles-Augustin Sainte-Beuve, "*Madame Bovary*, par M. Gustave Flaubert", *Le Moniteur universel*, 4 mai 1857.

한 반면, 바르베 도르비유는 에마의 불륜을 강조하면서 플로베르를 타락이라는 질병을 서술하는 대가라고 표현하기도 했다.[6] 그동안 그려진 에마의 많은 초상들을 요약해본다면 대체로 '몽상적인 영혼의 소유자'와 '관능적인 여자'라는 두 가지 유형으로 분류할 수 있다. 사실 이 두 가지 유형 중 어느 하나만 가지고는 에마가 어떤 여성인지를 충분히 설명할 수 없다. 처녀 시절의 에마는 분명 몽상적인 기질이 농후한 여자였지만, 불륜의 사랑을 경험하면서 그녀의 관능이 점점 깨어나고 발전한 것도 사실이기 때문이다. 하지만 몽상적인 영혼을 지닌 탓에 상처받은 가엾은 여성이든, 육체적 쾌락을 탐하는 관능적인 여자이든, 현실적인 시각으로 볼 때 에마가 무가치하고 어리석고 끊임없이 잘못을 저지르고 판단력이 부족하다는 점에는 이론의 여지가 없다. 그러나 그녀가 가진 모든 결점과 실패에도 불구하고 에마라는 인물이 우리를 유혹하고 우리의 관심을 끈다면, 그것은 그녀가 사랑을 욕망하는 여인이며 그 욕망을 받아들이기 때문일 것이다. 사랑에 대한 욕망은 곧 우리 모두의 욕망이기도 하니까. 그러므로 여기서는 『마담 보바리』가 지닌 문학적 혹은 예술적 가치는 제쳐두고 에마의 욕망

6. Jules Barbey d'Aurevilly, "*Madame Bovary*, par M. Gustave Flaubert", *Le Pays*, 6 octobre 1857.

에 집중해보도록 하자.

에마와 보바리즘

프랑스어에는 보바리즘(bovarysme)이라는 단어가 있다. 사전에서 이 단어의 의미를 찾아보면 다음과 같이 풀이되어 있다.

> 보바리 부인 기질(보바리 부인처럼 자신의 현실을 자기 이상으로 착각하는 일종의 자기 환상, 과대망상), 불만에 의한 공상으로의 도피, 자신을 다른 사람으로 착각하는 힘, [의학] (여성의) 감정적 · 사회적 욕구불만

이 단어는 플로베르의 작품 『마담 보바리』에서 유래한 것이다. 1892년에 프랑스 철학자 쥘 드 고티에가 『보바리즘, 플로베르 작품 속의 심리학』을 쓰면서 보바리즘이라는 용어를 하나의 철학적 혹은 심리학적 개념으로 탄생시킨 이후 플로베르 작품 속에 등장하는 에마 보바리와 같은 기질을 가리키는 일반명사가 된 것이다. 당시 고티에는 보바리즘을 "스스로를 있는 그대로의 자신과 다르게 생각하는 성향"이라고 정의 내

렸다. 고티에의 정의와 사전적인 정의가 보여주듯이, 보바리즘은 비단 불륜의 사랑을 갈구하는 성향에만 갇혀 있지 않다. 자기 자신 혹은 현실을 있는 그대로 받아들이지 않고 이상화시키며 환상을 품는 기질을 광범위하게 가리키는 용어인 것이다. 말하자면 자신이 살아가고 있는 '지금-여기'에서 벗어나 '다른 곳, 다른 삶'을 갈망하는 것이다. 플로베르의 유명한 말, "보바리 부인은 바로 나다"라는 말은 그런 맥락에서 이해될 수 있다. 정도의 차이는 있을지언정 사람은 누구나 평범한 현실에서 벗어나 다른 삶을 욕망하는 심리를 마음속에 품고 있기 마련이므로, 우리 모두가 보바리 부인이라고 할 수 있기 때문이다. 그리고 우리의 내면에 잠재되어 있는 보바리즘의 씨앗은 현실에 안주하지 않고 보다 나은 삶을 갈망하며 노력함으로써 우리의 삶을 발전시키는 원동력이 될 수도 있다. 다만 실현 불가능한 것을 원하거나 이상향에 과도하게 집착하여 병적으로 현실을 거부하고 환상 속으로 도피하는 경우에는 보바리즘이 비극을 초래하게 된다.

에마가 교육을 위해 수도원에서 보낸 소녀 시절은 이와 같은 보바리즘을 결정짓는 계기로 작용한다. 우선 수도원에서 경험하는 종교의식을 그녀는 지나치게 탐미적으로 받아들인다. 미사 중에도 그녀는 미사의 순서를 제대로 따라가기보다는 책 속의 그림들을 들여다보면서 병든 어린양, 화살을 맞은 주님의 심장, 십자가를 지고 걸어가다가 쓰러진 예수님의 가엾은 모습 등을 감상하는 것을 더 좋아했다. 그리고 약혼자, 남편, 하느님의 애인, 영원한 결혼 등과 같은 비유가 되풀이되는 설교를 들으며 신앙심이 고양되는 것을 느끼기보다는 가슴속 밑바닥에서 솟구치는 이성 간의 애정의 감미로움을 느꼈다. 이처럼 감상적인 그녀의 기질은 수도원에서 읽은 낭만적인 책들에 극도로 자극을 받아 그녀의 환상을 걷잡을 수 없이 키우게 된다. 한결같이 사랑, 맹세, 흐느낌, 눈물과 키스를 이야기하며 낭만적 우수와 낭랑한 탄식으로 점철된 소설들을 읽는 독서 행위는 에마에게 다른 현실에 대한 환상을 품게 하는 방법이었다. 그리하여 그녀는 등장인물의 감각적이고 감정적인 경험을 상상 속에서 자기 자신의 것으로 만들고 소설 속 여주인공의 삶을 동경한다. 소설에 나오는 성주 마님처럼 긴 드레스를 입고 고풍스러운 저택에서 살아보고 싶었고, 멋진 기사가 검정 말을 타고 자신에게 달려오는 모습을 꿈꾸곤 했다. 그리고 무엇보다 책에서 읽은 사랑의 감정을 현실의 삶에서 재현하고자 하는 갈망을 갖게 된다.

에마는 책에서 그토록 아름답게 보였던 행복, 정열, 도

취와 같은 말들이 실제 생활에서는 정확히 어떤 의미 인지 알고 싶었다. (59쪽)[7]

어쩌면 아직 사랑을 경험해보지 않은 감수성 강한 처녀라면 누구나 느낄 수 있는 갈망이기도 하다. 에마가 샤를 보바리와 결혼하면서 드디어 책 속에서 읽은 사랑을 실제로 경험하게 되리라고 기대하는 것도 당연한 일일 것이다. 하지만 드라마나 영화가 아닌 이상, 결혼한 후에 그 사랑에서 응당 생겨나야 할 행복이 찾아오지 않는 것 역시 당연한 일이지 않겠는가? 슬프게도! 그럴 때 일상을 살아가는 대부분의 사람들은 현실과 타협하고 소소하고 자질구레한 작은 기쁨들을 결혼생활의 행복으로 여기며 체념하고 만족한다. 그러나 에마는 그렇게 현실적인 여인이 아니다. "횃불을 밝혀놓고 자정에 결혼식을 하고 싶다"(46쪽)는 에마의 발상, 아버지인 루오 노인은 도무지 이해할 수 없는 그런 발상을 보면 그녀가 결혼에 대해 얼마나 비현실적인 환상을 품고 있었는지를 쉽사리 알 수 있다. 그런 그녀에게 시골 의사 부인이 되어 똑같은 나날을 살아가는 단조롭고 권태로운 현실은 "천창이 북쪽으로 나 있는 다

7. 이 글에서 작품의 인용은 『마담 보바리』(진인혜 옮김, 을유문화사, 2021)를 사용했다.

락방처럼 싸늘"(75쪽)하게 느껴졌고, 그녀는 그런 삶을 결코 받아들일 수 없었다. 그리하여 에마는 현실을 거부하고 다른 시공간을 꿈꾸면서 공상에 빠진다. 파리는 그러한 공상을 정점에 이르게 하는 신비스러운 장소로서 에마의 모든 욕망이 향하는 도시이다. 심지어 그녀는 파리의 지도까지 사서 지도 위를 손가락 끝으로 더듬으며 상상 속에서 파리의 이곳저곳을 돌아다닌다. 그러면 그녀의 눈앞에 진홍빛 분위기 속에서 찬란하게 빛나는 파리의 생활이 생생하게 펼쳐지는 것이다.

> 사람들은 벽면이 거울로 된 살롱에서 황금빛 술이 달린 벨벳 융단으로 뒤덮인 타원형 테이블 주위로 번쩍이는 마룻바닥 위를 걸어다녔다. (……) 가련한 천사인 여자들은 치마 밑에 영국산 고급 레이스를 장식하고 있었고, (……) 자정 넘어 식사를 하는 레스토랑 특실에서는 환한 촛불 빛 속에서 문인과 여배우의 잡다한 무리가 웃고 있었다. 그들은 왕처럼 돈을 물 쓰듯 썼고, 이상적인 야망과 환상적인 망상으로 가득 차 있었다. 그것은 다른 모든 생활을 초월하는 것으로, 하늘과 땅 사이 격동 속에 있는 숭고한 그 무엇이었다. 그 밖의 모든 세상사는 정확한 장소도 없이, 마치 존재하지 않는

것처럼 사라져버렸다. (95-96쪽)

위의 인용문에서 알 수 있듯이, 에마의 꿈의 중심에 존재하는 파리는 그녀가 살고 있는 장소를 현실감을 잃게 만들고 결국 존재하지 않는 것으로 만들어버린다. 즉 그녀의 강렬한 몽상이 현실을 대신하고, 그녀는 그 상상의 세계를 마치 현실인 양 즐기는 것이다. 하지만 그 세계는 결코 현실이 될 수 없으므로, 몽상에서 깨어나면 그녀를 더욱 비참하게 만들 뿐이다.

그런데 그녀가 꿈꾸던 몽상이 정말로 현실이 되어 섬광처럼 번쩍이는 현재의 순간을 제공한 예외적인 사건이 발생한다. 우연한 기회에 초대받아 가게 된 보비에사르의 무도회가 바로 그것이다. 에마는 그곳에서 무도회의 광채를 만끽하며 가슴이 터질 듯하고 관능이 활짝 피어나는 순간을 몽상이나 상상이 아니라 실제 현실로 체험하게 된다. 이 놀라운 경험은 그녀의 삶에 어떤 영향을 미쳤을까? '지금-여기'를 벗어나 그토록 갈망하던 '다른 곳'을 경험했으니, 그 일탈의 순간을 통해 욕구불만을 해소하고 다시 '지금-여기'의 일상으로 돌아올 수 있을까? 그래야 하지만 에마는 그러지 못한다. 사실 보비에사르 무도회는 그녀 자신의 현실이 아니라 다른 사람들의 세계로서 그녀에게는 잠시 제공된 찰나적인 현실에 지나지 않는데, 그녀는 이 순간적인 현실에 도취되어 자신의 과거를 송두리째 부정한다.

> 그러나 현재가 발산하는 섬광 때문에 그때까지 그토록 선명했던 과거의 삶은 완전히 사라져버렸고, 그녀는 자신이 정말 그런 삶을 살았는지 의심스럽게 생각될 정도였다. **(86쪽)**

말하자면 그 불안정한 찰나의 현실로만 자신의 삶을 채우고 싶다는 불가능한 몽상만 더 커질 뿐이다. 그런 까닭에 보비에사르에서 돌아온 다음 날의 하루는 에마에게 너무나 길게 느껴지고, 그 무도회를 추억하는 것은 에마의 일상이 되어버린다. 특히 보비에사르에서 돌아오는 길에 주운 담배 케이스는 이미 사라져버린 그 순간을 한없는 공상으로 물들이며 되새김하게 만든다. 그녀는 남편 샤를이 집을 나가고 나면, 장롱 속에서 담배 케이스를 꺼내어 뚫어지게 바라보며 무도회에서 함께 춤을 추던 자작을 연상하고 그 물건에 얽힌 사랑 이야기에 대한 끝없는 몽상에 빠져든다. 결국 그녀의 삶을 충족시켜준 듯했던 그 찰나의 순간은 그녀의 욕구불만을 해소해주기는커녕 병적인 회한과 환각적인 몽상을 낳음으로써 그녀로 하여금 더욱더 현실의 삶을 부정하게 만든다. "떠들썩한 생활, 가면무도회의 밤, 방자한 쾌락, 자신이 경험하지 못했지만 틀림없이 그런 것들이 가져다줄 격정을 선망"(107쪽)하게 만든 보비에사르는 그녀가 처해 있는 현실의 삶에 메울 수 없는 균열을 만들었을 뿐이다.

> 보비에사르에 갔던 일은 때때로 폭풍우가 하룻밤 사이 산속에 엄청난 균열을 파놓듯이 그녀의 삶에 구멍 하나를 뚫어놓고 말았다. (92쪽)

에마의 생활 속에 뚫린 그 구멍을 채우려면 보비에사르와 같은 사건이 다시 일어나는 수밖에 없다. 그런데 단조롭기만 한 그녀의 삶에는 사건이 없으므로, 그녀는 허구로 향해 어떻게 사건을 만들어내는지 배우고자 한다. 그녀가 읽은 낭만적인 책에서 볼 수 있는 일반적인 규칙은 언제나 뜻밖의 사건이 일어나는 것이었기 때문에, 그녀는 이 규칙을 자신의 삶에 적용하여 사랑이나 모험의 형태로 뜻밖의 일이 일어나기를 기다린다.

> 그녀는 마음속 깊은 곳에서 어떤 사건이 일어나기를

> 기다리고 있었다. (……) 그 우연이 어떤 것일지, 어떤 바람이 그녀에게까지 우연을 몰고 올지, 어떤 해안으로 그녀를 데려갈지, 작은 배일지 아니면 3층 갑판의 대형 선박일지, 고뇌를 싣고 있을지 아니면 출입구까지 행복이 한가득일지 그녀는 알 수 없었다. 그러나 매일 아침 잠에서 깨면 그날 그 우연이 찾아오기를 바라면서 모든 소리에 귀를 기울이고 깜짝 놀라 일어서기도 하고 우연이 찾아오지 않은 것에 놀라곤 했다. **(94-95쪽)**

이와 같이 에마는 단조롭고 권태로운 현실을 받아들이지 못하고 신기하고 특별한 사건이 일어나기를 기다리면서 열에 들뜬 몽상 속에서 살아간다. 그리고 그녀를 '지금-여기'에서 '다른 곳'으로 데려다줄 수 있는 그 특별한 사건은 '남자' 즉 '애인'의 모습으로 그녀의 삶에 나타난다.

에마의 남자들

에마의 남자들은 모두 세 명이다. 남편인 샤를, 그리고 유부녀의 신분으로 불륜 관계를 맺은 로돌프와 레옹이 그들이다. 성적으로 개방된 현 사회의 잣대로 보자면 그리 대단한 숫자가 아닐지도 모르지만, 그저 가벼운 잠자리 상대가 아니라 온 마음과 영혼을 쏟아붓는 불륜의 사랑을 두 번이나 했다는 것은 현대의 시각으로 보더라도 흔치 않은 일이다. 에마는 사랑을 다음과 같이 생각한다.

> 사랑이란 요란한 천둥과 번개와 함께 갑자기 찾아오는 것이라고 그녀는 생각하고 있었다. 인간의 삶을 기습해 뒤죽박죽으로 만들고 인간의 의지를 마치 나뭇잎처럼 통째로 날려버리고 마음을 송두리째 심연으로 쓸어 가는 하늘의 폭풍우 같은 것이라고 말이다. **(158쪽)**

참으로 대단한, 숭고하고 운명론적인 사랑관이 아닐 수 없다. 인간의 의지를 나뭇잎처럼 만들어버리는 사랑이라면, 설사 불륜이라 하더라도 누가 그 사랑 앞에 굴복하지 않을 수 있을까? 피할 수 없는 숙명과도 같은 사랑으로 찾아오는 남자는 대체 얼마나 치명적인 매력을 지니고 있을까? 그러나 에마의 남자들은 그런 사랑에 어울리는 존재도 아닐뿐더러, 에마의 사랑도 그녀가 꿈꾸던 것처럼 거부할 수 없는 운명으로 다가온 것은 아니다.

먼저 샤를은 어떤 남자인가? 그는 정열의 위력, 세련된 생활, 신비로운 감상 따위에 대해서는 전혀 아는 바가 없고 바라는 것도 없는 지극히 태평한 생활인이다. 에마가 낭만적인 사랑을 느껴보고 싶은 마음에 아무리 연애 시를 읊어주고 우수에 찬 아다지오를 노래하며 그의 심장에 부싯돌을 문질러도 불꽃이 일지 않는 둔감한 감성의 소유자인 것이다. 물론 그는 아내인 에마를 사랑하며 스스로 만족하고 자신의 행복을 추호도 의심하지 않았지만, 애초부터 에마가 원하는 행복을 가져다줄 수 있는 능력은 없었다.

> 샤를의 대화는 거리의 보도처럼 단조로웠고, 그의 말 속에는 누구나 할 수 있는 뻔한 생각들이 감동도, 웃음도, 몽상도 자아내지 못한 채 평상복 차림으로 연이어 지나갔다. 그는 루앙에 사는 동안 파리의 배우들을 보러 극장에 가고 싶다는 호기심을 한 번도 가져본 적이 없다고 말했다. **(69쪽)**

사실 에마가 샤를의 청혼을 받아들인 것은 '다른 곳'에 대한 동경에 의해서였지, 책 속에서 보았던 것과 같은 운명적인 사랑을 느껴서는 아니었다. 샤를이 베르토에 처음 왔을 때, 그녀는 "더 이상 배울 것도 없고 아무것도 느낄 것이 없다고 여기며 환멸에 깊이 빠져"(67쪽) 있던 터였다. 그때 마침 타지에서 온 샤를이라는 남자가 새로운 상황을 만들어주었고, 에마는 그로 인해 야기된 다소의 흥분을 자신도 마침내 멋들어진 정열을 갖게 된 것으로 착각했던 것이다. "연애 시의 가사 때문에 음악을, 정열적인 자극 때문에 문학을 사랑했던"(66쪽) 그녀에게, 조용하고 단조롭기만 한 결혼 생활이 그녀가 꿈꾸는 '다른 곳'이 될 수 없었음은 자명한 일이다. 신혼 생활을 시작한 토스트에서도, 이사를 간 용빌에서도 그녀는 극심한 고통에 시달릴 뿐이다.

이렇게 고통 속에서 '다른 곳'에 대한 갈증에 목말라하는 그녀 앞에 레옹이라는 남자의 존재가 부각된다. 레옹은 에마가 꿈꾸는 낭만적인 사랑을 나눌 수 있는 기질을 가지고 있을까? 적어도 샤를보다는 그렇다. 그는 감수성이 예민하고, 문학, 음악, 미술에도 관심이 많아서 에마와 영혼을 울리는 감미로운 대화를 나눌 수 있는 청년이었다. 하지만 그는 내성적이고 소심하며 조심성이 많아서 에마에게 사랑의 감정을 느끼면서도 고백하지 못한 채 낙담한 심정으로 에마가 살고 있는 용빌을 떠나고 만다. 어쨌든 두 사람은 한동안 순수한 감정을 나눌 만큼 서로에게 끌렸고 대화가 통하는 사이였다. 레옹은 에마에게 매력적인 남자였던 것이다. 그런데 사실 레옹의 매력은 샤를이 옆에 있었기 때문에 실제보다 더 부풀려진 측면이 있다. 에마의 눈에 바보스럽게 보이는 샤를의 모습과 비교됨으로써 레옹이 더 매력적으로 비치기 때문이다. 게다가 에마는 레옹이라는 남자를 있는 그대로 받아들이는 것이 아니라 책에서 읽었던 남자의 모습을 투영하여 실제보다 더 이상화시킨다. 말하자면 그녀는 레옹을 하나의 실체가 아니라 일종의 몽상의 대상으로 받아들이는 것이다.

> 그녀는 레옹을 사랑하고 있었다. 그리고 상상 속에서 그의 모습을 마음껏 즐기기 위해 고독을 원했다. 그를 직접 보는 것은 그 명상의 쾌락에 방해가 되었다. 에마는 그의 발소리를 들으면 가슴이 뛰다가도 그가 눈앞에 나타나면 감동이 사라지고……. (169쪽)

그리고 마음속의 갈증만 증폭시킨 채 레옹이 떠나고 나자, 레옹은 "보다 크고 보다 아름답고 보다 감미롭고 보다 막연한 모습"(193쪽)으로 에마의 마음속에 자리 잡으며 그에 대한 이상화가 최고조에 이른다. 그런 까닭에 그녀는 레옹을 놓쳐버린 자기 자신을 더욱 저주했고, 욕망은 후회로 인해 더 거세게 끓어오르면서 그녀를 능동적으로 만든다.

이 같은 상황에서 그녀 앞에 나타난 남자가 바람둥이 로돌프이다. 방탕자 로돌프는 에마에게 연애 감정을 느낀 것이 아니었다. 그에게 에마는 그저 맛보고 싶은 사탕 과자였을 뿐이다. 그는 그녀를 처음 본 순간부터 흥미를 느끼고 서너 마디 달콤한 말만 해주면 그녀가 금방 넘어오리라고 자신한다. 그가 스스로에게 제기한 첫 질문은 바로 "나중에 어떻게 떼어버리지?"(204쪽)였다. 그리고 계획대로 농사 공진회에서 뻔한 감언이설로 에마를 유혹한다. 이 보잘것없는 유혹에 에마가 저항하지 못한 것은 이미 그 전부터 이중의 구조를 가지고 있었기 때문이다. 우선 그녀는 잉어가 물을 그리워하듯 사랑을 그리워하며 유혹에 굴복할 준비가 되어 있었고 그것만을 기다리고 있었기 때문이다. 그리고 독서에서 얻은, 사랑에 대한 해석을 머릿속에 가지고 있다가 로돌프에게 투영했기 때문이다. 게다가 보비에사르에서 함께 춤추며 찰나의 황홀함을 느끼게 해주었던 자작의 추억과 이상적인 남자의 이미지로 남아 있는 레옹의 추억까지 뒤섞이면서 에마의 앞에 있는 로돌프는 로돌프라는 한 개인이 아니라 그 모든 남자들의 통합체가 된다.

> 그러자 온몸의 맥이 풀리면서 보비에사르에서 함께 왈츠를 추었던 자작이 생각났다. (……) 그녀는 아직도 샹들리에 불빛 아래에서 자작의 팔에 안겨 왈츠를 추며 빙빙 돌고 있는 것 같았고, 레옹이 멀지 않은 곳에서 금방 올 것만 같았는데…… 여전히 옆에서는 로돌프의 머리 냄새가 났다. 그 감미로운 감각은 그렇게 과거의 욕망들 속으로 스며들었고, 과거의 욕망들은 한 줄기 바람에 날리는 모래알처럼 그녀의 영혼 위로 퍼지는 향기의 교묘한 숨결 속에서 소용돌이치고 있었다. (228-229쪽)

그리고 에마는 로돌프와 불륜에 빠진 자기 자신을 예전에 읽었던 책 속의 여주인공들과 동일시하면서, 자신이 그토록 선망했던 사랑에 빠진 여자의 전형이 바로 자기 자신이라고 여긴다. "내게 애인이 생겼어! 애인이!"(251쪽)라는 그녀의 탄성은 드디어 긴 몽상이 현실이 된 데서 오는 기쁨의 탄성인 것이다. 그리하여 그녀는 뉘우침도 불안도 고민도 없이 그 사랑에 뛰어든다. 그러나 에마와의 관계를 단순히 관능적인 유희로만 여긴 로돌프는 반복되는 정사를 통해 에마를 욕정과 육체적 쾌락에 눈뜨게 해놓고는 부담스러운 그녀의 열정을 피해 도망쳐버린다.

로돌프에게 처참하게 버림받은 에마는 사경을 헤맬 정도로 앓지만, 그럼에도 불구하고 현실을 직시하지 못한다. 오히려 간통의 황홀함을 경험하여 더 대담해진 그녀는 루앙에서 3년 만에 재회한 레옹과 걷잡을 수 없이 쾌락에 빠진다. 더구나 레옹은 그녀의 마음속에서 한껏 이상화되어 있는 존재가 아니던가? 그녀는 레옹을 보면서 "어떤 남자도 이토록 아름답게 보인 적은 결코 없었다"(366쪽)고 생각한다. 그리고 레옹의 사랑을 자신이 동경하던 왕자의 사랑과 동일시한다. 그럼으로써 레옹과의 밀회는 이 세상 무엇과도 바꿀 수 없는 최상의 행복이 된다.

> 그러고는 숱 많은 머리카락을 바람에 흩날리면서 별을 바라보고 왕자의 사랑을 갈망했다. 그녀는 그 남자, 레옹을 생각했다. 그럴 때는 그녀의 욕구를 충족시켜주는 단 한 번의 밀회를 위해서라면 모든 것을 다 주어도 좋을 것 같았다. (445쪽)

결국 에마가 사랑한 것은 레옹이나 로돌프라는 현실의 남성이 아니라, 그녀가 이상화시킨 환상적 존재였던 셈이다. 그리고 그녀의 사랑은 그녀의 의지를 나뭇잎처럼 만들어버리는 운명적인 것이 아니라, 평범한 일상을 거부하고 싶어 한 그녀의 욕망인 것이다. 그녀는 로돌프에게도 "나를 데려가줘요! 나를 데려가요!"(299쪽)라고 애원했고, 심지어 루앙의 극장에서 연극을 보면서 무대 위의 배우에게도 "나를 데려가줘요, 데려가요. 자, 떠나요!"(348쪽)라고 마음속으로 절규했다. 어디로? '지금-여기'가 아니라 '다른 곳'으로! 요컨대 남자들과의 연애는 '다른 곳'을 향한 그녀의 욕망이 구체화되어 나타난 행태이다.

채워지지 않는 욕망의 사이클

에마가 욕망하는 '다른 곳'은 과연 어떤 곳일까? 그녀가 로돌프에게 함께 도망가자고 했을 때 꿈꾸는 삶을 보면, 그녀가 욕망하는 '다른 곳'이 얼마나 비현실적이며 환각적인지를 알 수 있다.

> 달리는 네 마리의 말에 이끌려 그녀는 1주일 전부터 미지의 고장을 향해 가고 있었다. (……) 그들은 바닷가의 만 안쪽, 종려나무 그늘이 드리워진 평평한 지붕의 야트

막한 집에서 살 것이다. 그리고 곤돌라를 타고 돌아다니고, 그물침대에 누워 흔들릴 것이다. 그들의 생활은 그들의 비단옷처럼 안락하고 넉넉하며, 그들이 바라보는 정겨운 밤처럼 아주 따사롭고 별빛으로 빛나리라. **(303쪽)**

함께 도망가기로 한 전날까지도(물론 로돌프는 함께 도망가는 대신 에마를 버릴 작정이었지만) 에마는 한 번도 구체적인 현실의 장소를 떠올리지 않는다. 그저 마차가 내딛는 순간 "마치 풍선을 타고 붕 떠올라 구름을 향해 떠나는 것 같을"**(301쪽)** 거라고 로돌프에게 말하며 한결같이 멋있고 황홀한 나날이 이어질 거라고만 상상한다. 설령 로돌프가 에마가 원하는 대로 함께 도망간다 하더라도 도대체 어디로 가야 하는 것일까?

로돌프도 레옹도 에마가 갈망하는 환상적인 삶을 가져다줄 수는 없다. 그들이 안겨주는 열정과 쾌락이 한동안 그녀의 욕구를 충족시켜줄 수 있다 하더라도 그 감정이 한결같이 절정에 머물러 있기란 불가능하다. 에마 자신도 인정하고 싶지 않지만, 어쩔 수 없이 그런 사실을 깨닫는다. 시간이 흐름에 따라, 특별하고 엄청난 것이라고 느꼈던 그 사랑이 "마치 강바닥에 빨려 들어가는 강물처럼 그녀의 발밑에서 줄어드는 것 같았고, 그녀의 눈에 바닥의 진흙이 보였"**(264쪽)**던 것이다. 그리하여 로돌프와 사랑에 빠지던 초기에는 정열, 도취, 광란으로 가득한 "푸르스름한 빛을 띤 무한한 세계"(252쪽)로 들어가는 것 같았고 절정에 이른 감정을 느꼈지만, 불과 반년이라는 시간이 흐르자 "그들은 서로에 대해 마치 가정적인 불꽃을 조용히 유지하고 있는 부부"(248쪽)와 같이 느끼게 된다. 그것은 레옹과의 관계에 있어서도 마찬가지이다. 넋을 잃을 정도로 서로에게 완전히 사로잡혀 열렬하게 사랑을 나누며 죽는 날까지 젊은 부부처럼 지내리라고 믿었지만, 시간이 지나자 어쩔 수 없이 실망을 느낀다.

> 그들은 서로를 너무나 잘 알아버려 그 기쁨을 백배로 늘려주는 소유의 경이로움을 느낄 수 없게 되었다. 그가 그녀에게 싫증이 난 것만큼 그녀도 그가 지겨워졌다. 에마는 간통 속에서 결혼 생활의 모든 진부함을 그대로 발견하고 있었다. (447쪽)

열병과도 같은 행복을 느끼게 해준 불륜의 사랑도 결국 시간이 흐르면 부부 사이와 다름없이 단조롭고 권태로워질 뿐이라니, 참으로 아이러니한 진실이 아닐 수 없다. 하지만 에마는 그 진실을 믿고 싶지 않아 더욱더 많은 애정을 쏟고 날이 갈수록 집착하면서, 외부의 도움에 기대서라도 사그라든 정열을 되살려보려고 온갖 수단을 다 동원한다. 머리카락을 한 줌씩 잘라서 서로 교환하기도 하고, 조그만 초상화를 주고받고, 끊임없이 "나 사랑해?"라고 물으며 확인하지만, 그런 감상적인 행동은 바람둥이 로돌프에게는 귀찮고 성가실 뿐이고 레옹에게도 지겨움을 안겨준다. 그럴수록 에마는 상대방의 마음을 붙들어두려고 조바심치면서 온갖 관심을 다 쏟아붓고, 승마용 채찍, 스탬프, 스카프, 담배 케이스 등의 선물 공세를 펴기도 한다. 게르티 젱어와 발터 호프만이 『불륜의 심리학』에서 지적하듯이, "지나친 배려, 무조건적인 이해, 원하지도 않는 애정 공세와 과도한 애정 표현 같은 것들은 뭔가 잘 맞아떨어지지 않는 내연 관계에서 전형적으로 나타나는 것이다. 그것은 완벽한 관계의 표현이 아니라, 결핍의 표현이다. 거기서 초래될 수 있는 감정은 행복이나 고마움이 아니라 불쾌함이다."[8] 사실 에마의 집착과 과도한 노력은 상대방의 사랑이 식어버리면 어쩌나 하는 불안보다 자기 자신의 마음에 대한 불안의 표현이다. 누구보다 그녀 자신이 책에서 읽은 그 형언할 수 없는 사랑의 감정도 더 강렬한 쾌락도 느끼지 못하게 되었

---

8. 게르티 젱어, 발터 호프만, 『불륜의 심리학』, 함미라 옮김, 소담출판사, 2009, 242쪽.

기 때문이다. 그녀는 레옹을 만나러 갈 때마다 "다음번 밀회에서는 깊은 행복을 맛보아야겠다고 줄곧 다짐했지만, 특별한 것을 아무것도 느끼지 못했음을 인정해야 했다."(435쪽) 그리하여 그녀는 레옹에게 편지를 쓰면서 자기도 모르게 어떤 미지의 남자를 떠올린다. 그 남자는 현실 속의 인물이 아니라 그녀의 가장 뜨거운 추억, 가장 아름다웠던 책의 내용, 그리고 가장 강렬한 욕망들이 한데 뒤섞여 빚어낸 환영이었다.

> 그 남자는 비단 사다리가 달빛을 받으며 꽃바람 속에 발코니에서 흔들리고 있는 푸르른 나라에 살고 있었다. 그녀는 가까이에서 그를 느낄 수 있었고, 그가 와서 키스를 하며 그녀를 고스란히 데려갈 것만 같았다. 그러고 나면 그녀는 몹시 피로하고 기진맥진해 쓰러졌다. 그런 막연한 사랑의 흥분이 대단한 방탕 행위보다 더 그녀를 지치게 했기 때문이다. (447-448쪽)

이와 같이 에마는 레옹을 사랑한다고 자기최면을 걸듯 스스로에게 다짐하면서도, 또다시 다른 남자를 동경하고 '다른 곳'을 꿈꾼다. 그녀가 설령 가장 매혹적인 꿈의 장소로 여기는 파리에 가서 위 인용문 속의 남자라고 생각되는 사람을 운 좋게 찾아내어 사랑하게 되었다 해도, 결과는 마찬가지였을 것이다. 그녀가 꿈꾸는 '다른 곳'은 실현 불가능한 욕망과 몽상으로 구축된 비현실적 공간이기 때문이다. 따라서 어떤 대상에게 욕망을 느꼈을 때 그 대상이 자신의 욕구를 완전히 채워줄 거라고 믿기 때문에 그것만 얻으면 더 이상 아무것도 욕망하지 않으리라 여기지만, 그 대상을 얻어도 욕망은 여전히 남을 수밖에 없다. '다른 곳'이라고 여겼던 대상을 찾아 거기에 이르면, 이번에는 그 '다른 곳'이 바로 '지금-여기'가 되어 또다시 '다른 곳'을 갈망하는 악순환이 반복되는 것이다. "행복하지 않았고 한 번도 행복했던 적이 없었다"(437쪽)는 그녀의 아쉬움 섞인 회한은 이와 같은 맥락에서 비롯되는 것이다. '다른 곳'을 갈망하지만, 결과적으로 언제나 '지금-여기'를 벗어나지 못했으므로. 결국 에마 보바리의 생의 드라마는 채워지지 않는 욕망의 사이클로 이루어져 있으며, 출구 없는 그 사이클에서 빠져나올 수 있는 길은 죽음뿐이다. 자크 라캉이 지적하듯, 죽음은 곧 아무것도 욕망하지 않는 것[9]이므로…….

---

9. 자크 라캉, 『욕망 이론』, 권택영 엮음, 문예출판사, 1998, 19쪽.

글을 맺으며

플로베르는 에마 보바리가 저지른 간통을 비난하거나 또는 그녀에 대한 이해와 동정을 바라는 관점에서 묘사하지 않고, 단지 현실에 만족하지 못하는 한 여인의 삶을 냉철한 태도로 묘사한다. 사실주의의 대가로 칭송받는 작가답게 에마의 이야기가 도덕적인지 또는 위로가 되는지를 묻는 것이 아니라 단지 사실로서 펼쳐 보이고 있는 것이다. 그것은 그녀의 죽음에 대해서도 마찬가지이다. 그녀가 죽음에 이르는 과정은 임종하는 환자의 증상을 기록하듯 매우 객관적으로 묘사되어 있을 뿐만 아니라, 그녀가 음독자살을 하는 원인도 전혀 낭만적이지 않다. 그녀는 불륜 행각을 벌이면서 무절제한 낭비로 인해 남편 몰래 빚을 지고, 여기에 고리대금업자 뢰뢰의 계략이 더해지면서 눈덩이처럼 불어난 빚을 해결할 수 없게 되자 자살을 선택한 것이다. 사랑 때문이 아니라 돈 때문에 자살을 하다니, 운명적인 사랑관을 지닌 여주인공에게 너무 가혹한 결말이 아닌가? 하지만 아래의 인용문을 보면, 압류를 막아보려고 동분서주하는 가운데서도 오로지 사랑을 잃은 것 때문에 괴로워하는 그녀의 모습을 볼 수 있다.

> 그대로 미쳐버리는 것 같아 겁이 난 그녀는 다시 정신을 다잡았지만, 사실은 아직 몽롱한 상태였다. 자신의 끔찍한 상태의 원인, 즉 돈 문제를 기억하지 못하고 있었기 때문이다. 그녀는 오직 사랑 때문에 괴로워하고 있었다. 마치 부상자가 죽어가면서 피 흘리는 상처를 통해 생명이 새어 나가는 것을 느끼듯이, 그녀는 그 기억을 통해 영혼이 빠져나가는 것을 느꼈다. **(482쪽)**

에마는 로돌프를 사랑할 때나 레옹을 사랑할 때나 상대방에게 자기 삶의 모든 의미를 투영했지만, 그 남자들은 빚에 몰려 도움을 청하러 간 에마를 외면한다. 그러므로 그들의 외면은 에마로 하여금 돈 문제를 해결하지 못했다는 좌절보다 자신의 사랑이 불완전한 것이었다는 고통스러운 진실과 마주하게 한다. 그것을 깨닫는 순간, 그녀의 삶은 존재 기반을 잃어버린다. 그녀가 집으로 돌아가 음독을 하기 이전에 이미 위의 인용문에서 영혼이 빠져나간 순간 죽음을 맞이한 것은 아니었을까? 음독은 산송장이 된 그녀가 단지 기계적으로 취한 몸짓에 불과하지 않았을까? 그녀가 죽음을 맞이한 것은 육체적으로는 감당 못 할 빚으로 인해 음독을 했을 때였지만, 정신적으로는 사랑의 허망함으로 인해 영혼이 육신을 빠져나간 순간이었으리라. 그렇게 보면 그녀의 죽음은 오로지 돈 때문이라고만 할 수는 없을 것이다. 어찌 되었든 그녀는 사랑에 목숨을 걸었던 셈이다.

사람들이 살아가는 세상에는 지켜야 할 도덕과 규칙이라는 것이 있으므로, 아무리 목숨을 건 사랑이라 하더라도 가정 파탄을 초래한 불륜을 미화할 수는 없다. 하지만 우리가 누구인지를 아는 것이 문제되자마자 그때부터 우리에게 만능열쇠의 구실을 하는 것은 바로 육욕과 욕망의 논리라고 『성의 역사』에서 언급한 미셸 푸코를 생각해보면, 또한 사랑의 쾌락보다 더 크고 강렬한 쾌락이 있느냐고 『국가』에서 반문한 소크라테스를 생각해보면, 사랑에 대한 에마의 욕망은 행복을 추구하는 인간에게 매우 자연스러운 것이다. 그런데 에마는 사랑에 목숨을 건 여인치고는 행복을 느끼지 못했다. 행복을 느꼈다면 지극히 짧은 한순간일 뿐, 그녀는 늘 고통과 초조함 속에서 점점 더 심해지는 갈증에 목말라했다. 그것은 상기한 바와 같이 그녀가 채워지지 않는 욕망의 사이클에 갇혀 있었기 때문이다. 말하자면 그녀에게 사랑은 신기루와도 같은 것이었다. 잡힐 듯이 눈앞에 보이지만, 다가가보면 아무것도 없고 다시 저 멀리 달아나서 반짝이는 신기루. 신기루는 현실에 존재하지 않는 것이다. 결국 보바리 부인의 비극은 현실에 존재하지 않는 사랑의 감정을 욕망한 데에 있다. 그리고 그 비극은 언제라도 우리의 비극이 될 수 있다. 물론 우리는 다른 시대를 살고 있지만, 그래서 결혼과 불륜에 대한 인식도 보바리 부인의 시대와는 많이 다르지만, 자신의 삶을 스스로 책임질 수 있는 주체가 되지 못한다면 신기루의 환상적인 유혹을 뿌리치기는 여전히 어렵기 때문이다.

첫사랑

VS

마지막 사랑

:

사랑과 시간

제3장

로미오와 줄리엣의 사랑, 정체성 확립의 출발점

—

윌리엄 셰익스피어, 『로미오와 줄리엣』

이미선
경희대학교 후마니타스칼리지 교수

경희대학교 영어영문학과를 졸업하고 동 대학원에서 영문학 박사 학위를 받았다. 현재 경희대학교 후마니타스칼리지 객원교수로 재직하고 있다. 번역서로 『자크 라캉』『연을 쫓는 아이』 등이 있다.

『로미오와 줄리엣』에 대해 잘못 알고 있었거나 몰랐던 사실들

"불멸의 사랑"(생각뿔 출판사), "순수한 열정의 비극…… 죽음을 넘어서는 사랑"(민음사), "시간을 초월한 낭만적 사랑의 신화"(을유문화사) 같은 수식어가 붙어 있는 로미오와 줄리엣의 사랑은 열정적이고 낭만적이지만 비극적인 청춘의 사랑의 대명사다. 오늘날 두 사람의 사랑은 집안의 반대나 원한 관계 같은 극복할 수 없는 외부적인 요인들뿐만 아니라 여러 가지 이유 때문에 비극적인 결말에 이른 사랑을 표현하는 기준으로 작용한다. 예를 들어 호동왕자와 낙랑공주의 사랑은 "한국판 로미오와 줄리엣의 슬픈 사랑 이야기"로, 레일라와 마즈눈

(Layla and Majnun)은 "페르시아판 로미오와 줄리엣"으로 표현되고, "현대판 로미오와 줄리엣"이라거나 로미오와 줄리엣 앞에 어느 시대나 어느 나라, 혹은 지역을 넣은 "무슨 판 로미오와 줄리엣" 같은 표현은 거의 일상화됐다. 실제로 작품을 읽지 않은 이들조차 두 사람의 사랑에 대해 모르는 경우가 거의 없을 정도다. 그러나 『로미오와 줄리엣』을 직접 읽은 사람들은 그동안 자신들이 몰랐거나 오해하고 있었던 점들을 발견하고 놀라워한다.

먼저, 『로미오와 줄리엣』을 소설 작품으로 잘못 알고 있는 사람들이 많다. 셰익스피어 비극 강의를 하다 보면 학기 초뿐만 아니라 학기 말까지도 계속 셰익스피어의 희곡 작품들을 소설이라고 부르는 학생들이 있다. 심지어는 도서관에서 셰익스피어 희곡 작품들이 소설로 분류되어 있거나 『로미오와 줄리엣』이 소설 작품들을 분석한 책 속에 들어 있는 경우도 있다. 이디스 해밀턴의 『그리스 로마 신화』를 읽고 신화가 원래 서술체 설명문으로 된 이야기인 줄 알았다가 나중에야 오비디우스의 『변신 이야기』와 헤시오도스의 『신들의 계보』, 호메로스의 『일리아스』와 『오디세이아』 같은 시와 소포클레스의 『오이디푸스』 3부작 같은 희곡 형태로 이루어진 이야기라는 사실을 알게 되는 것처럼, 직접 읽어보지 않으면 『로미오와 줄리엣』이 서술과 대화로 이루어진 소설이 아니라 등장인물들의 대화로만 이루어진 희곡이라는 사실을 잊어버리기 쉽다.

『로미오와 줄리엣』을 읽은 독자들이 놀라는 또 한 가지 사실은 줄리엣이 채 열네 살이 되지 않았다는 점이다. "제 이 열네 개에 두고 말이지만—하지만 아이고, 내 이는 네 개밖에 없지만—아가씬 열네 살이 안 되죠. 팔월 초하룻날 밤이면 아가씬 열네 살이 됩니다"(1.3.12-17)[1]라는 유모의 말을 통해 알 수 있듯이 줄리엣은 '이팔청춘' 열여섯 살인 이몽룡과 성춘향보다 더 어리다. 물론 이 도령과 성춘향의 나이는 한국 나이고 줄리엣의 나이는 만 나이라서 어쩌면 동갑이 될 수도 있지만, 열여섯과 열셋이라는 어감 때문에 줄리엣이 훨씬 더 어리게 느껴진다. 작품 속에서 로미오의 나이는 언급되지 않았지만 아마도 로미오가 줄리엣보다는 나이가 많을 것으로 추정된다. 친구인 머큐쇼와 사촌인 벤볼리오와 성적인 농담을 거리낌 없이 주고받기 때문이다. 그러나 그렇다고 해서 로미오가 줄리엣보다 나이가 훨씬 많은 것 같지는 않다. G. 블레이크모어 에번스는 "줄리엣이 로미오보다 더 강한 성격을 보여주

1. 이 글에서 『로미오와 줄리엣』 텍스트는 『The Riverside Shakespeare』(Eds. G. Blakemore Evans et al., Boston : Houghton Mifflin Company, 1974)를 참고했다. 이후로는 장, 막, 행수만 표기함을 밝혀둔다.

고 더 빠른 속도로 거의 무서울 정도의 성숙함에 이르며…… 로미오와의 첫 만남에서 장난스럽지만 진지하고 침착한 태도를 보이고, 유명한 발코니 장면(2막 2장)에서 로미오보다 더 사려 깊고, 신중하며, 현실적"[2]이라는 여러 사실을 근거로 로미오가 줄리엣보다 나이가 한참 위는 아닐 것이라고 주장한다. 로미오가 몇 살이건 상관없이 놀라운 사실은 로미오를 처음 만난 날 사랑을 고백하고, 다음 날 결혼식을 올린 다음 죽음도 불사하는 줄리엣의 나이가 겨우 열세 살이라는 점이다.

『로미오와 줄리엣』을 읽은 독자들이 가장 황당해하며 놀라고, 한편으로는 "실망하는"[3] 이유는 줄리엣이 로미오의 첫사랑이 아니라는 사실이다. 당연히 대부분의 사람들은 로미오와 줄리엣이 서로에게 첫사랑일 것이라고 기대한다. 그러나 줄리엣을 만나기 전에 로미오는 "아름다운"(1.1.204) 로잘린을 "정말로 연모하고"(1.1.202) 있었고 그녀의 마음을 얻지 못해서 시름에 빠져 있었다.

벤볼리오 : 그런데 무슨 시름으로 로미오의 시간은 그렇

---

2. William Shakespeare, *Romeo and Juliet*, Ed. G. Blakemore Evans, Cambridge : Cambridge University Press, 2003, p27.

3. 정여울, 『정여울의 소설 읽는 시간』, 자음과 모음, 2012, 87쪽.

게 지루할까?

로미오 : 가지면 시간도 잊히는 걸 못 가지니까 그렇지.

벤볼리오 : 사랑 말이야?

로미오 : 아냐.

벤볼리오 : 사랑이 아냐?

로미오 : 사모하는 여자지만 반응이 없어.

(1.1.161-166)

로잘린은 "다이애나 여신의 분별심을 갖고/ 순결이란 갑옷으로 단단히 무장한"(1.1.207-208) 다음, "사랑을 않기로 맹세하고"(1.1.221) "평생을 독신으로 살기로 맹세한"(1.1.215) 상태였다. 로미오는 "신선한 아침 이슬 위에 눈물을 뿌리고는/ 한숨을 지어 구름에다 구름을 더 보탠다"(1.1.130-131)거나 "혼자 방안에 박혀서/ 덧문을 내려 밝은 햇빛을 가로막고/ 일부러 밤을 만들며"(1.1.135-137) 이룰 수 없는 짝사랑에 괴로워한다. "보는 눈에 자유를 줘서/ 다른 미인들을 살펴보라"(1.1.225-226)는 벤볼리오의 권유를 "그건 그녀의 뛰어난 미모를 더욱더 생각나게 할 뿐이야. 절세미인을 좀 대주게./ 그까짓 미모가 무슨 소용이 있겠어?/ 그 절세미인을 능가하는 미인을 읽어보게 할 주석 구실밖에 되지 않아"(1.1.226-234)라고 일축해버린다.

그러나 로잘린을 보기 위해 몰래 참석한 캐퓰릿가의 무도회에서 줄리엣을 본 로미오는 줄리엣의 미모에 반해서 로잘린에 대한 사랑을 지워버린다.

아, 저 여자는 횃불에게 더 밝게 타도록 가르치고 있어.
에티오피아 여인의 귀에 달린 값비싼 보석처럼
밤의 볼에 걸려 있는 것만 같아.
그 아름다움은 쓰자니 너무나 값지고 속세엔 너무도
아깝다!
저 여자가 동료들을 압도하는 모습을 좀 보라.
까마귀 떼 속에 섞인 백설 같은 비둘기가 저럴 거야.
그녀가 있는 곳을 잘 봐뒀다가 춤이 끝나면
지저분한 이 손으로 그곳을 만져보자.
그러면 얼마나 기쁠까. 눈아, 그걸 부정하라!
내 마음이 여태껏 연애를 하고 있었다는 걸!
오늘 밤에야 비로소 진짜 미를 봤다.

(1.5.43-52)

줄리엣이 로미오의 첫사랑이 아니었다는 사실에 실망했던 독자들은 줄리엣을 보자마자 첫사랑을 잊어버리는 로미오에게 또다시 실망한다. 그러나 에번스와 가버는 로잘린에 대한 로미오의 감정을 사랑으로 간주하지 않는다. 에번스는 "극 초반의 로미오는 줄리엣을 만나서 진짜 사랑에 마음을 뺏긴 다음 나타나기 시작한 새 로미오를 돋보이게 해주는 장식"[4]일 뿐이라고 주장한다. 가버는 "로잘린을 사랑하는 것에 대해 신부님은 툭하면 저를 꾸짖으셨습니다"(2.3.77)라는 로미오의 말에 "사랑이 아니라 맹목적으로 좋아하는 것에 대해 꾸짖은 것이었다, 얘야"(2.3.78)라는 로런스 신부의 말을 토대로 로잘린에 대한 로미오의 감정을 "사랑(loving)"이 아니라 "맹목적으로 좋아하는 것(doting)"으로 규정한다.[5] 로잘린은 "평생 독신으로 살 것을 맹세한 여자"(1.1.215)로 "실제 연인"[6]이 절대 될 수 없다. 그녀는 불가능한 사랑의 대상을 숭배하는 일종의 궁정식 사랑의 대상이자 그 당시 유행했던 페트라르카식 연애의 대상이라 할 수 있다. 로미오는 "실제 연인"과 사랑을 나누는 것이 아니라 "사랑이라는 관념과 사랑에 빠졌고, 연인으로서의 자기 자신에 대한 관념과 사랑에 빠졌다".[7] 그러나 "줄리엣

---

4. Evans, p12.
5. Marjorie Garber, *Shakespeare After All*, New York : Pantheon Books, 2004, p192.
6. 정여울, 87쪽.
7. Garber, p192.

과 사랑에 빠졌을 때 그의 행동은 완전히 달라진다"[8]. 모순어법으로 가득 찬 공허한 소네트를 낭송하며 한탄하는 대신, 로미오는 줄리엣과 적극적으로 상호적인 사랑을 발전시켜나간다. 그러나 줄리엣이 로미오의 "진짜 사랑"이라는 가버와 에번스의 주장을 모두 받아들인다 해도, 로잘린이 로미오의 첫사랑이자 짝사랑이었다는 사실을 부인하기는 어려운 것 같다.

『로미오와 줄리엣』을 읽으면서 독자들이 발견하고 놀라는 또 다른 사실은 로미오와 줄리엣이 만나서 죽음에 이르는 시간이 너무나 짧다는 것이다. 로미오와 줄리엣의 첫 만남에서 죽음까지 시간이 얼마나 걸리는지 추측해보라. 1년? 한 달? 한 주? 아니다. 닷새에 불과하다. 로미오와 줄리엣은 일요일 밤에 만나 무도회가 끝난 후 발코니에서 서로에게 사랑을 고백하고, 다음 날인 월요일에 결혼식을 올린다. 월요일 결혼식 직후 벌어진 결투에서 로미오는 줄리엣의 사촌인 티볼트를 죽이고 추방형을 당한 다음 베로나를 떠나기 전에 줄리엣과 하룻밤을 보낸다. 그날 밤 캐퓰릿은 줄리엣과 패리스 백작의 결혼을 허락하고 목요일에 결혼식을 올리기로 결정한다. "오늘이 월요일이라고? 하, 하, 그럼 수요일은 너무 다급하군./ 목

---

8. Garber, p192.

요일로 정하지. 딸에게 이렇게 얘기하오./ 목요일에 이 백작님과 결혼식을 올린다고 말이오."(3.4.19-21) 결혼식 전날인 수요일 밤에 줄리엣은 로런스 신부가 준 약을 먹고 "가사 상태를 42시간 겪은 다음/ 상쾌한 잠에서 깨어나듯 눈을 뜨게 된다".(4.1.105-106) 줄리엣이 죽은 줄 안 로미오는 독약을 마시고, 잠에서 깨어난 줄리엣이 로미오를 따라 죽는 것은 수요일 밤으로부터 42시간 후인 금요일이 된다. 로미오와 줄리엣이 횃불을 밝혀야 하는 밤에 죽는 것으로 나오기 때문에 줄리엣이 수요일 밤늦게 약을 먹은 것으로 추정된다. 줄리아 크리스테바의 말처럼 "사랑의 시간은 순간이다"[9]라는 것을 보여주기 위해서건, 아니면 극의 행위는 지속 시간이 24시간 이내여야 한다는 삼일치 원칙을 되도록 준수하고자 하는 노력의 일환이건, 로미오와 줄리엣의 드라마틱한 사랑은 닷새 만에 종결된다.

이렇게 첫 만남에서 죽음에 이르는 짧은 과정 안에서 독자들이 찾아내는 또 다른 놀라운 사실은 만난 지 하루 만에 10대가 거의 확실한 로미오와 열세 살의 줄리엣이 부모 몰래 비밀 결혼식을 올리고 첫날밤을 함께 보냄으로써 결혼을 완성(consummation)한다는 점이다. 무도회 후의 발코니 장면에서

---

9. 줄리아 크리스테바, 『사랑의 역사』, 김영 옮김, 민음사, 1995, 336쪽.

사랑을 확인하고 떠나려는 로미오에게 줄리엣은 결혼식을 언급한다. “당신의 애정이 진정이고/ 결혼할 계획이라면,/ 내일 사람을 보내겠으니,/ 어디서 언제 결혼식을 올릴 것인지 알려 주세요./ 그러면 운명을 송두리째 당신 발밑에 내던지고,/ 당신을 낭군 삼아 세상 어느 곳이라도 따라갈게요.”(2.2.143-148) “이 베로나엔/ 너보다 나이 어린 명문 규수들이/ 벌써 어머니가 돼 있더구나./ 너는 아직 처녀지만,/ 네 나이에 나는 이미 네 어머니가 돼 있었다”(1.3.69-73)라는 줄리엣 어머니의 말이나 로마가톨릭 교회법에서 정해놓은 혼인 적령이 남자 열여덟 살, 여자 열네 살이라는 것을 감안한다면 당시에 열세 살에 결혼하는 것이 아주 특별한 일은 아니었음을 알 수 있다. 다만 놀라운 점은 로미오를 만난 바로 그날 결혼을 결정하고, 아버지가 정해주는 남자와 결혼해야 하는 엄격한 가부장제 사회에서 아버지의 허락도 없이 원수 집안의 아들과 결혼하기로 결정을 내린다는 것이다. 줄리엣의 이런 결정은 로미오와는 절대 결혼을 허용하지 않을 아버지에 대한 거역이지만 동시에 결혼식을 올린 후 육체적으로 결합하는 가부장제적 방식을 수용한 것을 보여준다.

로미오와 줄리엣이 결혼식을 올렸다는 사실과 연관해서 대부분의 사람들이 오해하고 있는 것은 로미오와 줄리엣의 사랑이 "이루지 못한 사랑"이라는 점이다. 이룬 사랑과 "이루지 못한 사랑"의 기준에 대해서는 의견이 분분할 수 있다. 정여울은 "에로스의 프시케, 단테의 베아트리체, 로미오의 줄리엣, 그리고 베르테르의 로테…… 이 여인들의 공통점은 무엇일까? 저들은 영원히 가질 수 없는 여인의 대명사다"[10]라고 했다. "가질 수 없다"는 것을 상호적인 사랑을 얻을 수 없다는 것으로 이해한다면, 베아트리체와 로테는 단테와 베르테르가 "영원히 가질 수 없는 여인"이었지만, 에로스와 로미오에게 프시케와 줄리엣은 "영원히 가질 수 없는 여인"은 아니었다. 라우라에 대한 페트라르카의 사랑이나 오히려 로잘린에 대한 로미오의 사랑이 짝사랑이었다는 점에서 "영원히 가질 수 없는", 이루지 못한 사랑이라 할 수 있다. 결혼 여부로 이룬 사랑과 "이루지 못한 사랑"을 구분한다면 트리스탄과 이졸데, 단테와 베아트리체, 페트라르카와 라우라, 피라모스와 티스베, 『폭풍의 언덕』의 히스클리프와 캐서린, 『위대한 개츠비』의 개츠비와 데이지, 『콜레라 시대의 사랑』의 플로렌티노와 페르미나, 영화 〈타이태닉〉의 잭과 로즈, 〈브로크백 마운틴〉의 애니스와 잭의 사랑은 분명히 "이루지 못한 사랑"의 범주에 든다.

---

10. 정여울, 85쪽.

그러나 로미오와 줄리엣은 비밀 결혼이라 해도 결혼식을 올린 부부라는 점에서 "이루지 못한 사랑"은 아니다. 이계숙은 "로미오와 줄리엣의 사랑이 아직도 아름답게 우리 가슴에 남아 있는 것은 그것이 이루지 못한 사랑이어서라고 생각한다. 만약 그들의 사랑이 미완성으로 끝나지 않고 결혼해 살았다면?"[11]이라고 썼다. 이계숙에게는 행복한 결혼 생활이 이룬 사랑과 "이루지 못한 사랑"의 기준으로 작용한다. 대부분의 동화에서처럼 사랑에 빠진 남녀 주인공이 결혼식을 올리고 "그 후 그들은 오랫동안 행복하게 살았"을 경우에만 이룬 사랑이 되는 것이다. 이 기준으로 보면 이 세상에는 이룬 사랑보다 "이루지 못한 사랑"이 훨씬 더 많을 것이다.

여러 가지 기준으로 살펴봤을 때 로미오와 줄리엣의 사랑은 "이루지 못한 사랑"이 아니라 이룬 사랑이다. 결혼식을 올린 후 "그 후 그들은 오랫동안 행복하게 살았습니다"로 끝나는 동화의 주인공들과 달리, 로미오와 줄리엣은 "그 후 그들은 곧 비극적으로 죽었습니다"로 끝났을 뿐이다. 열정과 "환상"과 "낭만"[12]이 없는 결혼 생활을 유지하는 대신 사랑의 감정이 최고조에 달한 결혼 직후에 "사랑하는 사람과 함께 죽음"

11. 이계숙, 《미주 중앙일보》, 2014년 5월 20일.
12. 정여울, 94쪽

으로써 역설적으로 로미오와 줄리엣은 결혼 생활의 현실적인 측면이 배제된 순수한 사랑의 관계를 성취한 것은 아니었을까? 로미오와 줄리엣의 죽음은 그런 순수한 사랑의 관계가 지속되는 시간이 얼마나 짧은지 보여주는 우화로 해석될 수도 있을 것이다.

불운한 연인들

로미오와 줄리엣의 사랑이 "이루지 못한 사랑"이나 이루어질 수 없는 사랑이 아니라면 그들의 사랑은 어떻게 규정될 수 있을까? 그들의 사랑이 비극으로 끝난 이유는 무엇인가? 셰익스피어 자신의 표현을 빌리면 로미오와 줄리엣의 사랑은 "불운한" 사랑이다. 『로미오와 줄리엣』 프롤로그에서 로미오와 줄리엣은 "불운한 한 쌍의 연인(a pair of star-crossed lovers)"**(1.1.6)** 으로 불린다.

> 다 같이 세도 있는 두 가문이
> 아름다운 베로나를 무대로 하여
> 오래 쌓인 원한에서 또 싸움을 일으켜

시민의 피로 시민의 손을 더럽힌다.
이 두 원수의 숙명적인 몸에서
불운한 한 쌍의 연인이 태어난다.
이들 사랑의 불행하고 불우한 파멸이
죽음으로 두 집 부모의 갈등을 매장한다.
죽고 마는 그들 사랑의 무서운 이야기와
자식들이 죽고서야 끝이 나는
두 집안 부모의 끈질긴 불화.

(1.1.1-11)

로미오와 줄리엣의 사랑을 나타내기 위해 셰익스피어가 처음 만들어낸 "star-crossed"라는 표현은 직역하면 '별이 엇갈린'이라는 말이지만 '불운한' 혹은 '저주받은'을 의미한다. '별이 엇갈린다'는 것은 사랑하는 사람들의 별자리가 엇갈려서 사랑을 이룰 수 없는 운명이라는 의미다. '저주받은, 불운한' 연인들의 관계는 대개의 경우 외부의 힘에 의해 좌절된다. 로미오와 줄리엣의 경우에는 외부의 힘이 '두 집안 부모의 끈질긴 불화'로 나타난다. 집안끼리의 불화 외에도 신분 차이나 빈부 격차, 상대의 결혼이나 약혼 여부 등이 연인들의 사랑을 가로막는 외부의 힘으로 작용한다. 예를 들어, 로미오와 줄리엣의 원조라 할 수 있는 피라모스와 티스베의 경우 역시 집안의 원한 관계가 중요한 방해 요소였다. 랜슬롯과 귀네비어의 사랑에서는 신분 차이 및 귀네비어의 결혼 상태가, 캐서린과 히스클리프의 관계에서는 신분 차이와 빈부 격차가 연인들의 관계를 방해했다. 이졸데는 트리스탄의 삼촌과 결혼한 상태였고, 로테는 다른 남자와 약혼한 상태였다. 잭은 이미 약혼한 상태인 로즈와 사랑에 빠졌고, 애니스와 잭에게는 동성애에 대한 사회적 편견과 두 사람 모두 배우자가 있었다는 사실이 중요한 방해 요소로 작용했다.

'부모들 사이의 불화' 외에 로미오와 줄리엣을 불운하게 만든 외적인 힘으로 '불운'을 들 수 있다. 불운은 로미오에게 줄리엣과 자신의 계획을 알리는 로런스 신부의 편지가 제시간에 목적지에 도달하지 못하는 어긋난 타이밍의 형태로 나타난다. 제때 편지를 받지 못한 로미오는 가사 상태에 빠진 줄리엣을 보고 그녀가 실제로 죽은 줄 알고 자살한다. 한발 늦게, 너무 늦게 깨어난 줄리엣 역시 자살한다. 이와 비슷한 어긋난 타이밍의 예는 피라모스와 티스베에게서도 발견된다. 두 사람은 밤에 샘가에서 만나기로 약속하지만, 먼저 도착한 티스베가 사자를 피해 도망치다 베일을 떨어뜨린다. 늦게 온 피라모스는 티스베의 피 묻은 베일을 발견하고 티스베가 죽었다고 생각해서 칼로 자살한다. 샘가로 돌아와서 죽은 피라모스를 발견한 티스베 역시 피라모스의 칼로 자살한다.

제대로 도착하지 않은 편지의 모티프는 영화 〈마농의 샘〉에서도 발견된다. 파페는 조카인 위골랭과 함께 꼽추 장의 땅을 차지하기 위해 그를 죽음으로 몰고 간다. 젊은 시절 파페는 플로레트가 자신을 거절한 줄 알고 아프리카로 떠났는데, 그의 아이를 임신한 플로레트는 그에게 편지를 보내서 자신의 진심을 고백한다. 그러나 편지는 그에게 전해지지 않았고, 실망한 플로레트는 이웃 마을 목수와 결혼해서 장을 낳는다. 마을 노파 델핀을 통해 자신이 죽음으로 몰아간 꼽추 장이 바로 자기 아들이었음을 알게 된 파페는 후회와 죄책감으로 고통스러운 최후를 맞이한다.

자크 데리다는 『로미오와 줄리엣』에서 편지가 제때 전달되지 않은 것과 같은 불운 혹은 어긋난 타이밍을 단지 비극의 원인으로만 간주하지 않고, 그것이 사랑의 조건이라고 주장한다.[13] 불운이나 어긋난 타이밍을 나타내는 'contretemps'라는 단어는 엇박자, 불일치, 차이를 모두 의미한다. 사랑하는 두 연인은 서로 개별적인 존재라는 의미에서 공간적인 불일

---

13. Jacques Derrida, 'Aphorism Countertime', tr. Nicholas Royle, ed. Derek Attridge, *Acts of Literature*, Routeledge, 1992, p416.

치를 지니고 있고, 수명이 서로 다르다는 의미에서 시간적 차이를 지니고 있다. 그러나 연인들은 사랑의 맹세를 통해 불일치와 차이를 극복하고 합일과 영원성을 약속한다. "만약 당신이 나보다 먼저 죽으면 내가 당신을 간직할게요. 만약 내가 당신보다 먼저 죽으면 당신 자신 속에 나를 간직해요."[14] 로미오와 줄리엣은 서로의 죽음을 목격하면서 불가능한 합일, 일치를 경험한다. 연인들은 살아서는 서로 죽어 있는 것을 볼 수 없지만 로미오와 줄리엣은 우연히 그렇게 하게 된다. 이 장면은 우연적인 '어긋난 타이밍'을 보여주지만 동시에 사랑의 영원성을 표출한다. 즉, 서로의 죽음을 목격하는 이 장면은 잠깐 동안 죽음을 정지시키고, 합일을 이루겠다는 연인들의 약속을 이행한다. 불일치 속에서 일치와 합일을 추구하는 것, 그것이 사랑이고 로미오와 줄리엣의 사랑은 그것을 완벽하게 보여준다.

"사랑으로 인해 완전한 쾌락과 완전한 절망을 한 몸으로 느껴야 했던 커플의 전형"이자 "인생의 모든 희로애락을 함께한 후 한날한시에 죽는 로맨틱 러브의 결정판"[15]인 트리스탄과 이졸데도, 한날한시에 죽는 또 다른 로맨틱 러브의 결정판인 피라모스와 티스베도 서로의 죽음을 목격하지는 못한다. 오로

---

14. Jacques Derrida, p422.
15. 정여울, 85쪽.

지 로미오와 줄리엣만이 죽음을 통해 시간적, 공간적 합일을 이뤄낸다.

로미오와 줄리엣의 사랑에서 데리다가 찾아낸 '어긋남이나 불일치'의 또 다른 예는 두 사람의 이름이다. "우리의 이름은 항상 다른 사람들(부모들)에 의해 우리에게 부여되지만 우리가 죽어도 남아 있다. 이름은 우리의 정체성을 규정해준다. 이름은 우리를 개인으로서 인식될 수 있게 만들어주지만 동시에 우리의 죽음을 나타낸다."[16] 로미오와 줄리엣의 이름은 법체계 속에서 두 사람을 주체로 확인해주고 사회 속에서 다른 사람들과의 관계를 가능하게 해주지만, 동시에 (로미오와 줄리엣의) 관계를 불가능하게 만든다. 두 사람의 이름 속에는 법과 사랑의 불일치 혹은 어긋남이 내포돼 있다. "아, 로미오, 로미오! 왜 당신은 로미오인가요?"(2.2.35)라는 줄리엣의 탄식에는 기쁨과 좌절이 동시에 들어 있다. 이름 때문에 로미오와 줄리엣은 서로에 대한 사랑을 천명하는 순간 죽음을 선고받은 것이나 다름없다. 그러나 "로미오와 줄리엣은 그들의 이름에도 불구하고, 이름을 넘어 서로를 사랑한다. 그들은 이름 때문에 죽고, 그들은 이름 속에서 계속 산다".[17] 그들의 이름이 사랑에 장애

---

16. Ibsen Engelhardt Anderson, "Romeo and Juliet are sexting : consent, countertime and literary voice, *Textual Practice*, Routedge, 2019, p7.

물로 작용한다는 의미에서 로미오와 줄리엣의 비극은 "이름의 비극"[18]이지만, 로미오와 줄리엣의 이야기는 법과 사랑 사이의 이 "불일치"에 대한 문화적 아이콘으로서 그 이름 속에 계속 살아남는다.

법과 사랑의 불일치에 의한 "이름의 비극"으로서 『로미오와 줄리엣』은 또 다른 관점에서 "이름의 비극"이 될 수 있다. 로미오와 줄리엣의 이름은 아버지로부터 부여받은 "공적인 혹은 사회적인 정체성"으로 로미오와 줄리엣 자신의 자기 인식이라 할 수 있는 "사적인 정체성"과 충돌한다.[19] 공적인 정체성으로서의 로미오의 이름은 티볼트에 맞서 싸워야 할 의무를 부과하고, 공적인 정체성으로서 줄리엣의 이름은 아버지가 정해준 대로 패리스 백작과 결혼해야 할 의무를 부과한다. 로잘린에 대한 로미오의 사랑이 (공적인) 정체성을 만들어내고자 하는 청년기의 시도라면, 로미오와 줄리엣의 사랑은 아버지가 부여한 공적인 정체성을 거부하고 자기 스스로 사적인 정체성을 정립하려는 노력으로 간주될 수 있다. 가버는 로미오와 줄리엣의 비극이 스스로 정체성을 찾으려는 신

---

17. Derrida, p423.

18. Anderson, p8.

19. Daniel Carpi, "*Romeo and Juliet* : The Importance of a Name," *Polemos*, 2015, 9(1), p40.

세대와 아버지의 이름으로 대변되는 구세대의 "세대 갈등"에서 생겨났다고 생각한다.[20] "몬터규 집안의 로미오가 아닌가요?"(2.2.60)라는 줄리엣의 질문에 로미오는 "당신이 싫다면 그 어느 쪽도 아니오"(2.2.61)라고 대답한다. "다시 세례를 받겠소"(2.2.50)라는 로미오의 말은 "더 내적이고, 주관적인 정체성 의식을 찾는"[21] 것으로 해석될 수 있다. 줄리엣 역시 아버지의 의지를 거역하고 자신의 자유의지로 사랑과 결혼을 선택함으로써 아버지의 법에 도전한다. 그러나 스스로 정체성을 정립하려는 로미오와 줄리엣의 시도는 비극으로 끝난다. 린다 뱀버(Linda Bamber)는 셰익스피어의 비극의 특징 중 하나로 아버지와 딸의 관계를 제시한다.[22] 비극의 여주인공들은 아버지와 연인 중 하나를 포기해야 하는 선택을 강요당하고, 아버지 대신 연인을 선택하는 경우 비극적인 최후를 맞이한다. 『리어왕』의 코딜리어는 아버지에게만 사랑을 바치길 거부하고, 『오셀로』의 데스데모나는 아버지의 허락 없이 오셀로와 결혼한다. 그리고 아버지의 법이나 이름을 거부한 셰익스피어의 여주인공들은 거의 예외 없이 비극적인 죽음을 당한다. 이런 비

20. Garber, p196.
21. Carpi, p40.
22. Linda Bamber, *Comic Women, Tragic Men*, Standford : Standford University Press, 1982, p112.

극의 여주인공들처럼 로미오와 줄리엣 역시 아버지의 이름에 도전한 벌로 비극적인 최후를 맞이한다.

그러나 로미오와 줄리엣은 여러 비극적인 요인들에 의해 죽음을 맞는 단순한 희생자는 아니다. 순종적이고 수동적이었던 줄리엣이 유모와 로런스 신부의 조언과 도움을 벗어나 독립적인 여성으로 변모하고, 관습적인 연인의 역할에 충실했던 로미오가 로런스 신부의 지도로부터 벗어나 독립적인 연인으로 변모하기 때문이다. 『로미오와 줄리엣』은 두 사람이 "유년기에서 성인기"로 성장하는 모습을 보여준다.[23] 로미오와 줄리엣에게 사랑은 체제에 순응하지 않는 개인의 의지를 표현함으로써 기성 사회체제를 위협하는 일종의 위반으로, 법적, 도덕적 체제를 위협하는 전복적인 힘으로 작용한다.[24]

기성 체제에 대한 반발로서의 로미오와 줄리엣의 사랑은 근대적 개인의 탄생과 맥을 같이한다고 볼 수 있다. "근대의 개인화는 자연스러운 것으로 여겨진 신분의 위계질서, 권위의 주장, 개인의 소속 관계에 대한 집단적 반발을 전제로 한다. 다시 말해 그들을 특정한 존재로 만드는 것들을 제거하고

---

23. Milena M. Kalićanin & Jovana M. Zdravković, "Romantic Love As a Threat to Social Stability in Shakespeare's *Romeo and Juliet* and Anouilh's *Romeo and Jeanette*", Pregledni rad, p617.

24. Milena M. Kalićanin & Jovana M. Zdravković, p609.

자신을 인식하는 인간을 전제로 한다."[25] 근대의 개인이란 가족이나 종교 같은 소속 관계에 의해 형성되는 공적 정체성으로부터 벗어나서 "나를 나이게 하는 것, 나로 하여금 내가 되어야 하는 나로 만들어주는"[26] 사적 정체성을 정립해가는 존재다. 로미오와 줄리엣은 가문과 집안이라는 소속 관계로부터 벗어나 스스로 정체성을 정립해간다는 점에서 근대의 개인이라 할 수 있고, 그들의 사랑이 겪은 비극은 개인화의 과정에서 빚어진 비극으로 설명할 수 있을 것이다.

그러나 사랑을 통해 기성 체제에 도전한다 해도 로미오와 줄리엣이 완전하게 아버지의 법으로부터 독립한 것은 아니다. 발코니 장면에서 줄리엣은 로미오의 고백을 기다리는 대신 먼저 사랑을 고백하고 거짓된 맹세와 성급한 사랑의 약속에 대해 경고할 뿐만 아니라 결혼을 먼저 제안하는 주도적인 면모를 보여준다. 그러나 줄리엣이 비밀 결혼식이라 해도 결혼식을 올린 다음 육체적 결합을 원한다는 것은 그녀가 여전히 가부장제의 영향력에서 벗어나지 못했다는 것을 보여준다. 줄리엣은 여성으로서의 명예를 지키기 위해 가부장적인 장치인

---

25. 로베르 르그로, 「개인의 탄생」, 『우리가 사는 세계』, 전성자 옮김, 도정일 엮음, 경희대학교 출판문화원, 2011, 215쪽.

26. 로베르 르그로, 217쪽.

결혼 제도에 여전히 의지하고 있다.

청년의 사랑

로미오와 줄리엣의 사랑을 기성세대가 부여한 정체성을 거부하고 스스로 정체성을 정립하려는 시도로 간주하게 되면, 로미오와 줄리엣의 비극은 단지 "부모들 사이의 불화"나 "불운"에 의한 것이 아니라 "낭만적인 사랑의 전복적인 특성"[27]에서 야기된 것으로 해석할 수 있다. 로잘린에 대한 짝사랑이 로미오의 첫사랑이건, 줄리엣에 대한 사랑이 첫사랑이건 상관없이, 로잘린에 대한 사랑은 공적인 정체성이라 해도 로미오에게 정체성을 정립해가는 일종의 출발점으로 작용하고, 로미오와 줄리엣의 사랑은 앞에서도 말한 것처럼 부모의 영향으로부터 벗어나서 독립적으로 정체성을 확립하려는 노력이라 할 수 있다. 아마도 이것이 청소년기나 청년기 사랑의 가장 중요한 의미이자 특성일 것이다. 그렇다면 『로미오와 줄리엣』을 토대로 찾을 수 있는 청소년기나 청년기 사랑의 다른 특성들

---

27. Milena M. Kaličanin & Jovana M. Zdravković, p608.

은 무엇이 있을까?

무엇보다도 셰익스피어의 젊은 연인들은 외모에 매혹당해서 첫눈에 반하는 사랑을 한다. "셰익스피어의 세계에서 첫눈에 반하는 사랑은 흔한 현상이고, 그것이 불신의 대상이 될 만한 것은 아니다. 단테와 베아트리체, 페트라르카와 라우라 같은 유명한 커플들처럼 로미오와 줄리엣부터 『템페스트』의 퍼디낸드와 미란다에 이르기까지 셰익스피어의 연인들은 만나서 시선을 주고받은 다음 사랑에 빠진다."[28] 아름다운 로잘린에 대한 짝사랑에 괴로워하던 로미오는 줄리엣을 처음 본 순간 로잘린을 좋아하던 마음을 지워버린다. "그 미녀를 사랑하여 죽을 듯 신음했지만/ 아름다운 줄리엣에 비교해보니 미인이 아니다./ 이제는 로미오도 사랑을 주고받으며/ 서로가 미모에 매혹당한다."(2.1.3-6) 시선에 매혹당해서 쉽게 마음이 변한 로미오를 보고 로런스 신부님은 "사랑하던 로잘린을/ 이렇게 쉽게 잊었단 말이냐? 젊은이들의 사랑은/ 마음속에 있지 않고 눈 속에 있는 것 같다"(2.3.62-64)라고 꼬집는다. 『베니스의 상인』에도 비슷한 구절이 나온다.

---

28. Garber, p193.

사랑이 자라는 곳 어딘가?
가슴속 깊은 곳인가, 머릿속인가?
어떻게 잉태되고, 뭘 먹고 자라나?
대답하라, 대답하라.
사랑이 자라는 곳, 사람의 눈 속,
눈 속에 자라지만 금방 죽어버리네.
(3.2.63-69)

시선에 매혹당하는 사랑의 특성은 사랑의 가변성과 긴밀하게 연관돼 있다. 눈으로 하는 사랑은 쉽게 변한다. "태양이 아직 한숨을 하늘에서 거두질 않았고,/ 이전에 (로미오가) 앓던 소리가 아직도 귀에 쟁쟁 울릴"(2.4.69-70) 정도로 로잘린을 좋아했던 로미오였지만 그녀에 대한 사랑은 "눈 속에 자라지만 금방 죽어버린다"는 점에서 쉽게 변할 수 있는 사랑의 속성을 보여준다. 계속 변할 뿐만 아니라 만나자마자 결혼을 서두르는 청년의 사랑은 기성세대가 보기에 성급하고 무모해 보일 수 있다. 그래서 로런스 신부는 로미오를 "줏대 없는 녀석(waverer)"(2.3.85)이라 부르면서 진중해지라고 경고를 보낸다. "정신 차려서 천천히. 급히 달리면 넘어진다."(2.3.90)

이렇게 시선에 매혹당하는 청년의 사랑은 쉽게 변할 수 있고 성급하고 무모한 행동으로 이어질 수 있지만, 동시에 이런 사랑의 가변성 때문에 "첫사랑은 이루어지지 않는다"는 속설이 생겼는지도 모른다. 로미오의 첫사랑인 로잘린이 이루어지지 않은 사랑인 것은 이런 속설을 뒷받침해줄 좋은 예가 될 수 있다. 그리고 첫사랑은 이루어지지 않았기 때문에 평생 그리움과 열망의 대상이 될 수 있다. 로미오에게는 이루지 못한 첫사랑에 대한 열망이 줄리엣을 만나는 순간 사라지고 말았지만, 단테나 페트라르카, 스칼렛, 개츠비, 플로렌티노, 히스클리프에게는 이루어질 수 없는 첫사랑이 평생 동안 열망의 대상으로 작용한다. 베아트리체나 라우라, 애슐리, 데이지, 캐서린, 페르미나는 사랑이 이루어질 수 없는 불가능한 대상이면서 단테나 페트라르카, 스칼렛, 개츠비, 플로렌티노, 히스클리프에게 평생 동안 열망을 불러일으킨다. 도달 불가능한 대상이면서 시간의 흐름과 상관없이 끊임없이 새롭게 욕망을 불러일으키는 욕망의 대상 원인을 라캉은 "대상 소타자(objet petit a)"라고 부른다. 마르케스는 창밖으로 눈을 들어 누가 지나가는지 쳐다보는 소녀의 그 우연한 시선이야말로 50년이 훌쩍 지난 후에도 세상을 뒤흔드는 끝나지 않은 사랑의 시작이라고 했다. 수많은 플로렌티노들이 한눈에 반한 첫사랑에서 벗어나지 못하고 평생 이루어질 수 없는 사랑을 이어나간다. 그리고 그 과정에서 첫사랑을 이상화하고 신격화한다. 첫사랑의 이상화는 이루지 못한 사랑에 대한 갈망의 산물이라 할 수 있다.

10대 청춘의 사랑은 시선에 매혹당하고, 쉽게 변하고, 성급하고 무모해서 "경솔하고 위험해"[29] 보일 수 있다. 그러나 오히려 그런 미성숙함과 무모함 때문에 10대의 사랑은 더 열정적이고, 더 순수하며, 더 용감할 수 있다. 또한 청춘의 사랑이 쉽게 변한다 해도 사랑하는 그 순간만큼은 기적을 만들어낼 수 있다. 로미오와 줄리엣은 사랑을 통해 불일치와 어긋남 속에서 불가능한 일치와 합일을 만들어냈고, 부모의 영향으로부터 벗어나서 독립적으로 정체성을 확립하려고 노력했다. 로미오와 줄리엣의 사랑은 청춘의 사랑의 비극적인 결과뿐만 아니라 긍정적인 측면까지 두루 보여준다. 그러나 로미오와 줄리엣의 사랑이 지닌 특성이 꼭 청춘의 사랑에만 적용될 수 있는 것은 아니다. 그들의 사랑은 연령을 초월해서 모든 사람에게 사랑에 대한 통찰과 영감을 제공해준다.

29. Anderson, p1.

제4장

시간을 견뎌낸 사랑

—

가브리엘 가르시아 마르케스, 『콜레라 시대의 사랑』

이미선
경희대학교 후마니타스칼리지 교수

경희대학교 영어영문학과를 졸업하고 동 대학원에서 영문학 박사 학위를 받았다. 현재 경희대학교 후마니타스칼리지 객원교수로 재직하고 있다. 번역서로 『자크 라캉』 『연을 쫓는 아이』 등이 있다.

El Amor en Tiempos del Cólera

감염병 시대의 사랑

2019년 12월에 신종 코로나바이러스감염증(코로나19)이 발생한 후 1년 동안 전 세계에서 8300만 명이 확진됐고 181만 명이 목숨을 잃었다. 날마다 늘어나고 있는 확진자와 사망자 수를 알려주는 뉴스 속에서 연인들의 안타까운 사연도 발견된다.

> 남자 프로배구 현대캐피탈의 외인 공격수 다우디 오켈로(25)가 결국 고국에 다녀오지 못한 채 다음 시즌을 위한 훈련에 들어갔다. (……) 우간다 출신의 다우디는 코로나19 확산 이후 우간다 국경이 폐쇄된 탓에 줄곧 국내에 머물렀다. 다우디는 비시즌 동안 팀 연고지인 충

남 천안의 한 아파트에 살면서 우간다 국경이 열릴 날만을 기다렸다. 그는 고국의 가족들과 영상통화를 하면서 그리움과 외로움을 달랬고, TV와 영화를 보며 지루한 시간을 견뎠다. 반려견과 산책하는 시간을 제외하고는 외출도 거의 하지 않았다. (……) 괜히 밖에 나갔다가 본인이 코로나19에 감염돼 막상 우간다 국경이 열렸을 때 집에 못 가는 상황이 벌어질까 봐 걱정했기 때문이다. 우간다에서 약혼녀가 자신을 기다리고 있다는 것도 다우디를 초조하게 만들었다. 다우디는 지난 1월 15일 천안 유관순체육관에서 홈 우리카드전이 끝난 뒤 여자친구 산드라 란지리에게 공개 청혼하는 이벤트를 벌였다. 두 사람은 당초 시즌이 끝난 후 우간다에서 결혼식을 올릴 예정이었으나 다우디의 귀국이 불발돼 결혼식이 무기한 연기됐다.[1]

코로나19로 다우디처럼 수많은 예비부부들이 결혼식을 미뤄야 했다는 뉴스도 있었고, 신혼여행으로 크루즈 여행을 떠

---

1. 「결국 집에 못 간 현대캐피탈 다우디, 훈련으로 향수병 달랜다」, 《스포츠경향》, 2020년 7월 7일.

났다가 아내의 코로나19 확진으로 치료 기간 동안 서로 얼굴조차 볼 수 없었다는 어느 미국인 신혼부부의 사연도 있었다. 캐나다 출신의 신랑과 미국 출신의 신부는 캐나다의 국경 봉쇄로 신부 측 하객이 미국에 올 수 없게 되자 국경선 초원에서 결혼식을 올렸고, 많은 일본인 부부가 재택근무로 같이 있는 시간이 많아져서 갈등을 겪다 결국 '코로나 이혼'을 했다는 뉴스도 있었다. 이런 뉴스와 사연들은 코로나19라는 감염병이 어떻게 연인들과 부부들에게 영향을 미쳤는지, '코로나 시대'의 사랑이 어떤지를 보여준다.

연인들의 사랑을 방해하는 코로나19 때문에 감염병과 사랑의 관계에 대해 생각하다 보면 감염병이 등장하는 여러 문학작품들이 떠오른다. 감염병과 사랑의 관계보다 감염병 자체에 더 집중한 알베르 카뮈의 『페스트』(1947) 같은 작품을 논외로 하면, 가브리엘 가르시아 마르케스의 『콜레라 시대의 사랑』(1985)과 셰익스피어의 『로미오와 줄리엣』(1597), 서머싯 몸의 『인생의 베일』(1925), 토마스 만의 『베니스에서의 죽음』(1912) 같은 작품들이 감염병과 사랑의 관계를 보여주는 예가 될 수 있다. 사실 감염병에 대한 역사적 사실들은 역사책이나 의학서적, 혹은 피터르 브뤼헐(Pieter Brueghel)의 〈죽음의 승리(The Triumph of Death)〉 같은 미술 작품을 통해서도 알 수 있지만,

이것들을 통해 감염병과 사랑의 관계를 찾아내기는 쉽지 않다. 코로나19 이전의 감염병인 흑사병이나 콜레라가 창궐했던 시기에는 지금처럼 대중매체가 발달하지 않았고 인터넷이 없었기 때문에 감염병과 사랑의 관계를 알 수 있는 가장 좋은 방법은 문학작품이나 영화를 통해서일 것이다. 아직은 '코로나 시대의 사랑'을 다룬 문학작품이나 영화가 없기 때문에 (벌써 나왔을지도 모른다) 지금은 '흑사병 시대의 사랑'과 '콜레라 시대의 사랑'을 다룬 문학작품을 살펴보는 것으로 만족해야 할 것 같다.

감염병이 등장하는 작품의 첫 번째 예로는 『로미오와 줄리엣』이 있다. 물론 로미오와 줄리엣이 비극적인 죽음을 맞이하는 가장 큰 이유는 "부모들 사이의 불화"다. 그러나 로미오와 줄리엣의 사랑을 다룬 장에서 살펴봤듯이 로미오와 줄리엣의 비극적인 죽음은 어긋난 타이밍의 형태로 나타난 "불운"에 기인한다. 패리스 백작과 사흘 후에 결혼식을 올리라는 아버지의 명령을 받은 줄리엣에게 로런스 신부는 결혼을 피하고 로미오와 재회할 수 있는 계획을 알려준다. 그러나 로런스 신부와 줄리엣의 계획을 알리는 편지를 받지 못한 로미오는 무덤 속에 누워 있는 줄리엣이 진짜 죽었다고 생각해서 자살하고, 잠에서 깨어난 줄리엣은 로미오를 따라 죽는다. 이런 어긋난 타이밍의 원인은 로미오가 로런스 신부의 편지를 받지 못한 것 때문이었고, 로런스 신부가 제때 편지를 전달하지 못한 것은 바로 감염병 때문이었다. 존 신부는 감염병 때문에 강제 격리를 당해서 만투아에 있던 로미오에게 편지를 전하지 못했다는 사실을 로런스 신부에게 다음과 같이 전한다. "사실은 맨발로 다니는 동문(同門)의 신부님 한 분과 동행하려고 찾아가서, 마침 시내 어느 환자를 문병하는 자리에서 그분을 만났는데, 때마침 시 검역관들은 우리 두 사람을 그 전염병자 집에 있었다는 혐의로, 문을 막고 밖에 내보내주질 않아서, 만투아 행은 그만 지체되고 말았습니다."(5.2.5-12)[2]

로미오와 줄리엣의 비극적인 죽음을 야기한 주된 원인 중 하나인 어긋난 타이밍의 기원을 찾아 거슬러 올라가다 보면 감염병이라는 것이 드러난다. 여기서 감염병(infectious pestilence)은 바로 페스트, 즉 흑사병이다. 흑사병은 14세기의 팬데믹(pandemic, 세계적 대유행) 감염병으로 1331년부터 1353년까지 전세계적으로 7500만 명의 목숨을 앗아 갔다. 1348년부터 6년 동안 유럽에서 2000만 명 이상이 사망했고, 도시 지역에서는 전체 인구의 3분의 1 이상이 사망했다. 보카치오는 『데카메론』

---

2. William Shakespeare, *The Riverside Shakespeare*, Eds. G. Blakemore Evans et al., Boston : Houghton Mifflin Company, 1974.

서두에서 흑사병을 이렇게 묘사했다. "병에 걸리면 살이나 겨드랑이에 종기부터 나기 시작했다. 달걀처럼 보이기도 했고 사과만 하기도 했다. 종기는 삽시간에 온몸으로 퍼져나갔고, 검거나 납빛의 반점들이 나타났다. 일단 반점이 나타나면 누구도 죽음을 피할 수 없었다. 병에 걸린 사람을 접촉하면 여지없이 마른 장작이나 기름종이에 불이 확 옮겨 붙듯 빠른 속도로 번져나갔다." 유럽 전역을 강타한 흑사병은 로미오와 줄리엣의 비극적인 사랑에도 많은 영향을 미쳤다.

사랑의 훼방꾼으로 작용하는 감염병의 또 다른 예는 서머싯 몸의 『인생의 베일』에서 찾을 수 있다. 런던에서 화려한 사교 모임과 댄스파티를 즐기던 25세의 키티는 동생인 도리스의 결혼이 임박하자 어머니의 성화에 못 이겨 세균학자이자 의사인 월터 페인의 청혼을 받아들인다. 월터를 따라 홍콩에서 살게 된 키티는 외교관인 찰리 타운센드와 사랑에 빠지고, 아내의 불륜을 눈치챈 월터는 콜레라가 창궐한 메이탄푸로 함께 떠나지 않으면 그녀를 간통으로 고소하겠다고 압박한다. 메이탄푸의 상황을 묘사하자면 100명이 넘는 사람들이 죽어나간다고 했다. 신상들은 버려진 사원들에서 거리로 옮겨졌다. 한번 병에 걸리면 회복되는 사람도 거의 없을뿐더러 신상 앞에 제물을 바치고 제사를 올리지만 역병을 잠재우게 할 수는 없는 노릇이었다. 어찌나 빨리 사람들이 죽어나가는지 묻기에도 시체가 벅찰 정도로 많았으며 온 가족이 몰살당한 어떤 집은 장례를 치를 사람조차 없는 형편이라고 했다. 그곳에서 월터는 연구와 의료봉사에 전념하고, 키티는 수녀들을 도와 아이들을 돌보는 일을 하며 심리적으로 많은 변화를 겪게 된다. 얼마 지나지 않아 월터는 콜레라에 걸리고, 키티는 죽어가는 월터에게 처음으로 "내 사랑"이라고 말하면서 용서를 구한다.

키티를 항상 사랑해왔던 월터와 이제 막 월터에 대한 사랑을 싹틔우던 키티를 갈라놓은 것은 콜레라라는 감염병이었다. 흑사병이 14세기의 팬데믹 감염병이었다면, 콜레라는 19세기 이후의 팬데믹 감염병이었다. 1817년 인도에서 시작한 콜레라는 1826년부터 1837년까지 아시아와 아프리카뿐만 아니라 유럽과 남북 아메리카로 확산해서 흑사병보다 더 많은 사람들의 목숨을 앗아 갔다. 1860년까지 인도 대륙에서 콜레라로 사망한 사람의 수는 1500만 명에 달하고, 1865년부터 1917년까지는 2300만 명이 사망한 것으로 추정된다. 『조선왕조실록』에 따르면 우리나라에서도 150만 명 이상이 콜레라로 사망했다. 중국에서는 1909년과 1919년, 1932년에 대유행이 일어나서 수많은 사람이 목숨을 잃었다. 『인생의 베일』이

1925년에 출판된 것을 고려해보면 소설에서 묘사된 콜레라 대유행은 1919년 이후 발생한 것으로 추정된다.

콜레라가 등장하는 또 다른 작품으로는 토마스 만의 소설, 『베니스에서의 죽음』이 있다. 나이 많은 작가인 구스타프 폰 아센바흐는 베니스에서 만난 미소년 타지오에게 매혹돼서 리도섬에 콜레라가 확산하고 있다는 사실을 알면서도 섬을 떠나지 않고 있다가 결국 콜레라에 감염돼서 죽게 된다. 당시 베니스에서는 "회복되는 경우는 드물었다. 100명의 감염자 중 80명은 죽었다. 그것도 아주 끔찍하게. 왜냐하면, 그 병이 아주 난폭하게 들이닥쳐서는 〈건조증〉이라 불리는 극도의 치명적인 상태를 자주 보였기 때문이었다. 이 상태에서 몸은 혈관에서 다량으로 분비되어 나오는 수분을 전혀 배출할 수 없게 되는 것이다. 그렇게 되면 몇 시간 내에 환자가 바싹 마르고 만다. 그래서 피가 역청처럼 끈적끈적해지고 환자는 경련을 일으키고 쇄된 소리로 비명을 지르며 질식해 죽게 된다".[3] 타지오에 대한 아센바흐의 사랑은 연인들의 사랑이라기보다 아름다움의 관념에 대한 열망, 즉 플라톤의 에로스 개념에 대한 구현으로 해석될 수 있지만 아센바흐의 열망을 중단시킨다는

---

3. 토마스 만, 『베니스에서의 죽음』, 안삼환 외 옮김, 1998, 512쪽.

의미에서 콜레라가 사랑의 방해꾼 역할을 하는 것은 분명하다.

『로미오와 줄리엣』, 『인생의 베일』과 『베니스에서의 죽음』에서 감염병이 사랑의 훼방꾼 노릇을 했다면, 『콜레라 시대의 사랑』에서는 콜레라가 사랑의 훼방꾼이 아니라 오히려 사랑의 조력자로 작용하는 것처럼 보인다. 『콜레라 시대의 사랑』은 1880년대부터 1930년대까지 콜레라가 창궐한 콜롬비아를 배경으로 한다. 중남미에서는 소설의 배경보다 훨씬 전인 1820년대부터 이미 콜레라가 확산했고 소설의 배경이 된 시기를 포함해서 20세기 중반까지 여러 차례 대유행을 반복하고 있었다. 남편과 사별한 후 플로렌티노 아리사와 '신충성호(New Fidelity)'를 타고 마그달레나강을 따라 유람 여행을 떠난 페르미나 다사는 배에 탄 사람 중에서 낯익은 얼굴이 보이자 남편이 얼마 전에 죽었는데도 여행을 즐기며 유람하는 모습을 보이느니 오히려 죽고 싶어 한다고 했다. 유람선 선박 회사 사장인 플로렌티노는 페르미나를 위해 콜레라 환자가 있다는 것을 알리는 노란 깃발을 게양하고 다른 승객들을 모두 하선시키라고 선장에게 지시한다. "카리브 하천 회사는 영업상의 의무를 수행해야만 했다. 즉 화물이나 승객, 우편물을 비롯한 그 외의 수많은 것들을 수송해야만 했으며, 그 대부분은 어길 수 없는 계약 조건이었다. 그 모든 의무를 무시할 수 있는 유일한 경우는 콜레라 환자가 배에 타고 있을 때였다. 그러면 배는 격리되었음을 선포한 다음, 노란 깃발을 게양하고 응급 상태로 항해할 수 있었다." 콜레라 덕분에 배는 플로렌티노와 페르미나가 세상의 이목을 벗어나서 자유롭게 사랑을 나눌 수 있는 공간이 된다. 어린 시절 연인이었던 플로렌티노와 페르미나는 노년에 (콜레라의 도움도 받으면서) 다시 사랑을 이룬다. 『로미오와 줄리엣』이나 『인생의 베일』, 『베니스에서의 죽음』과 달리 『콜레라 시대의 사랑』은 '콜레라'라는 감염병을 제목에 전면으로 내세웠음에도 불구하고 주인공들이 비극적인 결말에 이르지 않는다.

콜레라를 다룬 다른 소설들과 『콜레라 시대의 사랑』이 보여주는 또 다른 차이점은 『콜레라 시대의 사랑』에서는 콜레라가 단순한 배경이나 모티프의 차원에 머물지 않고 사랑에 대한 비유의 차원으로 끌어올려진다는 점이다. "사랑은 눈물의 씨앗"이라는 대중가요 가사부터 "사랑이란 한숨으로 일으켜지는 연기, 개면 애인 눈 속에서 번쩍이는 불꽃이요, 흐리면 애인 눈물로 바다가 되네. 그게 사랑 아닌가? 가장 분별 있는 미치광이요, 또한 목을 졸라매는 쓰디쓴 약인가 하면, 생명에 활력을 주는 감로"(『로미오와 줄리엣』, 1.1.188-190)라는 셰익스피어의 대사에 이르기까지 사랑은 수많은 대상에 비유된다. 이런 무수한 사랑의 은유 중 사랑을 "컴퍼스"에 비유한 존 던의 은유나 "사랑은 법을 모르는 병이다"라고 사랑을 "병"에 비유한 이반 투르게네프의 은유는 기발하고 참신하다. 마르케스 역시 『콜레라 시대의 사랑』에서 독창적인 사랑의 은유를 만들어낸다. 그는 페르미나에 대한 플로렌티노의 지독하고 끈질긴 사랑을 콜레라에 비유함으로써 "사랑은 콜레라 같다"는 새로운 사랑의 은유를 만들어낸다.

로런 더비(Lauren Derby)를 비롯한 많은 평론가들은 『콜레라 시대의 사랑』에서 페르미나에 대한 플로렌티노의 사랑이 콜레라와 비슷하게 그려지고 있다는 사실을 지적한다. "첫 편지에 대한 대답을 기다리기 시작하면서 그는 설사를 하고 푸른색의 물질을 토하는 등 더욱 고통스러워했다. 방향감각을 잃고 갑자기 기절하는 일도 있었다. 그러자 그의 어머니는 깜짝 놀랐다. 그의 상태가 상사병이 아니라 콜레라의 끔찍한 증세와 유사했기 때문이다. 플로렌티노 아리사의 대부이자, 그녀가 숨겨진 애인으로 믿고 지내온 늙은 민간요법 의사 역시 환자의 상태를 보자마자 소스라치게 놀랐다. 플로렌티노 아리사의 맥박이 희미하고, 호흡이 거칠며, 얼굴이 죽어가는 사람처럼 창백하고 식은땀을 흘렸기 때문이다. 그러나 검사를 해보자 열도 없었고 아픈 곳도 없었다. 그가 유일하게 실제로 느낀 것은 당장 죽고 싶다는 마음뿐이었다. 민간요법 의사는 우선 플로렌티노에게, 다음에는 어머니에게 이것저것 캐묻고 난 다음 상사병이 콜레라와 증상이 동일하다는 것을 확인해주었다." 『콜레라 시대의 사랑』에서 사랑이 콜레라라는 전염병에 비유되고 있다는 사실은 플로렌티노가 배에 콜레라가 발생했다고 선포할 것을 선장에게 지시하는 소설의 마지막 장에서 정점에 이른다. 실제로 선상에서 콜레라 환자가 발생한 것은 아니었지만 플로렌티노의 말이 완전히 틀린 것은 아니었다. 왜냐하면 필경사의 거리에서 페르미나에게 절교를 당한 날부터 51년 9개월 4일 동안 플로렌티노는 페르미나를 향한 수그러들지 않는 열정에 감염돼 있었기 때문이다.

콜레라에 걸린 것처럼 페르미나를 향한 상사병에 걸린 플로렌티노는 죽을 때까지 사랑의 병에서 벗어나지 못한다. 플로렌티노는 한번 걸리면 결국 죽음에 이르는 치명적인 콜레라처럼 페르미나에 대한 사랑이라는 병에서 벗어나지 못한다. 플로렌티노가 걸린 사랑의 병은 콜레라라는 전염병처럼 지독하고 끈질기다. 플로렌티노의 사랑은 치명적이고 끈질긴 역병으로서의 사랑, 즉 콜레라 같은 사랑이다. 도대체 플로렌티노의 사랑은 어떤 사랑이기에 "콜레라 같은 사랑"이라는 은유가 만들어질 수 있었을까?

플로렌티노와 페르미나의 사랑

『콜레라 시대의 사랑』은 플로렌티노 아리사와 페르미나 다사의 53년 7개월 11일에 걸친 대서사시적 사랑 이야기다. 페르미나에게 첫눈에 반한 플로렌티노는 그녀와 3년 동안 편지를 주고받으며 사랑을 키워나간다. 그러나 어느 날 갑자기 페르미나는 플로렌티노에게 이별을 고하고 후베날 우르비노 박사와 결혼한다. 플로렌티노는 그녀에 대한 변치 않는 사랑을 간직한 채 51년 9개월 4일을 기다렸다가 우르비노 박사의 장례식 날 페르미나에게 다시 사랑을 고백한다.

이렇게 줄거리를 요약해놓으면 페르미나에 대한 플로렌티노의 사랑 이야기는 지고지순한 순애보처럼 보인다. 53년이 넘는 시간 동안 이어진, 한 여자에 대한 거의 집착에 가까운 사랑은 바로 앞에서 말한 것처럼 "대서사시적"이고 감동적이며, 불가능을 가능으로 바꾼 기적과 같은 사랑처럼 보인다. 소설 『콜레라 시대의 사랑』을 영화로 제작한 스콧 스타인도프(Scott Steindorff)는 플로렌티노와 페르미나의 러브 스토리를 "로미오와 줄리엣의 러브 스토리 다음가는 최고의 러브 스토리"라고 극찬했고, 《뉴스위크》는 "믿기 어려울 정도로 강력한 힘을 가진 러브 스토리"라고 평했다. 한국어판 책 뒤표지에는 "불멸의 사랑, 세월과 죽음의 공포를 이겨낸 두 남녀의 달콤한 러브 스토리"(민음사)라는 홍보 문구가 들어 있다. 플로렌티노와 페르미나의 사랑은 거부할 수 없는 운명적인 사랑의 상징으로 영화 〈세렌디피티〉(2001)에서 중요한 모티프로 작용하고, 한 드라마에서는 그들의 사랑이 오래도록 변치 않는, 불변의 사랑에 대한 상징으로 작용한다. 남편과 사랑에 빠진 유부녀가 남편에게 『콜레라 시대의 사랑』을 선물한 것을 발견한 아내는 격분해서 "내가 죽길 기다렸다가 다시 만나 사랑하겠다는 거야?"라고 소리친다.

그러나 플로렌티노와 페르미나의 사랑에 대해 이런 찬사와 긍정적인 반응만 있는 것은 아니다. 특히 플로렌티노에 대해서는 수많은 독자들과 비평가들이 독설과 비판을 쏟아낸다. 아마존의 독자 서평란에는 플로렌티노에 대한 비난이 넘쳐난다. 그가 페르미나를 기다리는 동안 무수한 여성들과 끊임없이 애정 행각을 벌였기 때문이다. 그는 "수많은 일회성 사랑을 제외하고 오랫동안 지속된 사랑이 622개"가 될 정도로 무수한 여성들과 비밀 연애를 했다. 여성 편력의 대명사인 카사노바가 자서전에서 122명의 여자를 만났다고 말한 것을 감안하면 플로렌티노의 여성 편력은 가히 상상을 뛰어넘는 수준이라 할 수 있다. 그가 만난 여자들 중에는 열네 살의 소녀도 있었고(이것은 결코 미화될 수 없는 명백한 범죄행위다), 남편이 있는 여자들도 많았다. "사람들이 많이 모인 가운데서도 자기를 원하는 여자가 누구인지 즉시 알아볼 수 있는 정확한 눈"과, "여자들이 그를 보는 즉시 사랑이 필요한 고독한 남자 (……) 그가 아무런 조건 없이 굴복하는 남자이며, 그에게 호의를 베풀어주었다는 마음의 평안을 제외하고는 아무것도 바랄 것이 없는 남자"라는 인상, 이 두 가지를 무기로 나이나 결혼 여부를 따지지 않고 여자들을 만나는 플로렌티노의 애정 행각 과정에서 두 여자가 목숨을 잃었다. 올림피아 술레타는 부정이 발각되어 남편에게 살해당했고, 아메리카 비쿠냐는 플로렌티노의 사랑을 잃자 자살했다.

그래서 여성을 단지 쾌락의 대상이자 성적 대상으로만 간주하는 남성 중심적인 플로렌티노가 페르미나를 자신의 "성도착적인" 애정 행각에 대한 정당화 구실로 이용했다는 비판이 나올 수 있다. 어떤 독자는 플로렌티노의 사랑 이야기를 "한 여자를 무려 51년 9개월 동안 기다린 가난한 남자의 순애보"가 아니라 "순애보를 가장한 용의주도한 사랑 이야기"라고 평했고, "책을 읽다 화가 나서 책을 던져버렸다"는 독자도 있었다. 어떤 독자는 플로렌티노를 "스토커"로 규정한다. "남자 주인공을 묘사하는 서술이 낭만적이고 애처롭지만 사실 그는 기본적으로 소시오패스적인 스토커다. 그 때문에 수많은 여성들이 고통을 겪었다. 그 과정에서 두 여자가 죽었다. 그는 설득력 있는 문장으로 자기 자신과 다른 사람들을 위해 편지를 대필했다. 이것은 달콤한 유혹이자 일종의 그루밍이다."

페르미나에 대한 플로렌티노의 사랑에 대해 독자들이 반감을 보이는 이유는 다음과 같이 요약할 수 있다. 페르미나에 대한 변치 않는 사랑을 간직하고 있다고 공언하면서 도대체 어떻게 플로렌티노는 그토록 많은 여자들과 애정 행각을 벌였을까? 무수한 여성들과 끊임없이 애정 행각을 벌이면서도 페르미나에 대해 정신적으로 순수한 사랑을 간직하고 있다고 생각하는 플로렌티노를 어떻게 이해할 것인가? 그러나 동시에 또 다른 의문도 생긴다. 화려한 여성 편력 속에서도 플로렌티노는 어떻게 그렇게 오랜 시간 동안 페르미나에 대한 열망을 간직할 수 있었을까? 페르미나에 대한 사랑을 평생 유지하게 해준 원동력은 무엇인가? 플로렌티노의 사랑이 보여주는 특성들을 따져보면서 이런 질문들에 대한 답을 찾아보자.[4]

---

4. 플로렌티노와 페르미나의 사랑에 대한 설명은 대상 소타자 개념으로 『순수의 시대』를 분석한 이미선의 논문, 「대상 소타자로 작용하는 엘런 올렌스카—『순수의 시대』에 나타난 남녀 관계」(2018)와 『콜레라 시대의 사랑』을 분석한 논문, 「대상 소타자에 반응하는 두 가지 방식—『순수의 시대』와 『콜레라 시대의 사랑』을 중심으로」(2019)를 요약 정리한 것이다.

페르미나에 대한 플로렌티노의 사랑이 보여주는 첫 번째 특성은 그의 사랑이 도달 불가능한 대상에 대한 사랑이라는 점이다. 플로렌티노와 페르미나의 사랑은 세 단계에 걸쳐서 장애물에 직면한다. 첫 번째 장애물은 두 사람의 신분 차이다. 플로렌티노는 페르미나가 자신보다 사회적 지위가 높은 명문가 출신일 것이라고 걱정하지만 두 사람은 경제적으로만 차이가 날 뿐 사회적 지위가 크게 다르진 않은 것으로 드러난다. 두 번째 장벽은 "딸을 엄하게 다스리는 (페르미나의) 아버지"였다. 딸을 훌륭한 숙녀로 만들어서 좋은 집안의 청년과 결혼시키겠다는 확고한 목표를 지닌 로렌소 다사는 플로렌티노와 떼어놓기 위해 페르미나를 외가로 데려가지만 두 사람은 전신으로 연락을 주고받으며 사랑을 이어간다. 두 장애물은 모두 극복 가능했지만 페르미나에 대한 플로렌티노의 사랑을 결정적으로 불가능하게 만든 장벽은 페르미나와 우르비노의 결혼이었다. 외가에서 돌아온 페르미나는 자신의 사랑이 환상이었음을 깨닫고 플로렌티노에게 이별을 통보한 다음 명문가 출신에 돈도 많고 유럽에서 공부했으며 나이에 비해 상당한 명성을 지닌 의사인 우르비노 박사와 결혼한다. 다른 남자의 아내가 된 페르미나는 플로렌티노에게 도달 불가능한 사랑의 대상이자 영원히 가질 수 없는 사랑의 대상, 이루어질 수 없는 사랑의 대상이 된다.

플로렌티노처럼 불가능한 대상을 사랑한 사람들로는 라우라를 사랑한 페트라르카, 베아트리체를 사랑한 단테, 이졸데를 사랑한 트리스탄, 캐서린을 사랑한 히스클리프(『폭풍의 언덕』), 데이지를 사랑한 개츠비(『위대한 개츠비』), 애슐리를 사랑한 스칼렛(『바람과 함께 사라지다』), 엘런을 사랑한 뉴랜드(『순수의 시대』), 로테를 사랑한 베르테르(『젊은 베르테르의 슬픔』)가 있다. 이들의 사랑을 불가능하게 만든 장애물은 대부분 결혼이나 죽음이다. 라우라와 베아트리체는 다른 사람과 결혼했다 일찍 세상을 떠났고, 이졸데는 트리스탄의 삼촌의 아내였다. 애슐리는 스칼렛의 시누이인 멜라니의 남편이었고, 캐서린은 에드거 린턴과 결혼했다. 엘런은 뉴랜드의 아내와 사촌이었고, 로테는 알베르트와 약혼한 상태였다. 상대의 결혼이나 죽음, 혹은 사회적 지위의 차이 때문에 이루어질 수 없는 이들의 사랑은 궁정식 사랑과도 연관된다. 궁정식 사랑이란 자신보다 지위가 월등하게 높거나 이미 결혼한 여성에게 무한한 존경심을 품고 우아하게 사랑을 표현하는 방식이다. 궁정식 사랑의 구조에는 이미 불가능성이, 사랑의 성취를 가로막는 장벽이 내재되어 있다.

페르미나나 라우라, 베아트리체, 데이지, 애슐리, 엘런, 로테,

캐서린처럼 불가능한 대상을 프랑스의 정신분석학자 자크 라캉은 대상 소타자라고 부른다. 라캉에 의하면 주체는 자신에게 총체성이 있다고 가정하고 총체성을 상징하는 기표인 남근(phallus)과 자신을 허구적으로—상상계적으로—동일시한다. 그러나 오이디푸스 과정을 거치면서 이 기표는 상징적인 거세를 당하고, 주체는 비어 있는 남근의 자리를 다른 대상과 결합해서 메우려고 한다. 이런 주체의 노력이 바로 욕망이고 주체가 결합하고자 하는 대상이 욕망의 대상이다. 대상 소타자는 욕망의 대상 중에서 주체가 소타자에게서 찾는 욕망의 대상을 의미한다. 소타자란 단순히 다른 사람들을 의미하는 것이 아니라 주체의 환상이 투사된 다른 사람을 나타낸다. 소타자는 주체의 허상이 투영된 닮은 사람이자 시각적 이미지이기 때문에 대상 소타자에는 항상 불가능성이 내포되어 있고, 이런 불가능성 때문에 대상 소타자는 단순한 욕망의 대상이 아니라 도달할 수 없는 대상이다.

그런데 라우라와 베아트리체, 이졸데, 데이지, 애슐리, 엘런, 로테가 페트라르카와 단테, 트리스탄, 개츠비, 스칼렛, 뉴랜드, 베르테르에게 영원히 불가능한 대상으로 남은 반면, 『콜레라 시대의 사랑』에서는 페르미나와 플로렌티노의 사랑이 마침내 이루어진 것처럼 보인다. 페르미나가 남편 우르비노 박사의 장례식을 치르자마자 플로렌티노는 그녀에게 청혼한다. "페르미나, 반세기가 넘게 이런 기회가 오길 기다리고 있었소. 나는 영원히 당신에게 충실할 것이며 당신은 영원한 나의 사랑이라는 맹세를 다시 한번 말하기 위해서 말이오." 그 후 그는 132통의 편지로 페르미나가 다시 마음을 열기를 끈기 있게 기다리고, 그녀와 함께 마그달레나강을 따라 배를 타고 여행을 하며 사랑을 나눈다. 플로렌티노와 페르미나의 관계에서는 페르미나가 도달 가능한 대상이자 성취 가능한 대상이 된 것처럼 보인다. 그렇다면 페르미나는 플로렌티노에게 대상 소타자로서의 지위를 잃게 되는 것은 아닌가? 마그달레나강으로의 선박 여행을 환상 여행으로 규정하게 되면 두 사람의 결합이 대상 소타자로서 페르미나의 위치를 위협하지는 않는다. 두 사람이 탄 '신충성호'는 노인들의 사랑을 "더럽다"고 용납하지 않는 사회적 편견과 억압으로부터 완전히 단절된 자유의 공간이자, 현실 세계로부터 격리된 비현실적인 공간이다. 그러므로 이런 비현실적인 공간에서 이루어진 대상 소타자 페르미나와 플로렌티노의 결합은 가상의 결합으로 간주될 수 있다.

페르미나가 플로렌티노에게 도달 불가능한 대상이라는 사실로부터 페르미나에 대한 플로렌티노의 사랑에서 찾을 수 있는 또 다른 특성이 나타난다. 바로 플로렌티노가 페르미나를 이상화시킨다는 점이다. 궁정식 사랑에서 남자 연인이 숙녀에게 이상화시킨 이미지와 환상을 투사하는 것처럼 플로렌티노는 페르미나를 신격화하고 이상화시킨다. 플로렌티노는 "점차로 그녀를 이상화시켰고, 검증할 수 없는 미덕과 상상의 감정을 그녀에게 부여하곤" 했으며 "시의 연금술로 그녀를 이상화시켰다". 플로렌티노가 페르미나를 신격화했다는 것은 그녀를 "왕관을 쓴 여신"이라고 부르는 것에서 잘 나타난다. 로렌소 다사가 플로렌티노에게 자기 딸과 헤어지라고 강요하며 총으로 쏘아 죽일 수 있다고 하자, 플로렌티노는 "쏘십시오. 사랑 때문에 죽는 것보다 더한 영광은 없습니다"라고 말하며 사랑을 위해 죽는 것을 "순교"에 비유한다.

독자들의 공분을 샀던 플로렌티노의 여성 편력은 그가 불가능한 대상인 대상 소타자 페르미나를 이상화시키고 신격화한다는 사실과 연관돼 있다. 왜냐하면 그가 여성들을 페르미나 대 페르미나 이외의 여성으로, 사랑의 대상인 페르미나와 페르미나의 "대체물"로 구분하기 때문이다. 프로이트가 "성녀/창녀 콤플렉스"라고 부른 것과 유사한 방식으로 플로렌티노는 사랑과 존경의 대상인 페르미나에게는 정신적인 사랑을 바치는 반면, 쾌락과 열정의 대상인 다른 여성들에게서는 육체적인 쾌락을 얻는다. 정신적인 면과 성적인 면을 철저하게 분리한 결과, 그는 페르미나와 헤어진 후 그녀를 계속 열망하면서도 무수한 여성들과 비밀 연애를 한다. "그는 자비를 베풀어 기록할 만한 가치가 없는 일회성 사랑을 제외하고 오랫동안 지속된 사랑만을 적은 공책을 25권 가지고 있었는데, 거기에는 622개의 사건이 기록되어 있었다." 그러나 플로렌티노에게 "영원한 사랑"의 대상은 페르미나 한 사람뿐이었고, 다른 여성들은 "대체 불가능한" 페르미나를 대신할 "대체물"이자 "페르미나라는 여신에게 바친 제물들, 특히 부정이 발각되어 남편에게 살해당한 올림피아 술레타와 플로렌티노의 사랑을 잃자 자살한 에미라카 비쿠냐는 문자 그대로 제물들"일 뿐이었다. 플로렌티노는 "페르미나 다사가 자신의 부정한 행위를 알게 되지나 않을까" 두려웠기 때문에 들키지 않도록 세심하게 신경을 썼고 그 많은 연애 사건을 한 번도 들키지 않은 채 비밀리에 행했다. 그 결과 페르미나는 "심지어 일이 일어나기도 전에 모두 알려지는 도시에서 그에게 여자가 있다는, 심지어는 단 한 명의 여자라도 있다는 말을 들은 적이 없었다". 아무것도 모르는 페르미나에게 플로렌티노는 당당하게 "당신을 위해 동정을 지켜왔소"라고 말한다. 그는 "부정(不貞)하지만 배신하지는 않는 사람"이었고 그런 의미에서 정신적인 "동정"을 지켰다고 간주될 수 있다.

물론 이룰 수 없는 사랑의 대상을 열망하는 모든 플로렌티노들이 플로렌티노처럼 행동하지는 않는다. 『순수의 시대』에서 뉴랜드 아처에게 아내의 사촌인 엘런 올렌스카는 불가능한 사랑의 대상이다. 엘런과 뉴랜드의 사랑에서 육체적인 결합이나 결혼의 가능성은 처음부터 배제되고 그런 도달 불가능성 때문에 엘런은 뉴랜드에게 끊임없는 열망을 불러일으키는 원인이 된다. 뉴랜드 역시 엘런을 이상화하고, 여성을 이상화된 대상과 쾌락의 대상으로 구분하지만 플로렌티노와는 다른 방식으로 여성들을 대한다. 플로렌티노가 페르미나와 헤어진 후 그녀를 계속 열망하면서도 무수한 여성들과 비밀 연애를 하는 것과 달리 뉴랜드는 엘런과 헤어진 후 메이와 결혼 관계를 유지하는 것 외에 다른 여성과는 어떤 관계도 맺지 않는다. 엘런은 그에게 "그가 놓친 모든 것을 보여주는 종합적인 환영이 되었다. 비록 희미하고 희박하다 해도 그 환영 때문에 그는 다른 여자를 생각할 수가 없었다. 그는 소위 충실한 남편이었다". 그가 남편으로서 충실한 것은 다른 한편으로 엘런에게 충실한 것이기도 했다. 그는 엘런에게 충실하기 위해 다른 여성들에게 초연하고 무관심한 태도를 견지한다.

플로렌티노의 엄청난 여성 편력은 대상 소타자인 페르미나를 이상화시킴으로써 나타난 결과일 뿐만 아니라 충족 불가능한 욕망 자체의 특성과도 연관이 있다. 플로렌티노는 욕망의 대상인 페르미나와 결합할 수 있을 때까지 그녀를 대신해줄 대상을 찾아 622명 이상의 여성을 끊임없이 만난다. 플로렌티노는 페르미나의 "대체물"인 이 여성들에게 사랑을 요구하지만 이런 요구를 통해 충족되는 것은 육체적인 욕구일 뿐이다. 충족되지 않은 결여를 메우기 위해서 플로렌티노는 끝없이 대상을 바꾸고 이 자리바꿈을 통해 욕망은 소멸되지 않은 상태로 끝없이 이어진다. 이 여성들과의 만남을 통해 플로렌티노는 여전히 충족되지 않은 부분이 있다는 것을 알고 그들이 결코 페르미나 다사를 대신할 수 없다는 것을 깨닫게 된다. 동시에 페르미나와 결합하고자 하는 욕망은 끝없이 연기된다. 대상의 자리바꿈이 만들어내는 끝없는 욕망의 우회로를 라캉은 "욕망은 환유다"라고 표현한다. 플로렌티노의 끝없는 애정 행각은 욕망의 실현이 현실 세계에서는 무한히 연기될 뿐이라는 것을 보여주는 것에 대한 비유로 해석될 수 있다.

플로렌티노의 여성 편력이 도달 불가능한 대상 소타자에 대한 이상화와, 대상의 자리바꿈을 통한 욕망의 우회로라는 두 가지 특성으로 설명될 수 있다면, 53년 동안 유지된 플로렌티노의 사랑은 욕망의 재생산을 목표로 하는 대상 소타자의 특성과 연관된다. 욕망의 목적은 바라던 대상을 획득하는 것처럼 보일 수 있지만 사실 욕망의 목적은 "대상 주변을 선회하는 것"이다. 지젝에 의하면 "욕망의 실현은 그것이 충족되는 것, 충분히 만족되는 것에 있지 않고 오히려 욕망의 재생산, 욕망의 순환 운동이다".[5] 대상 소타자는 욕망의 충족을 끝없이 지연시킴으로써 욕망을 계속 만들어내는 역할을 한다. 그리고 바로 이런 욕망의 특성과 끊임없이 욕망을 불러일으키는 대상 소타자의 특성 때문에 플로렌티노는 53년 동안 페르미나에 대한 사랑을 유지할 수 있었다. 사랑이 이루어지지 않았을 때 대부분의 사람들은 이루어질 수 없는 사랑이라고 단념하고 잊어버리거나 다른 대상으로 옮겨 간다. 예를 들어, 로미오는 줄리엣이라는 새로운 대상을 만난 순간 이루지 못한 사랑의 대상인 로잘린에 대한 열망을 순식간에 잃어버린다. 아련한 아쉬움과 미련은 남지만 대부분의 사람들은 이루어질 수 없는 사랑에 계속 열정을 쏟지는 않는다. 그런 경우 그 사랑의 대상은 주체에게 욕망을 불러일으키는 원인이 되지 못하기 때문에 대상 소타자로서의 지위를 잃고 만다. 끊임없이 욕망의 원인으로 작용하는 불가능한 대상인 경우에만

---

5. Slavoj Zižek, *Looking Awry : An Introduction to Jacques Lacan through Popular Culture*, Cambridge : MIT Press, 1993, p7.

그 대상은 대상 소타자의 지위를 유지할 수 있다.

플로렌티노는 이룰 수 없는 대상인 페르미나에 대한 사랑을 포기하지 않을 뿐만 아니라 계기가 있을 때마다 새롭게 욕망을 불태운다. 우연히 페르미나와 마주친 시선이 "50년이 지난 후에도 끝나지 않고 세상을 뒤흔든 사랑의 시작이었다". 페르미나로부터 이별을 통보받고 우르비노 박사와 결혼할 것이라는 소식을 들은 후 플로렌티노는 "이 세상의 그 어떤 것도 그를 다시 일으켜 세울 수 없을 정도로 절망에 빠지지만" 페르미나를 포기하는 대신 "그녀를 다시 찾아오는 것을 인생의 유일한 목표"로 설정하고 "조만간 그 목표를 이룰 수 있을 것이라고 확신"하며 살아간다. "그가 과거를 평가하는 유일한 기준은 페르미나 다사와의 덧없는 사랑이었고, 오직 그녀와 관계된 것만이 그의 인생을 평가할 수 있었으며", 그의 모든 행동이 그녀를 중심으로 이루어진다. "그녀 때문에 그는 수단과 방법을 가리지 않고 명예와 재산을 손에 넣었고, 그녀 때문에 건강을 유지하면서" 그녀와 결합할 수 있는 날을 "한시도 절망하지 않고 손꼽아 기다렸다". 그리고 우르비노 박사의 장례식을 치른 바로 그날 밤 페르미나에게 다시 사랑을 고백한다. "페르미나, 반세기가 넘게 이런 기회가 오길 기다리고 있었소. 나는 영원히 당신에게 충실할 것이며 당신은 영원히 나의 사랑이라는 맹세를 다시 한번 말하기 위해서 말이오." 그리고 마침내 '신충성호'를 타고 마그달레나강을 여행하면서 페르미나의 사랑을 되찾았을 때, 그 사랑을 죽을 때까지 지키고 싶었던 플로렌티노는 선장에게 콜레라 발병을 알리는 노란 깃발을 배에 꽂고 여행을 계속하라고 명령한다. 그는 자신들의 "목숨이 다할 때까지" 강을 따라 왕복 여행을 계속해달라고 요구한다.

이루지 못한 사랑의 대상을 잊거나 포기하는 대신 대상 소타자에 대한 열망을 오랜 시간 변함없이 간직한 플로렌티노의 모습은 다른 플로렌티노들에게서도 똑같이 발견된다. 페트라르카는 1327년 아비뇽의 성당에서 첫눈에 반한 라우라에게 수많은 사랑의 시를 바쳤고, 1348년 그녀가 죽은 후에도 계속 그녀에 대한 사랑을 노래했다. 단테는 아홉 살에 처음 만난 베아트리체를 16년 동안 짝사랑하다가 다른 남자와 결혼한 그녀가 세상을 떠난 후 『신곡』에서 그녀를 구원자로 그려냈다. 사랑의 묘약을 마신 후 이졸데와 사랑에 빠진 트리스탄은 삼촌의 아내가 된 그녀를 잊기 위해 방랑을 떠나 그녀를 그리워하다 죽음을 맞이했다. 개츠비는 톰 뷰캐넌과 결혼한 데이지를 잊지 못해서 그녀의 집 옆에 대저택을 짓고 파티를 열며 데이지의 마음을 다시 얻으려다 톰의 정부인 머틀의 남편 윌슨의 총에 맞아 세상을 떠난다. 애슐리를 사랑하던 스칼렛은 그가 멜라니와 결혼한 후에도 그에 대한 사랑을 멈추지 않고, 레트 버틀러의 지극한 사랑에도 애슐리에 대한 미련을 버리지 못한다. 이루지 못한 사랑의 대상이 세상을 떠난 후에도 이어지는 플로렌티노들의 사랑은 히스클리프에게서 정점에 이른다. 신분의 차이로 사랑을 이루지 못한 히스클리프는 캐서린의 결혼과 죽음 후에도 그녀에 대한 사랑을 멈추지 않고 유령으로 나타난 캐서린에게 사랑을 호소한다. "들어와, 들어와, 제발 들어와. 한 번만 더. 그리운 그대. 이번만은 내 말을 들어줘." 캐서린에 대한 히스클리프의 사랑은 죽음 이후까지 이어져서 두 사람 모두 유령이 되어 워더링 하이츠에 출몰하는 것으로 끝을 맺는다. 플로렌티노들은 이루지 못한 사랑의 대상에 대한 열망을 죽을 때까지, 아니 죽어서도 이어나간다.

『콜레라 시대의 사랑』 말미에서 플로렌티노는 선장에게 콜레라 발병을 알리는 노란 깃발을 꽂고 마그달레나강을 따라 왕복 여행을 계속하라고 지시한다. "콜레라"는 죽음을 의미하고 노란 깃발은 죽음의 깃발이다. 플로렌티노와 페르미나의 여행 종착지는 죽음이다.

여행 말미에 선장은 다시 묻는다. 이 빌어먹을 여행을 언제까지 계속할 수 있는지 믿느냐고. 하지만 플로렌티노에게는 준비해놓은 답이 있었다. 그것은 52년 7개월 11일의 낮과 밤 동안 준비한 것이었다. 그 답은 바로 '우리 목숨이 다할 때까지'였다.

이 부분을 욕망과 연관시켜서 바꿔보면 "언제까지 이 빌어먹을 욕망의 순환 운동을 계속할 수 있다고 믿으십니까? 우리 목숨이 다할 때까지"가 될 것이다. 플로렌티노는 죽는 순간에야 페르미나에 대한 욕망에서 벗어날 수 있다. 콜레라에 걸리면 죽어서야 병에서 벗어나는 것처럼 불가능한 대상인 페르미나에 대한 욕망의 순환 운동 속에 갇힌 플로렌티노는 죽어서야 그 사랑에서 벗어날 수 있다.

콜레라 같은 사랑

단테나 페트라르카, 스칼렛, 개츠비, 히스클리프처럼 세상에는 이루어질 수 없는 사랑을 평생 열망하면서 살아가는 수많은 플로렌티노들이 있다. 그들은 불가능한 대상을 이상화시키고, 욕망의 충족을 계속 연기하면서 사랑을 이어간다. 뉴랜드가 엘런에 대한 사랑을 간직한 채 가정에 충실한 남편으로 살아간 반면, 플로렌티노는 무수한 여성들과 연애를 하는 식으로, 플로렌티노들은 각자 독특한 방식으로 대상 소타자에게 반응한다. 그러나 그들의 사랑 모두 불가능한 대상인 대상 소타자에 대한 사랑이라는 하나의 범주에 포함될 수 있다. 그들 모두가 대상 소타자에 대해 죽어서야 벗어날 수 있는 끈질기고 지독한 열망을 보여주기 때문이다. 『콜레라 시대의 사랑』 덕에 대상 소타자에 대한 열망에서 벗어나지 못하는 플로렌티노들을 지칭하는 새로운 표현이 등장했다. 불가능한 대상에 대한 그들의 치명적이고 끈질긴 사랑에는 이제 "콜레라 같은 사랑"이라는 수식어를 붙일 수 있다. 이것은 콜레라 시대를 배경으로 새롭게 탄생한 사랑의 은유다. 언젠가는 "콜레라 같은 사랑"이라는 표현이 "열병 같은 사랑", "홍역 같은 사랑", 혹은 "독감 같은 사랑" 등의 표현들과 더불어 지독한 사랑을 나타내는 흔한 은유로 자리 잡을 날이 올지도 모른다. 그리고 또 언젠가는 코로나 시대를 배경으로 한 새로운 문학작품의 등장으로 "코로나 같은 사랑"이라는 새로운 사랑의 은유가 탄생할지도 모른다. 코로나 시대의 사랑이 어떻게 그려질지 몹시 궁금하다.

섹슈얼리티

:

육체와 정신

제5장

사드적 욕망을 바라보는 또 다른 시작

—

사드, 『미덕의 불운』 외

정해수

목원대학교 글로벌커뮤니케이션학부 글로벌문화콘텐츠 전공 교수

경희대학교 불어불문학과 및 동 대학원 졸업 후 프랑스 프랑수아라블레대학교에서 불문학 박사 학위 취득. 현재 목원대학교 글로벌커뮤니케이션학부 글로벌문화콘텐츠 전공 교수로 재직 중이다.「18세기 대혁명 전후의 프랑스 문학과 사상 연구」와「계몽주의 시대의 '철학자/작가'의 시기별 개념 변화와 그 의미」 등의 시리즈 논문들을 비롯한 다수의 연구 성과와 저·역서를 출간하였다.

Histoire de Juliette, ou les Prosperites du vice

2002년 민음사의 권유로 『밀실에서나 하는 철학』의 번역 계약을 맺고 1년 남짓 번역 작업 끝에 원고를 출판사에 인도했다. 출판된 해는 2011년 4월이니 계약에서 출판까지 9년여의 시간이 소요된 것이다. 개인적으로 바쁜 시간을 보내느라 편집부 직원들을 채근하지 않은 것도 분명 출판이 늦어진 이유 중 하나일 것이다. 그러나 무엇보다도 편집부 직원들은 이미 잘 알고 있었겠지만 사드 작품의 내용과 표현에 경악했을 것이다. 수많은 문학작품을 섭렵했던 미국의 프랑스 문학 연구자인 메릴린 옐롬(Marilyn Yalom)조차도 프랑스인 친구가 사드는 다른 어느 사상가보다 사랑과 악의 관계를 잘 알고 있으므로 그녀의 저서에서 사드를 다뤄야 한다고 조언했을 때 무척 주저했다고 고백했으니 말이다. 그녀는 "사실 나는 사드를 참고 읽을 수가 없다. 읽다 보면 토할 것 같다. 이 책을 읽는 독자들에게 그런 고통을 주고 싶지 않았다. 학자치고는 너무 소심하게 발언하는 것처럼 들리겠지만 어쩔 수 없다"[1]라고 했다. 편집부 직원들도 옐롬과 같은 감정을 느꼈을 것이고 과연 사드의 저작을 번역하여 우리나라 출판 시장에 내놓아도 될까, 라는 의구심을 가졌으리라고 필자는 판단했다. 게다가 이 책은 고등학생을 주 대상으로 하는 '민음사 세계문학전집'에 포함될 예정이었다. 출판사로서는 학업에 열중해야 할 학생들이 사드를 읽고 혼란을 느끼게 만들 수도, 학부모를 비롯한 사람들의 비난을 감당할 수도 없었을 것이다.

필자가 프랑스에서 박사과정을 시작하면서 지도 교수의 추천으로 사드를 처음 읽었을 때도 옐롬과 동일한 느낌을 가졌다. 사드를 마주한 첫인상은 인간의 상상력에서 나온 것이라고는 전혀 생각할 수 없을 만큼 지독한 악의 구렁텅이 그 자체였다. 고문, 강간, 근친상간, 비역질, 살인, 집단 학살 등 몸서리쳐지는 에피소드가 계속 이어지니 책을 덮어버렸다가 다시

---

1. 메릴린 옐롬, 『프랑스식 사랑의 역사』, 강경희 옮김, 시대의창, 2017, 161쪽.

읽기를 반복할 수밖에 없었다. 30여 년간의 연구 경력에도 불구하고 사드를 읽는 것은 즐거움은커녕 여전히 불편함에 가까운 일이다.

그런데 희한한 사실은 많은 사람들, 특히 문학과 철학, 정신분석학 등 이른바 인문학에 정통한 학자들이 계속해서 사드를 찬양하고 사드의 정신(?)을 봉대(奉戴)하여 확산해왔다는 점이다. 아폴리네르, 아라공, 브르통 등과 같은 초현실주의자들은 사드의 작품에서 자신들의 이론과 기호에 맞는 내용을 발견하고 후작을 '성(聖) 사드, 작가이자 순교자'로 우상화했다. 그들은 흥미로운 몇몇 구절 또는 아이디어를 취하여 자신들의 논리를 증명하는 논거로 이용하는 한편, 사드를 확산시켰다. 그 이후로부터 지금까지 후작과 그의 작품은 지식사회에서 논란의 중심에 서왔다. 아도르노, 클로소프스키, 폴랑, 바타유, 블랑쇼, 푸코, 라캉, 들뢰즈, 솔레르스, 바르트, 파솔리니, 레비나스 등은 선배 작가들의 뒤를 이어 사드에 대한 일반인의 관심을 증폭하는 역할을 했고, 이들로 인해 앞으로도 사드에 대한 관심이 지속될 것은 자명하다. 인간을 탐구하는 모든 학문 분야에서 사드는 연구의 대상이 되었으며 지식사회에서 중요한 하나의 현상으로 자리매김한 것이다.

그러면 세계적으로 잘 알려진 석학들이 무엇 때문에 사드에 열광했던 것일까? 근래에 사드에 큰 관심을 가지고 사드 전집을 펴낼 계획을 가지고 있는 성귀수는 "독보적 상상력이 펼쳐 보인 전인미답의 세계가 인간의 가장 심오하면서 치명적인 영역의 비밀들을 폭로하고"[2] 있기 때문이라고 판단했다. 소설가 장정일은 성귀수의 번역본 『사제와 죽어가는 자의 대화』에 대한 '독서일기'에서 '가장 자유롭게 욕망할 때 가장 자유로운 인간이 된다'라는 교의를 사드의 현대성으로 파악했다.[3] 실제로 언급한 석학들이 사드에 관심을 가지고 있는 부분은 인간 내면의 가장 깊은 곳에 똬리를 틀고 있는 사드적 욕망이다. 그리고 그동안 어느 누구도 탐험하지 못한 인간의 심연에서 사드가 발굴하고 드러내준 이 욕망이야말로 사드의 현대성이라고 이구동성으로 강조했다.

초현실주의 작가이자 사드 관련 저술가인 모리스 하이느(Maurice Heine)의 시 한 편은 사드 추종자들 또는 비평가들의 사드에 대한 태도를 잘 보여준다.

---

2. 사드, 『사드 전집 I—사제와 죽어가는 자의 대화』, 성귀수 옮김, 워크룸 프레스, 2014, 8쪽. 성귀수는 작품의 해설 역할을 하는 「사드와 글쓰기」에서 짧지만 매우 적확하게 사드 작품의 문학사적 의의에서부터 지금에 이르기까지 작가에 대한 연구 현황을 기술했다.

3. 《시사IN》, 2015년 2월 11일 수요일, 제386호.

우리가 열광하는 사드라는 인물은,
30여 년 동안 유폐된 사람,
국사범이자 부당하게 갇힌 자,
연거푸 세 개의 체제가 그로부터 자유를 빼앗아 갔다네.
그는 혁명가,
최초로 민중에게 바스티유를 함락시키라 외친 자.
그는 무신론자,
피크 구 한복판이건 국민의회 코앞이건
지고한 존재 주장하는 로베스 피에르에 맞선 자.
그는 개과천선하지 않는 늙은이,
광인의 소굴로 곤두박질쳤어도
워낙에 멀쩡한 정신, 길길이 날뛰는 고관대작들과
간질병자 황제의 모골을 송연하게 만들었다네.

또한 그는 죽어가는 자,
진지한 대화를 통해 사제마저 굴복시킨다네.

그러나 시인보다 철학자보다
우리가 사랑하고 찬탄하는 그의 참모습은
자연을 구워삶는 자,

신들을 공격하는 자,

법과 질서 조롱하는 자,

섹스를 해방하는 자,

바로 반역자,

사드의 모습이라네.[4]

명문귀족 출신의 망나니가 벌였던 범죄적 섹스 행각으로 생겨난 신화,[5] 그에 뒤이어 '저주받은' 작가라는 신화 그리고 하이느와 같은 사드 추종자들이 만들어낸 '인간 정신의 위대한 해방자'라는 전설이 뒤엉켜 사드는 일종의 '치외법권' 영역이 되었다. 사드 애호가들에게 작품에 묘사된 욕망의 모든 양상들, 작가가 젊은 시절 보여준 변태적 방탕 행위들은 마치 순교자이자 성인과도 같은 사드의 영웅적 모습에 다름 아니다. 그러므로 사드에게서 문제가 되는 것은 욕망이며, 이 욕망이라는 이름에 의해 사드의 모든 것이 정당화되어왔다.

물론 사드가 펼쳐 보인 욕망의 세계는 사드만이 구현한 세

---

4. 장 폴 브리겔리, 『불멸의 에로티스트 사드』, 성귀수 옮김, 해냄, 2006, 291-292쪽에서 재인용.

5. 자신의 작품에서와 유사하게 사드는 상대를 가리지 않고 고문하고, 마약 투약, 집단 섹스, 신성모독 등의 범죄적 방탕을 자행한 것으로 잘 알려져 있다. 그 가운데 잔 테스타르, 로즈 켈레르, 마르세유의 창녀들과의 사건 등은 사드가 반평생 감옥 생활을 하게 된 단초가 되었다. 이에 대해서는 독자들 대부분 알고 있는 내용이어서 더 이상 언급하지 않는다.

계가 아니다. 르네상스기에 보카치오는 『데카메론』에서 중세 사람들의 방탕한 삶을 재현했고, 라블레는 『팡타그뤼엘』과 『가르강튀아』에서 욕망에 사로잡힌 인간의 모습을 가감 없이 그려냈다. 17세기 고전주의 시대에도 라파예트 부인은 『클레브 공작부인』에서 비록 주인공이 정열을 제어하지 못한 대가로 수녀원에 은둔하게 되었지만 감정을 이성으로 억눌렀던 시대에도 사랑과 욕망이 꿈틀대고 있었음을 보여주고 있다. 감성에 특권을 부여하고자 했던 18세기와 함께, 독서 시장의 총아로 전면에 나타난 문학 장르인 소설의 가장 큰 특징을 육체의 구가와 욕망이라고[6] 문학 연구자들이 규정한 것처럼 아베 프레보, 레티프 드 라 브르톤느, 사드, 게다가 디드로까지 인간의 육체, 정열 그리고 감성의 문제를 진지하게 다뤘다.

그런데 사드가 구현한 욕망의 세계는 정상적 인간이라면 도저히 상상할 수 없는 극단에 도달해 있다. 방탕아 주인공들의 몇몇 욕망을 접하는 것만으로도 독자들은 금방 눈살을 찌푸리며 책을 덮어버릴 정도다. 특히 1790년 이후 사드의 작품은 고유의 작품성을 상실한 지독한 포르노그래피일 뿐이다.[7] 대혁명 이후 사드는 궁핍한 생활에서 벗어날 수 없었고, 돈이

---

6. 박동찬, 「육체와 성의 글쓰기」, 『한일문제연구-현상과 인식』, Vol. 4, n°1, 1998.

필요했던 사드와 상업성을 추구하는 출판사의 요구가 일치하여 그는 '전설'이 되어버린 외설 작품을 계속 생산했던 것이다. 사드가 작성한 범죄적 욕망의 일람표에는 이렇게 어두운 그림자가 드리워져 있다. 그러므로 우리는 이 글에서 작가 스스로 과도하게 윤색한 욕망, 뒤이어 그의 찬미가들이 신화화한 욕망을 다룰 필요는 없다. 여기에서는 사드 고유의 생각을 담은 작품을 위주로 사드적인 욕망을 다루는 것이 정당한 일이 될 것이다.

사드가 작품에서 다룬 내용은 크게 두 가지이다. 하나는 철학자/등장인물들이 전개한 철학적 담론이고 또 다른 하나는 독자들도 잘 알고 있는 사딕(sadique)한 장면들로서 몇몇 등장인물의 철학에 따라 정확히 실행되어진 것들이다. 그런데 이들 철학자/등장인물들의 담론에는 통일성을 갖춘 철학 체계가 없고, 대부분 서로 모순되며 일반적인 소설에서라면 찾을 수 있는 등장인물의 심리를 독자들이 감지할 수 없다. 『알린느

---

7. 사드는 1791년 6월 12일 엑스의 친구인 레노(Reinaud)에게 다음과 같은 내용의 편지를 보냈다. '지금 내 소설 한 편을 출판하는 중이오. 하지만 당신처럼 현명하고, 독실하며 점잖은 신사에게 보내기엔 너무나 부도덕한 것이라오. 내가 돈이 필요했는데, 마침 출판사에서 내 작품을 더 외설적으로 만들어줄 것을 요구하기에, 난 악마라도 타락시킬 수 있을 정도로 작품을 고쳐주었소. 그 작품명은 『쥐스틴, 또는 미덕의 불행』이라오. 혹시라도 그 작품을 접하게 되더라도 읽지 말고 곧바로 태워버리시오.' 필자가 대혁명 이후의 작품에 대해서는 분석을 시도하지 않는 이유가 바로 여기에 있다.

와 발쿠르』의 발쿠르처럼 필요에 의해 과거사가 묘사된 경우도 있지만 거의 모든 등장인물이 과거를 짐작할 수 없는 상태에서 소설에 갑자기 등장하고 각자에게 주어진 담론을 늘어놓다가 사라지며, 또다시 등장하는 경우는 드물다. 서로 모순된 철학을 주장하기 때문에 텍스트를 읽는 어려움은 있으나 철학자/등장인물들의 논거는 사람들이 생각하는 것처럼 복잡하지는 않다. 그들이 반복적으로 발설하는 철학의 내용은 라 메트리, 엘베시우스, 돌바크 등의 무신론적 유물론에 다름 아니기 때문이다. 특히 이들 철학자들의 자연관은 등장인물들이 장광설을 늘어놓는 논거로 사용되고 있다. 이들이 공통적으로 말하는 '자연(nature)'이란 16, 17세기 이후 단순한 피조물의 영역, 즉 '소산적 자연(natura naturata)'이 아니라 창조의 영역, 즉 스피노자 이후 특화된 개념인 '능산적 자연(natura naturans)'을 말한다.[8] 『미덕의 불운』의 등장인물 브레삭이 모친을 살해하기 위해 논거로 사용한 자연관은 18세기에 철학자들이 말하는 '능산적 자연'과 다르지 않다. 브레삭은 쥐스틴에게 다음과 같은 장광설을 늘어놓는다.

---

8. 18세기에 널리 사용된 '자연', 특히 '능산적 자연'에 대한 더 자세한 사항은 E. 카시러의 『계몽주의 철학』(박완규 옮김, 민음사, 1995) 제2장 참조.

"그런데 자연의 눈에는 모든 형태가 평등하단다. 다양성이 실현되는 이 거대한 도가니 속에서 상실되는 것은 아무것도 없느니라. 그 속에 던져지는 모든 물질 덩어리들은 끊임없이 다른 모습으로 재생되며, 그것에 대한 우리의 작용이 어떻든 간에 그 작용의 어느 것도 그 도가니를 손상하거나 모독할 수 없고, 우리의 파괴는 그의 능력에 활기를 줄 뿐만 아니라 그의 에너지를 지속시켜줄지언정, 어떠한 파괴도 그것을 약화시키지 않는다. 오늘 여인의 모습을 하고 있는 이 살덩이가 내일 각양각색의 수천 마리 곤충으로 재생산된다고 하여, 끊임없이 창조를 계속하고 있는 자연의 눈에 무슨 의미가 있겠느냐? (……) 그리고 나는 이렇게 말할 수 있을 것이다 : 모든 인간, 모든 식물, 모든 동물이 모두 같은 방법으로 성장하고, 서식하며 서로 파괴하는 과정에 절대 실질적인 죽음을 맞는 것이 아니라 그들을 변화시키는 것 속에서 하나의 다양성을 맞는 것뿐이다. 다시 말해 그들은 모두 무심하게 서로 밀치고 파괴하며 번식하는 과정에서 하나의 형태를 가지고 잠시 나타났다가는 얼마 후 또다시 다른 형태를 취하며, 그들을 움직이기를 원하거나 혹은 그렇게 할 능력이 있는 존재의 뜻에 따라, 단 하루 사이에도 수천 번씩 그 형태를 바꿀 수도 있으되, 자연의 어느 한 법칙도 그 일로 인해 단 한 순간이나마 영향을 받지는 않는다."[9]

자연의 어떠한 물질도 형태는 변할 수 있을지언정 소멸하지 않는다는 말 속에는 자연이란 그 자체가 조물주의 성격을 지니고 있기 때문에 신성을 지닌다는 의미가 담겨 있다. 그러므로 브레삭의 주장은 종교와 신을 거부하고 그 자리를 자연이란 개념으로 대체하려는 경향을 보인 계몽철학자들의 그것과 궤를 같이하고 있다. 특히 『자연의 체계』에서 자연을 끊임없이 운동하는 물질의 총화라고 정의한 돌바크의 자연사상[10]과 등장인물 브레삭의 그것은 일치한다고 말할 수 있다.

사드가 창조한 철학자 등장인물들의 모든 담론은 바로 이러한 자연관에서 출발한다. 그런데 자연을 규명한다는 것은

---

9. 사드, 『미덕의 불운』, 이형식 옮김, 한불문화출판, 1988, 54-55쪽.

10. "현존하는 모든 것의 광대한 집합체인 우주는 어떤 장소에서도 물질과 운동만을 우리에게 보여준다. 이 전체는 원인과 결과의 거대하고 부단한 하나의 연쇄만을 나타낸다. 무수한 방식으로 결합된 대단히 다양한 여러 가지 물질은 끝없는 각종 운동을 교환하고 있다. 우리에게 있어서는 이들 물질의 각종 특성과 이들의 다양한 배합, 그리고 이들의 필연적 결과인 물질의 다양한 운동 방식을 구성한다. 그리고 이들의 다양하게 변화하는 본질로부터 갖가지 존재의 각종 질서나 계급 그리고 체계가 생겨난다. 이들의 총화야말로 우리가 「자연」이라고 부르는 것을 만들어낸다." 이광래의 『프랑스철학사』(문예출판사, 1992, 128쪽)에서 재인용.

곧 진리에 도달하는 것인바, 그들 모두는 진리를 깨달은 철학자들처럼 보인다. 그들의 끊임없는 장광설 속에는 자연의 모든 이치가 분명하게 설명되어 있기 때문이다. 그들이 자연의 모든 것을 이해하고 철학적으로 규명하는 것은 감각기관을 통해서다. 그들의 사유 작용과 의지는 모두 감각이라는 지각 운동의 결과이므로 그들의 인식 능력은 감각기관에서 나온다. 돌바크의 글을 읽으면 사드의 철학자 주인공들이 보여주는 감각 인식론은 더욱 선명하게 드러난다.

> "우리의 뇌수의 계속적인 변양은 다양한 대상에 의해 생긴 결과이며, 이들 대상은 우리의 감각기관을 움직여 원인 그 자체가 되며, 새로운 변양, 즉 사고, 반성, 기억, 상상, 판단, 의지, 행동으로 불리고, 정신 속에 감각을 기초로 하는 운동을 낳는다."[11]

이러한 인식론은 일체의 관념론을 거부한다. 사드의 등장인물들에게는 선과 악의 구별이 없으며[12] 종교와 도덕은 물론 관념에 기초한 사랑, 자비, 양심 등의 모든 덕목은 철저히 무시된

---

11. 앞의 책, 129쪽에서 재인용.

다. 왜냐하면 인간의 모든 정신 활동이란 육체적 감각에 기인한 것이어야 하는데 종교, 도덕, 사랑, 자비, 양심 등은 육체적 감각과 무관한 관념이 만들어낸 개념이기 때문이다. 사드의 등장인물들은 인간의 모든 행위는 자연에 속한 물질 간의 작용의 결과, 즉 자연적인 것이므로 인간이 어떠한 죄악을 저지르더라도 책임의 소재를 따질 수 없다. 돌망세가 어떠한 죄의식도 없이 영아 살해를 주장하는 것은 이러한 근거에서다.

> "신의 존재를 믿는 어리석은 자들은 신으로부터 우리 인간이 생명을 얻는 것이 당연하다고 생각하는데, 이들은 특히 태아가 어느 정도 성숙하자마자 신이 발산한 미세한 영혼이 태아에게 도달하여 생명을 불어넣어 준다고 굳게 믿고 있어. 이런 얼간이들이 태아처럼 미숙한 생명체를 파괴하는 일을 중대한 범죄라고 여기는 것은 당연할 테지. 그들의 주장에 따르자면 그 생명체

---

12. 돌망세가 제자인 외제니에게 다음과 같이 주장하는 것은 철학자 등장인물들에게 흔한 일이다. "악덕과 미덕이라는 단어가 내포하는 개념은 전적으로 지역적인 것이다. 비록 사람들이 조금 이상하다고 생각할 수는 있겠다만, 어떠한 행위도 진정으로 범죄가 되는 것은 없고, 어떠한 행위도 실제로 미덕이라고 여겨질 만한 것은 없어. 왜냐하면 모든 것은 우리의 풍습과 살고 있는 기후에 따라 달라지기 때문이야. 이곳에서 범죄가 되는 일이 몇백 리 떨어진 곳에서는 흔히 미덕이 되고, 남반구 어느 지역에서의 미덕이 우리에게는 반대로 범죄가 될 수 있는 것이지. 즉 잔인함이 숭배되기도 하고 미덕이 낙인찍힐 때도 있는 것이다." 사드, 『밀실에서나 하는 철학』, 정해수 옮김, 민음사, 2011, 57쪽.

는 인간이 만든 것이 아니라 신이 만든 것이기 때문이야. 그들의 생각이 이러할진대 누가 신의 작품인 태아를 마음대로 처치하면 어찌 범죄가 되지 않겠느냐! 그러나 철학이라는 광명이 모든 속임수를 물리쳐 신이라는 것이 망상에 지나지 않는다는 사실이 드러나고 종교가 무시당하기 시작한 이래로, 그리고 자연학의 여러 법칙과 많은 비밀을 깨닫게 된 우리가 생식의 원리를 발전시킨 이후로, 게다가 이런 물질적 메커니즘이 밀알의 생장보다 전혀 놀라울 것이 없다는 사실이 밝혀진 지금, 우리는 임신을 그저 인간이 본능에 따라 행동하다가 잘못을 저질러 생겨난 일이라고 결론지은 바 있다. (……) 우리는 결국 다음 몇 가지 사실을 인정했다. 즉 우리 인간이 각자 마지못해 또는 우발적으로 태아에게 생명을 불어넣어주었다가 다시 거두어들이는 것은 전적으로 각 개인의 자유라는 사실과, (……) 마지막으로 우리의 손가락에서 잘라낸 손톱이나, 신체에서 도려낸 살점 또는 장에서 배설된 배설물 등과 같이 우리가 말하는 그 살덩어리에 비록 영혼이 깃들어 있다 할지라도, 그것을 우리 마음대로 할 수 있다는 사실들을 말한다. 이 모든 것들이 우리로부터 나왔고 우리의 것

> 이며, 그리고 우리로부터 나온 것의 소유주는 바로 우리이기 때문이다."[13]

그러므로 사드가 창조한 등장인물들의 자연관에 의하면 인간은 오로지 본능과 욕망의 충족이 존재의 준거가 되어야 한다. 여기에는 인간의 보편적 심성인 양심조차 거부되는 자연의 법칙, 즉 모든 사람이 각자 이기적인 충동에 의해 움직이는 법칙만이 있을 뿐이다. 돌망세는 오로지 철학에 기대어 자연의 법칙을 이해하고 그 법칙을 있는 그대로 준수한다.

> "철학이라는 성스러운 횃불로 인간의 마음을 잠시 밝혀 보겠소. 자연의 권고가 아니라면 무엇이 우리에게 끝없이 반복되는 모든 살인의 이유인 개인적인 증오심, 복수심, 전쟁 등을 불러일으킨다는 말이오? 그런데 자연이 그 살인을 우리에게 교사한다면 자연으로서는 우리가 살인하는 것을 필요로 한 것에 다름 아니오. 결국 우리는 자연의 의도에 따랐을 뿐인데 어떻게 우리가 자연에 대해 죄를 지었다고 생각할 수 있다는 말이오?"[14]

---

13. 위의 책, 105쪽.

블랑지 공작도 돌망세에 못지않은 자연관의 소유자이다. 그는 스스로를 자연이 조종하는 기계로 정의하면서 자신의 모든 악행은 자연적인 것이라고 강변한다.

> "나의 취향은 자연으로부터 물려받은 것이오. 그것을 거스른다는 것은 자연의 역정을 돋우게 할 뿐이오. 자연이 내게 좋지 못한 성향을 주었다면 그것은 자연의 뜻에 비추어볼 때 그런 성향 역시 필요했기 때문이오. 난 단지 자연의 손아귀에서 자연이 제멋대로 조종하는 기계일 뿐이오. 나의 모든 죄악은 자연에 봉사하고 있소. 자연이 내게 죄악을 권유하면 할수록 자연은 그만큼 많은 죄악을 필요로 하는 것이오. 나는 그러한 자연의 뜻을 거스르는 바보가 되지 않을 것이오."[15]

사드의 등장인물들이 사고하고 행동하는 것은 모두 자연에 기인하므로 그들은 아무런 거리낌 없이 원하는 모든 일을 언제든 즉시 실행에 옮긴다. 각종 범죄를 저질러 사형 언도를 받았던 뒤부아는 쥐스틴과 탈옥한 후 쥐스틴에게 "두 사람 모두

---

14. 위의 책, 234쪽.
15. 사드, 『소돔의 120일』, 황수원 · 심효림 옮김, 새터, 30쪽.

주어진 충동에 따라 행동할 뿐이고, 또한 그 충동에 순응해야 하며, 눈을 띠로 가리고 맘껏 즐겨야 한다"[16] 고 주장했다. 그녀가 말하는 자연에서는 모든 것이 허용되기 때문이다. 쾌락에 탐닉하는 브레삭 후작이 더 큰 쾌락을 얻기 위해 자신의 모친을 독살한 이유도 자연의 법칙에 순응하기 위해서였다. 수도사의 탈을 쓰고 있지만 생트마리데부아(Sainte-Marie-des-Bois) 수도원의 라파엘, 클레망, 앙토냉, 제롬 역시 자연의 법칙에 따르기 위해 수도원 찾아온 쥐스틴이나 그들이 직접 납치하여 끌고 온 옹팔(Omphale) 그리고 그 외의 수많은 소녀들을 마음껏 능욕했다. 악의 일람표로 잘 알려진 『소돔의 120일』의 주 무대, 실링성에서 네 명의 탕아가 자행한 모든 종류의 범죄도 실은 블랑지 공작의 자연관을 틀로 삼아 기획된 결과에 불과하다.

생빌이 피카레스크적 모험 여행에서 체류했던 아프리카 지역 부투아(Butua) 왕국의 벤 마아코로(Ben Maâcoro) 국왕은 이들 탕아들과 같은 철학에 기반하여 왕국을 통치한다. 무신론자이자 유물론자인 사르미엔토의 안내를 받아 왕국의 곳곳을 관찰한 결과, 주인공 생빌은 이 왕국이 국왕으로부터 일반 가

---

16. 사드, 『미덕의 불운』, 37쪽.

정에 이르기까지 가장/방탕아 또는 국왕/방탕아의 전횡으로 자신들의 욕망을 충족하는 일이 일상임을 간파한다. 여기에서는 신하들과 신민을 희생양으로 삼아 모든 욕망을 채울 수 있는 완전한 자유를 누리기에 벤 마아코로에게는 자신의 왕국이 이상적인 유토피아이다. 그런데 이러한 전횡은 일반 가정에서도 행해지는 구조적인 현실이다.

> "딸들이든, 아들들이든, 노예들이든 또는 부인들이든 그들 모두는 가장의 음탕한 짓거리를 위해 봉사하는 존재들이기 때문에 그는 누구라도 개의치 않고 방탕의 대상으로 삼는다. 그가 집에서 행사하는 횡포와 가족을 죽일 수 있는 절대적 권한 때문에 그의 눈 밖에 날 경우 가정의 일원들은 매우 고통스러운 상황에 처해질 것이다."[17]

그러나 이렇게 가장들이 아무리 잔학하다 하더라도 그들보다 계급과 신분이 높은 자들 앞에서는 자신들의 희생양과 같은 처지가 되며, 마찬가지로 지방의 수령들도 국왕인 벤 마아

---

17. Sade, *Aline et Valcour, Oeuvres I*, éd. M. Delon, Gallimard, coll. Pléiade, 1990, p581.

코로 앞에서는 욕망을 충족시키기 위한 하찮은 대상일 뿐이며 그의 사소한 변덕에도 언제든 목숨을 내놓아야 하는 처지가 된다. 모든 사람을 대상으로 벌이는 잔학한 방탕은 국왕의 절대 권력이자 자유를 표현하며 사드의 등장인물이 범하는 그것과 다를 바 없다.

외부와 격리된 생탕주 부인의 별장에서 벌어지는 범죄적 '방탕 학교'는 인간으로서는 도저히 상상할 수 없는 극단적 욕망이 실현되는 현장이다. 7편의 대화로 이루어진 작품에서 대화를 주도하는 돌망세는 작품에서 무신론적 유물론 철학을 실천하는 인물로, 누구보다도 더 부도덕하고, 타락했으며 흉악한 등장인물이다. 그의 유일한 삶의 목적은 성적 쾌락을 얻는 것이다. 비역질이건, 근친상간이건, 사디스트적 성행위건 자신의 욕망이 충족되면 될수록 그의 성적 쾌락은 절정에 다다른다. 대화의 스토리는 간단하다. 리베르탱인 돌망세와 생탕주 부인이 15세밖에 안 된 앳된 처녀에게 돌망세 자신의 사상을 주입하여 음탕한 생활에 빠지도록 훈육하는 것이 주 내용으로서 교육의 조력자는 생탕주 부인과 그녀의 동생 미르벨 공자, 하인 오귀스탱, 그리고 희생자로 외제니의 친모인 미스티발 부인이 등장한다. 생탕주 부인 소유의 파리 외곽에 위치한 별장, 그것도 어떤 일이 벌어지든 아무도 개입할 수 없는 닫힌 공간인 밀실에서 벌어지는 일은 모두 상상을 초월하는 난교 파티다. 비역질 같은 비정상적인 성행위부터 시작해서 점차 강도를 높여 집단적 성행위, 근친상간, 채찍질, 배설물 받아먹기 등과 같은 극도로 외설적인 성행위가 이루어지는 밀실은 작품의 마지막에 이르러 고문실이 된다. 즉 돌망세의 사상을 적극적으로 받아들인 외제니가 직접 친모인 미스티발 부인을 구타하고, 채찍질하고, 바늘로 찌르다가 결국 모든 구성원이 그녀를 강간하고, 그것도 모자라 매독에 걸린 돌망세의 하인으로 하여금 강간케 하여 감염시킨 후, 생식기와 항문을 꿰맴으로써 대화는 정점에 이르며 작품의 끝을 맺는다.[18]

사드의 등장인물들에게서 인간으로서의 감정은 전혀 찾아볼 수 없다. 그들의 관심사와 목표는 오로지 욕망의 충족이며, 이런 의미에서 방탕아 등장인물들은 모두 같은 유형에 속한다. 즉 사드의 등장인물들에게는 캐릭터가 부여된 것이 아니고 욕망이 실현되는 데 필요한 역할, 그러니까 행위자와 희생자의 역할만이 필요한 것이다. 『소돔의 120일』에서 몇몇 등장인물들이 이름을 부여받지 못하고 A 또는 B와 같은 철자로

---

18. 이 문단은 정해수, 「『밀실에서나 하는 철학』에 삽입된 팸플릿, 《프랑스 사람들이여, 공화주의자가 되려면 좀 더 노력을》을 어떻게 읽어야 하는가?」의 일부를 약간 수정하여 인용한 것이다.

표기된 것은 바로 이러한 이유에서이다.[19] 철학적 담론과 기괴한 욕망 및 실현 방식은 욕망의 주체인 모든 방탕아/철학자들이 공유한 것이니만큼 사드의 작품은 매우 단순하다고 말할 수 있다. 그런데 필자가 단순하다고 말하는 이 욕망의 세계야말로 독자들이 끈질기게 사드에게서 찾는 유일한 주제가 아니었던가?

에릭 마르티는 20세기 지성을 이끌었던 블랑쇼, 클로소프스키, 시몬 드 보부아르, 라캉, 푸코, 솔레르스, 바르트 그리고 들뢰즈 같은 지식인들이 왜 사드가 구현한 욕망의 세계에 집착하고 심각하게 다뤘는지 살펴보았다. 그러나 수많은 석학들의 저작을 분석했음에도 불구하고 그는 자신의 저서 제목과 동일한 질문, "왜 20세기는 사드를 진지하게 받아들였는가?"에 대한 구체적인 답변을 찾지 못했다. 인간과 세계의 모든 신비를 사드가 그려낸 포르노그래피, 사디즘, 에로티시즘, 혁명적 광기, 전체주의, 악의 세계 등을 통해 밝혀주었다고 해서 그의 작품을 '현대성'이라는 단어로 뭉뚱그려 묶어두어도 되는 것일까? 에릭 마르티가 20세기 전반에 걸쳐 사드에게서 전문 비평가들이 찾은 의미는 '현대성'이라고 했지만, 실상은 20

---

19. Sade , *Cent-vingt Journée de Sodome ou l'ecole du libertinage, in Oeuvres de Sade I*, éd. Michel Delon, Gallimard, 1990, p315.

세기 초부터 21세기 초까지 사드 전문 비평가들이야말로 사드의 '현대성'[20]이란 늪에 빠져 모두 허우적거렸다는 것을 보여준 것에 다름 아니다.

이 시점에서 한 가지 의문을 제기하지 않을 수 없다. 사드가 자신의 철학자/등장인물을 통해 추구하고자 했던 것이 과연 이 욕망의 세계란 말인가? 필자는 지난 30여 년에 걸친 연구를 통해 사드는 동시대의 계몽철학을 패러디하기 위해 철학자/방탕아 등장인물들을 주인공으로 삼았으며, 작가로서 언제나 등장인물과 거리를 둔 채 작품을 집필했음을 지속적으로 주장해왔다. 즉 사드와 그가 창조한 등장인물은 동일시될 수 없고, 더구나 등장인물들의 철학적 담론은 사드의 그것과 별개라는 것이다. 필자의 이러한 주장은 사드가 연작 단편집 『사랑이라는 범죄(Les Crimes de l'amour)』를 펴내면서 함께 수록한 「소설론(Idée sur les remans)」에 기인한다. 사드는 여기에서 소설이란 무엇보다도 한 세기에 걸쳐 전개된 여러 도덕관념에 대한 묘사라고 여겼다. 여러 도덕관념이란 여러 세계관을 반영하므로 사드는 이러한 세계관과 함께 철학이 낳을 수 있는 여러 도덕적 결과를 그려내는 것이 작가의 임무라고 생

---

20. Éric Marty, *Pourquoi le XXe siècle a-t-il pris Sade au sérieux?*, Seuil, 2011.

각했다.[21] 사드가 종종 토씨 하나 바꾸지 않고 18세기 철학자들의 글을 표절한 것은 이러한 소설론에 입각한 기법이다. 즉 동시대 여러 철학자들의 사상을 등장인물들에게 부여하고 그 사상에 일치하는 행동을 하게 함으로써 여러 세계관이 품고 있는 모럴을 비교하고자 했던 것이다. 다음의 인용문은 사드의 집필 의도를 분명히 밝힌, 그러나 대부분의 독자들이 애써 무시한 「소설론」의 일부이다.

> "도덕을 이야기할 때 따라오는 겉치레를 피하라. 사람들이 소설에서 찾으려는 것은 그런 것이 아니다. 때로 당신의 플롯에 필요한 배역이 논쟁을 해야 하는 상황이 되면 허세 부리지 말고 논쟁하게 만들라. 논쟁하겠다는 의식도 없이 논쟁을 하도록 쓰라. ① **저자는 절대로 도덕적 선언을 하면 안 된다. 그런 일은 오직 등장인물들의 몫이다. 그들도 상황으로 보아 확실히 필요할**

---

21. 피에르 나빌은 사드의 글쓰기 의도를 이해한 얼마 되지 않는 연구자들 가운데 하나이다. 그에 의하면 어떠한 제한도 없이 철학을 적용하여 탄생한 등장인물들이 사드의 방탕아/철학자 등장인물들로서 사드는 이를 통해 동시대 철학자들의 논리적 모순을 밝히려고 했다고 주장했다. 그런 이유로 나빌은 사드의 등장인물들이 설파하는 철학을 지식인들의 연구실에서 하는 철학이 아니라 밀실에서나 하는 철학이라고 강조한 것이다. 보다 자세한 내용은 Pierre Naville, "Sade et la philosophie", *Oeuvres complètes de Sade*, tome XV, Le Cercle du livre précieux, 1967, p12 참조.

때가 아니면 그런 일을 하지 말아야 한다.

대단원이 올 때는 자연스럽게 도달하게 하고, 절대로 강제적으로나 억지로 떠밀려 대단원에 도달하게 만들지 말라. 『백과전서』의 저자들이 그랬듯이 나는 독자들이 원하는 바에 영합하여 종결하라고 요구하지 않는다. 모든 것이 예견된다면 무슨 재미가 있겠는가? (……)

마지막으로, 나는 나의 『알린느와 발쿠르』가 출판되었을 때 내게 쏟아진 비난에 대답을 해야겠다. 내 붓이 너무 강한 색채를 쓴다고들 말했다. 또 내가 너무 심하게 가증스러운 악덕에 특징을 부여한다고 했다. 비판자들은 그 이유를 알고 싶은가? ② **나는 악덕이 사랑받게 만들고 싶지 않다. 크레비용**(아들)**이나 도라**(Dorat)**와 달리, 나는 여자들이 자기를 속이는 자들을 사랑하게 만드는 위험한 기획을 수행하고 싶지 않다. 나는 그들이 자기를 속이는 자들을 증오하기를 바란다. 나의 기획은 그들이 바보가 되지 않도록 확실하게 예방하는 유일한 방법이었다. 나는 그런 과업을 성공시키기 위해, 너무나 끔찍한 방식으로 악덕에 몰입하여 아무에게서도 연민이나 사랑의 감정을 일으킬 수 없는 사람들을 내 주인공으로 삼았다. 그렇게 함으로써 나는 자**

신이 도덕적이라고 떠벌릴 자격이 있다고 여기는 자들보다 더 도덕적으로 행동한 것이다. (……) 그리고 ③ **아무도 나더러 『쥐스틴』에 책임을 지라고 하지 말라. 나는 그런 작품을 절대로 쓰지 않았고 앞으로도 결코 쓰지 않을 것이다.** 내가 이렇게 부인을 해도 멍청이나 악당들은 여전히 내가 그 소설의 저자라고 계속 의심하고 나를 비난한다. 따라서 내가 그들의 비방과 싸우는 유일한 무기는 지독한 조롱뿐이다."[22]

굵은 글씨의 내용 ①을 통해 사드는 자신이 창조한 등장인물의 생각과 자신의 생각은 별개라는 것을 힘주어 강조하고 있다. 등장인물은 작가가 부여한 역할에 따라 행동하고 사고하도록 창조된 것이지, 작가 자신의 철학과 도덕 또는 세계관을 표현하기 위한 수단이 아니라는 것이다.[23] 그렇다고 해서 텍스트의 유통 과정에서 저자가 배제되는, 즉 바르트의 표현처럼 '저자의 죽음'을[24] 역설하는 것은 아니다. 사드의 작품에

22. 사드의 『소설론』은 존 필립스 『HOW TO READ 사드』(김병화 옮김, 웅진지식하우스, 2008, 94-95쪽)에서 재인용. 인용문의 숫자와 강조 표시는 필자가 한 것임을 밝혀둔다.
23. 이 문단은 졸고, 「아무도 말하지 않으려는 사드 작품의 몇 가지 특성」, 『비교문화연구』 제50집, 2018의 내용을 재구성했음.
24. 롤랑 바르트, 「저자의 죽음」, 『텍스트의 즐거움』, 김희영 옮김, 동문선, 2002.

서 저자는 부재중인 것처럼 있다가 필요시 나타나 독자에게 정확한 독서법을 지시하곤 한다. 때로는 화자로 등장하여[25] 때로는 주석을 통해[26] 사드는 독자가 독서의 방향을 잃거나 문맥을 이해하지 못할 가능성이 있는 부분에 등장하여 자신의 음성을 드러내곤 한 것이다. 정확한 비유는 아니겠으나 고다르의 영화 〈네 멋대로 해라〉에서 영화가 진행되는 도중 느닷없이 장 폴 벨몽도가 관객 또는 카메라를 응시하며 말을 하여 관객들로 하여금 영화에 몰입하는 것을 방해하고 주체적으로 생각하게 만드는, 이른바 브레히트의 '낯설게 하기' 또는 '소외 효과'를 노리는 기법과 큰 차이가 없다. 화자와 주석을 통해, 그리고 책머리의 일러두기를 통해 사드는 독자로 하여금 작품에 몰입하지 않도록, 또한 주인공과 동일시하지 않도록 끊임없이 개입했던 것이다. 브레히트보다 훨씬 오래전 '낯설

---

25. 『미덕의 불운』과 『소돔에서의 120일』의 화자가 대표적이다.

26. 서간체 소설인 『알린느와 발쿠르』에서는 화자가 존재할 수 없기 때문에 저자는 주석을 통해 자신의 음성을 노출했다. 많은 주석들 가운데 생빌이 부투아 왕국에 머물며 블라몽과 유사한 철학을 가진 사르미엔토가 논리적으로 모순에 빠지는 순간, 이를 놓치지 않고 주석을 달아 저자가 개입하는 것은 대표적인 예가 된다 : "사르미엔토가 이전에 말했던 바와는 달리 자신의 원칙을 저버리는 대목은 아마도 여기가 될 것이다. 왜냐하면 이미 보았듯이 또한 보게 될 것이기도 한데, 그는 평등 지지론자와는 상당한 거리가 있기 때문이다. 논쟁에 약한 사람과 사상적 체계를 논할 때, 하나의 체계의 정당성을 옹호하기 위해 누군가의 원칙을 왜곡해야 할 경우가 자주 있는데, 이는 자신이 가진 도덕관념 또는 견해를 말할 때 상대방을 보다 더 확실히 납득시키기 위함이다. 이것이 포르투갈 출신인 사르미엔토의 경우임은 물론이다." 정해수, 「싸드의 철학적 담론과 야심」, 264쪽에서 인용문을 재인용함.

게 하기' 기법을 적용하여 작품을 집필했으나 동시대 사람들은 물론 지금의 독자들까지 이를 깨닫지 못했던 것이다. 이것이 작가 사드의 불행이다. 그리고 이런 측면에서 사드가 자신의 등장인물을 창조하고 그들에게 사상을 불어넣었으므로 작중인물의 사상은 저자의 그것과 동일하다는 전제하에 진행된 기존의 사드 연구는 의미를 상실한 것이 된다.

굵은 글씨 ②의 내용은 이미 『알린느와 발쿠르』의 '일러두기'를 통해서 밝힌 '거리 두기(distanciation)' 기법을 다시 강조한 것으로 자신의 등장인물들이 "방종과 무신앙에 기인한 억지 이론"을 가지고 모든 악행을 어떻게 저지르는지 표현하겠다는 의지를 분명하게 천명하고 있다. 연구자들은 애써 외면한 사실이지만 사드는 자신의 등장인물에 대해 늘 거리 두기를 견지했으며 그가 보인 태도는 빈정거림이었다. 그러니까 자유사상가 등장인물들이 자신의 이론적 틀에 따라 악행을 저지르고 모든 종류의 방탕을 실천하는 것이 작가 사드가 원했던 바가 전혀 아니었음을 강변하는 선언문인 것이다. 사드가 보기에 크레비용[아들], 도라 또는 레티프 드 라 브르톤느 등이 그린 방탕아들은 독자들로 하여금 악의 세계에 입문하도록 이끄는 첨병이다. 그러나 사드가 자신의 작품에서 자유사상가/방탕아를 주인공으로 삼았다면 독자들로 하여금 이들을 반면교사로 삼아 악을 경계하도록 위함이었다. 그러나 이 점에 대해서도 독자들이 제대로 이해하지 못하고 곡해한 것 또한 사드의 불행이다.

인용문에서 필자가 강조한 ①과 ②가 내포한 의미를 되새겨본다면 르브룅이 동시대 전문 비평가들을 혹독하게 비판한 것은 지극히 당연하다. 그녀에 의하면 사드 관련 학자들과 비평가들이야말로 사드 작품의 대부분을 차지하고 있는 욕망의 세계를 다루면서 "사드를 밑도 끝도 없는 심리학적, 문학적, 의학적, 정신분석학적, 언어학적 분석 틀에 가둬 넣는 우를 범했으며 70, 80년대에 이루어졌던 이러한 비평적 작업이 사드를 다른 작가들과 동일하게 다루는 것을 방해했다"[27]. 작가의 글쓰기 의도와 전략을 도외시한 채 각자의 이론에 알맞은 내용의 일부를 취하여 해부하고 분석한 결과란 사드를 더욱더 깊은 미궁 속으로 끌고 들어가 어느 누구도 이해하지 못하는 궤변만을 생산했을 뿐이다.

③의 내용 역시 사드의 글쓰기 전략을 파악할 때 매우 중요하다. 이 부분이 사드 작품에서 흔히 나타나는 중의성 또는 반어법을 설명해주기 때문에 해석할 만한 충분한 가치가 있다.

---

27. 정해수, 「사드 연구 50년」, 『한국프랑스학논집』 제100집, 2017, 43쪽에서 재인용.

필자는 앞서 사드가 1791년 6월 12일 엑스의 친구인 레노에게 보낸 편지에서 자신이 쓴 『쥐스틴, 또는 미덕의 불행』이 출판 중이지만 혹여 작품이 수중에 들어오더라도 읽지 말고 불태워버릴 것을 부탁했음을 언급했다. 그런데 사드는 『소설론』에서 자신이 『쥐스틴』의 저자가 아님을 강변하고 있는 것이다. 자신이 쓴 작품의 저자가 아니라는 이러한 부인에는 어떤 이유가 숨어 있을까? 이에 대한 실마리는 1803년경에 집필한 『문학노트』에서 찾을 수 있다.

> 『쥐스틴』을 주의 깊게 읽는다면, 모든 철학자 인물들은 타락하여 악랄하게 등장하는데, 이는 등장인물들 자체로 어처구니없는 잘못을 범하도록 했을 뿐만 아니라, 작가의 생각을 현자들이나 미치광이들 또는 선인들과 악인들에게 교묘하게 뒤섞는 기법이 내재되어 있기 때문이라는 것을 독자는 알게 될 것이다. 그러나 나는 철학자이다. 나를 아는 모든 이들은 내가 철학자임을 자랑스러워하며 철학자임을 표방한다는 것을 의심하지 않는다. 그런데 나를 미치광이로 여기지 않는 한 어떻게 단 한 순간이라도 내가 가장 자랑스럽게 여기는 철학자를 소설에서 잔학함과 혐오스러움으로 부패시킨

다고 생각할 수 있다는 것인가?[28]

이 인용문에서 사드는 두 가지 중요한 사실을 밝혔다. 하나는 자신이 설정한 소설적 기법에 의거하여 철학자 등장인물들에게 철학적 · 도덕적 모순이 드러나도록 소설을 축조했다는 것이다. 그러니까 등장인물의 철학과 도덕은 작가의 그것들과 동일시될 수 없음을 말하는 것이다. 또 다른 하나는 자신은 진정한 철학자이므로 극단적 방탕아 · 철학자들을 그리는데 전념하는 것은 이치에 맞지 않는다는 것이다. 출판사의 요구에 의해 작품이 윤색 · 변형되었기 때문이든, 세간의 여론으로부터 스스로를 보호하기 위해서든 사드가 『쥐스틴』의 저자임을 부인했으나 인용문 전체의 맥락은 은연중에 저자임을 인정하고 있다. 이 인용문은 그러므로 중의성을 띤다고 말할 수 있다.

그런데 이러한 글의 중의성은 사드 작품의 곳곳에 나타나 있다. 예를 들어 『밀실에서나 하는 철학』의 헌사와 프롤로그가 이에 해당된다. 작품의 첫 페이지에 쓴 "딸을 둔 어머니라

---

28. Sade, *Notes littéraires [Cahiers personnels], Oeuvres complètes de Sade*, tome XV, Le Cercle du livre précieux, 1967, p27.

면 딸에게 이 책을 읽혀야 할 것이다"라는 헌사는 독자를 어리둥절하게 만드는 글귀다. 작품의 내용은 이미 언급한 것처럼 외제니가 리베르티나주의 스승인 돌망세와 생탕주 부인의 훈육을 받아 작품 마지막 부분에서 친모인 미스티발 부인을 스승들과 함께 능욕하고 고문하여 거의 죽음에 이르도록 만들다가 엉덩이를 걷어차 별장 밖으로 내쫓는 것으로 끝을 맺는다. 아무리 타락한 시대라 하더라도 어떤 부모가 자식에게 이러한 글을 읽힐 수 있겠는가? 그리고 저자가 독자를 향해 딸에게 작품을 읽히도록 권유하더라도 어느 누구도 이 작품을 읽을 수 없으리란 것을 사드가 몰랐겠는가? 이 헌사는 돌망세와 생탕주의 철학과 도덕은 위험하니 경계하라는 반어(反語)이다. 이어지는 프롤로그 역시 동일한 반어법에 속한다. '방탕아들에게'라는 제목의 이 글의 수신자는 당연히 쾌락을 추구하는 자들로 한정되어 있다. 돌망세와 생탕주 부인을 본보기 삼아 쾌락과 향락의 극단을 탐하라는 이 격문(?)을 통해 철학자 사드가 독자들에게 괴물이 되어 집단 섹스, 근친상간, 동성애, 배설물 받아먹기, 사디즘, 고문, 살인에 이르는 행위를 독려하는 것이라고 필자는 생각할 수 없다. 이 역시 사드가 『소설론』에서 밝힌 것처럼 독자들이 작품을 통해 악을 사랑하도록 유도하는 것이 아니라 오히려 증오하게 만드는 것이 목표임을 반어적으로 표현한 것으로 여겨야 할 것이다.

미덕을 통해 불행해지는 쥐스틴과 악덕을 통해 번영을 누리는 쥘리에트 자매의 이야기도 큰 틀에서 보면 중의성을 띤 작품들이다.[29] 세 개의 『쥐스틴』 버전 전체를 통해 대부분의 사드 해설자들은 쥐스틴이 리베르탱들로부터 능욕을 당하는 이야기, 그녀의 언니 쥘리에트가 리베르탱들로부터 교육을 받는 이야기, 생퐁과 클레르윌 등의 리베르탱 등장인물들의 궤변에만 관심을 기울였다. 즉 자연학에 기초한 '방탕함의 철학', '난교 파티', '부친 살해', '대량 학살', '페미니즘', '살인의 정당화', '신성모독'과 같이 많은 사드 해설자들이 고착화시켜 버린 도덕 질서를 전복하는 '사드적 사상'을 말한다. 그런데 『쥐스틴』의 작가는 두 자매 이야기의 원형인 『미덕의 불운』에서 사드 연구자들의 조망과는 전혀 다른 작품의 집필 의도를 분명히 밝혔다. 작가는 쥐스틴을 통해 미덕은 꼭 불운해져야 한다든지 쥘리에트를 통해 악덕이 반드시 번영해야 한다는 괴상한 논리를 전개하려는 의도가 전혀 없었다. 한 문장으로 이루어진 작품의 첫 문단[30]은 상당히 난해해 보이지만 내용을 간략히 정리하면 승리를 뽐내고 있는 철학은 앞으로 전개될

---

29. 이 문단과 그다음 문단은 졸고, 「사드 연구 50년」(『한국프랑스학논집』 제100집, 2017)에서 약간의 수정을 거쳐 인용한 것이다.

등장인물 쥐스틴의 불운과 쥘리에트의 번영이라는 숙명에 대해서 이 작품을 읽는 독자들에게 몇 가지라도 설명을 해야 한다는 것이다. 그런데 덕성스러운 쥐스틴은 온갖 고초를 겪는 반면, 방탕을 모두 실천한 쥘리에트는 번영의 극치를 누리는 것에 대해 철학은 아무런 설명도 못 하고 궤변만 늘어놓고 있음을 화자는 강조한다.[31] 쥐스틴이 선행을 베풀며 보상이 아니라 리베르탱들로부터 능욕을 당하면서 그들로부터 들은 철학적 담론은 콩트의 화자가 강조한 것처럼 궤변일 뿐이다. "따라서 철학이 가지고 있는 그러한 유형의 궤변을 경계함은 지극히 중요한 일"[32]이라고 작품의 서두에 미리 강조한 것이다.

---

30. "철학의 승리는, 섭리가 인간과 관련하여 스스로에게 설정한 궁극적 목표에 이르기 위한 길을 덮고 있는 어두움 위에 빛을 던져주는 데 있을 것이며, 또한 폭군적으로 마구 이끌어가는 그 존재의 변덕에 끊임없이 시달리는 가여운 이 두 발 달린 개체로 하여금 그를 짓누르고 있는 섭리의 명령을 해석하는 방법과, 20여 개의 서로 다른 이름을 부여하면서도 아직 아무도 그 실체를 정의조차 내리지 못하고 있는, 숙명이라는 존재의 괴이한 변덕을 예견하기 위해 취해야 할 길을 알게끔 해주는, 몇 가지 행동 방안을 개략적으로 제시해주는 데 있을 것이다." 사드, 『미덕의 불운』, 9쪽.

31. "우리의 사악한 세상이 가지고 있는 불완전한 제도 속에는 선의 총화만큼 악의 총화가 존재하는지라, 균형 유지를 위해서는 악인의 수만큼 선한 자도 있어야 하며, 나아가 그러한 논리에 입각하여 말하기를, 전반적인 차원에서 본다면 각자가 스스로 택하여 선한 자가 되건 악한 자가 되건 매일반이라고 하지 않겠는가? 또한, 불행이 미덕에게 박해를 가하고, 번영이 거의 항상 악덕과 함께하더라도, 그러한 사실이 자연의 눈에는 하등의 다름이 없을진대, 시들어 죽어가는 덕 있는 사람들보다는 번영을 구가하는 악인들의 축에 끼는 것이 훨씬 나으리라 생각하지 않겠는가?" 위의 책, 10쪽.

32. 위의 책, 같은 쪽.

미셸 들롱은 플레이아드판 『사드 작품집(Sade, Oeuvres I)』을 펴내면서 젊은 시절 사드의 무절제는 사회면 말단에 잠깐 언급하고 지나갈 일인데 어느 날 갑자기 그의 이야기가 문학적이 되었다고 썼다. 그의 진단에 의하면 오랫동안 집단적 환상이 그의 이름을 '상업화'했고, 그의 이야기를 부풀렸으며 신화적인 차원까지 부여한 결과라는 것이다.[33] 들롱의 이러한 언급은 오래전부터 진행되어온 이런 사드 현상은 근거가 없으며 '상업성'에 의한 탐구 또는 전문가 각자의 이론을 위한 재료로서 연구할 것이 아니라 보다 정확하고 엄밀한 연구를 촉구한 것에 다름 아니다. 필자도 이 글을 통해 사드와 그의 작품의 의미가 크게 왜곡되었음을 강조했다. 그러나 한번 신화화된 사드와 그의 작품은 마치 '실링성'처럼 견고한 곳에 유폐되어 마음껏 유린당하고 난도질당하여 원래의 의미와는 전혀 상관없는 괴물이 되고 말았고, 그 괴물의 모습이 어떻게 변할 것인지는 아무도 가늠할 수 없을 지경이다.

다행스러운 일은 일군의 연구자들이 신화화된 사드 연구를 거부하고 정상적인 학문 연구의 틀에서 사드를 조망하려는 시도를 계속 이어나가고 있다는 점이다. 필자를 포함하여 미

---

33. Michel Delon, "Introduction", *Sade, Oeuvres*, t. 1 ; Gallimard, 1990, p14-15.

셸 옹프레, 미셸 들롱, 미셸 브릭스, 장젠 빌메르 등이 이 그룹에 해당하며 이들은 사드 연구의 잘못된 흐름을 원위치로 되돌리는 데 상당한 역할을 해왔다. 새로운 시각을 가지고 연구를 지속하는 이 학자들의 공통점은 아폴리네르, 브르통, 브로시에, 렐리, 하이느, 바르트, 바타유, 클로소프스키, 블랑쇼, 포베르, 들뢰즈, 라캉, 푸코 등과 같이 사드를 찬양하는 데 골몰한 명망가들의 시각을 부정하고 정확한 사료를 바탕으로 있는 그대로의 사드를 연구하려는 태도를 견지한다. 그러나 이들이 해결해야 할 일은 산더미처럼 쌓여 있다. 수많은 연구자들과 소위 문학의 거장이라고 하는 지식인들이 사드를 지렛대 삼아 쌓아 올린 허망하기 이를 데 없는 성에서 벌인 달콤한, 그러나 위험한 말의 향연이 독자들을 사로잡았다. 문학의 거장들이 뱉어내는 그럴듯한 궤변은 어느새 사드와 관련하여 진실이 되어버린 것이다. 거짓과 진실이 전도된 이 시점에서 몇몇 학자들만이 모든 것을 정상화하기 위해 온몸을 던지는 형국이다.

거짓의 숲에서 진실을 구하는 길은 험난하다. 독자들도 달콤하고 솔깃한 말의 향연에 현혹되지 않기를 바라며 이 글을 맺는다.

제6장

근대와 육체, 그리고 사랑

—

D. H. 로런스, 『채털리 부인의 연인』

김상욱
경희대학교 글로벌커뮤니케이션학부 교수

경희대학교 영어영문학과를 졸업하고 뉴욕주립대학교(스토니브룩)에서 석사 학위, 노던일리노이대학교에서 박사 학위를 받고, 현재 경희대학교 글로벌커뮤니케이션학부 영미어문 전공 교수로 재직하고 있다. 그는 영국-아일랜드 관계와 제임스 조이스를 연구하고 있으며, 이와 관련된 다수의 논문을 출간했다.

1960년 10월과 11월 사이, E. M. 포스터를 비롯한 문필가와 문학 비평가들 다수가 참고인들로 런던의 올드 베일리 법원 법정 증언대에 섰다. 바로 그해 펭귄출판사가 출간한 『채털리 부인의 연인』 무삭제판이 영국 정부가 정한 음란물 기준에 저촉되는지를 가리기 위함이었다. 당시 법정은 '음란물에 관한 1959년 조례'에 의거 이 건에 대한 두 가지 쟁점을 심리했다. 하나는 펭귄출판사의 이 간행물이 음란물인가에 관한 것이었고, 다른 하나는 만약 음란물이라면 이것을 간행물로 존치시킬 만한 "공익"적 가치가 있는지에 관한 것이었다. 증언대에 선 참고인들은 『채털리 부인의 연인』에 대해 '문학과 학문'의 견지에서 가치가 있다는 변론을 내었다. 이러한 변론을 토대로 배심원들은 『채털리 부인의 연인』이 갖는 공익적 효용을 인정하여, 음란물로 규정하되 출판 금지라는 사법적 단죄에 대한 면죄부를 주었다. 사법 당국의 형사처벌을 우려해 영국과 미국의 어떤 출판업자도 출간을 꺼려했던 세기의 외설물 『채털리 부인의 연인』은 이 판결로 최소한 법적으로는 시장에서 자유로운 유통을 허가받았다. 이는 1928년 7월 이탈리아 피렌체의 인쇄업자 주세페 오리올리와 그의 이탈리아 식자공들이 첫 조판한 『채털리 부인의 연인』이 각국의 출판 불허 조치로 말미암아 암시장에서 수많은 해적판을 양생한 후 32년 만이었다.

당시 법정에서 참고인들이 음란물 시비를 불러일으킨 이 소설의 공익적 효용에 대한 근거로 활용했던 것 중 하나는 로런스 자신이 쓴 「에로물과 외설」[1]이란 글이었다. 『채털리 부인의 연인』 출간 이듬해인 1929년, 계간지 《디스 쿼터(This Quarter)》 여름 호에 기고된 이 글은 기실 이 작품의 외설 논쟁에 대한 로런스 자신의 변론이었다. 이 글에서 눈에 띄는 것은 감수성과 말의 시대성에 관한 그의 논제이다.

1. "Pornography and Obscenity", *D. H. Lawrence : Late Essays and Articles*, Ed. James T. Boulton, Cambridge : Cambridge UP, 2004.

『햄릿』이 크롬웰 시대의 모든 청교도인들을 경악시켰다지만 오늘날 그것을 보고 경악할 사람은 아무도 없다. 아리스토파네스의 어떤 희극이 오늘날 모든 이를 경악케 하지만 후기 그리스인들을 떠들썩하게 할 정도로 감정을 자극하지는 않았다. 인간은 가변성의 짐승이며 말은 인간의 변화와 더불어 또한 변화한다. 그리고 사물은 겉으로 보이는 모습과는 다르며, 이것은 이것이 아닌 저것이 된다. 만약 우리가 우리 자신이 어디에 있는지를 안다고 생각한다면 그것은 오로지 우리가 순간 어딘가 다른 곳으로 옮겨지기 때문이다. (Lawrence : Late Essays 236)

윌리엄 레디의 말[2]을 빌리자면, 로런스가 제기한 감수성의 역사성은 시대와 문화권별로 달리 나타나는 "감성의 통치 양식"(54-62), 달리 말하면 '감성의 정치성'이다. 로런스가 보기에 『채털리 부인의 연인』을 출판 금지시킨 외설물에 관한 각국의 법률들은 모두 개인의 감성을 정치적으로 통제하는 하나의

2. William M, Reddy, *The Navigation of Feeling : A Framework for the History of Emotions*, Cambridge : Cambridge UP, 2001.

수단이고 이는 (날)말의 의미를 통제하는 것을 의미했다.

그의 「에로물과 외설」 강설은 외설의 사회 통념적 의미를 전복시킨다. 그는 (날)말이 군중들 사이에서 통용될 때 나타나는 의미의 경직성을 경계하며, 말이 군중적 의미를 가질 때와 개인적 의미를 가질 때를 구분했다. 개인의 자아가 군중화되는 측면과 개인성을 보존하려는 측면이 동시에 있듯이 말이다. 그는 대중을 늘 정치적 계략에 농락당할 위험에 처해 있으며 "백치"(238)와 다를 바 없는 저능한 존재로 인식했다. 또한 그에 따르면 상상력의 빈곤이야말로 군중적 의미를 특징짓는 중요한 특질이며 군중은 영원히 저속할 수밖에 없다. 이는 군중화된 개인이 자신 본래의 감정과 정치적 목적에 편취당한 감정을 구분하지 못하기 때문이다. 그러므로 그는 "몇 개의 외설어를 쓰는 것이야말로 남성과 여성을 대경(大驚)케 하여 그들의 자아가 군중화된 습성으로부터 벗어나 자기 자신의 상태로 향하게 하는 것"(239)이란 말로 원초적 본능의 탈정치성을 천명했다. "나는 단지 내가 생각하는 나가 아니라 있는 그대로의 나"(239)라는 로런스식 전의식적, 무의식적 자아관은 성도착에 관한 일반의 통념을 통쾌하게 뒤집는다. 그는 관능적 쾌락을 매도하고 금기시하는, 감정을 통치하는 정치적 메커니즘에 매몰된 금욕적 이성주의의 군중적 습성이야말로 성도착 증상이라 일갈했다. 그러므로 육체를 죄악시하고 육체적 쾌감에 오명을 뒤집어씌우는 것은 나르시스적 수음만을 확산시킬 뿐이다. 로런스에게 육체적 쾌락을 억누르는 20세기 청교도들의 태도는 집단 신경증 질환의 증상이며 섹스는 창조적 배설 행위이다. 따라서 섹스와 육체적 쾌락에 대한 말을 "더러운 비밀"로 금기시하는 것과 "자위행위적 자기 폐쇄성"(250)은 서로 악순환 관계를 형성한다는 것이 당국의 외설어 통제에 대한 로런스의 힐난이었다.

「에로물과 외설」에서 천명된 것처럼, 『채털리 부인의 연인』은 근대에 침윤된 엄숙주의의 유물을 정신과 육체의 가치 위계를 뒤집는 방식으로 통박하고 있다. 이 도덕적 엄숙주의야말로 빅토리아 여왕 시대 성도덕을 관통하는 하나의 감정 통치 체계였다. 『채털리 부인의 연인』은 사랑을 육체적 욕망의 차원에서 말한다. 이 육체적 욕망은 가부장제적 일부일처제와 충돌하기 때문에 근대의 결혼 제도와 갈등을 빚을 수밖에 없다. 『채털리 부인의 연인』을 관통하고 있는 불륜이란 주제는 8년 앞서 이미 조이스가 『율리시스』에서 몰리 블룸이란 작중 여성 인물이 자신의 남편 레오폴드 블룸을 오쟁이 진 남편으로 만드는 것에서 큰 반향을 불러일으켰다. 조이스가 이 불륜을 『율리시스』의 주제로 삼은 것은 영국의 아일랜드 식민지

역사의 유물인 아일랜드인들 간 정치적 분열과 불신을 사랑과 육체 그리고 결혼 제도의 문제로 천착하기 위함이었다. 당시 영국 하원 아일랜드 지역 의원이었던 윌리엄 오셰이의 아내 캐서린 오셰이와 아일랜드 유력 정치 지도자 찰스 파넬의 10년 불륜이 1890년 법정에서 폭로된 것은 파넬의 정치적 몰락을 재촉한 세기의 사건이었다. 『율리시스』에서 조이스는 국가적 정쟁을 불러온 캐서린과 파넬의 불륜을 몰리와 레오폴드라는 아일랜드 보통 시민의 불륜으로 각색했다. 이것은 정치적으로 이데올로기화된 당대 아일랜드 가톨릭의 정신주의 성도덕 저류에 아이러니하게 실존하는 육체적 욕망을 드러내는 것이었다. 로런스의 『채털리 부인의 연인』도 육체적 욕망이라는 측면에서 불륜의 사회적, 제도적 함의를 극화하고 있다. 『채털리 부인의 연인』은 특히 말년의 로런스 자신과 아내 프리다의 부부 관계에 대한 자전적 요소가 투영되어 있다는 점에서 불륜과 육체적 욕망이 근대적 사유 체계로 조망되는 방식을 드러낸다.

『채털리 부인의 연인』의 작중인물 클리퍼드는 로런스 자신과 닮은꼴인 인물이다. 로런스를 평생 괴롭혀온 폐렴은 1925년 끝내 객혈을 일으키고 그를 죽음으로 몰아넣은 결핵이라는 진단을 받게 했다. 로런스를 성 불능으로 만들었던 결핵과 기침은 『채털리 부인의 연인』에서 클리퍼드의 사지를 마비시키고 그를 성 불능에 빠뜨린 제1차 세계대전이라는 문명적 질환으로 치환된다. 육체적 원기를 결핵에 빼앗긴 로런스의, 자신의 악화된 성기능장애에 대한 자의식은 두 살 연상인 도러시 브렛이라는 여류 화가와의 불만족스러운 성관계에 대한 그의 자책으로 나타났다. 1924년 미국 뉴멕시코주 타오스(Taos)라는 지역에 메이블 다지 루한[3]이 조성한 예술가 부락은 로런스에게 브렛과의 육체적 친밀을 가져다준 사교장이기도 했다. 훗날 로런스 사후, 브렛은 로런스와의 친교를 자신의 회상록 『로런스와 브렛—우정(Lawrence and Brett : A Friendship)』에서 자세히 밝혔는데, 그 책의 한 대목에서 그녀는 자신과 로런스와의 육체적 관계를 암시하고 있다. 예컨대, 브렛은 로런스의 성기능장애를 에둘러 언급하며, "남자 구실을 잘하려 몸부림치는 그의 노력은 부질없는 짓"이었다거나 "그것은 앞으로도 끔찍하리만치 가망이 없는"(111, Squires 58쪽에 인용) 것이었다고 적고 있다. 『채털리 부인의 연인』이 어떻게 구상되고, 집필되었

---

3. Mabel Dodge Luhan(1879-1962), 미국 태생의 부호. 피카소, 모리스 스턴 등 현대미술 기장들과 교류하며 이들의 활동을 지원했다. 1913년 미국미술인협회 주관 국제현대미술전인 아모리 쇼(Armory Show)를 개최하는 데 깊이 관여하기도 했다. 1917년 뉴멕시코 타오스로 이주하여 예술인 부락을 만들고 로런스를 비롯한 문필가, 미술가들을 그곳으로 초청, 교류하며 그들을 재정적으로 후원했다.

는지를 상세히 살폈던 스콰이어스에 따르면[4] 브렛이 자신과 로런스와의 에로틱한 관계를 암시한 시기는 1926년 무렵으로 로런스가 『채털리 부인의 연인』을 구상하기 직전이었다. 스콰이어스의 말을 빌리자면, 로런스의 아내 프리다가 1923년경 존 미들턴 머리[5]와, 1928년쯤에는 안젤로 라바글리[6]와 바람을 피웠다는 사실은 로런스가 그의 작중인물 클리퍼드와 마찬가지로 오쟁이 진 남편이었다는 것을 말해준다. 또 한 가지 분명한 것은 로런스의 성기능장애가 그가 오랜 기간 앓았던 폐 질환에 기인하며, 그의 무력화된 리비도는 그에게 상당한 절망을 안겨주었다는 점이다. 이 밖에도 작가인 로런스 자신처럼 작중인물 클리퍼드를 소설가로 설정했다든지, 브렛을 처음 알게 된 블룸스버리 모임(Bloomsbury Group)[7]을 클리퍼드의 저택 렉비에 재현했다든지(렉비에 자주 나타나는 희곡 작가 마이클리스와

---

4. Michael Squires, *The Creation of Lady Chatterley's Laver.* London : Johns Hopkins UP, 1983.

5. John Middelton Murry(1889-1957), 영국의 수필가이자 소설가, 문학 비평가, 정치 평론가이다. 1918년 캐서린 맨스필드의 두 번째 남편이 된 것으로 유명세를 탔다. 맨스필드 사후 그녀의 작품을 편집, 출간했다.

6. Angelo Ravagli(1891-1976), 이탈리아 보병 장교. 프리다와 정분이 난 것으로 유명하다. 그는 1925년 로런스 부부가 이탈리아 스포토르노 지역에 머물 때 프리다를 처음 만났다.

7. 영국 케임브리지대학 출신들을 중심으로 그들과 친분이 있는 인사들로 만들어진 비공식 지식인 사교 클럽. 1905년경 결성되었으며, 이 모임에 나타났던 가장 잘 알려진 문필가는 버지니아 울프와 E. M. 포스터를 꼽을 수 있다. 이들은 정기적으로 교류하며 페미니즘과 평화주의, 성평등주의에 관한 지적 토론을 이어갔다.

지식인 듀크스 같은 허구적 인물들을 통해서), 탄광촌으로 묘사된 테버셜은 자신의 태생지 영국 중부지방 노팅엄셔 지역 이스트우드 탄광촌에 다름 아님이라는 것들이 『채털리 부인의 연인』이 갖는 작가 자신의 자전적 요소들이다.

클리퍼드는 로런스의 자기비판, 즉 자신이 비판한 자기 자신, 그의 도플갱어이자 대역이라 할 수 있다. 스콰이어스가 지적했듯, 『채털리 부인의 연인』의 3인칭 서술자의 어조가—이것을 로런스 자신의 어조로 본다면—논리적 공격성을 드러내며, 자기주장이 강하고, 설교적인 것은 정확히 클리퍼드란 인물이 가진 성격적 특성과 일치한다.(58) 로런스가 클리퍼드를 불모적 정신주의의 표본으로 만든 것은 그 자신이 성 불능 상태에서 클리퍼드처럼 될 가능성이 있기 때문이며, 또한 결코 그렇게 되고 싶지 않았기 때문이다. 반면, 멜러스란 작중인물이 반산업주의 기치를 내걸었던 로런스와 반자본가적, 반귀족적 계급의식을 공유했다는 것은 양자 간 유사 관계도 또한 성립한다고 볼 수 있다. 예컨대, 로런스는 멜러스의 입을 빌려 다음과 같이 주장한다.

> 지난 100년 동안 인간들에게 일어난 일들은 정말 수치스럽기 짝이 없소. 남자들은 오로지 일벌레로 바뀌었

고, 남자다움과 진짜 삶을 모두 빼앗겨버렸소. 난 지상에서 다시 기계들을 다 쓸어내버리고 산업시대를 완전히 끝내고 싶소. **(447)**[8]

다시 말해, 멜러스는 로런스가 회복하고 싶은 남성성이다. 이러한 측면에서 시몬 드 보부아르가 『제2의 성』에서 지적했듯이, 『채털리 부인의 연인』이야말로 로런스의 남근주의와 남성주의적 성 판타지가 투사된 작품이라 할 수 있다. 그러나 『채털리 부인의 연인』에서 멜러스는 여성의 성욕을 존중하는 이타주의적 남성성의 소유자란 사실을 상기할 필요가 있다. 멜러스는 성 추문으로 인해 자신이 능욕당할 것을 걱정하기보다는 코니의 귀족 여성으로서의 명성에 금이 갈 것을 더 우려한다. 멜러스는 교합에 대한 의지를 코니에게 양위함으로써 자신은 수동적인 남성주의자가 되며, 그녀의 안위를 위해 그녀로 하여금 자신을 단념토록 설득한다는 점에서 이타주의적이다. 이것은 성 불능자인 로런스가 여성의 성적 욕구를 수용하고 자신의 육체를 성적 교합의 가치 측면에서 객관적으로 관조하는 성 평등 여성주의자가 된다는 것을 함의한다.

---

8. 데이비드 허버트 로런스, 『채털리 부인의 연인』, 이미선 옮김, 열린책들, 2014.

이 소설에서 중심인물로 설정된 코니(콘스턴스 채털리의 애칭)는 성도덕에 관한 빅토리아 여왕 시대적 자의식에서 비켜나 있는 1920년대 근대 여성이다. 허구적으로 구상된 이 젊은 여성이 갖는 역사성은 1878년 런던대학이 여성에게 최초로 학위를 부여한 이래 점증한 여성의 고등교육 수혜, 19세기 말부터 거세게 불기 시작한 여성참정권 운동의 결실인 1918년 30세 이상 여성들에게 부여된 투표권, 19세기 중엽 산업혁명으로부터 시작된 여성의 경제적 독립의 가속화에서 찾을 수 있다. 로런스는 코니의 모친을 영국 사회주의 운동의 모태가 된 페이비언 협회(Fabian Society)의 회원으로, 코니를 어린 시절 부모와 함께 "헤이그와 베를린"의 "대규모 사회주의"(『채털리 부인의 연인』 10) 운동을 목도한 인물로 그려내고 있다. 코니란 인물에 투영된 근대 여성의 이미지는 코니가 "열다섯 살의 나이에 드레스덴"(10)에서 음악 공부를 했고, 그곳에서 또래의 청년들과 "철학, 사회학, 예술"(10) 분야의 각종 쟁점을 놓고 벌인 지적 토론, 그들과 나눈 "사랑" 즉 "육체적 경험"(14), "섹스의 전율을 감각으로"(15) 경험한 것으로 구현된다.

스코틀랜드 상류 지식인 집안의 내력을 가진 근대 여성으로 등장하는 코니의 이러한 역사성은 성 불능자이자 오쟁이 진 남편이었던 로런스가 자신의 경험에서 깨달은 여성의 성적 욕구에 대한 자각과 맞물린다. 코니가 내왕하는 두 공간은 "적갈색 사암"(24)으로 축조된 "18세기 중엽" 건물인 렉비 저택과 렉비 저택 언덕 너머에 있는, 바깥세상과 "격리된"(84) 숲이다. 렉비 저택과 이 숲은 근방에 있는 탄광, 그리고 탄광 부락과 함께 클리퍼드 가문의 수백 년 된 영지를 구성하고 있다. 『채털리 부인』의 서술자는 이 숲의 역사를 다음과 같이 기술한다.

> 숲은 로빈 후드가 사냥했던 거대한 산림 중에서 남은 부분이었고, (숲을 가로질러 나 있는) 이 승마로는 옛날에는 이 고장을 가로질러 지나가는 아주 오래된 길이었다. (83)

> 숲에서는 모든 것이 미동도 없이 고요했고 땅 위에 깔려 있는 오래된 낙엽 밑에는 서리가 내려앉아 있었다. 어치 한 마리가 날카롭게 울어대자 수많은 작은 새들이 푸드덕거리며 날아올랐다. 그러나 사냥감 새는—꿩은—한 마리도 없었다. 전쟁 동안 다 죽어 없어졌고 클리퍼드가 근자에 사냥터지기를 다시 두기 전까지 숲은 무방비 상태로 방치되어 있었기 때문이다. (83-84)

> 숲에는 여전히 야생적인 옛 영국의 신비가 일부 남아 있었다. 그러나 전쟁 동안 제프리 경(클리퍼드의 부친)이 행한 벌목으로 인해 숲이 크게 훼손당했다. 나무들은 얼마나 고요하게 서 있는가! 고색창연하고 강인한 회백색 줄기…… 그 나무들 사이로 새들은 또 얼마나 안전하게 훨훨 날아다니고 있는가! 그리고 한때 그곳에는 사슴과 활 쏘는 사냥꾼들이 있었고 수도승들은 당나귀를 타고 지나다녔다. 숲은 이를 기억하고 있었다. (86)

이 신비로운 숲은 코니에게 감정이 죽은, 공허한 정신세계에 매몰된 렉비 저택으로부터의 안식처이다. 로런스는 렉비 저택과 이 숲을 문명과 자연, 의식과 무의식, 정신과 육체를 표상하는 것으로 대비시키고 있다.

렉비 저택을 지배하는 클리퍼드의 자기중심적 관념주의는 로런스가 「에로물과 외설」에서 말한 수음의 나르시스적 자기 폐쇄성의 다름 아니다. 로런스는 클리퍼드를 문명이 야기한 전쟁의 상흔이자 인간의 본성을 거스르는 금욕주의의 환유물로 설정한다. 그는 클리퍼드를 "케임브리지(대학)에서" 2년 재학 후 "독일의 본에서 탄광 기술을 공부"(18)하던 중 제1차 세계대전에 참전, 하반신 마비와 함께 성불구가 되는 부상을 당하여, 1918년 초 영국 중부지방 자신의 영지로 돌아온 인물로 형상화하고 있다. 클리퍼드의 마비된 다리와 성 불능은 T. S. 엘리엇이 『황무지』에서 모티프로 삼은 '불임'과 '죽음'의 이미지, "이러한 잡석에서 무슨 나뭇가지가 자라 나올 것인가?"를 연상시킨다. 또한 클리퍼드의 마비된 육신은 엘리엇이 『J. 앨프리드 프루프록의 연가』에서 상실된 남성성을 "수술대 위 에테르로 마취된 환자", 즉 산송장에 빗댄 것과도 일맥상통한다. 클리퍼드의 "완고한 금욕주의"(125)는 돈, 성공, 계급이라는 공허한 목표에 집착하는 그의 허위의식의 산물이다. 그가 소설을 쓰는 것은 공허로부터 벗어나기 위함이나 "그의 소설 속에는 아무것도 들어 있지"(126) 않기 때문에 또 다른 공허를 낳을 뿐이다. 로런스는 코니의 입을 빌려 공허한 정신(의식)에 매달려 있는 클리퍼드를 감정이 죽은, 기계화되어버린 영국 사회의 단면으로 치부한다.

> 코니가 이 속에 들어와 살게 된 후 깨달은 것처럼 이곳이 바로 오늘날의 영국이었다. 그것은 돈과 사회적, 정치적 측면에서는 지나치게 의식적이면서, 자연스럽고 직관적인 측면에서는 죽어 있는, 그저 죽어 있을 뿐인 새로운 인류를 만들어내고 있었다. 그들 모두 반은 죽

은 시체였지만 나머지 반은 끔찍하고 고집스러운 의식을 지니고 있었다. 그것은 저승 세계였다. 반쯤 죽은 시체들 속에…… 아, 하느님, 도대체 인간은 다른 인간에게 무슨 짓을 해오고 있는 건가요? 그들은 동료 인간들을 인간답지 못한 수준으로 전락시켜버렸고 이제는 더 이상 동료애라는 것이 전혀 존재할 수 없게 되었습니다. (310-311)

"지배계급과 섬기는 계급 사이에 심연이, 절대적인 심연이 존재한다"(373)는 것을 굳게 믿는 클리퍼드의 귀족으로서의 계급의식은 "내면적으로 무정"(144)한 자신의 정신적 빈곤과 공허를 자기기만하는 하나의 심리적 방어기제일 뿐이다.

『황무지』에서 엘리엇이 초목 신화(vegetation myth)에 나타난 죽음 속 생명 부활의 모티프를 소외를 극복한 새로운 삶에 대한 예언자적 환몽으로 그려냈다면, 『채털리 부인의 연인』에서 로런스는 불모의 정신주의가 지배하는 렉비 저택 너머 숲을 생명이 충일한 감정적 유대, 본능적 결속의 장으로 벼려낸다. 소외적 관념주의를 극복할 감정적 친밀성에 대한 로런스의 조감은 클리퍼드의 케임브리지대학 동문 듀크스의 입을 빌려 다음과 같이 서술된다.

> 진짜 의식은 의식의 총체로부터 나오네. 뇌나 정신에서 나오는 것만큼 배와 페니스로부터도 나오는 거지. 정신은 그저 분석하고 합리적으로 설명할 뿐이라네. 정신과 이성을 다른 나머지 것들 위에 군림하게 해놓으면 그것들이 할 수 있는 일이라곤 고작 비판하고 죽이는 것뿐이네. (75)

"감정을 아무렇게나 풀어놓음으로써 현대 세계에는 저속해진 감정만이 존재할 뿐"(282)이라고 말하거나, "우리에게 필요한 것은 고전적인 절제"(282)라고 말하는 클리퍼드의 이성주의의 외침은 나를 타인과 단절시키는 자기 소외의 근본이다. 육체와 본능은 '나'와 '타인' 간 친밀성 형성의 근간이며, 이러한 육체적 감각에 의한 결합은, 듀크스가 말한 것처럼, '나'가 아닌 '우리'라는 "온전한 생명력을 지닌 유기적 총체"(76)의 요체이다. 그러므로 "정신생활"은 이러한 "유기적인 연결을 끊어버리는 것"(76)이고 '우리'를 "악의에 가득 차게"(76) 만들 뿐이다. 자연 생태계의 "유기적 총체"인 숲은 로런스에게 이러한 감정적 결속에 의한 유대적 인간관계를 은유하는 하나의 시적 영감이다.

숲에 투영된 로런스의 성에 관한 현실주의는 생명의 부활이다. 생명의 탄생은 교합의 결과요, 이는 나와 타자 간 공감의 끈을 만들지 않고는 불가능하다. 코니와 멜러스의 육체적 결합이야말로 나와 타자 간 교감의 부활이며, 정신에 맞선 육체의 부활이다. 숲속에서 이루어지는 그들의 교합은 문명에 맞서 자연을 노래한 낭만주의 정신과 통한다. 로런스는 코니의 육체를 아무런 감흥을 못 느끼는 성 불감적 "셀룰로이드"(241) 현대인들에 빗대 생명력 넘치는 육질의 "히아신스"에 비유한다. "자라나는 히아신스처럼 부드러운"(241) 코니의 육체는 "비정한 철의 세계와 기계화된 탐욕의 신"이 지배하는 성 불감적 문명과 대조된다. 코니가 사냥터지기 멜러스의 오두막집 뒤편에서 보는 수선화 군락은, 스텔지히(Eugene Stelzig)의 말을 빌리자면,[9] 코니와 멜러스 간 "열정적 교합의 시적 기표"(93)를 나타낸다. 이 수선화는 코니가 "그녀의 자궁 속 어딘가에서 전율"(38)을 느끼는 것과 같은 경이감의 원천이다. 로런스가 보기에, 이러한 경이감은 "아메바의 세포핵"을 바라볼 때, "꼬투리를 뚫고 나오는 콩의 새싹"이나 "열심히 지푸라기를 잡아끌어내는 개미"[10](131)를 볼 때 느끼지 않을 수 없는 감

---

9. Eugene Stelzig, "Romantic Reinvention in D. H. Lawrence's *Women in Love*", *The Wordsworth Circle* 44, 2013.

10. "Hymns in a Man's life", *D. H. Lawrence : Late Essays and Articles*, Ed. James T. Boulton. Cambridge : Cambridge UP, 2004.

정이다. "식물에 대한 의식", "벌레에 대한 의식", "물고기에 대한 의식", 이 모든 것이 경이감의 원천이며 "삶에 내재되어 있는" 자기 초탈의 일부이다.(132) 로런스에게 있어 경이감이야말로 육감(六感)에서 나오는 것이며, 미스터리한 것에 대한, 알지 못하는 것에 대한 육감의 쇠퇴는 아는 것이 많은 현대인들이 역설적으로 권태에 빠지는 이유이다. 『채털리 부인의 연인』에서 코니가 숲속으로 쏟아져 들어오는 소나기를 보며 탈의에 대한 욕구를 느끼고 이것을 육체적 교감에 대한 경이감으로 승화시키는 것이야말로 나와 타자, 나와 자연이 하나로 통합되는 통각적 감정의 일단이다.

> 그녀는 문을 열고 강철 커튼처럼 일직선으로 쏟아지는 굵은 빗줄기를 바라보다가 갑자기 빗속으로 뛰어 들어가 멀리 달려보고 싶은 충동을 느꼈다. 그녀는 일어나서 재빨리 스타킹을 끌어내려 벗어버린 다음 겉옷과 속옷을 벗기 시작했다. 그녀의 움직임에 따라 뾰족하고 민감하여 동물적인 느낌을 주는 젖가슴이 흔들리며 출렁거렸다. 그는(멜러스는) 그녀의 몸을 미친 듯이 와락 끌어안았고 여자의 부드럽고 차가운 살덩어리는 그의 몸에 닿자 금세 불꽃처럼 뜨거워졌다. (448-449)

의식이 제거된 본능적 육체에 대한 이러한 경이감이야말로 사랑의 원천이며 "경이감 없는 사랑은 선정적 불륜"에 불과하다. (Lawrence, "Hymns in a Man's life", 131)

로런스에게 사랑은, 그리고 사랑의 징표인 교합은, 그리고 그들이 낳을 후세는 파국적 자기중심주의를 타파한 공동체적 연대 구현의 꿈이 투사된 인류 구원적 묵시록의 표상이다. 바로 『황무지』에서 엘리엇이 제1차 세계대전이라는 전대미문의 인류 종말적 참사에서 인류 구원의 희망을 초목 신화로 인유했듯이 말이다. 1928년 『채털리 부인의 연인』 출간 후 1930년 3월 2일 임종 직전까지 로런스는 자신의 죽음을 예고한 듯 유기적 인간관계에 대한 대강을 그의 『묵시록(Apocalypse)』에 적었다. 『요한 계시록』을 자신의 방식으로 읽어낸 『묵시록』에서 로런스는 어떤 변혁이든지 변혁을 논함에 있어 전범이나 다름없는 '인류 절멸과 새로운 천년의 도래'라는 묵시록의 교서가 갖는 시적 영감을 다음과 같이 적고 있다.

> 『요한 계시록』에 나오는 아주 거대한 형상들(거대한 붉은 용 같은)은 독자에게 아주 생경한 느낌을 갖게 만든다. 자유가, 진정한 자유가 힘차게 날갯짓을 한다고나 할까, 뭐 그런 이상야릇한 느낌 말이다. 그것은 어떤 다른

> 세상으로 탈출하는 느낌, 그런 것이다. 우리가 살고 있는 이 세계, 갑갑하기 그지없는 작은 새장으로부터 탈출하는 그런 것 말이다. (42)[11]

로런스가 말한 "진정한 자유"는 '사랑'이다. '왜 현대인들은 사랑할 수 없는가'라는 물음에 대해 로런스는 그것은 바로 현대인들이 "한 개인으로밖에는 자신을 생각해낼 수 없기 때문"(196)이라고 말한다. '지금은 사랑할 때'라고 현대인들을 힐난한 로런스는 구원받은 자와 구원받지 못한 자를 이분하는 요한의 종말론적 이분주의에서 인류의 유기적 연대에 대한 종말론자들의 역설적 갈망을 발견한다. 예컨대, "나는 지구의 일부라는 것", "나의 피는 바다의 일부라는 것", "나 자신 속에 나는 이미 가족의 일부라는 것", 그리고 "나는 나 자신이라는 것은 하나의 환상이라는 것", "우리가 원하는 것은 우리의 비유기적, 가짜 연대를 깨부수는 것이고 천지만물과 태양과 지구와, 그리고 인류와 살아 있는 유기적 연대를 재구축하는 것"(200)이다. 이것이 바로 로런스가 '사랑'으로 구현하려 했던 꿈이다.

---

11. David Herbert Lawrence, *Apocalypse*, New York : Viking, 1966.

사랑만이 가져다줄 수 있는 타인과의 유기적 연대는 나는 지금 여기에 "살점이 붙어 있는 살아 있는 생명"(199)이라는 생에 대한 축복에서 비롯된다. 육체적 교합에 의해 회복된 코니와 멜러스의 리비도는 살아 있음을 증명하는 축복이다. 모든 "기백"은 살아 있는 "온전한 정신의 뿌리"(『채털리 부인의 연인』, 441)인 '육체'에 있다는 멜러스의 육체-감정론은 로런스가 『묵시록』에서 설파한 나와 타자 간, 우리와 그들 간 유기적 연대의 근간이다. 멜러스에게, 테버셜의 탄광으로 대표되는 근대는 사회의 유기적 연대를 파괴하고 인간을 "보잘것없는 장난감 기계로 만들어"(440)버릴 뿐이다. 현대 문명은 "모든 현대인"들로부터 "인간적인 감정을 죽여버리고 예전의 아담과 이브를 잘게 토막내버리는 것에서 진짜 쾌감을 느끼"(440)도록 만들고 있을 뿐이다. 로런스에게 이성중심주의적 비육체성은 남성과 여성을 몸뚱어리가 없는 추상화된 관념으로 만들어 인간을 스스로가 만든 자기 자신의 허상에 가둘 뿐이다. 인간을 언어의 문자적 의미에 매달리게 만드는 이러한 이성 중심의 사고는 일찍이 루소가 그의 『언어의 기원론』에서 지적했던 인간 불평등의 기원이다. 이를테면 인간의 차별은 문명화, 즉 감정을 개념으로 대체하는 인간의 언어 상용의 역사와 관련 있다는 루소의 지적이야말로 감정을 억압하고 통제하는 이성 중심 사고의 정치성을 드러낸다. 감정을 덜 감정적인 개념으로 대체하는 것은, 로런스식으로 말하자면, 정치적으로 통제된 언어로 감정을 통치하는 하나의 방식이다. 『채털리 부인의 연인』은 개념으로 대체된 감정을 복원시키는, 다시 말해 섹스와 관련된 인간의 원초적 리비도를 정치적으로 오염되지 않은 순수한 언어로 각성시키는 정치적 저항의 텍스트이다.

제7장

감정과 이성의 경계에 대한 스케치

—

장아이링, 「색, 계」

본 글은 《중국소설논총》(제62집, 2020)에 게재된 「장아이링 「色, 戒」의 정동(affect)적 독법」을 수정 보완하였음.

김경석

경희대학교 중국어학과 교수

경희대학교 중어중문학과를 졸업하고 중국 베이징사범대학에서 중국 현대문학 전공으로 석사와 박사 학위를 받았다. 중국문학사에서 1920-1930년대 베이징 시민사회를 가장 생동감 있게 묘사한 작가로 평가받는 라오서(老舍)의 문학 연구를 시작으로 중국의 다양한 문화 현상과 그 내면의 인문적 보편성을 탐구하는 일에 관심을 가지고 있다. 저서 『중국현대문학사』와 『중국현당대문학작품선』, 공저 『중화미각』 등이 있다.

1995년 9월 중순, 중국 매스컴에는 한 작가의 사망 소식이 보도되었다.

'장아이링, 9월, 미국 LA의 한 아파트에서 숨진 지 한 달 만에 발견되다.'

1940년대 중국 문단의 천재 작가로 이름을 날리고, 오늘날까지 드라마와 영화로 리메이크되는 많은 화제작을 남겼던 작가 장아이링은 이처럼 먼 이역에서 정확한 사망 일시를 알 수 없는 고독사로 생을 마감하였다.

장아이링, 1920년 상하이에서 출생한 그녀의 본명은 장잉(張英)이었고, 아이링은 어머니가 지어준 영어 이름 아일린

(Eileen)의 중국어 음역이다. 청나라 말기의 풍운아 리훙장(李鴻章)의 외증손녀인 장아이링은 고등교육을 받은 부모 밑에서 동서양의 인문적 교양을 전수받으며 자랐다. 그러나 여성 편력이 심했던 아버지, 부모의 이혼, 미국인과 동거하는 어머니를 목도하면서 그녀는 남성에 대한 불신, 연애와 결혼에 대한 부정적이고 냉소적인 의식을 갖게 된다. 그녀가 어린 시절 경험한 가정과 남녀의 문제는 훗날 그녀의 인생과 작품에 그림자를 드리우게 된다.

1944년, 그녀는 스물넷에 친일 국민당 고위 관리 후란청(胡蘭成)을 만나 결혼하였다. 고전문학과 글쓰기에 안목이 있었던 후란청은 장아이링의 소설 「봉쇄(封鎖)」를 읽고 그녀를 만난다. 1944년 2월 후란청과 처음 만난 장아이링은 그해 8월 결혼하게 된다. 그러나 3년간의 결혼 생활은 순탄치 못했다. 1945년 일본이 패망한 이후 친일파였던 후란청은 원저우로 피신했고, 1946년 원저우로 후란청을 만나러 간 장아이링은 그가 이미 다른 여자와 동거하고 있음을 알게 된다. 그녀는 1947년 후란청에게 편지로 이별을 고한다.

1949년 중화인민공화국 수립 이후, 장아이링은 작가로서 시련을 맞게 된다. 시대정신이 결여된 작가라는 문단의 비평과 매국노 후란청과의 결혼 경력 등으로 그녀는 더 이상 중국에서 활동할 수 없음을 깨닫는다. 이에 대해 장아이링은 「독자들에게 하고픈 몇 마디 말(有幾句話同讀者說)」 등을 써서 자신의 심경을 알리고자 했으나 당시의 시대 상황은 그녀의 '몇 마디 말'을 받아들이지 않았고, 그녀를 향한 중국 사회의 냉랭한 시선은 달라지지 않았다. 1950년 「열여덟의 봄(十八春)」과 「샤오아이(小艾)」를 발표하면서 자신의 이름이 아닌 량징(梁京)이라는 필명을 사용할 만큼 작가로서 장아이링의 고뇌는 깊어갔다.

장아이링은 중화인민공화국이 수립된 이후, 상하이문예공작자대표대회에 참가하기도 하면서 시대와 타협하고자 했지만 쉽지 않았다. 그녀는 애초에 시대를 그려내는 작가는 아니었기 때문이리라. 결국 그녀는 작품의 무대가 되었던 상하이, 홍콩 등과 이별하고 1956년 서른여섯에 미국의 뉴욕으로 건너간다. 그곳에서 장아이링은 예순다섯의 작가 퍼디낸드 레이어를 만나 결혼하였다. 그러나 그의 딸과의 불화로 가정생활은 순탄치 않았다. 장아이링은 결국 퍼디낸드와도 이별하고 1980년대 중반부터 홀로 지내다가 1995년 9월 8일 유명을 달리하였다. 사망일은 9월 8일이라고 하지만 고독사한 그녀의 정확한 사망 일시는 알 수 없다.

1937년 중일전쟁 발발 이후 중국 문단은 "작품과 작가는 농촌과 군대로!(文章下鄉 文人入伍)"라는 구호 아래 계몽과 애국을 소재로 한 작품들이 주류를 이루고 있었다. 이러한 시대적 분위기와는 다르게 장아이링의 작품은 시종 남녀의 애정 문제에 천착하고 있었고, 이로 인해 그녀는 문단의 이단아와 같은 존재로 평가되었다.

> 장아이링의 소설집 『전기(傳奇)』에 수록된 작품의 등장인물들에게서는 이상에 대한 추구나 지켜내고자 하는 삶의 가치 같은 것은 찾아볼 수 없다. 또한 그녀의 작품은 당시로서는 드물게 반봉건과 반제국주의는 물론 계몽, 여성 해방, 항전과 같은 시대적 담론들과도 거리가 멀었다.[1]

그러나 신산(辛酸)한 시기를 살아온 중국의 젊은이들에게 계몽과 애국 담론은 오히려 피로감을 주었던 듯, 문단의 비평과는 다르게 그녀의 작품은 두터운 독자층을 형성하였다. 중국 현대문학의 원년이라고 할 수 있는 후스(胡適)의 「문학개량추의(文學改良芻議)」가 발표된 1917년 이후, 20세기에 명멸했던 수많은 작품들 가운데 오늘날까지 서점가에서 독자들의 손에

---

1. 김경석, 『중국현대문학사』, 학고방, 2016, 265쪽.

닿는 작품은 얼마나 될까? 그 가운데 장아이링의 작품은 여전히 독자층을 확보하는 생명력을 지니고 있고, 많은 작가와 감독에게 영감을 제공하며 영화와 드라마로 리메이크되고 있다.

"모든 소설 작품은 작가의 자서전"이라는 말이 있듯이 장아이링의 소설 역시 그녀의 삶의 궤적을 말해주고 있다. 그녀의 작품은 대체로 남녀 간의 사랑에서 생겨나는 다양한 감정을 소재로 한다. 그러나 장아이링의 작품은 다른 작가들의 작품과는 다르게 남녀 간의 사랑을 기쁨과 슬픔이라는 이분법적 감정으로 로고화하지 않는다. 그녀는 작품을 통해 사랑에서 발생하는 감정의 다양한 형태를 섬세한 언어와 심리 묘사를 통해 나타낸다. 「금쇄기(金鎖記)」와 「경성지련(傾城之戀)」 등이 그녀의 대표 작품으로 회자되지만 그녀의 삶의 경험과 창작 특색을 가장 이해하기 용이한 작품은 「색, 계」라고 할 수 있다. 1979년 《중국시보(中國時報)》의 '인간부간(人間副刊)'에 발표된 「색, 계」는 1940년대 실제로 있었던 미인계를 이용한 국민당 고위 간부 암살미수 사건을 모티프로 하고 있다. 당시 국민당의 고위층이 아니면 알기 힘든 이 사건에 대해 장아이링은 어떻게 알았을까? 많은 이들은 장아이링이 후란청을 통해 이 사건을 알게 되었으리라 추측하고 있다. 그러나 장아이링은「색, 계」의 창작 의도에 대해 후란청을 언급하지 않았다. 중화인민공화국이 수립된 이후, 일본으로 피신해서 노년을 보낸 후란청이 장아이링과의 관계를 언급했던 것과는 다르게 장아이링은 1947년 그와 헤어진 이후 후란청에 대해 언급한 적이 없었다.

중일전쟁 시기, 광저우가 일본군에게 점령당하자 링난(嶺南)대학은 홍콩으로 피난 오게 된다. 소설의 주인공 왕지아즈(王佳芝) 역시 홍콩으로 옮겨 와서 연합대학 형식으로 구성된 캠퍼스에서 대학 생활을 한다. 이제 중국의 지식인들에게 지상의 화두는 침략자 일본으로부터 나라를 구하고자 하는 항일구망운동(抗日救亡運動)이었다. 그녀는 연극을 통해 홍콩인들에게 항일 의식을 고취시키고자 한다.

> "학교에서 공연한 연극은 모두 비분강개한 애국 역사극이었다. 광저우가 함락되기 전 링난대학이 홍콩으로 이전했을 때 한 번 공연했었고, 관객들의 반응도 좋은 편이었다. 무대에서 내려온 후에도 연극부원들은 흥분이 가라앉지 않았고, 모두 야식을 먹은 후 헤어졌다. 그러나 그녀는 여전히 돌아갈 수 없었고, 여학우 두 명과

2층 전차를 타고 돌아다녔다."[2]

그러나 이들은 항일 의식을 무대 위에 올리는 것만으로는 부족하다고 느낀다. 이들 연극반 학생들은 친일 국민당 왕징웨이(汪精衛) 일행이 홍콩에 온다는 정보를 입수하고 정보부 수장을 암살하기로 한다. 그리고 연극부원답게 미인계를 써서 그에게 접근하기로 한다.

> "학생들은 격정적이라는 것을 모두 알고 있기에 학생 신분으로 접근하면 경계할 것이다. 사업가의 아내라고 하는 게 좋을 것이다. 게다가 홍콩인들은 국가관 같은 것은 없지 않은가! 그리고 이 역할은 당연히 학교 극단에서 여성 배역을 잘 해낸 인물이 맡기로 했다."

그러나 암살 대상은 매사에 치밀하고 신중한 성격을 가진, 이(易) 선생이라는 중년 남성이다. 왕지아즈는 사업가의 부인으로 위장하고 이 선생의 부인에게 접근하여 환심을 사지만,

---

2. 본문에 인용한 「색, 계」는 1992년 출판한 《장아이링 문집(張愛玲文集)》 제1권에 수록된 「色, 戒」를 번역하였다.

뜻밖에 이 선생 부부는 홍콩을 떠나게 되고 암살 시도는 실패로 끝난다. 실패라기보다는 중단되어버린 것이다.

2년 후, 연극부원들은 상하이에서 재회한다. 중일전쟁의 혼란 속에서 이들은 모두 대학을 자퇴하였고, 항일 조직에 포섭되어 친일파 고위 관료들을 암살하는 임무를 맡고 있다. 홍콩에서 중단된 암살 계획은 다시 살아난다. 보다 치밀한 미인계로 본격적으로 정보기관의 수장을 암살하기로 한다. 이 선생 부부에게 다시 접근한 왕지아즈는 이 선생의 집에 기숙하게 되고, 결국 이 선생의 정부(情婦) 역할을 하기에 이른다. 이 선생과의 계속되는 만남, 치밀하고 냉정한 국민당 정보부의 고위 간부, 자객과 정부의 줄타기, 사실 그 어느 것도 왕지아즈의 자아는 아니었다. 모두 무대 위의 연극일 뿐이다. 미인계가 진행될수록 왕지아즈는 이 선생과의 만남의 목적이 '암살'인지 '밀회'인지 혼란스러워진다. 교향곡으로 생각한다면 이는 '암살'과 '밀회'를 도돌이표로 반복하는 론도형식이라기보다는, 마치 리토르넬로적 반복이 그녀의 목적을 파괴하고 바꿀 것을 요구하는 것과 같았다.

> "사실, 이 선생과의 밀회는 매번 뜨거운 물로 샤워를 한 것처럼 그녀 안에 쌓인 우울함을 씻어주었다."

그러나 시간이 흐를수록 그녀는 혼란스럽다. 도대체 무엇을 하고 있는 것일까? 차라리 빨리 그를 죽이고 싶지만 암살을 지시하는 우(嗚) 선생 역시 신중하다.

"우 선생은 그들을 별로 믿지 못하는 것 같았다. 그는 그들이 애송이라서 일을 망치고 다른 조직원들에게 피해를 주게 될까 걱정했다. 상하이에서 그 혼자 일을 진행하는 것 같지는 않았고, 그는 항상 직접 쾅위민과 접선했다."

왕지아즈에게 있어서 이 선생, 우 선생, 그리고 그의 연극부 동기 쾅위민(鄺裕民), 남자들은 이해할 수 없는 존재들이다. 아니 그들은 왕지아즈를 이해하려고 하지 않는다. 그래도 그 가운데 암살 대상인 이 선생만이 매우 섬세하고 중후한 감각으로 그녀를 흔들고 있다. 점차 그녀의 계율은 파계의 임계점을 향해 치닫는다. 그가 정말 죽으면 어떻게 될까? 이 일로 다른 무고한 사람들이 다치게 되지 않을까?

"함부로 총을 난사해서 무고한 사람을 다치게 하지는 않을 것이다. 총에 맞아 죽지 않고 불구가 될 바에야 차라리 죽는 게 나을 것이다. 이 시간 결말을 향해 가는 기분 또한 특별한 것이다. 무대에 오를 때는 긴장하지만 무대 위에 오르면 곧 괜찮아지지 않았던가."

금은방으로 가기 위해 커피숍에서 그를 기다리는 그녀는 몹시 힘들다. 이미 한 남자의 정부라는, 밀회의 연극은 그녀에게 무대가 아닌 현실이 되어버렸다. 금은방에서 사랑하지만 죽어야 할 남자를 기다리는 것은 어느 무대에서 막이 오르길 기다리는 것보다 긴장되고 힘들었다. 장아이링은 왕지아즈의 심경을 섬세하게 묘사한다.

"기다림은 무척 견디기 힘들다. 남자들은 담배라도 피울 수 있지 않은가. 마치 공중에 떠 있는 것 같은 공허한 기분은 그녀가 지금 어디에 있는지조차 잊게 했다. 그녀는 핸드백을 열어 작은 향수병을 꺼내 들었다. 향수병 뚜껑의 유리봉으로 묻은 향수가 귓가에 닿는 순간, 향수의 차가움이 공허한 기분에 점을 찍듯이 차갑게 느껴졌다."

금은방에서 다이아 반지를 손가락에 껴보면서도 그녀의 머릿속은 이 선생의 삶과 죽음, 그리고 자신의 실제와 연극 사이에서 혼란스럽기만 하다. 그 가운데서도 그를 증오해보기도 하고 그의 사랑을 확인해보려는 시도는 계속된다.

> "술집 여자들을 데리고 나가 선물을 사주는 데에 그는 고수였다. 그저 한쪽 옆에 서서 사람들의 눈에 띄지 않게 조용히 따라다니면 그만 아닌가. 그러나 이 순간의 그의 미소에는 어떤 비웃음도 담겨 있지 않았다. 오히려 조금 서글퍼 보이는 미소였다. 스탠드 등불에 비친 그의 옆모습에서 그녀는 왠지 모를 연민의 기운을 느꼈다. 그의 시선은 아래를 향하고 있었다. 그의 속눈썹은 나방의 미색 날개처럼 여윈 두 뺨 위에서 휴식을 취하고 있었다. 이 사람 나를 진심으로 사랑하고 있구나 하는, 갑자기 몰려드는 생각에 뭔가를 잃어버린 듯 그녀의 심장이 소리 내어 뛰기 시작했다. 너무 늦었어.

결국 그녀는 그에게 소곤거리듯 외친다. "어서 가요!" 그리고 잠시 어리둥절하던 이 선생은 자리를 박차고 일어나 출입문을 향해 쏜살같이 내달렸다. 이 선생을 죽음으로 몰아넣기에는 자신의 감정이 너무 늦었음을 왕지아즈는 알고 있었다.

죽음의 문턱에서 금은방을 빠져나간 이 선생은 어떤 선택을 했을까? 그 후 그의 지시를 받은 정보국 부하들은 금은방 지역을 봉쇄하고 왕지아즈와 암살 모의에 가담한 행동대원들을 체포한다. 그리고 모두 총살형에 처해진다.

색(色)과 계(戒)? 마치 불교의 교리를 설법할 듯한 소설의 제목을 대면하는 독자는 제목의 상징성이 다소 의아하게 느껴질 것이다. 그러나 작품을 읽어가면서 '감정'과 '이성'의 경계에 대한 서사임은 알 수 있을 것이다. '색'은 작품 속 두 남녀의 감정의 총체를 의미하며 환상과 욕망으로 나타난다. '계'의 의미는 보다 중의적이다. '계'의 중국어 독음은 '제(jie)'이다. 'jie'는 '계율', '경계', '반지', '단절'을 의미하는 동음이의어이며 이 모든 의미는 작품 속에서 이성적 판단의 총체를 의미한다. 한편으로 '계'는 감정과 분리된 영역이 아닌, 감정과 맞닿아 있는 정동(情動)의 임계점을 의미하기도 한다. 암살해야 할 타깃인 이 선생, 매국노이면서 유부남, 매력적인 중년 남성에 대한 사랑은 왕지아즈의 '계'를 정동의 임계점으로 끓어오르게 하며 경계를 넘어선다. 이러한 경계에 '반지'가 있고, 이 반지는 두 사람의 관계를 '단절'시키는 또 다른 '경계'로 작용하고 있다.

암살 임무를 띤 공작원 왕지아즈는 암살 대상인 유부남으로부터 사랑의 징표로 다이아 반지, 즉 '계(반지·戒)'를 받게 된다. 이것은 그녀에게 동료 공작원과의 관계를 단절시키는 새로운 '계(界)'로 작용하고, 냉정하고 노련한 이 선생에게는 정보기관의 수장으로서 조직과의 관계를 단절시키는 새로운 '계'로 들어가는 계기가 된다. 왕지아즈와 이 선생은 서로가 환영이라고 느끼는 사랑의 감정을 실체로 받아들이면서 그들 역시 평범한 남녀의 불륜과 다를 바 없는 민낯을 드러낸다.

> "그는 중년이 지나서 지금 이런 만남이 있을 거라고 생각한 적이 없었다. 물론 이것은 권력의 마력이었고, 그래서 가능한 것이었다. 그가 가진 권력과 그 자신은 뗄 수 없는 것이다. 여자에게는 반드시 선물을 해야 한다. 하지만 너무 빨리 선물을 주는 것은 그녀를 무시하는 것처럼 보일 수 있다. 이런 상황을 잘 알고 있는 그로서도 자아도취를 해야 자신을 설득할 수 있었다."

사랑은 다양한 '색(色)'의 형태로 나타난다. 즉 매력적인 중년의 유부남, 냉철한 매국노, 안기고픈 남자, 그리고 처단해야 할 대상 등으로 그녀를 흔들어댄다. 매국노에 대한 증오와 사랑은 부인할 수 없는 '색'으로 나타나지만 주인공 왕지아즈는 어느 것도 '계'로 규정할 수 없는 환상인 동시에 실재임을 깨닫는다. 인간사의 모든 '색'은 존재의 규칙, 즉 '계'를 따라야 한다고 믿어왔지만 이제 그녀에게 '계'는 의미를 상실한다.

작품의 모티프가 된 실제 사건은 어떠했을까? 당연히 실제 사건은 소설 「색, 계」와 다소 다르다. 중국 근대사에서 잘 알려져 있지 않았던 딩모춘(丁默邨, 1901-1947) 암살미수 사건은 국민당 입장에서는 그다지 기억하고 싶지 않은 흑역사일 것이다. 소설 「색, 계」에서 암살 임무를 띤 왕지아즈의 실제 인물인 정핑루(鄭苹如, 1918-1940)는 암살미수 사건이 있었던 1939년 상하이 정법학원(政法學院, 법과대학) 재학생이었다. 그녀는 상하이 푸단대학 교수였던 아버지와 일본인 어머니 사이에서 태어난, 일본어에 능통한 여성으로서, 당시 유명한 《양우화보(良友畫報)》의 표지 모델이 될 만큼 미모와 지략을 겸비한 여성이었다. 쑨원(孫文)의 동맹회에 가입하여 혁명의 길에 들어선 그녀가 암살하려던 친일파 딩모춘은 왕징웨이의 친일 국민당 하에서 '76호'라는 정보기관을 조직하였다.[3] '76호'는 공산당 간부와 항일운동가들을 체포 · 고문 · 암살하는 임무를 수행하며 악명을 떨쳤다. 소설 속에서 왕지아즈가 암살 장소로 선택한 곳은 금은방이었지만 실제 정핑루가 암살 장소로 택한 곳은 'The Siberian Fur Store'라는 모피 상점이었다. 1939년 12월 21일 딩모춘은 정핑루에게 크리스마스 선물로 모피 코트를 사주기로 하고 모피 상점으로 들어갔으나, 암살자들의 존재를 눈치채고 다른 문으로 달아났다. 후에 나이트클럽에서 정핑루는 '76호' 요원들에게 체포되었다. 그러나 그녀에 대한 연정 때문이었을까, 딩모춘은 정핑루의 재능과 미모가 아깝다며 석방한다.

한때 공산당원이었던 딩모춘은 장제스(蔣介石)의 국민당에서 요직을 맡고 있다가 중일전쟁이 발발하자 그와 결별하고 왕징웨이의 친일 국민당으로 들어가는 등, 변절을 거듭한다. 딩모춘은 정핑루가 재학했던 상하이 밍광중학의 교장이기도 했다. 정핑루에게 죽음의 사자는 엉뚱한 곳에서 찾아왔다. 암살미수 사건을 알게 된 딩모춘의 아내 자오후이민(趙慧敏)이 '76호' 요원들을 시켜 정핑루를 납치하였고 결국 1940년 2월, 그녀는 22세의 나이에 총살로 생을 마감했다. 딩모춘의 말로 역시 비극적이었다. 일본이 패망한 후 친일 부역자로 체포되

---

3. 1939년 9월, 상하이를 점령한 일본군은 친일 국민당을 통해 중국 국민당 중앙집행위원회 특무위원회(中国国民党中央执行委员会特务委员会)라는 정보기관을 상하이 대서로(大西路) 76호에 설치한다. 이 조직의 수장으로 딩모춘과 이스췬(李士群)이 임명된다. 이후 이 조직은 상하이의 주소지 '76호'로 명명되며 중일전쟁 시기 체포·고문·암살 등으로 악명을 떨치게 된다. 리안(李安) 감독의 영화 〈색, 계〉에서도 '76호'의 지하 고문실이 묘사된다.

어 난징교도소에 수감되어 있던 그는 1947년 7월, 역시 총살형으로 생을 마감하였다. 이 사건의 전모를 장아이링에게 구술했던, 역시 왕징웨이 국민당의 친일 부역자인 후란청은 중화인민공화국이 수립되자, 일본으로 건너가 그곳에서 생을 마감하였다.[4] 항상 현실은 소설보다 더 드라마틱하다.

장아이링의 소설 「색, 계」에서 암살 대상은 성이 이(易)이다. 음과 훈을 본다면 이(쉽다)와 역(바꾸다)으로 읽는다. 그처럼 매력적이고 냉정한 남성의 성에는 장아이링의 남성에 대한 총체적인 인식이 있는 것이 아닐까? 어쨌든 이 선생은 조직을 버리고 자신을 선택한 왕지아즈를 죽인다. 이 선생은 자신의 결정을 다음과 같이 합리화한다.

> "그녀는 죽어가면서 자신(이 선생)을 분명 원망했을 것이다. 그러나 '독하지 않으면 남자가 아니다'. 자신이 그런 남자가 아니었다면 그녀 역시 자신을 사랑하지 않았을 것이다."

장아이링은 왜 소설에서 실제 사건과는 다르게 이 선생이

---

4. 김순진, 「환상을 경계하라, 그래도 꿈꾸고 싶다」, 『색, 계』, 랜덤하우스, 2008, 464-465쪽 참조.

그녀를 죽이는 것으로 결말을 맺었을까? 미인계라는 교향곡의 리토르넬로 가운데 촉발된 정동의 '界'를 넘어선 여성을 이야기하고 싶었던 것일까? 아니면 끝내 '界'를 넘어서지 않음으로써 사랑의 '戒'를 깨어버린 남성을 이야기하고 싶었던 것일까? 이에 대한 답을 알고 있는 이는 당연히 장아이링이다. 그러나 이제 그녀라는 '色'은 이에 대해 답을 할 수 없는 '界'로 가버렸다. 그것은 독자가 판단할 몫으로 남게 된 것이리라.

제8장

젠더화된 재건과 낙인찍힌 섹슈얼리티

—

박경리, 『표류도』

김은하
경희대학교 후마니타스칼리지 교수

중앙대학교에서 한국 현대소설 연구로 문학박사 학위를 받았다. 여성주의 무크지《여성과 사회》 6호(창비)에 공선옥론을 발표하며 국문학 연구자로 활동하기 시작했고 현재 경희대학교에서 학생들을 가르치고 있다. 저서로 『문학을 부수는 문학들 : 페미니스트 시각으로 읽는 한국 현대문학사』(공저), 『소녀들 : K-pop 스크린 광장』(공저), 『감정의 지도 그리기』(공저), 『개발의 문화사와 남성 주체의 행로』 등이 있다.

서론 : 사랑은 상승과 구원의 도약대인가?

슐라미스 파이어스톤은 "사랑을 다루지 않은 급진적 여성 해방론에 관한 책은 정치적으로 실패작이다"라고 한 바 있다. 사랑은 여성 억압의 주축임에도 불구하고 우리의 삶에서 경험되거나 로맨스 소설에서 환상적으로 묘사되어왔을 뿐 그것이 여성의 심리나 삶에서 어떤 역할을 하는지 분석되지 못했다는 것이다. 파이어스톤은 사랑에 대한 분석이 제대로 이루어지지 않은 이유로 "여성과 사랑은 기본 토대이기 때문에 그것에 대한 검토는 문화의 구조 자체를 위협하는 것"이라고 일갈한다. 남성들은 여성의 사랑으로부터 창조의 에너지를 얻어 자신들의 문화를 건설해왔기 때문에 사랑은 가부장제 사회의 토대라는 것이다.[1] 이러한 비판은 사랑을 인간성 실현의 원천이 될 고귀한 감정이 아니라 이기심의 극치로 보는 것이다. 사랑은 고립을 뛰어넘어 상대와 하나가 됨으로써 풍요로워지려고 하는 자아의 기획이지만, 자신의 행복을 위해 상대를 통합해 들이는 것이기에 타자를 향한 폭력을 예비하고 있다고 보는 것이다. 서구 철학의 기원인 플라톤 역시 에로스를 '중간자(Damon)'로 칭하고 그 성질을 "아름답고 좋은 것을 자신의 것으로 소유하고 싶어 할 뿐만 아니라 영원히 그 자신의 것으로 있기를 원한다"[2]고 했지만 위대한 상승의 이면에 대해서 침묵했다는 점에서 이러한 해석은 도발적이다. 인간성 실현의 최고의 가치로서 사랑은 여성성에 대한 신비론적 사유와 얽혀 여성 문화가 되어왔다는 점에서 전복적 해석의 도전을 기다리는 문제적 주제인 것이다.

사랑은 다양하게 분석될 수 있지만 근대와 함께 부상한 역사적 감정이라는 점을 먼저 짚어야 할 것이다. 게오르크 지멜의 문화사회학을 빌리자면, 사랑은 화폐법이 지배하는 사회에서 경제적 이해관계에 대한 감정의 우위, 사심 없는 증여를 강조함으로써 의미로 충만한 삶을 살아갈 수 있는 능력을 되찾

---

1. 슐라미스 파이어스톤, 『성의 변증법』, 김예숙 옮김, 풀빛, 1983, 131-134쪽.
2. 플라톤, 『향연 : 사랑에 관하여』, 박희영 옮김, 문학과지성사, 2003, 50쪽.

아주는 근대의 주관 문화다. 화폐경제는 개인과 소유 대상 간의 결합을 끊고 둘 사이에 거리를 형성함으로써 근대인에게 전례 없는 자율성과 독립성을 선사했지만, 정확성, 계산 가능성, 치밀성을 지닌 삶의 형식만을 수용하도록 함으로써 정서의 불모화를 초래했기 때문이다.[3] 그런데 이처럼 곤경에 처한 모더니티에 구원의 빛을 던져주는 것은 이해관계로부터 초연한 순진무구한 여성들이라는 점에서 사랑은 페미니스트의 불신을 받아왔다. 어쩌면 '숭고한 여성'들은 여성 본성의 어떤 부분을 표현한다기보다 '시민적 권리 없음'이라는 여성의 현실을 풍부하게 역설하지만, 여성은 비물질적이고 비합리적인 존재로 상상됨으로써 정치적 삶에서 추방되었기 때문이다. '사회계약론'이 증거하듯이 남성들은 본성적으로 욕망을 가졌다는 점에서 늑대의 형제이지만 자신의 이익을 위해서라면 타인의 욕망도 고려할 만큼 이성적(합리적)이라고 여겨졌다는 점을 떠올려보면 좋을 것이다. 욕망과 이성 모두를 지닌 인간(남성)에 대한 새로운 발견은 시민적 사회계약에 근거해 공화국을 세울 수 있었던 이론적 기초였다.

그러나 '형제애 공화국'이 형성될 때 여성들은 어디에 있

3. 게오르크 지멜, 『짐멜의 모더니티 읽기』, 김덕영 · 윤미애 옮김, 새물결, 2005, 40-46쪽.

었는가? 근대 인권의 개념이 정초된 프랑스 혁명기에 남성다움은 시민권, 개인성과 동일시되었지만 여성은 인간의 원형과 동일한 존재로 간주되지 않았다. 수직적 질서를 무너뜨리고 평등을 선언하기 위해서는 출생, 가족, 부, 직업, 재산, 종교 등에 따른 사회적 지위와 구별되는 추상적 개인 개념이 전제되어야 한다. 그러나 만일 인간이 근본적으로 같다면 인간을 단 하나의 개인으로 형상화할 수밖에 없다. 추상적 개인주의가 전제로 하고 있는 인간의 단일한 형상은 남성과 다른 몸을 가진 여성을 배제하는 구실이 되었다.[4] 이렇듯 시민권 개념 자체가 젠더화됨으로써 여성에게는 '결혼 계약'이 사회계약을 대신해 시민의 자격을 얻는 조건으로 주어졌다.[5] 부유한 남자와 가난한 여자가 신분 차에도 한눈에 반하는 이야기를 가리

---

4. 18세기 계몽주의자들은 『백과전서』에서 "피터는 인간이고, 폴도 인간이다. 그들은 같은 종에 속한다. 그러나 그들은 '헤아릴 수 있는 차이로만 구별된다. 한 사람은 잘생겼고, 다른 한 사람은 못생겼다"고 함으로써 대조의 관계로 개인성을 강조하고 있지만 사실 더 본질적으로는 인간의 공통성을 명료하게 드러내려고 했다. 조앤 월라치 스콧, 『페미니즘 위대한 역설—프랑스 여성참정권 투쟁이 던진 세 가지 쟁점, 여성 · 개인 · 시민』, 공임순 · 최영석 · 이화진 옮김, 앨피, 2006.

5. 남성은 자신이 도덕적이고 자율적인 시민임을 증명하기 위해 가정을 필요로 하지만, 여성은 시민적 권리로부터 소외되어 있기에 사회의 유령을 면하기 위해 그것을 갈망한다. 제인 오스틴의 소설 『오만과 편견』에서 "상당한 재력가인 미혼 남자에게 반드시 아내가 필요하다는 건 보편적으로 인정되는 진리다"라는 유명한 문장이 암시하듯이 결혼 선택의 주도권을 쥔 것은 마크 다아시라는 부르주아 남성이다. 제인 오스틴은 이렇듯 결혼 선택을 둘러싼 아키텍처를 여성의 시각에서 교란함으로써 로맨스 소설의 상투성을 극복할 수 있었다.

켜 재클린 살스비가 "낭만적 사랑은 경제 결혼의 추악함을 은폐하기 위해 화려한 베일을 필요로 한다"[6]고 풍자했던 것은, 근대 전환 이후 여성이 처한 곤경을 로맨스 서사가 역설한다고 보았기 때문이다. "로맨스는 박탈당한 자들의 반사실적 사고"[7], 즉 경제적으로나 각종 권리상에서 취약한 여자들이 구원을 소망하는 주술인 것이다.

더욱이 사랑은 결코 허구나 몽상에 머물지 않고, 여성이 사회에서 어떻게 처신하고 자기를 어떻게 여겨야 하는지를 알려준다는 점에서 현실적으로 막강한 힘을 발휘하는 여성 교양의 목록이다. 벨 훅스가 "우리가 아무리 훌륭하다 해도 가부장적 세계에서는 결코 충분히 훌륭하지 않다는 것을 알게 된 순간부터 사랑에 대한 집착은 시작"되며, "사랑한다는 것은 결국 얼마만큼 사랑스러운 여성이 되는가의 문제"[8]라고 한 것처럼, 사랑은 여성 종속의 이데올로기이다. 그러나 해방을 원하는 여성들에게 로맨스는 답답한 현실을 가로지르고 탈주하기 위한 자아의 기획이라는 것 역시 무시할 수 없다. 주체의 열정과 대상 선택의 주권을 강조한다는 점에서 사랑은 여성

---

6. 재클린 살스비, 『낭만적 사랑과 사회』, 박찬길 옮김, 민음사, 1985, 45쪽.
7. 기든스, 『현대사회의 성, 사랑, 에로티시즘』, 배은경 · 황정미 옮김, 새물결, 1996, 92쪽.
8. 벨 훅스, 『사랑은 사치일까?』, 양지하 옮김, 현실문화, 2015, 11쪽.

이 잃어버린 자기와 접속하고 부활을 기획하는 문화의 전선이 되어왔다. 한국 식민지기 잡지나 소설에서는 아버지가 정해준 남자와 결혼하지 않기 위해 죽음을 결단하는 여자들의 이야기가 종종 등장한다. 그녀들은 눈물 섞인 유서 한 장을 남긴 채 달려오는 기차에 뛰어들거나 독약을 삼킴으로써 가부장적 친족 공동체에 저항하며 자유연애의 신도로서 죽었다. 열정은 순진성의 베일을 두른 계산된 감정이 아니라 강력한 위반의 에너지이다. 사랑은 '가부장제 이데올로기인가, 아니면 위반의 열정인가'라는 질문은 답변이 쉽지 않은 딜레마인 것이다.

이 글은 박경리의 『표류도(漂流島)』(1959)를 사랑의 등정이라는 문화사적 맥락 속에서 사랑은 여성에게 상승과 구원일 수 있는가 묻는 문제적인 텍스트로 주목하고자 한다.[9] 한국의 전후는 역사가 인간을 버렸다고 할 만큼 재난의 흔적이 가득한 암흑기였지만, 사회를 복구하기 위한 국가적 사업이 이루어지는 한편으로 사랑이 공론장의 인기 있는 이슈로 부상한 재건의 시대였다. 전후 사회에서 사랑은 식민지기에서처럼 전위

---

9. 이 소설에 대한 기존 연구는 다음과 같다.
김양선, 「전후 여성 지식인의 표상과 존재 방식 : 박경리의 『표류도』론」, 《한국문학이론과 비평》 45, 한국문학이론과비평학회, 2009.
김은하, 「전쟁미망인 재현의 모방과 반역」, 《인문학연구》 47, 2014.

그룹이 전통 사회와 충돌하는 위험한 열정이 아니라 평범한 사람들의 이상과 결합하며 역사의 무대에 '등정'했다는 특징이 있다.[10] 전란으로 무너진 일상의 복원에 대한 희구 속에서 사회적 주제가 된 것이다. 전후에 부쩍 늘어난 매체들은 사회 명사의 가정방문기를 실어 인간 행복의 핵심이 가족에 있으며, 스위트 홈을 부부의 사랑을 핵심으로 한다고 했지만 기실 남녀의 위계에 근거한 부부의 성 역할을 이상화했다고 할 수 있다. 다른 한편으로 고전 연애소설들이 재번역되고 순정, 명랑이라는 여러 수식어들과 결합하며 수다한 연애소설들이 쏟아져 나와 독자를 매혹했다. 특히 휴전으로 남성들이 귀환하자 가정 영역으로 되돌아간 여성들은 연애소설의 주 독자층이 되었다. 전후 많은 여성 작가들이 문단에 데뷔한 것은 전쟁 중 많은 문인들이 납북되거나 월북함으로써 문단이 작가 기근에 시달려서만은 아니었다. 문단이 여성 작가들을 '규수 작가'라는 성차별적인 이름으로 지칭한 데서 짐작할 수 있듯이 문학은 해방과 전쟁으로 전통적 여성 규범을 상실한 여성들

---

10. 사랑은 인간의 이성으로 설명 불가능한 과도한 애착과 갈망 그리고 대상에 대한 애증 병존으로 인해 무질서나 혼란을 초래하는 감정으로 여겨져왔다. 서구 철학은 이렇듯 병리적이거나 에로틱한 사랑을 교육하거나 개선해 사랑을 일반적인 사회적 목적에 좀 더 친화적인 것으로 만들려는 시도를 되풀이해왔다. 마사 누스바움은 이러한 서구적 전통을 사다리를 기어오르는 행위에 비유해 '등정'이라고 한 바 있다. 마사 누스바움, 『감정의 격동 : 사랑의 등정』, 조형준 옮김, 새물결, 2015, 856-857쪽.

을 길들이는 여성 교양의 역할을 한 것이다. 그러나 몇몇 여성 작가들은 사랑의 환상을 이야기하는 데 만족하지 않고, 여성의 부자유한 현실을 고발하는가 하면 여성의 자아와 욕망을 표현하며 재현의 주체이고자 했다. 특히 『표류도』는 낙인찍힌 섹슈얼리티를 통해 전후를 실격당한 여성들의 시간으로 초점화함으로써 사랑이 여성의 자유와 해방의 사다리일 수 있는가를 질문하는 매우 예리하고 논쟁적인 작품이다.

부권의 귀환과 포스트 신여성의 사랑

『표류도』는 가난하고 외로운 여자의 사랑 이야기이지만 연애소설의 일반적인 문법에 들어맞지 않는 이질적 요소로 가득한 작품이다. 전후 대중적 연애소설은 상처 입은 남자와 치유자로서의 여성이라는 구도를 취하지만, 여주인공 강현회는 전쟁의 트라우마에 노출되어 있어 구원의 여성이 될 만한 감정 자본을 가지고 있지 않다. 사회는 전쟁을 남성들의 희생이나 수난과 동일시함으로써 여성의 전쟁 경험에 대해서는 침묵해왔는데, 이는 여성은 전시에 남성보다 더 안전하며, 심지어 여성의 생존은 남성의 희생에 빚지고 있다고 여겨져왔음을 뜻한다. 그러나 여주인공 강현회는 전쟁의 지속 시간성을 보여준다. 그녀는 "제빙공장(製氷工場) 속의 거대한 얼음 덩어리가 꽉 들어박혀오는 듯한 무서운 느낌"(6쪽)에 시달리며 죽음을 소망한다. 남편 찬수의 피에 젖은 얼굴, 가늘게 경련하는 손, 산산이 바스라진 손목시계의 이미지가 돌발적으로 재귀해 와 그녀를 사로잡기 때문이다. 이렇듯 상실을 애도하지 못한 채 형벌인 양 죽은 자와 한 몸이 되어 살아가지만, 노모와 딸에 대한 부양의 책임은 여성 가장이 감당해야 할 또 다른 전쟁이다. 다방의 월세를 밀리지 않고 가족의 생활비를 벌기 위해 고군분투하지 않으면 안 되는 것이다.

> "쫓겨났다고요? 왜?"
>
> "질서라든가 명령에 견뎌 배길 수가 있어야죠. 먹을 것이 없어지면 양말장수 비누장수 막 닥치는 대로 해먹던 장돌뱅이 버릇이 있어 그런지 모르지만."
>
> "어지간히 고집이 세게 생겨먹은 얼굴이기는 해요."
>
> 상현 씨는 노다지로 털어놓는 내 말이 재미있다는 듯 우스개로 응수한다.
>
> "그렇지만 쫓겨난 직접적인 원인은 품행이 단정치 못하다는 것이에요."

서슴없이 주워섬긴다.

"품행이 단정치 못하다고요?"

"그럼요. 전 사생아를 낳았거든요."

"사생아?"

"혼인 수속도 하지 않고 애기를 낳았단 말예요."

마치 남 일을 설명해주듯 그에게 큰 소리로 말했다. (35-36쪽)[11]

그러나 강현회가 숨기지 못하는 짙은 우울과 예민한 자의식은 상실감이나 생활고로 충분히 설명되지 않는다. 위의 인용문은 강현회와 저널리스트 이상현의 첫 데이트에서 오간 대화로, 그녀의 우울이 낙인찍힌 섹슈얼리티에서 비롯된 분노와 뒤섞여 있음을 암시한다. 강현회는 고학력자이면서 다방 마담으로 나선 이유를 묻는 이상현에게 마치 남의 일을 말하듯이 자신이 사생아를 낳았다고 고백한다. 고학생으로 대학을 다녔던 그녀는 생활비를 절약할 수 있다는 명쾌한 이유로 세상의 통념 따위 아랑곳하지 않고 찬수와 동거를 시작한다. 찬수의 친구이자 그녀의 후원자인 '김 선생'의 표현대로 그녀는

11. 박경리, 『표류도』, 나남출판사, 1999.

"씩씩하고 야문 여자"였던 것이다. 그러나 한국전쟁 중 찬수가 공산당의 총격에 의해 사망하고 이후 딸 훈아를 출산하자 그녀는 소문 속의 여자로 전락한다. 그녀는 전쟁 중 남편을 잃었지만 법적으로 혼인한 적이 없기 때문에 사회의 보호나 동정의 대상이 되는 '전쟁미망인'이라는 이름조차 얻지 못한다. 새로운 시대는 독립과 자존의 증거였던 그녀의 사랑을 건전한 사회를 위협하는 추문으로 낙인찍어, 혼전 동거, 사생아 출산의 이력을 빌미로 세상으로부터 추방한다. 서울대 사학과를 수석으로 졸업할 만큼 학문적으로 뛰어났지만 "품행이 단정치 못하다"는 이유로 번번이 교사직을 그만둘 수밖에 없었던 것이다. 이후 그녀는 김 선생의 후원으로 번역 일에 종사하지만 그것조차 여의치 않게 되자 양말장수, 비누장수 등 무규칙하게 계통도 없는 일을 닥치는 대로 해왔다. 다방 마돈나는 그렇게 차츰차츰 밀려나 그녀가 도달한 '세상의 끝'이다. 이 소설은 순결하지 않은 여자의 사랑과 결혼이라는 전후 사회의 속내를 들추는 민감한 주제를 다루고 있는 것이다.

강현회의 이야기는 사적인 경험을 뛰어넘을 만큼 시대의 풍속에 대한 여성의 내밀한 체감을 담고 있다. 『표류도』는 재건의 젠더 정치적 속성을 해방 세대 여성 지식인의 전후 경험을 통해 포착하고 있기에 더욱 특별한 작품이다. 전쟁미망인인 박경리의 문학적 분신이기도 한 강현회는 해방 세대로서 식민지 근대화와 해방 그리고 전란으로 이어지는 역사적 시간의 의미를 묻는 인물이다. 해방 세대 여성은 10대 후반이나 20대 초반에 일제의 패망을 목도하고 탈식민 해방 조국의 건설과 함께 분 남녀평등의 바람 속에서 가부장적 공동체로부터 일시적으로 탈주하는 경험을 하기도 한, 역사상 새로운 여성 집단이지만 여성문학사에서 그다지 주목받지 못했다.[12] 이들은 청소년기 일본 제국의 치하에서 '현모양처' 교육을 받지만 동서를 막론한 전 세계적인 현상이었던 '신여성'의 출현을 목도하고 잡지나 영화 등 매체를 통해 서구 문화를 접하면서 어머니와 다른 삶을 상상한 최초의 세대라는 점에서 '포스트 신여성'이기도 하다. 과거 콜론타이의 『붉은 사랑』 같은 사회주의자 여성의 사랑을 그린 텍스트를 읽었다는 강현회의 회고는 해방 세대가 신여성 문화 속에서 성장했음을 암시한다. 해방 세대 여성들은 식민지기 신여성들과 그 정체성을 공유하면서도 새로운 시간에 접속해 있다는 점에서 포스트 신여

12. 낸시 에이블먼은 드물게도 한국의 해방 세대 여성에 대해 주목하고, 이들을 욕심과 능력으로 가족의 신분 상승을 위해 분투하며 한국 근대화의 견인차가 된 숨은 조력자로 보았다. 그러나 왜곡된 방식으로 드러나는 여성들의 능동성이 어디서 기원하며 어떤 의미가 있는가를 세대나 젠더 경험을 통해 적극적으로 설명하지 않았다. 낸시 에이블먼, 『사회이동과 계급, 그 멜로드라마 : 미국 인류학자가 만난 한국 여성들의 이야기』, 강신표 · 박찬희 옮김, 일조각, 2014.

성이었다. 그 결과만 놓고 보자면 연합군이 일본을 격퇴시키고 소련과 미국이 각각 한반도의 북면과 남면을 군사적으로 점령함으로써 분단 체제가 가동되기 시작한 역사적 기점에 불과한 것처럼 보인다. 그러나 해방기는 제국과 가부장제로부터 이중 구속 상태에 놓인 여성에게 흔치 않게 열린 자유의 시간이었다. 많은 여성들이 해방의 노라를 외치며 가출과 탈향을 시도하는가 하면, 비록 통치자인 미국이 준 선물의 성격을 무시할 수 없지만 여성 정치 단체들이 여성의 성원권을 주장해 공창제 폐지, 가족법 개정, 여성참정권 획득 등의 성과를 얻어내었기 때문이다. 이렇게 볼 때 박경리는 전후를 배경으로 식민지기의 '신여성', 해방기의 '노라', 전후의 '아프레 걸'로 이어지는 여성 주체화의 시간이 재조정되는 국면을 포착하고 있다고 할 수 있다.

"법은 사회적 이익이 있는 정조만을 보호한다"라는 유명한 말을 남긴 한국판 카사노바 '박인수 사건'(1955)[13]이나 가정 부

---

13. 1954년 4월부터 1955년 6월까지 해군 헌병 대위를 사칭한 박인수가 여성을 간음한 혐의로 재판을 받은 사건을 말한다. 박인수는 불과 1년 남짓한 사이에 70여 명의 여성과 관계하였는데 피해 여성들의 상당수인 여대생 대부분 처녀가 아니었다는 주장으로 인해 '순결의 확률이 70분의 1이다'라는 유행어가 생기기도 했다. 1심 법정은 "법은 정숙한 여인의 건전하고 순결한 정조만 보호할 수 있다"고 하면서 혼인빙자간음죄에 대해서 무죄를 선고하고, 공무원 사칭에 대해서만 유죄를 선고했다. 그러나 2심, 3심에서는 유죄가 선고, 1년의 징역형이 확정되었다. 길박세상, 『20세기 여성 사건사』, 여성신문사, 2001.

인의 탈선에 대한 전국민적 분노를 야기한 정비석의 신문 연재소설 『자유부인』(1956) 논쟁은 전후 사회의 재건이 남성이 사회의 주도권을 여성에게서 되찾아오는 젠더 정치였음을 뜻한다. 젠더화된 재건 프로젝트는 해방과 한국전쟁을 경유하며 전통적인 성별 질서가 무너진 데 대한 남성의 불안을 역설한다. 전쟁의 시간 동안 여성은 시장의 상권을 장악하고 남성이 전담해오던 일자리를 위협할 만큼 유능한 경제주체로 성장했기 때문이다. 특히 미국의 경제적, 군사적 원조를 받는 남한 사회는 기지촌의 형성과 양공주의 출현에서 볼 수 있듯이 성적 점령지의 성격이 강했기 때문에 남성들은 몸 판 어머니나 누이에 기생해 살고 있다는 데 한층 수치심을 느낄 수밖에 없었다. 사회의 재건이 남성성 복원을 뜻하는 한 탈식민 민족국가 건설은 식민지 근대와 해방 그리고 전쟁으로 이어지는 격변의 역사 속에서 전통적 질서로부터 이탈한 여성들을 처벌하거나 교정하는 여성 혐오 정치의 부활일 수밖에 없었다. 사회는 여성에게 현모양처의 이상을 제시함으로써 여성의 노동이나 경제활동을 부정적으로 의미화하고, 풍기문란의 프레임을 통해 여성의 섹슈얼리티에 대한 감시 체제를 강화해나갔다.

이러한 전후 사회의 현실은 강현회로 하여금 숨죽이듯 고

요히 삶을 꾸려오게 했다고 짐작할 수 있다. 강현회는 한국 문학사에서 기억될 만큼 순응과는 거리가 먼 반항아다. 가령 그녀는 다방 마돈나를 젠더 역전의 퍼포먼스의 장으로 만드는 놀이에 몰두한다. 마돈나를 싱글 여성이 미모 자본을 팔아 생계비를 버는 비루한 삶의 현장이 아니라 엘리트 여성으로서 좌절된 주체 위치를 회복하는 젠더 역전의 장으로 삼는 것이다. 그녀는 다방의 카운터를 "서울 장안을 굽어보는 감시대"(105쪽) 삼아 손님인 예술가, 지식인, 관공리, 유명 인사, 귀부인들의 행태를 관찰하고, 이들을 "한밑천 잡아보자고 드는 족속들"로 낙인찍는다. 전후 사회에서 다방은 손님의 오피스이자 남성 손님이 아름다운 마담과 레지에 대한 시선의 쾌락을 향유하며 일말의 성적 가능성을 기대하는 공간이다. 다방의 상호가 '마돈나'인 것처럼 손님(남성)들은 마담(여성)에게 모성적 구원과 성적 쾌락을 기대하는 것이다. 따라서 역전된 젠더 놀이는 기실 수치심에 나포되지 않고 그럭저럭 자존심을 챙기기 위한 기만적 전략이라고 할 수 있다. 그녀가 자신이 사생아를 낳았다고 까발리는 것 역시 자신을 향한 모멸의 시선을 쿨하게 되돌려줌으로써 수치의 포로를 면하려는 전략이다. "구제품을 배급받아야 하는 가난한 사람들은 결코 베푸는 사람을 고맙게 생각지 않습니다. 반감과 미움에 가득 차 있죠”(43쪽)라는 발언은 냉소가 자존을 지키기 위한 전략임을 뜻한다. 그만큼 그녀는 자신이 처한 현실과의 대면을 회피해온 것이다.

젊은 시절의 강현회는 ‘정조론’을 비웃으며 자유연애를 추구하는 신여성의 후예였다. 그러나 휴전과 함께 부권이 귀환하자 세상으로 향한 마음의 문을 닫고 사실상 고립을 선택한다. 무의미한 상념에 빠지기 위해 기계적으로 뜨개질을 하는 것으로 비활성화된 삶을 살아간다. 특히 깊은 고독에도 불구하고 무성애자의 삶을 선택하는데, 무성애는 음란함의 낙인이 찍힌 그녀의 자존을 지키기 위한 훌륭한 방어책이 되어왔다고 할 수 있다. 그러나 다방의 손님으로 온 이상현이 무심히 건네는 인사에도 고통을 느낄 정도로 정념은 깨어나, “사랑은 환상”이고 “연애를 생각한다는 것은 굴종”이라며 냉정함을 회복하려는 시도를 번번이 무산시키며 어느새 “안경 저편에 있는 그의 눈 속을 헤”(13쪽)매게 할 만큼 그녀를 뒤흔든다. 그녀는 친해지고 싶다는 상현의 말에 자신은 자존심이 강하기 때문에 그것은 불가능하다고 응답한다. “피차 사는 세계가 다를 적에는 자연히 친해질 수 없을 거예요. (……) 철로처럼 끝까지 합쳐지지 않으니 못 친해지죠”라는 말은 그녀가 상현과 자신의 계급적 차이를 부담스러워하고 있음을 암시한다.

그러나 이상현이 어엿한 가정을 거느린 유부남이라는 사실은 계급적 차이 말고도 사랑을 두려워하는 중요한 이유이다. 사랑은 음란한 여자라는 낙인의 폭력 속으로 그녀를 다시 끌고 들어갈 것이기 때문이다. 그러나 사랑은 냉소의 방어벽을 깨뜨리며 그녀를 사로잡는다. 냉동고처럼 얼어붙은 그녀의 살을 깨워 "격렬한 교감(交感)에 또다시 얼굴이 타고 팔다리가 나른해지"는 정념의 환희에 휩싸이게 한다.

강현회는 두려움에 움츠리지만 마돈나의 여종업원인 광희의 "정조란 것은 아무것도 아니죠?"라는 물음을 계기로, 애정의 윤리는 '정조', 즉 육체의 순결이 아니라 오로지 사랑일 뿐이라고 여겼던 과거의 자신을 기억해낸다. "나는 정조가 아무것도 아닌 것이라 생각했기에 사생아를 낳았어. 그러나 나는 애정은 퍽 귀한 걸로 알고 있다"(108쪽)라는 답변은 가부장적 정조론을 경멸했기 때문에 사회의 질타에도 불구하고 거침없이 사랑했던 그녀의 본래적 자아의 목소리를 담고 있다. 이 답변은 성법(性法)을 통해 섹슈얼리티를 위계화함으로써 혼인 제도 바깥의 여성의 섹슈얼리티를 감시하는 전후 가부장제에 대한 비판마저 함축하고 있다. 이후 그녀는 더 이상 자신을 속이지 않겠다고 결심하며 이상현의 구애를 물리치지 않고 연애를 시작한다. '성법(性法)'을 비웃으며 사랑의 용기로 억압적인 사회를 횡단하고 탈주하고자 하는 것이다. 밀애를 위해 '표류도'로 향하는 기차 장면은 미래가 순탄하지 않을 것임을 짐작케 하지만, 결의 또한 단단하다는 점을 보여준다. 만약 처벌이 신에 의해 마련된다면 자신은 신을 설득시킬 것이고, 인간이 마련한다면 자신의 힘으로 맞서겠다고 다짐하기 때문이다. "당연히 맺어져야 할 우리들이다. 집착인가? 집착이 아니다. 생명인가? 생명도 아니다"(172쪽)라는 서술은 자기의 사랑이 외로운 자의 집착이거나 욕망의 발로가 아니라는 항변이기도 하다. 그녀는 "숫제 인간들이 서식하지 않는 밀림이나 동굴 속 같은, 흔히 표류기(漂流記)에 씌어진 고절(孤節)된 곳"(171쪽)에서 어렵게 사회의 금기를 넘어선다. 강현회의 어머니는 남편에게 버림받았지만 울화와 슬픔 속에서도 수절의 덕을 지켜온 자신에 대한 자부인 양 딸의 밀애를 눈치채고 비난을 퍼붓는다. 그러나 강현회는 "당신의 정절보다 나의 배덕이 훨씬 위대하다"(171쪽)고 마음속으로 항의한다.

나는 '사랑'하지 않겠습니다 : 사랑의 포기와 자존의 추구

표류도로의 여행 이후 강현회는 이상현과 만남을 거듭한다.

그러나 이상현이 윤리를 어겼다는 두려움을 떨쳐내고 안정감을 회복하는 데 반해 강현회는 "육체의 교류라는 것이 여자에게는 굴종을 의미한다"는 서술이 암시하듯이 이상현에 대한 반감을 넘어 적대 의식에 사로잡힌다. 애정이 강해질수록 두 사람 간의 젠더, 계급 그리고 혼인 유무를 둘러싼 차이로 인한 갈등이 불거지면서 종국에 닥칠 불행한 미래를 냉정하게 응시하는 것이다. "우린 서로 발이 땅에 붙어 있지 않아요"(182쪽)라는 강현회의 말은 사랑이 현실적 장애를 초월할 만큼 대단하지 않다는 냉정한 판단을 담고 있다. 두 사람은 강현회가 훗날 우발적 살인을 저질러 수감되는 것을 계기로 저절로 멀어지지만 기실 이별은 강현회의 의지였다. 정명환은 어쩌면 사랑에 소극적으로도 보이는 강현회를 "제도의 터부를 당연한 것으로 받아들이는"(321쪽) 기만적 자아라 칭하며 이 작품이 "폐쇄된 사회 그 자체의 본질과 양상과 그 속에서의 행동의 가능성에 대한 본격적인 성찰에는 미치지 못"(319쪽)했다고 비판한다. 그러나 이러한 평가는 전후 낙인찍힌 섹슈얼리티로서 여성이 겪은 현실에 대한 이해가 부족한 성기고 손쉬운 비판으로, 사랑을 포기하면서까지 자존을 지키고자 하는 여성의 결단에 담긴 저항의 의미를 외면한 것이다.

전후, 즉 한국전쟁이 끝나고 대한민국 형법이 시행된 1953년부터 군사 쿠데타가 발생하기 전인 1960년까지 한국 사회에서는 전쟁미망인의 증가, 생계 불안, 전통 질서의 동요, 미국 문화의 확산, 범죄와 부패의 범람 등으로 인한 사회문제를 주로 성적 문란함이라는 기준을 바탕으로 비정상적인 것 혹은 비국민을 발명해내는 풍기문란의 정치가 이루어졌다.[14] 국가는 간통죄를 쌍벌죄로 규정하는(1953) 것을 시작으로 중혼을 금지하고(1958) 축첩자의 공무원 임용 금지 법률을 제정하는 등 혼외 관계에서 이루어지는 성생활을 처벌해 일부일처제를 강화하는 한편으로 '혼인빙자간음죄' 등을 제정해 개인의 사생활에 형법적으로 개입했다. 국가권력이 겨냥하는 대상은 강현희와 같이 '정상 가족' 바깥의 여성들이었다. 전쟁미망인들을 비롯해 한 가정의 실질적인 가장이었던 여성들은 먹고 살 길이 막막해 첩으로 나서거나 성매매 등 유흥 노동에 종사했기 때문이다. 전쟁미망인 등 여성 가장들은 기실 파국의 위험으로부터 가까스로 일상을 지키고 있었지만 사회를 위협하는 존재로 여겨지면서 영화 등 대중적 재현 서사에서 과잉 섹

14. 본래 풍기문란은 일본의 식민 통치와 밀접한 관련성이 있지만 미군정시대를 거치고 한국전쟁을 경유하면서 강화된다. 권명아는 "일제의 식민 통치 시기에 만들어진 풍속 통제의 원리와 법제, 모형들은 냉전 이데올로기와 결합해 더욱 복합적인 양상으로 전개"되었다는 점에서 "'풍속'이라는 말이 걸어온 역사적 행보를 규명하는 일에는 식민성, 근대성, 또는 파시즘과 민주주의 등의 문제들이 복합적으로 얽혀 있다"고 강조한다. 권명아, 『음란과 혁명—풍기문란의 계보와 정념의 정치학』, 책세상, 2013, 23-24쪽.

슈얼리티의 유혹적인 팜므파탈로 재현되기 시작했다. 사회적 무질서의 원인을 성적 혼란에서 찾고 섹슈얼리티의 위계화를 통해 정상/비정상, 국민/비국민을 가르는 섹슈얼리티의 정치가 본격화된 것이다.

전후 사회에서 불륜은 더 이상 자기 진정성의 윤리를 심문하는 물음이 되지 못했다. 불륜은 타인의 요구에 따라 살 것인가, 아니면 내가 진정으로 바라는 인생을 살 것인가, 공동체의 기대에 부응하는 것과 나의 간절한 소망에 따르는 것 중 어떤 것이 진실한 삶인가라는 딜레마를 던져준다는 점에서 근대문학의 중요한 주제가 될 수 있었다. 불륜을 이상화한다기보다 '신실성'과 '자기 진정성'[15] 중 무엇이 참된 도덕인가를 질문함으로써 내향적 인간의 성찰성을 강화한 것이다. 개인주의와 함께 부상한 '낭만적 사랑'을 통해 알 수 있듯이 근대에 들어 정념의 거처가 가문이 아니라 개인으로 이동하면서 무엇이 참된 삶인가에 대한 질문이 시작된 것이다. 그러나 사생활

15. 근대적 사고에서 나온 자기 진정성은 도덕적 옳고 그름을 구분하는 것이 '마음의 소리', 우리 자신과의 진정한 도덕적 접촉으로부터 나오는데, 이는 추상적인 도덕보다 더 근본적인 자기 자신과의 친밀한 접촉, 즉 기쁨과 만족의 원천을 뜻한다. 사람들은 각기 고유한 척도를 가지고 있고 인간적일 수 있는 자기 나름의 방식이 있기 때문에, 모두에게 부여되는 공동체의 의무는 중요성이 퇴색하고 '나'를 위한 무엇인가가 중요한 의미를 갖게 되었다. 즉 나의 척도에 진실하지 못하면 나는 내 인생의 요점을 잃게 된다. 공동체와 관련 없이 본연의 내면과 접촉할 때에만 나는 진정한 것이다. 이것이 자기 진정성의 도덕적 이상이다.

에 법이 깊숙이 개입해 열정이 관리되면서 개인의 도덕적 자의식이 약화되는 역설적 현상이 벌어진다. 강현회의 여고 동창생인 계영은 상류사회의 도덕적 타락과 기만적 우월감을 비판적으로 가시화하는 인물이다. 계영의 아버지는 금괴 밀수 사건으로 체포되지만 해방이 되자 우국지사로 이력을 위조해 민의원이 되고, 만주군이었던 사위를 군의 준장으로 만들 만큼 공동체의 수난을 이용해 사익을 편취하는 반(反)사회적 속물이다. 그럼에도 불구하고 계영은 강현회가 사생아를 낳았고 다방 마담이고 유부남과 사귄다는 이유로 그녀에 대한 혐오를 숨기지 않는다. 또한 남편의 바람기로 속앓이를 하면서도 법적으로 견고한 가정을 이루고 있다는 이유로 턱없는 도덕적 우월감에 사로잡힌다. 도덕은 선한 의지, 즉 도덕적 법칙에 대한 존경과 선에 대한 내면적 동경에서 비롯되는 자유로운 결단이 아니라 외적 권위에 대한 복종을 뜻하게 된 것이다.[16]

이렇듯 무엇이 도덕인가에 대한 내적 판단 기준조차 상실한 사회에 대한 실망 속에서 박경리는 사랑이 과연 여성을 구

---

16. 도덕은 선한 의지, 즉 도덕적 법칙에 대한 존경과 선에 대한 내면적 동경에서 비롯되는 자유로운 결단이다. 그러나 도덕이 외적 권위에 대한 복종으로 이해되면 도덕은 보상에 대한 기대든 처벌에 대한 두려움이든 생존을 위해 가장 영리한 선택이라는 처세 판단으로 전락할 수 있다. 김상봉, 『호모 에티쿠스 호모 에티쿠스 : 윤리적 인간의 탄생』, 한길사, 1999, 111쪽.

원할 수 있는가에 대해 회의를 표한다. 성의 이중 기준의 가부장제 사회에서 국가법이 향하는 것은 여성의 사생활이기 때문이다. 박정미의 「"음행의 상습 없는 부녀"란 누구인가? : 형법, 포스트식민성, 여성 섹슈얼리티」는 '풍기문란'이라는 발상에 근거한 재건의 정치가 무엇을 의도하였는지에 관한 분석의 실마리를 제공한다. 박정미는 국가가 자존심을 구기고 식민지 형법을 차용하면서까지 만든 개정 헌법에서 '혼인빙자간음죄'의 의미를 "음행의 상습 없는 부녀"를 중심으로 분석한다.[17] '형법요강해설'은 "전통적 미풍에 비추어 부녀의 정조는 재산권은 물론이고 때로는 생명권보다 소중한 것임에도 불구하고 강자의 지위에 있는 자가 약자의 지위에 있는 부녀의 정조를 농락하는 소행에 대하여는 그(것이) 강간이 아닌 이상 아무런 처벌 규칙도 없는 것이 우리 현행 형벌 법규"라고 법 제정의 취지를 기술하고 있다.[18] 이러한 서술은 '혼인빙자간음

---

17. 한국전쟁이 끝나기도 전인 1953년 7월 파괴된 질서를 회복하고 독립국가에 걸맞은 법제를 마련하려는 의도인 듯 법조계는 국가의 체면을 아랑곳하지 않고 식민지 형법을 차용하면서까지 새로운 법률의 초안을 마련한다. 1926-1949년까지 식민 지배자인 일본이 형법의 다양한 문제를 보완하기 위해 마련한 '개정형법가안'에서 '혼인빙자간음죄'(형법 제304조)를 가져와 한국 형법에 도입한 것이다. 박정미, 「"음행의 상습 없는 부녀"란 누구인가? : 형법, 포스트식민성, 여성 섹슈얼리티」, 《사회와역사》 94, 한국사회사학회, 2012, 262-265쪽.

18. 엄상섭, 「형법요강해설」, 《법정》 9-10월호, 신동훈 · 허일태 편, 『효당 엄상섭 형법 논집』, 서울대학교 출판부, 2006. 박정미의 논문에서 재인용. 박정미, 위의 논문, 276쪽.

죄'가 남성의 성적 약탈로부터 여성을 보호하기 위해 제정된 듯한 착각을 불러일으킨다. 그러나 이 법은 정조를 여성의 생명으로 적시했다는 데서 후진성을 드러내는 한편으로, "음행의 상습 없는" 부녀로 보호 대상을 한정함으로써 여성을 성적으로 방종한 여자와 순결한 여자로 이분화하고 국가법이 여성의 음란함을 감시하고 적극적으로 처벌할 것이라는 선언의 의미를 띠고 있다고 할 수 있다.[19]

박경리는 이처럼 국가의 사법적 권력이 여성 시민의 신체의 자유권과 사생활의 권리를 무시한 사회에서 사랑은 순진하고 어리석은 기만이 될 수밖에 없다고 이야기한다. 여성 작가들은 주로 자매나 친구 등 상반된 성격의 여성 짝패 플롯을 통해 성녀와 창녀 외에 제3의 선택지가 없는 여성의 곤궁한 현실을 비판해왔는데, 마돈나의 레지인 광희는 이지적인 강현회의 다른 자아, 즉 순수한 관능을 상징하는 인물이다. 전쟁고아인 그녀는 자신처럼 전쟁의 트라우마를 안은 시인 민기에게 아낌없이 사랑을 쏟아붓는다. 그러나 그녀는 자신의 순진성, 즉 계산하지 않은 사랑으로 인해 결국 민기에게 버림받고 그의 아이를 낙태한다. 낙태 수술 장면은 "짐승과 같은 괴상한

---

19. 일본의 형법 가안이 보호 객체인 부녀에 아무런 제한을 두지 않은 데 반해 한국의 제정 헌법은 "음행의 상습 없는" 부녀로 보호 대상을 한정했다는 것은 주목을 요하는 대목이다.

소리로 운다"는 표현이 암시하듯이 그로테스크하게 묘사됨으로써 사랑의 환상이 여성에게 얼마나 모멸적인 대가를 요구하는지를 폭로한다. 광희는 '마돈나', 즉 사랑의 쾌락을 알지 못하면서 수태와 낙인의 고통만을 안은 전후 여성, 즉 실격당한 주체로서 여성의 현실을 압축적으로 보여주는 표상이다. 이후 광희는 세상과 남자에게 복수하듯 종로 3가의 창녀가 되어 자신을 상품화하지만 성매매 단속으로 감옥에 갇히고 성병에 시달리던 중 자살한다. 박경리는 낙인찍힌 섹슈얼리티의 사회적 위반과 횡단의 가능성을 회의하는 것이다.

마돈나의 레지인 광희의 낙태 수술을 목도한 후 강현회는 히스테리적 착란 속에서 다방 손님인 최 강사를 살해한다. 그가 "여자는 돈과 폭력이면 정복되는 동물"(251쪽)이고, "이런 곳(다방-필자)에 있는 여자는 레이디가 아니"(252쪽)라며 자신을 외국인에게 양도하려 하자 우발적으로 청동 꽃병을 던진 것이다. 이후 강현회가 살인죄로 구속되며 소설의 무대는 감옥과 법정으로 변모한다. 박경리는 감옥에 대한 사실적인 재현을 통해 전후 국가법의 기만을 폭로한다. 그녀와 함께 수감된 여자들—불륜을 통해 생긴 자기 아이를 살해한 어린 여자, 실연의 결과 양공주가 된 늙은 여자, 정사 중 남자가 피를 흘리자 도망친 여자, 함부로 자신을 취한 남편을 죽이려다 미수죄로

잡혀온 첩, 손님과 화대를 시비하다가 붙잡혀 온 광희 등—은 선/악 판단의 이분법을 중지할 만큼 불우한 사연을 가지고 있기 때문이다. 법정은 풍기문란이라는 모호한 이름으로 기실 사회 혼란의 책임을 여성에게 전가하고 가여운 여자들을 처벌하고 있는 것이다.[20] 강현회의 죄에 대한 판결이 이루어지는 법정 장면은 형법이 의도하는 것이 죄와 벌의 무게를 측정해 사회를 공정하게 유지하는 것이라기보다 부권의 회복을 기도하는 것임을 보여준다.

강현회는 "약한 위치에 서 있는 피고가 아무 잘못 없이 짓밟힌 가엾은 정상"에 대한 재판장의 관대한 처분의 결과 2년형을 받는다. 법정은 "여성에게는 정조가 생명과 다를 바 없이 귀중한 것"인데, "창부가 아님에도 불구하고 임의로 제삼자에게 구두 매매함으로써 개인의 이득을 얻고자 하는 비열에 대한 피고의 폭력 행위"는 자신의 정조=생명을 지키려는 것이기에 정당방위라는 강현회 변호사의 주장을 수용해 그녀에게

---

20. 근대국가는 민법을 통해 법률적으로 정치사회와 구별되는 가정 사회 개념을 확립시켰는데, 전자가 계약을 통해 성립한다면 후자는 자연적 질서를 통해 움직여지는 사회로 여겨졌다. 가정 사회, 즉 가족은 시민사회와 별도의 원칙에 의해 운영되는 곳으로 부계 혈연과 부권 중심의 가부장적 제도를 특질로 한다. 이로 인해 근대사회는 남녀의 가족적 신분을 차등적으로 규정짓는 성(性) 신분의 위계질서를 바탕으로 존립하게 된다. 가족에 존재하는 성 신분적 봉건 구조는 시민사회에서 여성이 남성과 대등한 시민의 자격을 갖지 못하게 하는 전제 조건이다. 이영자, 『시민사회와 성의 정치학』, 《현상과인식》 24(1·2), 2000, 43-45쪽.

관용을 보인다. 사실상 법정은 정의를 구현했다기보다 여성이라는 신체적 차이를 온전히 시민적 성원권을 가질 수 없는 결여 혹은 결핍으로 위치 지어 자율적인 개인으로서의 주체 위치를 박탈하는 젠더 정치가 펼쳐지는 장이라고 할 수 있다. 강현회는 기실 히스테리컬한 여성 반항아이지만 반복적으로 약자 혹은 피해자로 묘사되며, 사생아를 낳은 전력이 있는 다방마담이라는 이력은 "비록 불미스러운 이성 관계가 있었지만 진실한 생활자"(284쪽)로 온정주의적으로 재해석됨으로써 해방과 전쟁으로 인해 전통적 여성성으로부터 이탈한 여성에 대한 길들이기가 시도되는 것이다. 강현회가 최 강사에게 표출한 폭력은 자기 존엄에 대한 여성적 자의식의 표현이지만, 법정은 그것을 여성에게 정조는 생명 이상으로 중요함을 보여준 증거로 왜곡함으로써 여성의 자기 신체에 대한 자유권, 즉 성적 자기 결정권을 사실상 무효화한 것이다.

이렇듯 가혹하기만 한 사회적 현실에 대한 박경리의 대응은 지나치게 수세적이고 또 보수적으로도 보인다. 작가는 출옥하는 강현회에게 딸 '훈아'의 죽음이라는 강도 높은 시련을 안겨주고 있기 때문이다. 딸을 잃은 후 수예점을 열어 마치 죄수가 노역을 하듯 쉬지 않고 뜨개질을 하는 강현회의 모습은 바람난 어미에 대한 처벌처럼 읽혀진다. 그러나 그것은 강현회 자신의 자발적 선택에 근거를 둔 자기 처벌이라는 점에서 가부장적 텍스트의 클리셰로서 규범을 이탈한 여성에 대한 심판과 다른 성격을 갖는다. 흥미로운 것은 그녀가 이상현과 이별하고 김 선생에게 결혼을 제의한다는 것이다. 그녀의 정념은 이상주의자인 이상현을 향하지만 살고자 하는 의지는 김 선생(김환규)을 향한다는 점에서 두 남자는 각각 이상과 현실을 상징한다. "나는 강인한 채찍으로 내 마음을 후려쳤다. 나를 현실에 적응시켜야 한다. 내 생명이 있기 위하여 나를 변혁시켜야 한다."(314쪽)라는 서술은 결혼이 극한의 절망 속에서 위태로운 자기를 지켜 삶으로 나아가기 위한 안간힘임을 의미한다. 이상주의로는 삶을 지킬 수 없기 때문에 이상현을 버리고 현실주의자인 김 선생을 선택하려는 것이다. 그러나 '김 선생'과의 결혼이 애정이 결여된 기계장치 같은 것이 되리라고 예단할 수는 없다.

김 선생은 인간은 각자 자신의 고독을 짊어진 섬, 즉 개체이지만 "섬은 자기의 의지대로 움직여야 합니다"라고 할 만큼 개체의 자유나 능동성을 중시하는 인물이다. 그에게 사랑은 인연이나 신비가 아니라 죽음 직전까지 표류할 수 있는 섬들이 삶으로 가까이 가게 만드는 에너지이다. 그는 "애정보다 마음이 맞는다는 것, 생각이 같다는 것, 헤치고 나갈 세계가 같다는 것, 그런 점이 둘을 결합시켜줄 것입니다. 상현이는 감정의 대상이요, 찬수는 지성의 대상이요, 환규는 의지의 대상입니다. 의지는 마지막의 인간의 가능성입니다"(314쪽)라는 말로 강현회의 프러포즈에 응답한다. 그는 오랜 시간 지켜보며 강현회를 후원할 만큼 그녀를 은밀히 짝사랑해왔다고도 할 수 있다. 이 소설은 기실 뜨거운 정념이나 로맨틱한 신비를 결여하고 있지만 오랜 시간 서로를 지켜보고 인간적 호감을 품어온 남녀가 결혼에 이르는 이야기인 것이다. 박경리는 톨스토이의 『안나 카레니나』나 『부활』 같은 고전들이 사랑의 운명적 비극을 미화하며 기실 여성의 수난을 방조해왔다고 은밀히 꼬집으며 사랑은 어디까지나 삶과 양립하는 것이어야 함을 강조한다.[21] 개인의 열정을 관리하려는 가부장적 국가의 기획

---

21. 강현회는 이상현을 사랑하고 그와 마찬가지로 이상주의자이지만, 두 사람의 관계에는 미묘한 균열이 드리워져 있다. 가령 함께 『부활』을 보고 난 후 강현회는 감동하기보다 유배지를 향하는 카츄샤의 비극적인 모습을 쉬이 지우지 못한다. 표류도로 향하는 여정에서 이상현은 윤리를 어긴다는 두려움 속에서 자기를 설득하려는 듯 사랑 때문에 아버지를 죽이고 아버지의 여자를 가로챈 남자에 대해 이야기하며 "죄의식과 세상 밖에 밀려 나온 고독 속에서도 어쩔 수 없었던 그들의 애정"(171쪽)을 옹호하지만 강현회는 크게 공감하지 못하며 불현듯 카츄샤를 떠올린다. 위반의 사랑에 대한 남성과 다른 여성의 입장 차를 드러내는 것이다. 명문가에서 태어나 아버지의 결정으로 애정 없는 결혼 생활을 해온 모범생인 이상현에게 강현회는 자기 안에 잠재된 반항적 자아, 즉 위반의 욕망을 일깨우기 때문에 매혹적인 대상이다. 기실 그는 다방 일을 그만두라고 재촉하는 등 써발턴으로서 강현회의 주체성을 용인하지 못한다. 강현회가 이상현과의 이별을 결심한 것은 그가 자신을 '상간녀'가 아니라 어엿한 부인으로 앉혀줄 것이라는 확신이 없어서가 아니다. 계급적으로나 문화적으로 우월한 위치에 서 있는 그와의 결혼에서 자존, 즉 자기를 잃어버리는 것을 두려워한다고 하는 게 더 정확한 진단이 될 것이다.

에 동조하는 것이 아니라 여성의 생명과 자존을 지켜줄 수 있는 사랑을 옹호하는 것이다. 『붉은 사랑』을 꿈꾸던 신여성 강현회는 전후 여성 혐오의 사회에서 죽음 혹은 파국을 향하지 않으면서도 자기 자신의 존엄을 포기하지 않는 사랑의 비전을 통해 살아남은 여성이 되고자 한 것이다.

결론

이 글은 박경리의 『표류도』를 로맨스가 미디어의 문화 상품이자 성차별적인 여성 교양의 일종이었던 1950년대 후반의 한국 사회에서 여성의 자기표현과 발견의 서사로 재전유한 사례로 주목하고자 했다. 박경리는 1950년대라는 한국 근대의 기원적 시공간을 배경으로 식민지기의 '신여성', 해방기의 '노라', 전후의 '아프레 걸'로 이어지는 여성 주체의 역사가 로맨스 담론을 통해 급격히 재조정되는 국면을 포착하는 한편으로 여자의 성숙에 대한 매우 복잡하면서도 성찰적인 이야기를 완성했다. 박경리는 가부장적인 문단 환경에서 작가로서 자신의 생존을 도모하면서도 여성 독자를 견인하며 페미니스트 글쓰기의 지평을 넓혔다. 많은 작가들이 납북되거나 월북해 작가 기근에 시달린 전후 문단에서 여성 작가들은 다양한 공모 제도를 통해 데뷔해 식민지기 여성 문인에 비견할 수 없을 만큼 다수를 차지하며 활발하게 작품 활동을 했다. 그러나 여성 작가들은 '규수 작가'로 호명됨으로써 비문학 매체에서 주로 여성 독자를 대상으로 한 로맨스 소설을 창작하는 한편으로 글쓰기의 여성적 규범을 요구받는 등 표현의 자유를 누릴 수 없었다. 가부장제의 귀환 국면 속에서 사적 영역에 고립되며 사랑의 사제로 호명되기 시작한 여성 독자들에게 『표류도』는 익숙하면서도 이질적인 텍스트였을 것이다. 박경리는 젠더화된 로맨스를 여성 교양 형성의 계기가 아니라 여성의 각성과 성숙의 무대로 재의미화함으로써 여성 글쓰기의 대안을 제시하고 성찰적 주체로서 여성 독자를 재창조했다고 할 수 있다.

제9장

2000년대 이후, 우리들이 사랑하는 춘향

—

작자미상, 『춘향전』

이 글은 류진희, 「사랑하는 춘향, 변이하는 감정—2000년대 이후 대중매체에서의 『춘향전』 변용을 중심으로」(《한국학연구》 53집, 인하대학교 한국학연구소, 2019년 5월)를 기반으로 작성됐음을 밝힌다.

류진희

건국대 글로컬캠퍼스 교양대학 조교수

성균관대 동아시아학과에서 한국문학을 전공했다. 탈식민 서사, 장르, 매체를 횡단하는 여성들의 목소리에 관심 있다. 『양성평등에 반대한다』 『소녀들』 『그런 남자는 없다』 『문학을 부수는 문학들』 등을 같이 썼다.

한국인이 가장 사랑하는 러브 스토리, 『춘향전』

『춘향전』은 한국인이 가장 사랑하는 러브 스토리이다. 그러나 이 이야기에서 읽어낼 수 있는 것은 남녀상열지사(男女相悅之詞)만이 아니다. 『춘향전』은 사랑과 그를 둘러싼 사회적 조건을 역동적으로 볼 수 있는 텍스트이다. 최근 '페미니즘 리부트 혹은 대중화' 국면에서 사회적 모순이 응집하는 카테고리로 성(性)이 꼽히고 있다.[1] 사랑 역시 이데올로기의 하나로서 비

---

1. 전 세계적인 '#미투' 국면에서 다시 '위력'에 대한 인식이 '성인지 감수성'으로 문제시되고 있다. 이 배경에서 한채윤은 춘향에게 필요했던 것은 정조가 아니라 성적 자기 결정권이라고 했다. 인간의 존엄과 행복 추구를 방해받는, 자기 의사에 반한 성적 행위에 항거할 수 있는 사회적 제반 조건이 마련되었는지를 심문해야 한다는 것이다. 한채윤, 「춘향에겐 성적 자기 결정권이 필요했다」, 『미투의 정치학』, 교양인, 2019, 111-145쪽.

판적으로 사유되고 있다. 이러한 때에 이 글은 여성으로서 춘향이 사랑이라는 감정을 통해 어떻게 사회 문화적인 제약에 대항하는지, 또 어떤 수행성을 발휘할 수 있었는지를 드러내고자 한다.

『춘향전』이 세기를 넘어 끊임없이 다양하게 변용될 수 있었던 까닭은 무엇일까. 그것은 권력이 만들어낸 사회적 의미망 속에서도 언제나 사랑이라는 감정이 다시 그 관계를 탈구축해내는 역동적 힘이 될 수 있음을 감각하게 하기 때문이다. 사랑은 개인적 감정이면서 동시에 그 사회의 문화적 토대들과 깊이 연루되어 있다. 이 상호 관계는 시대마다 다른 요소들로 연쇄적으로 구조화되는 과정 중에 있다.[2] 그렇기 때문에 춘향의 이야기는 수 세기를 넘나들며 판소리 등으로 구연(口演)됐다. 그리고 다시 필사본과 인쇄본, 영화와 연극, 드라마와 애니메이션, 최근 웹서사에 이르기까지, 매체를 달리하면서 지속적으로 변화무쌍하게 산포되는 것이다.

그렇다고 했을 때 『춘향전』은 식민지, 해방, 전쟁 등 탈/식민 근대로의 이행 과정에서 사랑과 제도에 대한 가장 대중적인 감각을 주조해왔던 텍스트라고 할 만하다. 그러나 모두가

---

2. 이명호, 「감정의 문화정치」, 『감정의 지도 그리기—근대/후기 근대의 문학과 감정 읽기』, 소명, 2015, 5-35쪽.

다 안다고 생각하는 춘향은 특정 시대와 일정 맥락에서 매번 달라지는 인물이었다. 따라서 이 글은 먼저 이 사랑하는 춘향을 둘러싼 20세기의 문화적 맥락을 탐색해보려고 한다. 여기에 더해 새 밀레니엄인 21세기 신자유주의의 급진전에서 다시 우리 시대의 새로운 춘향이 어떻게 등장했는지를 조명할 것이다. 그래야 2015년 메갈리아의 등장과 2016년 강남역 살인 사건 이후, 현재 성 전쟁(sex war) 시대에 사랑의 의의를 다시 어떻게 마련할지, 그 실마리를 찾을 수 있기 때문이다.

20세기 『춘향전』 변천사,
조선적인 것과 계급적인 것 사이에서

춘향의 이야기가 언제부터 전해졌는지, 그 기원에 대한 의견은 분분하다. 대체로 임진왜란과 병자호란의 양난(兩亂)을 겪은 후, 흔들리는 구질서를 배경으로 사회적 억압에 맞서 등장했다고 한다. 현대적 관점에서 이 이야기는 여성의 '정절(貞節)'을 지켰다기보다, 불굴의 사랑을 완성한 것으로 이해된다. 오랫동안 『춘향전』이 사랑을 받은 이유는 전복적 에너지로서 사랑을 가감 없이 드러냈기 때문이다. 주인공 성춘향과 이몽룡은 '이팔청춘' 열여섯에 불과하지만, 이들이 나누는 사랑은 농염하다. 무람없는 성적 표현을 포함해, 주인공들의 직진하는 사랑은 가부장적 지배 체제가 내세우는 성 규범을 내파해버린다.

물론 이보다 더 극적인 장치는 이몽룡과 성춘향이 사대부가의 자제와 기생 집안의 여식이라는 좁혀질 수 없는 신분의 차이를 가진다는 것이다. 비록 춘향을 열녀로 찬탄하고, 결국 그를 '정렬부인(貞烈夫人)'으로 봉하는 신분 상승이 해피엔딩으로 내세워지지만, 이 이야기의 재미는 분명 당대의 법(法)조차 거스르는 파격적인 사랑에 있다. 그 유명한 "이리 오너라 업고 놀자. 사랑, 사랑, 사랑 내 사랑이여"라는 '사랑가' 대목을 특유의 음률과 리듬으로 모두 읽어낼 수 있듯 말이다. 강조컨대 춘향은 전통이라 불리는 젠더화된 가치들을 그대로 답습하지 않고, 사또의 위력에는 저항해도 도령과의 사랑에는 늘 용감한, 매 시기마다 거듭 새로운 여성이다.

『춘향전』은 이제까지 전해진 이본만 해도 300여 종이 훌쩍 넘는다. 크게 『별춘향전』 계열과 『남원고사』 계열로 나뉘는데, 전자에는 대부분의 필사본과 완판 30장본, 33장본, 84장본 목판본이 있다. 후자에는 파리 동양어학교와 일본 동양문고본, 그리고 도쿄대학본 필사본을 비롯해 경판 35본, 30장본, 23장본,

17장본, 16장본 목판본이 속한다고 알려져 있다. 이 중 19세기 이본으로 완판 84장본 『열녀춘향수절가』(이하 『열녀춘향』)와 경판 30장 『춘향전』이 지금까지 가장 널리 읽히고 있다.[3] 이 두 버전에서 어머니는 퇴기(退妓) 월매로 동일하다. 그러나 춘향의 신분을 높은 관직인 '참판의 서녀(庶女)', 혹은 천민 신분에서 벗어난 '대비정속(代婢定屬)한 기생' 중 어느 쪽에서 강조하느냐에 따라, 전체 작품의 정조가 달라진다.

예를 들어 『열녀춘향』에서 아버지 쪽 양반 출신이 강조될 때, 춘향은 선녀가 청학을 타고 내려왔다며 귀하게 그려진다. 시종일관 춘향이 양반 여성과 다를 바 없다며 애달피 수절하는 그의 모습이 더욱 강조된다. 대조적으로 경판 『춘향전』의 춘향은 사랑을 맹세하는 몽룡에게 말만으로는 믿지 못하겠다며, 사랑을 증빙하는 '불망기(不忘記)'를 요구한다. 이 기생의 외동딸 춘향은 당돌하고 전략적이다. 압도적으로 많은 이본들은 몽룡이 직접 적은 맹세의 수기(手記)를 드라마틱하게 활용한다. 문서가 법적 효력을 가지지 못할지라도, 이 연인들이 상징적으로 독립적이며 평등한 법적 주체임을 웅변한다. 아니나 다를까 『열녀춘향』과 『춘향전』의 두 춘향은 모두 변사또의 수

3. 송성욱, 「『춘향전』 바로 읽기」, 『춘향전』, 민음사, 2004. 참조.

청 요구를 단박에 거절한다.

이들은 모두 "일부종사(一夫從事)를 바라오니 분부 시행 못 하겠소"나 "만일 나라가 불행하여 어려운 때를 당하오면 사또께서는 도둑에게 굴복하시리이까"라며 충효와 정절을 나란히 놓고 지배적 언어를 활용하는 데 주저함이 없다.[4] 여기에서 이몽룡은 『열녀춘향』에서는 이별할 때 양반 자식이 부모 따라 지방에 갔다가 어린 나이에 첩을 얻었다면 과거도 벼슬도 못 한다고 볼멘소리를 한다. 제 출세를 위해 춘향을 돌보지 않는 듯도 한데, 이는 『춘향전』에서 거울을 선물하며 변치 않는 장부의 떳떳한 마음을 고백하는 그와는 다른 모습이다. 이렇듯 『춘향전』은 시대를 가로지르는 불멸의 스토리로 당대 법과 사랑을 둘러싼 규범과 가치관, 또 그에 대한 저항을 다양하게 보여준다.

그렇다고 했을 때, 검열로 정치적인 것을 발언하는 자체가 금지됐던 식민지기 내내, 널리 읽혔던 이야기 중 하나가 이해조의 『옥중화』(1912)를 비롯해서 『춘향전』의 이본들이었음도

---

4. 조선시대의 『대명률』에 따르면, 관원인 변학도가 기생의 딸인 춘향에게 수청을 요구하는 것뿐 아니라 이몽룡처럼 관원의 자손이 기생의 집에 유숙하는 것 역시도 부기되어야 할 죄과였다. 춘향전에 드러난 실정법의 양상과 그를 뛰어넘는 법의식에 대해서는 김종철, 「『춘향전』에서의 법과 사랑」, 《고전문학과 교육》 38, 한국고전문학교육학회, 175-200쪽; 오수창, 「조선의 통치 체제와 춘향전의 역사적 성취」, 《역사비평》, 역사비평사, 2012년 5월 341-372쪽.

놀랍지 않다.[5] 그리고 사랑가를 비롯해서 노골적 초야에 대한 서술들이 약해지고, 조선 민족의 일치단결이 신분에 따른 반목보다 먼저 주장되는 것이다.[6] 그리고 이때 춘향이 민족적인 것의 상징으로 조선의 메타포가 되어,[7] 가상이 아닌 실존하는 인물로 화하게 된다. 때문에 1920년대에 남한의 광한루원에 춘향 사당이 세워지고, 1931년에 '만고열녀춘향사(萬古烈女春香祠)'라는 현판에 김은호가 그린 춘향의 영정이 걸리기도 했다.

그러나 해방 후 춘향의 이야기는 조선의 상징으로서가 아니라, 탈식민의 추동에 의해 해방되어야할 새로운 성과 계급으로 그 이해의 초점이 옮겨 가게 된다. 춘향을 둘러싼 긴박한 당대성은 예를 들어 1946년 1월 1일, 국악원이 제1회 공연으로 창극 〈춘향전〉을 올렸다는 데에서 알 수 있다. 또한 1948년 10월, 국악원 설립 시 분기해 나온 박녹주를 비롯해 여성 창

---

5. 1910년대 영웅 전기와 비분강개 민족 서적을 중심으로 출판이 활발하다가, 검열이 시작된 후 《매일신보》를 제외하고는 대부분 구소설들이 그 대종을 이루게 된다. 3·1 운동 후 사이토 총독의 문화정치 표방에 따라 출판물이 증가했고, 이때도 전통적 연애소설과 족보, 특히 『춘향전』 등 구소설이 7, 8만 부 인쇄의 위엄을 떨쳤다고도 한다. 「최근 19년간 조선출판물 추이」, 《동아일보》, 1928년 7월 17일; 「경성 중심 출판 매월 6,700건, 상해서 오는 비판(秘版)도 다수」, 《조선일보》, 1928년 12월 21일; 「신문잡지 현상(現狀)과 과거」, 《동아일보》, 1930년 4월 4일.
6. 김재국, 「『춘향전』의 현재적 변용양상에 대한 연구」, 《현대소설연구》 13, 한국현대소설학회, 2000, 299-316쪽.
7. 양근애, 「1930년대 전통의 재발견과 연극 춘향전」, 《공연문화연구》 16, 한국공연문화학회, 2008, 144-175쪽.

극인들이 설립한 여성국악동호회도 결성 기념으로 〈옥중화〉를 공연하기도 했다.[8] 대체로 우리 조상의 여성이 봉건적 도덕관념에서 춘향이나 심청이처럼 살아왔더라도, 해방기 급진적 사회 조류에 맞춰 하나의 완전히 독립된 개성을 가진 현대 여성이 되어야 한다는 주지였다. 한낱 염정소설로 봉건적 정조관념에만 치중하는 엽기적 스토리로는 가련한 노예로 춘향을 만들어놓을 뿐이며, 사또의 횡포와 추태에 사람들이 반항하는 풍자적이고 혁명적인 성격이 죽어버린다고 했다.[9]

한편으로 전후 1950년대 후반부터 1960년대까지는 『춘향전』 각색 영화의 전성기였다. 1955년 이규환의 〈춘향전〉은 2개월 동안 거의 12만 명의 서울 인구가 관람하여, 영화 부흥의 서막을 알렸다. 1961년에는 당대 최고의 배우인 김지미와 최은희가 등판한 두 〈춘향전〉 영화가 나와서 경쟁을 하기도 했다. 1971년 문희 주연의 〈춘향전〉은 이어령이 각색하기도 했었다.[10] 그중 1949년에 발표됐던 이주홍의 극본 〈탈선춘향전〉

---

8. 「여성국악동호회결성기념대공연」, 《동아일보》, 1948년 10월 26일. 여성국악동호회는 최근 수행하는 젠더로 남성성 연구에서 활발하게 주목되는 여성국극의 계보의 가장 앞에 놓이는 단체이다. 1950년대 국극의 스타 임춘행이 바로 이 첫 공연에서 이도령 역할을 맡았다. 그리고 연이어 1949년 2월 유엔위원단 환영 공연으로 두 번째 작품 〈햇님과 달님〉을 올렸다. 그 전해 1948년 16-20일에 있었던 유엔 환영 기념공연도 전국문화단체총연합회에서 유치진의 극본으로 극예술협회가 출연했던 오페라 〈대춘향전〉이었다.

9. 조연현, 「조선여성론」, 《부인》 2, 1946년 5월 ; 김영건, 「역사문학의 봉건적 성격 — 특히, 여성관에 대하여」, 《문학》 2, 1946년 11월.

은 1960년에 재차 영화로도 연출되는데, 여기에서 춘향은 괄괄하고 당찬 여성으로 그려진다. 이때 춘향은 권력 자체에 대한 강렬한 적대를 드러내며, 이도령에게도 시대에 뒤떨어진 양반 행세를 지적한다.[11] 한편으로 이때부터 군사정권의 국민정서 순화라는 통치 목적에 따라, 남원시 단위에서 대대적으로 춘향제를 치르기 시작했다.[12]

이렇듯 다른 문화권의 러브 스토리와 달리 춘향전은 주인공과 그와 연루되는 인물들의 신분을 다양하게 배치하면서 성과 계급, 민족과 국민을 교차하는 이야기를 끊임없이 만들어냈다. 여기에서 여성에 대한 소유를 결정하는 가부장적 정조(貞操)뿐 아니라, 성적 자기 결정권의 주장을 예감하는 여성 주체의 선택, 저항, 협상 등 행위성을 읽어낼 수도 있다. 이들의 전략은 시대마다 기존 질서를 조직하는 동시에 심문하는 효과를 가진다. 이제 살펴볼 것은 '지금-여기'와 관련하여,

---

10. 1923년 일본인 하야가와 고슈에 의해 첫 번째 민간 제작 극영화로 만들어진 후, 20편이 넘는 〈춘향전〉이 스크린에 올려졌다. 권순긍, 「고전소설의 영화화—1960년대 이후 〈춘향전〉 영화를 중심으로」, 《고소설연구》 23, 한국고소설학회, 2007, 177-205쪽.

11. 김남석, 「1940~50년대 『탈선춘향전』의 변모 과정 연구—이주홍의 원작 희곡과 각색 시나리오 『탈선춘향전』을 중심으로」, 《한국문학이론과 비평》 61, 한국문학이론과 비평학회, 2013년 12월, 5-26쪽.

12. 춘향이라는 향토문화가 국가의 문화 정책에 포용되는 순간이었는데, 이때 실제 춘향을 뽑는 대회까지 만들어지고 이후 춘향문화선양회까지 조직되는 것이다. 유목화, 「춘향의 이미지 생산과 문화적 정립—남원 춘향제를 중심으로」, 《실천민속학연구》 19, 실천민속학회, 2012년 5월, 5-33쪽.

2000년대 이후 급진전하는 초국가적 신자유주의 맥락에서 춘향에 대한 이야기가 어떻게 다시 패러디되는가 하는 것이다.

신자유주의 시대, 사랑하는 춘향들

1970년대 이후 급속한 산업화의 전개와 그에 따른 고도성장기에 춘향의 사랑 이야기는 이 시기 흥했던 호스티스 서사에 비하면 큰 인기를 누리지는 못했다. 만나고 이별하고 고난 끝에 재회하는 익숙한 서사적 틀을 더 이상 향유할 수 없는 자본주의적 변환이 일어났기 때문이다. 실제로 한동안 『춘향전』은 1970년대 할리우드 영화를 비롯한 서구 영화의 수용에 따라 예전과 같은 관객 동원에 이르지는 못했다고 한다. 그리고 1987년 이후 2000년까지는 춘향을 다룬 한 편의 극영화도 개봉되지 않았다고 조사된다.[13] 그리고 오랜 침묵을 깨고 2000년대 새 밀레니엄을 열며 한국적 문화 표상의 하나로 춘향이 다시 등장하는데, 바로 임권택의 영화 〈춘향뎐〉(2000)에서였다. 한국 영화 최초로 100만 관객을 달성했던 〈서편제〉(1993)

13. 영화 목록은 권순긍, 앞의 글, 182쪽.

에서 판소리의 소멸을 탈식민의 역사와 겹쳐 읽은 데 이어, 이 영화는 판소리라는 이야기 틀에 이미지를 소리와 맞추는 시도를 했다.

먼저 형식적으로 이 영화는 현대에서 고전으로 들어가는 극중극 형식을 취한다. 첫 장면에서 과 점퍼를 입은 대학생들이 단체로 다섯 시간에 이르는 인간문화재 조상현의 동편제 춘향전을 별 기대 없이 봤다가 점점 빠져든다. 이는 감독 임권택의 실제 체험에서 기인하는데, 〈서편제〉를 준비할 때 〈춘향전〉 완창을 듣고 소리의 감동을 그림으로 지지해야겠다고 생각했던 것이다.[14] 그는 새 밀레니엄 시대에 "한국의 아름다움을 〈춘향전〉에 담아 지구촌이라는 큰 꽃밭을 아름답게 가꾸는 데 보탬이 된다면 그것으로 됐다"[15]고 했다. 이는 IMF 금융 위기 이후 폭주하는 신자유주의에 대한 문화적 반격이기도 했다. 춘향의 이야기는 설화에 기반한 고소설 중 가장 널리 변용됐던 것이다. 그렇기에 스크린 쿼터 완화 혹은 철폐 논의 속에서 문화적 주권과 관련된 맥락에서 대안으로 받아들여질 만했다.

---

14. 박우성, 「판소리 사설에서 영화로의 매체 변용 양상 연구—〈춘향뎐〉(임권택, 2000)의 '방자-시퀀스' 분석」, 《한민족문화연구》 54, 한민족문화학회, 2016, 393-424쪽.

15. 「〈춘향뎐〉 만드는 임권택 감독 "서편제 제작 때 착상 '그녀의 용기'에 주목"」, 《동아일보》, 1999년 1월 9일.

또한 내용적으로 이 영화는 1990년대에 초국적 환경에서 국제적 표준을 요구했던 독자적 여성운동에 대한 일종의 대응이기도 했다. 이때는 1995년 북경세계여성대회에서 국제 규범으로서 성 주류화(gender mainstreaming)에 대한 공통 인식과 실천을 공식화했던 직후였다. 감독은 "지구촌 시대가 온다는데 왜 극동의 고전인가"라는 질문에, "한 인간이 자신을 지키기 위해 목을 걸고 대들 수 있는 장렬한 용기, 그것이 지금 우리에게 있는지를 묻고 싶다"고 대답했다. 여기에서 춘향은 "서세동점의 노도에 밀려 시작된 20세기로부터 21세기로 함께 건너갈 동반자"로 주장된다. 급속한 체제 변화에 대항하는 문화적 정수를 젠더화된 가치로 내세우는 시도는 어느 때나 회귀한다. 그러나 이때 춘향은 "도령에게 정절을 바치는 열녀 춘향의 유교적 미덕"뿐 아니라, "권력을 가진 자들의 포악성과 거대한 틀에 맞서 자신을 부숴가며 싸우는 한 여자 이야기"로도 강조된다.[16]

이러한 결합, 즉 전통적이면서도, 동시에 현대적인 여성이 어떻게 가능할까. 이는 다시 춘향의 역할을 누가 맡을 것인가로 연결됐다. 당시 〈춘향뎐〉 주인공 선발 과정에 언론의 비상

---

16. 「21세기를 준비하는 사람들 영화감독 임권택 씨 새로움에의 도전이 사는 이유」, 《한겨레》, 1999년 1월 11일.

한 주목이 계속됐다. 춘향 역에는 당시 성인이 되지 않은, 춘향의 나이와 정확히 일치하는 16세의 신인 배우가 뽑혔다. 그가 "정절을 지키는 춘향의 곧은 면과 현대 젊은이들이 좋아할 만한 매력을 두루 지녀" 뽑혔다고 했다.[17] 이팔청춘 남녀상열지사를 청소년 보호법 시행 직후 그대로 적용하는 것은 동양적 외모에 섹슈얼한 실천을 강조하는 것만큼이나 모순이었다. 아니나 다를까 〈춘향뎐〉은 이제까지 춘향을 다룬 대중매체에서 기피했던 첫날밤 장면을 노골적이고 파격적으로 연출했다.[18] 이때 감독이 요구한 것이 바로 '기생다워야 한다는 것, 즉 섹스어필하여 관능적인 사랑의 경험' 가능이었다.

그러나 여성의 섹슈얼리티를 전면에 내세워 현대적인 것을 간취하려는 의도는 이제 18세 이상의 미성년이 아니라 '19금'의 보호되어야 할 청소년이 제기될 때 단박에 문제가 된다. 이는 전통의 현대화라는 영화의 시도보다 실제 입안된 법적 구속력이 강할 수 있음을 의미한다. 실제로 청소년보호위원회는

---

17. 「임권택 감독 〈춘향뎐〉 주인공 선발」, 《한겨레》, 1999년 3월 5일. 1998년 12월 "21세기 춘향과 몽룡을 찾습니다! 춘향과 몽룡은 10대에 불멸의 사랑을 했고 당신은 10대에 최고의 스타가 된다"라고 광고가 났고, 이때 응모 자격은 만 16세에서 만 20세 사이의 남녀였다.

18. 16세 춘향의 20세기 마지막 탄생을 앞두고, 청순가련한 춘향에서 지조가 강한 현모양처, 그리고 발랄하고 경쾌한 성격을 가진 춘향까지 그 스펙트럼이 정리되기도 했다. 「춘향 우리들의 영원한 연인」, 《동아일보》, 1999년 3월 8일; 「춘향의 영화사 다시 우리 앞에 선 누이 같은 연인」, 《한겨레》, 1999년 3월 11일.

영리 또는 흥행의 목적으로 청소년에게 음란한 행위를 하게 하는 행위를 금지한다는 청소년보호법 26조 2항을 내세웠다. 즉 여성 청소년의 가슴 노출과 정사 장면이 영화에 이용됐다고 고발을 검토하고 있다는 입장을 내비쳤던 것이다.[19] 감독은 군사정권 때도 없던 검열이라고 항의했지만, 이는 억압의 대상으로 이적성이 단순히 유해성으로 바뀌었을 뿐만은 아니었다. 오히려 성 규범을 둘러싼 정상성이 새로이 창출되는 과정에서 규제의 대상으로서 청소년이 새로이 성인에 대비해 등장했던 것이다. 이것이 바로 〈춘향뎐〉의 사례에 적용됐던 것이다.[20]

그러나 여기에서 중요한 것은 청소년의 정의가 창출되고, 성 규범이 설정되는 과정에서 10대 여성의 섹슈얼리티를 둘러싼 심도 깊은 논의는 진척되지 못한다는 사실이었다. 이렇듯 사랑이라는 친밀성과 법과 제도에서 일어나는 변동까지를 고려하자면, 〈춘향뎐〉의 마지막도 의미심장하다. 이 영화

---

19. 〈춘향뎐〉의 경우 곧 청소년보호위원회가 '높은 예술성'을 인정하며, "처음 거론되는 사례인 점을 감안해" 고발을 하지 않겠다는 발표문을 냈다. 그러나 영화 〈꽃잎〉 등 청소년의 신체 특정 부위가 노출되는 것을 어떻게 다뤄야 할지 새로운 고민이 시작됐다. 「이번엔 〈춘향뎐〉 논란」, 《한겨레》, 2000년 2월 3일.

20. 청소년 보호법은 1997년 제정 · 공포된 데 이어, 1999년 개정 · 시행됐다. 이때의 문화 변동에 대해서는 류진희, 「"청소년을 보호하라", 1990년대 청소년 보호법을 둘러싼 문화 지형과 효과들」, 《상허학보》 54, 상허학회, 2018년 10월, 97-121쪽.

는 이몽룡과 성춘향의 재회가 아니라, 이몽룡과 변학도의 논쟁으로 마무리된다. 왜 그렇게 잔혹하게 심문까지 해야 했냐는 질문에 변학도는 춘향이 '종모법(從母法)'을 부정해서 그랬다고 대답한다. 법을 내세워 억압을 정당화하는 그에게 몽룡은 춘향을 대신해 "그것이 당신의 지나친 폭압에 대세한 사람이고자 하는 의지였다고 생각지 않으시오"라고 일갈한다. 결국 이는 합리적 이성을 지닌 남성들의 쟁론을 통해서만이 새로운 법 감정이 현실에 개입될 수 있음을 드러낸다. 정작 그러한 변화를 가능하게 했던 춘향은 양반 관료제를 배경으로 하는 조선시대에서는 몽룡의 정당한 짝이라는 사회적 지위로만 그 모든 고난에 대한 보상을 받는다.

그러나 사랑을 포함해 개인 간 친밀성 역시도 사회구조의 변화와 상호적으로 작용한다. 그렇다고 할 때, KBS 드라마 〈쾌걸춘향〉(2005)이 다음으로 시야에 들어온다. 이 이야기는 2000년대 이후 신자유주의의 급진전에 따른 여성 주체의 전면적 변화를 그린다. 춘향전의 가장 성공한 대중적 판본으로서, 이 드라마는 공중파에서 시청률 30퍼센트를 달성하는 기염을 토했다. 이제 성춘향과 이몽룡의 계급 차이는 태생적 신분이 아닌, 경제적 계층에서 연원한다. 여기에서 성춘향은 밤무대 가수의 외동딸로, 이몽룡은 남원 경찰서장의 외동아들로 등장한다.

그러나 새 시대의 춘향은 이러한 사회적 조건을 무화시킬 만한 출중한 외모뿐 아니라, 전교 1위의 성적과 정의로운 성격도 갖춘 여성으로 그야말로 모든 것이 '짱'이다. 반면 이몽룡은 말썽만 부리지 않기를 기대하는, 싸가지 없고 철없는 또래 청소년 남성일 뿐이다.

신자유주의 시대의 춘향에게 가장 강조되는 재능은 외모에 있지 않고, 자기 관리와 경제적 능력에 있다. 그는 철이 덜 든 듯한 어머니를 대신해, 남원의 광한루 테마파크에서 각종 아르바이트를 거침없이 해내는 소녀 가장이다. 그리고 우여곡절 끝에 대학 진학에 실패하기는 해도, 학력과 상관없이 주얼리 디자이너로 시작하여 액세서리 회사 사장으로 자수성가하는 여성 CEO이기도 하다. 이몽룡이 꼴찌에 가까운 등수에서 단기간 노력하여 유수 대학 법학과에 진학하여 이후 검사로 성공하기는 하지만, 이 역시 춘향의 밀착 관리와 지도 편달 덕분이었다. 이렇듯 신자유주의 시대 춘향은 스스로의 계급을 바꿀 능력을 가지고 있고, 이몽룡이 오히려 평강공주의 보필로 입신하는 온달에 가깝다.

따라서 이 드라마에서 재미는 이러한 신분과 계층에 대한 저항과 전복이라기보다 감정의 등정으로써 사랑의 성취에 이르는 우여곡절에서 생성된다. 서로 첫눈에 반한 게 아니라, 앙

숙으로 시작했던 이 둘 사이의 진정한 첫사랑을 찾는 미션은 다른 연적(戀敵)들의 짝사랑과 부딪히면서 위기를 맞는다. 그러니까 엔터테인먼트 사장으로 분한 변학도와 이몽룡의 첫사랑 누나로 주얼리 회사의 후계자인 한채린이 등장하면서, 두 개의 삼각관계가 겹쳐지게 되는 것이다.[21] 이들은 모두 사회적 조건이 아니라 순수한 감정의 성취로 첫사랑, 짝사랑에 제각기 몰두한다. 오히려 사랑이라는 감정이 사회적 관계 속 개인을 형성하는 기제가 되기도 하는 것이다.

그러나 〈춘향뎐〉과 달리, 〈쾌걸 춘향〉의 주인공들은 순수하게 첫눈에 반하지도 않았으며 격정의 첫날밤을 보내지도 않는다. 왜냐하면 이들은 21세기 한국에서는 보호되어야 할 청소년이기 때문이다. 병문안을 온 몽룡이 음료로 오인한 술을 마시고 취해서 춘향 옆에서 잠들었을 뿐이었지만, 이들은 졸업 요건 및 장학금 수혜 등 현실적 이유로 계약 결혼 상태에 돌입한다. 청소년의 섹슈얼리티는 모순적으로 결혼이라는 정상성을 통해 잠시 유보되는 것이다. 부모의 지지와 관리, 그리

---

21. 〈쾌걸 춘향〉의 경쾌하고 역동적인 서사 중 당대 트렌디 드라마에서 볼 수 있는 4각 관계를 가지고 왔던 부분을 이 드라마의 특징이라고 했다. 그리고 특히 춘향이 열녀가 아니라 쾌걸로 나왔던 인물 유형의 진화와 더불어 그의 여장부적 스타일을 감각적으로 그대화한 것이 이 드라마의 성공 요인이라고 할 수 있다. 관련 논의는 조도현, 「대중문화 코드로 본 『춘향전』의 현대적 변이 — 드라마 〈쾌걸 춘향〉을 중심으로」, 《한국언어문학》 72, 한국언어문학회, 2010, 293-316쪽.

고 세심하게 조율된 계약서로 이 결혼 상황은 강박적으로 유지된다. 이 상황 자체가 춘향과 몽룡의 감정을 구속하는 동시에 생성하는 조건인 것이다. 둘 다 더 나은 조건의 학도와 채린이라는 가능성 있는 성인 상대가 있음에도 불구하고, 서로 함께 성장하는 진짜 첫사랑의 서사를 통해 결국 서로에게 운명의 상대가 된다.

때문에 〈쾌걸 춘향〉에서는 원래 원전에서 재미가 생성되는 '기생점고(妓生點考)'의 장면이 등장하지 않는다. 여기에서 변학도는 억압자 호색한이 아니라 IMF 금융 위기 이후 성장이 가로막힌 한국 경제의 유일한 대안으로 꼽힌 문화 산업, 즉 한류를 이끄는 도도기획의 능력 있는 사장으로 나온다. 임권택의 〈춘향뎐〉 사례를 따온 듯, 1회에서 변학도는 "입대 전 마지막 작품은 임우택 감독님의 우리 판소리를 각색한 작품입니다"라고 등장한다. 그가 영화 제작 협찬 건으로 남원으로 오면서 춘향과 조우하고 그의 재기 발랄하고 야무진 모습에 반하는 것이다. 변학도의 악행은 춘향에게 수청을 강요하는 형식이 아니라, 그가 사랑하는 몽룡을 비디오 기록을 조작하여 성추행범으로 만드는 방식으로 이뤄진다. 그리고 이 상황을 해결할 수 있는 이는 변 사장의 마음을 쥐고 있는 춘향뿐이다.

흥미롭게도 〈쾌걸 춘향〉에서 춘향이 이제까지 남성의 덕목으로 추켜세워졌던 충실함과 의연함을 내내 체현한다. 그는 사랑하는 이몽룡과 헤어지지만, 그렇다고 좋아하지 않는 변 사장과 결혼하길 절대 거부한다. 이는 기존의 현모양처 캐릭터나 여성 수난 서사와는 다르게 이해할 지점을 만든다. 왜냐하면 이 춘향은 독립적으로 움직이는, 어디에서도 성공할 수 있는 자기 삶의 주체이기 때문이다. 바야흐로 당대 이웃집 소녀는 학교로, 도시로, 혹은 대중문화 너머 네트워크로 사라졌다. 모험을 떠나는 소년을 대신해 늘 고향을 지키고, 이후 금의환향하는 남성과 가정을 이루리라 기대했던 여성들은 더 이상 없었다. 이런 점에서 드라마 〈쾌걸 춘향〉은 오히려 2000년대 중후반, 소비 도시 사회에서 일과 사랑을 동시에 성취하는 칙릿 서사와 상통한다.

춘향은 "남자도 은장도 필요하지"라며, 남성용 은장도 목걸이로 소위 인터넷 옥션 거래에서 대박을 터트린다. 이렇듯 승승장구하는 신자유주의 시대의 주체적 여성은 종래의 『춘향전』 서사를 변형시키기도 한다. 매회 드라마의 시작과 끝에는 원본 『춘향전』을 패러디한 장면이 짧게 들어가는데, 이때 주로 춘향을 비롯한 여성들이 사랑이라는 장에서 어떠한 전략을 펼치는지를 코믹하게 보여준다.[22] 비록 검사가 된 이몽룡이 변학도와 손을 잡고 외환관리법 등을 위반하는 조폭과 결합한 엔터테인먼트 자본 세력을 소탕하는 에피소드가 결말을 차지하고 있지만……. 하더라도 드라마는 시종일관 신자유주의 경제 환경에서 자신의 재능과 능력으로 모든 위기와 고난을 헤쳐가는 춘향과 그를 둘러싼 여성들의 연대와 대립을 더 부각시킨다. 그렇다고 할 때, 다음 『춘향전』의 변형 서사로서 〈방자전〉(2010)이 정확히 여성의 관계를 남성의 경쟁으로, 인물 간 연대를 적대로 뒤집으면서 갈등을 만들어내고 있음을 주목해야한다.

이 영화는 원래 서브 주인공이었던 방자를 중심에 놓고 모든 이야기를 다시 배치한다.[23] 〈쾌걸 춘향〉에서 방자와 향단의 현대적 인물인 친구 방지혁과 한단희가 이들 연인의 변치 않는 조력자로 등장했다. 그와 달리 이 영화에서는 서로에게 갖는 감정을 이유로 모든 캐릭터가 적대한다. 춘향은 몽룡을 전략적으로 선택하고, 몽룡은 춘향을 도구적으로 욕망한다. 이

---

22. 텔레비전 드라마로 형식과 내용 모두 변조와 진화를 거듭했지만, 〈쾌걸 춘향〉에서 춘향의 캐릭터 자체는 지고지순하게 두었다는 의견은 임형택, 「〈춘향전〉의 재매개와 문학 미디어 연구」(성균관대 국어국문학과 박사 논문, 2015, 241-256쪽). 반면 형식 실험에 그친 〈춘향뎐〉에 비해 〈쾌걸 춘향〉이 시대와 인물 성격 변화를 통해 차별화를 두어 성공했다는 의견은 신원선, 「〈춘향전〉의 문화 콘텐츠화 연구 — 2000년 이후 영상화 양상을 중심으로」(《석당논총》 52, 동아대 석당학술원, 2012, 1-34쪽).

23. 이러한 캐릭터의 변화라는 측면에서 〈쾌걸 춘향〉에 비해 〈방자전〉에서 새로운 스토리가 풍부해질 수 있었다는 평가는 김지후 · 강철수, 「전통 장르를 통한 캐릭터 활용 사례 연구 판소리 〈춘향가〉를 중심으로」(《문화예술컨텐츠》 14, 한국문화콘텐츠학회, 2015, 127-154쪽).

때 사랑의 동기를 잃어버린 변학도는 그저 색골일 뿐 서사에서 중요하게 등장하지 않는다. 여기에서 근대적인 자아의 형성에 개입하는 사랑이라는 감정을 드러내는 가장 역동적 주체는 방자인데, 이때 춘향 역시 방자와 몽룡 사이에서 간단치 않은 수행성을 보여주는 것이다.

그러나 그렇다고 해도 문제는 이 영화에서 결국 초점화되는 것은 구세력을 대변하는 몽룡에 신계급으로서 방자가 승리하는 과정 그 자체이다. 조선 후기 시장의 등장으로 하층계급인 방자가 새로운 시대의 재화인 돈을 축적하면서 자신이 욕망하는 진짜 재화로서 춘향을 몽룡에 대항해 쟁취할 수 있었다. 여기에서 걸출한 재능의 가인 춘향은 어느 순간 이야기의 중심에서 비껴간다. 그리고 그들 사이의 위계를 드러내는 동시에 무화시키는 징표로 기능하다가, 마지막에 그 자신은 절벽에서 추락해 사고와 언어를 잃는 것이다.[24] 『춘향전』이 널리 퍼졌던 조선 후기에 하층계급의 상층계급을 향한 해학과 풍자가 여성 인물을 중심으로 이뤄졌던 것과 반대로, 영화 〈방자전〉은 이 이야기조차 방자가 양반인 마노인을 시켜 꾸며냈다고 한다.

---

24. 호모내셔널리티가 여성 혐오를 소구하는 방식으로 〈방자전〉을 읽고, 이를 신자유주의 시대의 잉여로서의 남성성이 사이버 공간에서 어떻게 '여성 없는', 그러나 여성(이미지)의 교환으로 남성만의 평등의 정치를 재생산하는지와 연결한 글은 손희정, 「21세기 한국 영화와 네이션」(중앙대 첨단영상학과 박사 논문, 2014, 131-137쪽).

방자, 그는 양반 관료제에 기반을 둔 신분 자체는 비천하지만, 떠오르는 시장을 배경으로 승승장구하는 시민계급을 상징한다. 그러나 이 평등은 여성을 배제한 새로운 남성성이 대두하는 과정에서 가능한 것이다. 그렇다고 했을 때, 이 영화가 2010년 무한 경쟁과 각자도생이라는 신자유주의의 급진전에서 제작됐음이 상기된다. 1987년 체제와 1997년 체제가 교차하면서, 더 이상 기대할 수 없는 사회 안전망이 근과거의 가부장적 가정에 대한 노스탤지어로 드러나는 참이었다. 케이블 드라마 시대를 연 tvN 〈응답하라 1997 · 1994 · 1988〉(2012 · 2012 · 2015) 시리즈가 첫사랑 찾기를 기본 플롯으로, 당대 문화적 풍경을 연속적으로 그려내서 각광을 받았다. 마치 『춘향전』의 변용이 〈쾌걸 춘향〉에서 〈방자전〉으로 전환했듯, 처음 "오빠들은 내 삶의 전부였다"며 여성 한 명의 얼굴로 시작한 시리즈는 결국 "내 끝사랑은 가족입니다"로 종결됐다.

천방지축 '개딸'들은 IMF 위기에도 불구하고, 전문직과 사무직에 안착한 남성들과 성공적으로 재생산에 착수한다. 순수한 사랑을 제창하는 것이 오히려 신자유주의 체제에서 위기의 남성 동성 사회 혹은 가부장 공동체를 땜질하는 방식으로 활용될 때, 사랑은 노스탤지어처럼 탈색되고야 만다. 탈식민과 계급 해방의 지향으로서, 그리고 민족과 국가의 경계를 교란하는 폭발적 에너지로서 사랑이 남김없이 정상적 규범성으로 회수되는 것이다. 이때 여성들은 차라리 그런 사랑의 불가능성을 선언하기도 했다. 새 밀레니엄을 맞아 다양한 사랑의 스펙트럼에서 유력한 주체로 등장했던 신자유주의 시대의 춘향이 다시 흐릿해질 때, 규범으로서의 사랑과 그에 대항하는 주체들의 긴장이 가장 커지는 것이다.

나가며 : 서사적 상상력으로서 사랑

2015년 이후 페미니즘 리부트 혹은 대중화의 물결에서 가장 먼저 연애, 결혼, 출산이 문제시됐다. 디지털 성범죄가 근절되지 않고, 임신 중단권이 성취되지 않는 상황에서 차라리 '비혼(非婚)'을 선택하겠다는 여성들이 등장했다. 그런데도 초저출산과 고령화 시대에 세대 재생산이 원활히 되지 않는 문제를 '인구 절벽'으로 공포화하고, 단지 여성의 고학력과 하향 결혼 회피가 원인이라고 했다. 최근의 이런 흐름을 염두에 둔다면, 〈춘향뎐〉에서 춘향과 몽룡의 쌍방향적 사랑에서 몽룡과 방자의 경쟁 구도로 초점이 바뀐 것이 의미심장하다. 여기에 더해서 〈방자전〉은 출세를 위해 기생 딸 춘향과의 스토리텔링만이 필요했던 몽룡에 비해, 춘향을 향한 순수한 사랑을 추구하려는 방자가 감정의 히어로가 되는 것이다.

결국 신분 상승을 위해 방자를 사랑하지만 몽룡을 선택하려는 춘향은 징벌되고, 폭력적인 방식으로라도 여성을 소유하겠다는 하층계급 남성의 상층계급 남성에 대한 승리가 구가된다. 결론적으로 이는 잠시 부상했던 페미니즘에 대항해, 역차별을 말하는 백래시가 거세게 일어나는 '지금-여기', 그리고 가부장적 정상적 규범성 자체는 문제시하지 않는 남성성을 상기시킨다. 남성 간 세력 교체만을 상상할 때, 여성들과의 연대뿐 아니라 사랑은 불가능할 수 있다. 그럴 때 여성들은 다시 이전 세대처럼 살 수 없는 청년 문제를 자기 가정을 꾸리지 못하는 남성 가부장을 중심으로 하는 가족적 가치의 재발견으로 주장하는 흐름에서 비켜날 수밖에 없다. 오히려 이들은 아예 대대적인 파업을 선택하기도 하는데, 이때 〈쾌걸 춘향〉에서 두 명의 연적을 사이에 두고 고군분투하는 춘향과 몽룡의 행위성에 주목할 만하다.

그들은 첫눈에 반하는 화학적 사랑이 아니라, 공통의 역사를 쌓아가면서 마침내 서로를 이해하는 서사적 사랑을 성취한다. 누스바움은 타인을 향한 서사적 상상력이 확장될 때, 혐오를 비롯한 부정적 감정이 사그라든다고 했다. 사랑은 혐오를 치유하는 가장 강력한 수단이기도 하다. 〈쾌걸 춘향〉에서 춘향이 자신이 선택한 사랑을 꿋꿋이 지켜내는 수행을 보여주는 것은 그러한 점에서 다시 볼 만하다. 이는 명백히 1987년 이후 독자적으로 진전됐던 여성운동과 1990년대 이후의 여성 고등교육의 확대, 그리고 대중문화와 온라인 장의 발전 등과 관련해 여성들의 입지가 증대됐던 것과 관련한다. 최초의 〈춘향뎐〉에서 초국적 배경에서 국제적이면서 동시에 한국적인 것을 여성을 통해 드러내려고 했던 시도는 바로 이런 급격한 변화를 염두에 둔 것이겠다.

이후 여성들이 차지하는 중요성은 더욱 커졌다. 〈쾌걸 춘향〉에서 몽룡의 신분적 배경은 춘향의 능력보다 중요하지 않게 되었고, 여성들 역시 남성을 놓고 연적 관계에서 서로 경쟁의 주체가 되기도 한다. 그리고 감정의 등정이 끝난 후, 이들은 서로 손을 맞잡고 승리와 패배를 깨끗이 인정하는 세리머니도 할 수 있다. 그러나 남성들 간 경쟁과 매개로서의 여성을 드러냈던 〈방자전〉은 이런 여성들 간 관계와 연대를 재차 무화시키는 효과를 불러왔다. 이 시기 〈쾌걸 춘향〉 이후 나왔던 드라마 〈향단전〉(2007)에서는 춘향과 그의 어미인 월매가 사랑의 방해자로 자주 등장하지만, 결국 사랑을 성취하는 향단까지 등장하기도 했다. 그러나 능력 있는 여성이 연적을 물리치고 결국 당당하게 사랑을 성취하는 서사는 이후 다소 주춤해진다. 하층계급 여성이 권력 혹은 체제를 거슬러 몽룡뿐 아니라 사또, 혹은 방자까지를 대상으로, 적극적 사랑의 주체로 등장하는 것은 조금 더 기다려야 했다. 다시 신자유주의 초국적 상황에서 사랑하는 춘향을 넘어 그와 대결하는 동시에 연대하는 존재로서 향단이 가능할지, 그 여성들의 감정적 변이에도 주목해야 할 때이다.

참된 나의 확인과 공유

:

진정성 이슈

제10장

"내가 바로 히스클리프야" : 존재의 근원을 찾아 떠도는먼 길

—

에밀리 브론테, 『폭풍의 언덕』

이명호
경희대학교 글로벌커뮤니케이션학부 교수

경희대학교 영어영문학과와 동 대학원을 졸업한 후 뉴욕주립대학교(버펄로)에서 영문학 박사 학위를 받았다. 현재 경희대학교 글로벌커뮤니케이션학부 영미문화 전공 교수로 재직하면서 글로벌인문학술원 원장, 감정문화연구소 소장을 맡고 있다. 저서로는 『누가 안티고네를 두려워하는가 : 성차의 문화정치』가 있으며, 공저로 『감정의 지도 그리기』 『유토피아의 귀환』 『페미니즘 : 차이와 사이』 등이 있다. 공역서로 『식물의 사유』 『소설의 정치사』가 있다.

캐서린과 엘리자베스 사이에서

에밀리 브론테의 『폭풍의 언덕』(1847)은 영문학의 3대 비극, 세계 10대 소설에 선정되고 이른바 연애소설의 원조가 되면서 한 세기 반에 걸쳐 대중들의 폭넓은 사랑을 받아온 19세기 영국 소설이다. 청소년 시절 이 작품을 읽고 가슴 먹먹한 충격을 받지 않은 독자들이 있을까. 캐서린과 히스클리프, 두 청춘 남녀의 이름은 이제 막 사랑의 왕국에서 들어서고자 하는 어린 영혼들에겐 영원히 잊을 수 없는 이름이다. 캐서린과 히스클리프가 바람 부는 언덕을 야생마처럼 누비고 다니던 모습, 그들의 몸과 마음을 사로잡은 거친 열정과 자유분방한 에너지, 그 열정이 배반되고 난 뒤 벌어지는 끔찍한 복수, 그러나 원한도 복수도 죽음도 끝내 갈라놓을 수 없었던 이들의 사랑은 아주 특별한 모습으로 우리의 기억 속에 각인되어 있다.

여담이지만, 고등학교 시절 체육 선생님이 야외 수업을 싫어하는 우리들을 교실에 앉혀놓고 들려주셨던 이야기가 캐서린과 히스클리프의 사랑 이야기였다. 체육 선생님은 현역 시절 국가 대표 육상 선수를 역임했던 활달하고 강건한 여자분이셨다. 송구스럽게도 성함도 잘 기억나지 않는 그 체육 선생님의 아련한 눈빛과 꿈꾸는 듯한 목소리를 통해 들었던 이들의 사랑 이야기는 대학 입시의 무게에 짓눌려 허덕거리던 우리들의 마음을 공중으로 적어도 한 뼘은 들어 올렸다. 나도 언젠가 저런 사랑을 하리라! 이야기를 들려주는 화자도 그것을 듣는 청자도 모두 이런 아련한 기대에 달떠 있었다. 그날 수업을 마치자마자 나는 서점으로 뛰어가 소설을 사서 읽었다. 그러나 선생님의 해설을 통해 들었던 이야기와 내가 읽고 있는 이야기는 어딘가 어긋났다. 운명적 사랑 이야기라는 근사한 말로는 설명되지 않는 기괴한 분위기, 낭만적 사랑이라는 달달한 단어 속으로 구겨 넣을 수 없는 반역적 에너지가 나의 읽기를 방해했다. 특히 캐서린이 죽고 난 뒤 히스클리프가 린턴가의 재산을 차지하기 위해 벌이는 차갑고 계산적인 복수는 세속적 욕망을 초월한 지고지순한 사랑 이야기라는 나의 환상을 깨뜨리기에 충분했다. 히스클리프는 너무 이기적이고 잔인하지 않은가. 캐서린의 무덤을 파헤쳐 죽은 시신으로나마 그녀를 가지려고 울부짖는 히스클리프의 광기 어린 모습은 악마적 소유욕이라고밖에 달리 표현할 수 없는 끔찍한 행태로 다가왔다. 더욱이 그는 자신을 배반하고 다른 남자와 결혼한 캐서린에게 복수하기 위해 그 남자의 여동생과 결혼하는 파렴치한 짓도 서슴지 않았다. 히스클리프, 그는 여자의 삶을 망치는 나쁜 남자의 전형 아닌가. 그런 히스클리프에 비해 죽은 아내를 그리워하며 홀로 딸을 키우는 린턴이 더 온화하고 배려 깊은 사랑을 하는 게 아닌가 느껴졌다. 캐서린과 히스클리프의 폭풍 같은 사랑은 범접할 수 없는 사랑, 머릿속에 그려볼 수는 있지만 가까이해서는 안 될 금단의 사랑 같은 것으로 내 기억 속에 남아 있다. 소설을 읽기 전에는 '나도 언젠가 저런 사랑을 하리라' 소망했지만 읽고 난 후에는 '소설에서 한번쯤 만나는 것으로 족하다'는 식으로 대충 정리했던 것 같다. 달콤한 데이트와 구혼의 과정을 거쳐 결혼이라는 해피엔딩에 무사히 안착하는 사랑 이야기를 기대했던 10대 여고생에게 캐서린과 히스클리프의 사랑은 너무 거칠고, 너무 격렬하고, 너무 잔인하고 집요했다.

당시 나는 제인 오스틴의 『오만과 편견』에 나오는 엘리자베스와 다아시가 하는 것 같은 사랑, 편견과 오해와 자만과 실수도 있지만 서로의 진심을 알아간 끝에 사회적 신분 차를 뛰어넘어 결혼에 이르는 그런 사랑을 원했던 것 같다. 더욱이 엘리자베스는 지적이고 독립적이면서도 따뜻한 마음과 사려 깊은 배려심을 잃지 않고 있는 여성, 돈과 권력을 쥔 남자에게 비굴하게 매달리지 않으면서 그의 마음을 얻을 수 있는 이상적인 여성상으로 다가왔다. 사회적 신분이나 경제적 능력에 있어서는 다아시가 우위를 점하고 있지만 두 사람의 관계를 주도하는 이는 엘리자베스로 느껴졌다. 소설에 정교하게 배치된 다른 여성 인물들과 견주어볼 때 엘리자베스는 이성적 판단력과 독립심에 있어서 더욱 빛나 보였다. 착하고 예쁘긴 하지만 판단 능력이 동생에 비해 월등히 떨어지는 언니 제인이나 눈먼 열정에 빠져 겉모습만 훤칠한 남자와 도피 행각을 벌이는 막내 동생 리디아, 생계를 위해 경제력만 보고 허풍쟁이 남자와 결혼하는 친구 샬럿와 달리, 엘리자베스는 자기 내면의 진실한 감정과 이성적 판단에 따라 연애와 결혼 상대를 선택한다. 엘리자베스가 거만한 태도를 보이며 그와 다아시의 결혼을 반대하는 캐서린 귀부인에게 당당히 맞서는 모습은 현대 여성의 모델로 느껴졌다. 엘리자베스와 다아시가 무도회에서 춤을 추며 교감을 나누는 장면은 또 얼마나 멋진가. 그래, 사랑이란 이런 것이야. 이런 사랑의 끝에 도달하는 것이 결혼이어야 해. 어느 순간 내가 꿈꾸고 동일시하는 인물은 캐서린에서 엘리자베스로 바뀌었다. 엘리자베스는 연애도 결혼도 모두 갖고 싶어 하는 10대 소녀의 갈망을 온전히 충족시켜주는 인물이었다. 그러나 엘리자베스를 통해 낭만적 사랑에 대한 갈구를 마음 한편에서 해소시켰으면서도, 다른 한편에서는 여전히 캐서린의 이미지가 어른거리고 있었다. 캐서린은 나의 뇌리를 쉽사리 떠나지 않았다.

특히 소설 초반 죽은 캐서린의 유령이 워더링 하이츠로 돌아와 손을 창문 안으로 밀어 넣으며 "들여보내주세요, 들여보내주세요"라고 외치는 장면은 꽤나 강한 인상을 남겼던 것 같다. 워더링 하이츠에서 하룻밤을 묵게 된 이웃 록우드처럼 나도 유령의 난입에 깜짝 놀랐던 것 같다. 록우드가 그녀를 창문 밖으로 밀어내자 캐서린이 피를 철철 흘리며 안으로 들여보내달라고 외치는 장면은 쉽게 잊히지 않았다. 더 기이한 것은 곧이어 히스클리프가 캐서린의 유령을 향해 "들어와, 들어와"라고 울부짖는데도 유령은 나타나지 않고 폭풍우만 거세게 휘몰아치는 장면이었다. 왜 캐서린의 유령은 20년을 떠돌고 있고, 히스클리프는 그녀가 자신에게 돌아오길 그토록 간절히 원하는데도 두 사람은 만나지 못하는가? 무엇이 이들의 인연을 어긋나게 만들었는가? 생사를 뛰어넘는 이들의 사랑은 얼마나 집요하고 끈질긴가? 이런 질문과 함께 사회적 삶 너머에 요동치는 감정, 자연적인 것과 초자연적인 것이 뒤엉켜 있는 어떤 낯설고 불가해한 감정이 소설을 읽는 내내 나를 매혹시키면서 또한 불편하게 만들었다. 그러나 이 낯설고 불편한 매혹이 나를 다시 소설로 끌어당겼다.

급진적 낭만성과 그로테스크한 사랑

영문학을 전공하는 대학생이 되어 다시 읽어본 『폭풍의 언덕』은 여전히 충격적이었다. 그러나 작품은 생각보다 훨씬 정교하게 잘 짜여 있었다. 소설은 사랑에 소심하고 방어적이며 차가운 도시 남자 록우드와 캐서린과 히스클리프의 사랑이 진행되는 과정을 곁에서 지켜보았던 가정부 넬리 딘, 두 화자의 서술을 통해 이들의 그로테스크한 사랑이 주는 충격을 걸러내고 있었다. 이른바 액자소설의 형태를 취함으로써 인물과 화자 사이에 적절한 거리를 유지하고 있었다. 또한 캐서린이 히스클리프를 배반하게 된 원인 중 하나였던 당시 영국의 상속 제도—한정상속 제도—와[1] 가부장적 가족 질서, 무엇보다 캐서린의 아버지 언쇼 씨가 리버풀에서 데려온 까무잡잡한 피부의 히스클리프가 당대 영국인들에게 갖는 인종적 · 계급적 타자성 등은, 이 작품이 사랑 이야기에 매몰되어 허술하게 쓰인 것이 아니라 탄탄한 현실 인식에 기초해 있음을 느끼게 해주었다. 소설의 시대적 배경은 1771년경에서 1802년이고, 공간적 배경은 잉글랜드 북부 요크셔 지방이다. 이 시기는 영국 사회가 바야흐로 근대 산업 자본주의로 옮겨 가던 때이다. 워더링 하이츠에 살고 있는 언쇼가는 인근에 상당한 토지를 소유하면서 직접 농사를 짓는 자영농(yeoman)이고, 계곡 아래 자리 잡고 있는 드러시크로스 그레인지의 린턴가는 소작을 주는 젠트리(gentry) 계층이다. 이 두 집안 사이에 일어나는 2대에 걸친 사랑과 복수의 드라마가 소설의 플롯을 구성하고 있다. 소설의 사건은 록우드가 워더링 하이츠를 방문하고 히스클리프의 며느리 캐시에게 연모를 느껴 넬리에게 두 집안 이야기를 해달라고 청하는 도입부, 그리고 록우드가 이 지방

---

1. 한정상속(entail)이란 여자 자손을 상속에서 빼고서 가장 가까운 남자 인척이 재산을 상속받도록 만든 제도를 말한다. 이런 남성 중심적 상속 제도 때문에 언쇼 씨의 사후 워더링 하이츠의 재산을 아들 힌들리가 몽땅 차지하게 되고, 히스클리프와 함께 오빠에 맞섰던 캐서린은 무일푼이 될 상황이었다. 캐서린이 에드거 린턴의 청혼을 받아들이게 된 배경에는 이런 가부장적 상속 제도가 자리 잡고 있다. 또한 캐서린과 에드거의 딸 캐시가 아버지의 재산을 물려받지 못하고, 에드거의 여동생인 이사벨라와 히스클리프의 아들 린턴이 외삼촌의 재산을 물려받게 되는 것도 이 한정상속 제도 때문이다. 자식을 낳지 못하고 일찍 린턴이 죽자 린턴가의 재산은 최종적으로 히스클리프 차지가 된다.

을 떠났다가 다시 돌아와 뒷이야기를 듣는 결말을 빼면, 대부분 넬리의 입으로 전해진다. 넬리는 언쇼가와 린턴가에서 모두 가정부로 일하면서 두 집안의 역사와 캐서린-히스클리프-린턴의 삼각관계, 그리고 그들의 2세대 자손 캐시-헤어턴-린턴의 얽힌 내력을 가장 잘 아는 인물이다. 넬리는 1세대 연인들을 근거리에서 지켜보았을 뿐 아니라 그들의 내밀한 고백을 듣고 그들의 생각을 서로에게 전달해준 메신저이자 중재자이기도 하다. 그녀는 자신의 제한된 시각에 갇혀 있어서 이들의 특이한 사랑을 온전히 이해하지 못하면서도 2대에 걸쳐 두 집안에서 일어난 사랑과 결혼의 내력을 요크셔 지방의 역사와 연결시켜 읽어낼 수 있는 안목을 지니고 있다. 그러나 아무리 작품이 단단한 현실 인식에 기초해 있고 또 상식을 지닌 화자의 시선으로 걸러지고 있다 할지라도, 캐서린과 히스클리프의 사랑이 던지는 충격은 쉽게 누그러지지 않는다.

실상 이런 낯설고 기이한 느낌은 독자들의 일반적 독서 경험일 뿐 아니라, 이 소설에 대한 많은 비평들이 거듭 언급하는 부분이기도 하다. 서른 살의 젊은 나이에 결핵으로 세상을 떠난 작가 에밀리 브론테가 세상에 남긴 유일한 소설인 『폭풍의 언덕』은 비극적 사랑 이야기라는 통상적 설명으로는 풀리지 않는 미스터리한 측면이 비평적 분석 바깥에 남아 있다. 일찍

이 1896년 비평가 클리먼트 K. 쇼터(Clement K. Shorter)는 이 작품을 "스핑크스"에 견주며, 아무리 많은 연구를 쌓아 올려도 그 수수께끼를 풀 수 없을 것이라고 말했다. 작가 버지니아 울프 또한 『폭풍의 언덕』이 언니 "샬럿 브론테의 『제인 에어』보다 더 이해하기 힘든 작품"이라고 말한다. 샬럿이 우리가 대체로 겪는 일상적 경험을 그리고 있다면, 에밀리는 "기괴한 혼돈으로 쪼개진 세계를 바라보고 그 세계를 책으로 통합하려는 힘을 자신의 내부에서 느끼고 있다"는 것이다. 울프는 일상적 현실 너머에서 요동치는 리얼리티를 "생(life)"이라고 부르며, 에밀리 브론테가 "생을 사실에 대한 의존에서 해방시켰다"고 말한다.[2] 울프에 의하면, 일상적 현실 너머에서 불어오는 "생의 돌풍"을 그려내려면 시적 자질을 지니고 있어야 하는데, 에밀리의 소설에서는 그런 자질이 느껴진다고 한다. 산문적 일상을 뛰어넘는 이런 시적 자질이 반항적 의식과 만나 "기괴한 혼돈으로 쪼개진 세계를" 그릴 때, 작품 자체가 거센 돌풍으로 흔들리고 부서진다. 말할 것도 없이 "기괴한 혼돈으로 쪼개진 세계"의 중심에 놓인 것은 캐서린과 히스클리프의

---

2. Virginia Woolf, "Jane Eyre and Wuthering Heights", *Twentieth Century Interpretations of Wuthering Heights : A Collection of Critical Essays*. ed. Thomas A. Vogler, Englewood Cliff : Prentice-Hall, Inc, 1968, p101-102.

사랑이다.

히스클리프와 캐서린이 서로에게 보이는 열정은 너무나 단순하고 격렬하고 집중되어 있어서 사회적 메아리가 거의 들리지 않는다. 아니, 사회성이 결여되어 있을 뿐 아니라 반사회적이고 반도덕적이기까지 하다. 그러나 이들의 열정이 단순하다고 해서 쉽게 파악되거나 명료하게 규정될 수 있는 것은 아니다. 이들의 사랑이 그토록 이상하고 특별하고 기괴하게 느껴지는 이유는 무엇인가? 이 질문에 답하려면 이들의 사랑이 어떻게 시작되었고 그 성격은 어떠하며, 두 사람이 만들어가는 사랑의 여정에서 어떤 왜곡과 배반이 일어났는지 살펴볼 필요가 있다.

캐서린과 히스클리프의 만남은 히스클리프가 언쇼 가문에 오면서부터 시작된다. 힌들리와 캐서린, 두 남매를 슬하에 두고 있던 언쇼 씨는 어느 날 장을 보러 갔다가 리버풀의 한 슬럼가에서 까무잡잡한 피부의 집시 소년을 집으로 데려온다. 언쇼 씨는 아무것도 알려진 것이 없는 이 아이에게 죽은 아들과 같이 히스클리프라는 이름을 붙여주고 살뜰히 보살핀다. 히스클리프는 어떤 가족에도 속하지 않고 어떤 사회적 계보에도 연결되어 있지 않으며 인종적으로도 모호하다. 그의 피부는 까무잡잡하지만 딱히 어느 인종이라고 콕 집어 말하기도 어렵다. 넬리는 히스클리프라는 이름을 빼고 나면 그에 관해 아는 것이 하나도 없다고 말한다. 히스클리프가 지닌 이런 비결정성은 그를 워더링 하이츠의 이방인이자 아웃사이더의 위치에 놓는다. 캐서린은 히스클리프가 처음 워더링 하이츠에 왔을 때에는 오빠 힌들리와 함께 그를 괴롭히고 비웃었지만 이내 그와 오누이처럼 가까워진다. 그들은 같이 자고, 같이 먹고, 같이 뛰어놀고, 같이 꾸중을 들으며 누구도 떼어놓을 수 없는 사이가 된다. 둘은 갑갑한 집에서 뛰쳐나와 벌판을 돌아다니며 행복한 시간을 보낸다. 그들은 야생의 벌판에서 언쇼 씨의 가부장적 권위로부터, 힌들리의 시기심으로부터, 종교적 편견에 사로잡힌 조지프의 설교로부터 벗어나 자유를 누릴 수 있었다. 아직 사회적 세계로 들어서기 전 자연의 세계에서 두 아이가 공유하는 감정적 유대감과 일체감이 이들의 사랑의 근저에 놓여 있다.

그러나 히스클리프의 바람막이가 되어주었던 언쇼 씨가 죽자 이들의 운명에 먹구름이 닥친다. 히스클리프는 이제 집안의 주인이 된 힌들리의 구박과 박해에 시달린다. 그는 언쇼 가문의 양아들이 아니라 하인이나 진배없는 천덕꾸러기 신세로 전락한다. 캐서린은 히스클리프와 함께 힌들리의 폭정에 맞서 싸우지만 무력하기만 하다. 히스클리프와 캐서린은 힌들리 치하의 워더링 하이츠에서 타자적 위치에 놓여 있다. 캐서린이 힌들리에게 맞서는 히스클리프와 자신을 동일시하는 것은 자기 재발명의 과정이다. 가부장적 가족제도 아래서 법적으로 아버지의 재산을 물려받지 못하는 딸로서 캐서린은 히스클리프의 무력함에서 자신의 무력함을 발견하고 동질성을 느낀다. 이들은 서로의 타자성에서 동질감을 발견하지만, 이후 소설에서 이 타자성에 기초한 동질성의 연대는 유지되지 못한다. 캐서린과 히스클리프가 우연히 계곡 아래에 있는 린턴가에 들렀다가 캐서린이 개에게 물려 5주 동안 드러시크로스 그레인지에 머무르는 사건이 발생한다. 거친 워더링 하이츠와는 현격한 대조를 이루는 그 곳의 예의 바르고 기품 있는 분위기는 캐서린을 매료시킨다. 캐서린은 린턴가의 아들 에드거의 훤칠한 용모와 점잖은 태도, 그리고 언쇼가와는 비교가 되지 않을 엄청난 재산에 마음이 흔들린다. 5주 후 워더링 하이츠로 돌아왔을 때 캐서린은 더 이상 야생의 소녀가 아니라 문화적으로 길들여진 숙녀가 되어 있었다. 캐서린이 드러시크로스의 창문을 엿보고 그 안의 세계에 동화되면서 히스클리프로부터 떨어져 나오는 과정은, 자유로운 여성에서 순치된 여성으로, 폭압적 가부장제에 맞서는 모반적 여성에서 온화한 가부장제에 투항한 여성으로 변모하는 과정과 일치한다. 캐서린의 변화를 직감한 히스클리프는 넬리에게 자신도 에드거처럼 살결도 하얗고 옷도 잘 입는 부자가 되고 싶다고 고백한다. 그러나 히스클리프는 캐서린이 넬리에게 자신과 결혼하면 격이 떨어진다고 말하는 소리를 엿듣고는 말없이 워더링 하이츠를 떠나고, 캐서린은 에드거와 결혼한다. 3년 뒤 신사가 되어 돌아온 히스클리프는 에드거의 여동생 이사벨라를 유혹하여 결혼을 감행하고, 결혼 후 시름시름 앓던 캐서린은 딸 하나를 남기고 죽는다. 이후 이야기의 무게 추는 히스클리프의 복수극으로 옮겨 간다. 히스클리프는 술주정뱅이가 된 힌들리에게 빌려준 채무의 대가로 워더링 하이츠를 물려받는다. 에드거의 사망 후에는 린턴이 외삼촌의 재산을 상속받고 히스클리프가 이를 최종적으로 접수한다. 이로써 히스클리프는 언쇼가와 린턴가 양쪽의 재산을 합법적으로 거머쥠으로써 복수를 완성한다. 히스클리프는 자신의 숙적들이 자신을 결코 무너뜨리지 못했다고 선언하며 오랜 싸움을 끝내고 생을 마감한다. 2세대에 이르러서 캐서린의 딸 캐시와 린턴이 결혼하지만 그의 이른 죽음으로 둘의 결혼 관계는 곧 끝난다. 이후 캐시는 힌들리의 아들 헤어턴과 결혼하여 이루어지지 못한 캐서린과 히스클리프의 사랑을 미약한 형태로나마 성취한다. 그들은 윗세대의 사랑에 비해 더 온화하고 부드럽지만 열정의 강도는 훨씬 열어진 사랑을 나눈다. 이상이 대략적으로 요약한 2대에 걸친 두 가문의 연애사와 결혼사이다.

복잡하게 얽힌 두 가문의 관계의 시초에 캐시와 에드거의 결혼이 놓여 있다. 그런데, 바로 이 결혼이 이후 벌어진 모든 비극의 시발점이 된다. 에드거의 청혼을 승낙한 뒤 캐서린이 넬리에게 털어놓는 아래 발언은 그의 선택이 어떤 동기에서 비롯되었고, 에드거와 히스클리프를 향한 그의 마음에 어떤 차이가 있는지 보여준다.

> 내가 이 세상에 살면서 무엇보다도 생각한 것은 히스클리프 자신이었단 말이야. 만약 모든 것이 없어져도 그만 남는다면 나는 역시 살아갈 거야. 그러나 모든 것이 남고 그가 없어진다면 이 우주는 아주 서먹해질 거야. 나는 그 일부분으로 생각되지도 않을 거야. 린턴에 대한 내 사랑은 숲의 잎사귀와 같아. 겨울이 돼서 나무의 모습이 달라지듯이 세월이 흐르면 그것도 달라지리라는 것을 나는 잘 알고 있어. 그러나 히스클리프에 대한 애정은 땅 밑에 있는 영원한 바위와 같아. 눈에 보이는 기쁨의 원천은 아니더라도 없어서는 안 되는 거야. 넬리, 내가 바로 히스클리프야. 그는 언제까지나, 언

제나 내 마음속에 있어. 나 자신이 반드시 나의 기쁨이 아닌 것처럼 그도 그저 기쁨으로서가 아니라 나 자신으로서 내 마음속에 있는 거야. 그러니 다시는 우리가 헤어진다는 말은 하지 마. 그것은 있을 수 없는 일이니까.[3]

이 소설에서 가장 중요한 한 문장을 뽑으라면 단연 캐서린이 넬리에게 건넨 이 말, "내가 바로 히스클리프야(I am Heathcliff)"가 될 것이다. 앞서 넬리와 나눈 대화에서 캐서린은 자신이 히스클리프를 사랑하는 것은 "그가 나보다 더 나 자신이기 때문(He is more myself than I am)"이라고 말한다. 서로 연결되어 있으면서 호응하는 두 문장은 캐서린과 히스클리프가 나누는 사랑의 성격을 압축하고 있다. 캐서린의 말에 대한 반향처럼, 히스클리프는 "나는 나의 영혼 없이는, 나의 생명 없이는 살 수가 없어"라고 외친다. 서로가 서로의 존재의 뿌리가 되는 관계가 이들이 상대에게서 발견하는 것이다. 존재의 뿌리는 땅 밑에 있는 바위처럼 시간의 침해를 받지 않는다. 그러나 에드거와 맺는 관계는 나무의 잎사귀처럼 세월이 흐르면

3. 에밀리 브론테, 『폭풍의 언덕』(스페셜 에디션), 김종길 옮김, 민음사, 2005, 153-154쪽. 이하 이 책에서의 인용은 본문에 쪽수만 표기하기로 함.

변하는 사랑이다. 뿌리가 뽑힌 나무는 살 수가 없다. 그러나 잎사귀가 떨어지면 다른 잎사귀가 나온다. 잎사귀가 바뀌어도 나무의 생명에는 지장이 없다. 캐서린이 히스클리프에게 느끼는 사랑과 에드거에게 보이는 호감은 근본적으로 그 성격이 다르다.

히스클리프에 대한 캐서린의 감정은 우리가 통상적으로 이해하는 '낭만적 사랑'으로 한정하기 어렵다. 그녀가 히스클리프에게 느끼는 일체감은 존재의 근원을 공유하는 데에서 나온다. 그것은 플라톤의 『향연』에서 아리스토파네스가 들려주는 사랑 이야기, 잃어버린 반쪽을 되찾아 존재의 시원을 회복하는 것이 사랑이라는 해석의 근대적 사례처럼 보인다. 사랑은 우리 존재의 근원으로 여겨지는 무언가와 생생한 관계를 발견하는 것이다. 그것은 우리에게 강력한 터전의 느낌을 준다. 문제는 나의 존재가 사회적으로 만들어진 나의 정체성과 충돌을 일으키며 그것과 분리되어 있다는 점이다. 나의 '존재(being)'는 나의 '정체성(identity)'과 합치하지 않는다. 캐서린이 회복하고자 하는 존재는 그녀에게 '타자성(otherness)'으로 존재한다. 캐서린이 히스클리프와 공유하는 존재감은 타자성에서 기초한 동질감, 자신의 존재를 자신의 정체성으로부터 분리시켜야 얻을 수 있는 동질성이다. 그것은 사회적으로 부여된 나의 정체성에서 떨어져 나와 내 안의 이질적 존재성을 회복해야 얻을 수 있는 성질의 것이다. 회복은 분열의 극복이 아니라 또 다른 분열을 통해서만 가능하다. 회복이라기보다는 재발명에 가깝다고 말하는 것이 옳을지 모른다. 캐서린이 말한 두 문장, "내가 바로 히스클리프야"와 "그는 나보다 더 나 자신이야" 사이에는 간극이 존재한다. 앞의 문장이 어떤 틈새도 없는 완벽한 일체감을 선언하는 것처럼 들린다면, 뒤 문장에는 주체를 초과하는 잉여가 남아 있다. 나보다 "더" 나 자신인 존재는 이미 나와는 차이를 지니고 있다. 그 존재는 사회적으로 규정된 정체성이 아니라 그 정체성을 구성하면서 잃어버린 어떤 것이다. 히스클리프는 캐시가 잃어버린 존재를 환기시키기 때문에 그녀 자신보다 더 자신 같은 사람이다. 그런 잃어버린 존재에게서 경험하는 것이 캐서린이 히스클리프에게 느끼는 감정이다.

그런데, 이 감정은 워더링 하이츠에서만 경험할 수 있는 성질의 것이다. 워더링 하이츠는 캐서린이 히스클리프와 같이 힌들리의 압제에 맞서 싸웠던 곳, 히스클리프에게서 자신의 존재를 발견하고 동질감을 느꼈던 곳, 무엇보다 히스클리프와 함께 '존재의 자유'를 향유했던 곳이다. 캐서린이 넬리에게 들려준 꿈 이야기는 워더링 하이츠와 히스클리프가 그녀에게 어떤 의미를 지니고 있는지 말해준다.

> 천국은 내가 갈 곳이 아닌 것 같다고 말하려 했을 뿐이야. 나는 지상으로 돌아오려고 가슴이 터질 만큼 울었어. 그러자 천사들이 몹시 화를 내며 나를 워더링 하이츠의 꼭대기에 있는 벌판 한복판에 내던졌어, 거기서 나는 기뻐서 울다가 잠이 깼지. 이것이 다른 것과 마찬가지로 내 비밀을 설명해줄 거야. 나는 천국에 가지 않아도 되는 것처럼, 에드거 린턴과 결혼할 필요도 없는 거지. 저 방에 있는 저 고약한 사람이 히스클리프를 저렇게 천한 인간으로 만들지 않았던들 내가 에드거와 결혼하는 일 같은 것은 생각지도 않았을 거야. 그러나 지금 히스클리프와 결혼하다면 격이 떨어지지. 그래서 내가 얼마나 그를 사랑하고 있는가 하는 것을 그에게 알릴 수가 없어. 히스클리프는 잘생겼기 때문이 아니라, 넬리, 그가 나보다 더 나 자신이기 때문이야." **(149-150쪽)**

넬리가 캐서린에게 에드거의 청혼을 수락한 이유를 따져 물었을 때 캐서린이 대는 그 모든 이유들—그는 잘생기고, 즐겁고, 재산이 많고, 또 그녀를 사랑하고 있다는 것—은 캐서린이 천국의 주민이 되었을 때에나 의미 있는 것들이다. 천국은 고상하고 안온한 드러시크로스 그레인지 저택의 응접실 같은 곳이다. 그러나 그곳에서 캐서린은 기쁘지 않다. 마찬가지로 에드거와의 결혼 생활도 행복하지 않다. 캐서린이 느끼는 기쁨은 자유에서 나오고, 그 자유는 자신보다 더 자신인 존재와 결합할 때 느끼는 존재론적 희열과 연결되어 있다. 캐서린은 자신이 꾼 꿈을 넬리에게 말해주면서 이 꿈이 포도주가 물에 스며들 듯 자신에게 완전히 스며들었고 자신의 마음의 색조를 바꾸어놓았다고 말한다. 캐서린이 꾼 꿈은 그녀의 삶을 뒤흔들어놓았을 뿐 아니라 그녀의 존재 자체를 영원히 변화시켰다. 존재의 자유는 사회적으로 강요된 정체성들을 벗어던졌을 때에만 얻을 수 있는 것이다.

작품에서 이 자유는 "자연"으로 표상된다. 그 자연을 응축하고 있는 공간이 "워더링 하이츠의 꼭대기에 있는 벌판"이다. 그곳은 천국이 아니라 모반적 희열과 자유가 살아 숨 쉬는 곳이다. 밀턴의 사탄처럼 캐서린은 천국을 거부하고 지상으로 돌아온다. 그것은 천국에서 지옥으로의 복된 타락이라 할 수 있다. 이 추락의 과정에 동행하는 존재가 히스클리프라면 캐서린은 자기 존재를 배반하지 않는 한 히스클리프를 버릴 수 없다. 히스클리프는 캐서린에게 사회적 구속에서 벗어나 자유의 가능성을 열어주는 존재이다. 캐서린과 히스클리프가 자연에서 나누는 평등한 사랑을 테리 이글턴은 "인간적 가능성의 패러다임"[4]으로, 레이먼드 윌리엄스는 "소외된 사회구조에 맞서는 급진적 사회성"[5]으로 설명한다. 어떤 명칭으로 불리건 캐서린과 히스클리프가 자연에서 나누는 이 유년의 사랑이 영문학사에서 아름다운 유토피아적 가능성으로 남아 있는 것은 분명하다. 비극은 캐서린이 이 인간적 가능성을 배반하는 것에서 시작된다. 왜 이런 일이 벌어진 것일까?

존재의 배반, 그리고 파괴적 복수와 자기 소멸

캐서린의 딜레마는 히스클리프와 에드거 둘 다 갖고 싶지만 하나를 선택해야 하는 것이다. 이글턴은 이것이 소설에서 가장 중대한 사건이라고 말한다. 이런 딜레마적 상황에 직면하여 캐시는 히스클리프를 버리고 에드거를 선택한다. 앞서 말했듯이, 그녀가 히스클리프와 결혼하면 사회적 격이 떨어질

---

4. Terry Eagleton, *Myth of Powers : A Marxist Study of the Brontes*, London : Palgrave, 2005, p103.
5. Raymond Williams, *The English Novel from Dickens to Lawrence*, London : Chatto and Windus, 1970, p60-69.

뿐 아니라 경제적으로 사실상 무일푼의 상태가 되기 때문이다. 캐시는 사회적 신분과 경제적 기득권을 얻기 위해 자신의 "존재"를 버리는 선택을 한다. 캐시 자신의 입장에서는 히스클리프를 버리는 것이 아니라 에드거와 히스클리프를 모두 갖는 길이라 생각했을 수도 있다. 캐시는 넬리에게 자신이 에드거와 결혼하는 것이 히스클리프를 사랑하는 길이라고 주장한다. "넬리, 넬리는 나를 지독히 이기적인 계집애라고 생각하겠지만, 만약 내가 히스클리프와 결혼한다면 우리가 거지가 될 거라고 생각한 적은 없어? 하지만 내가 린턴과 결혼한다면 히스클리프가 오빠의 손아귀에서 벗어나게 도울 수가 있어."(152쪽) 캐시의 이 발언에 진정성이 담겨 있지 않은 것은 아니다. 그는 에드거와 결혼하는 것이 히스클리프와 헤어지는 것이라 생각하지 않는다. 오히려 히스클리프를 힌들리의 구박에서 해방시키는 길이라고 여긴다. 물론 넬리도 따끔하게 지적하듯이, 그녀가 히스클리프를 돕는 수단은 에드거의 경제력에서 나온다. 캐시는 존재론적으로는 히스클리프에게 충실하면서 사회적으로는 에드거와 혼인 관계를 유지하고자 한다. 그는 존재의 진정성과 사회적 정체성을 모두 갖고자 한다. 그러나 이것은 불가능하다. 이 불가능한 길을 선택함으로써 캐서린은 자신과 히스클리프 모두를 위험에 빠뜨린다. 남편 에드거에게도 공정하지 않다. 캐서린은 히스클리프를 곁에 두려고 하지만 그가 제기하는 위험 부담은 짊어지려고 하지 않는다. 히스클리프는 이런 부당한 거래를 거부한다. 그는 캐서린의 연인이 됨으로써 자신과 캐서린이 원하는 존재론적 위치를 현실화하고자 한다. 3년 뒤 드러시크로스 그레인지의 안주인이 된 캐서린 앞에 다시 나타난 히스클리프는 그녀를 갈등과 분열 속으로 밀어 넣는다.

병마로 죽음의 문턱에 이른 캐서린을 찾아간 히스클리프는 오랫동안 마음속에 담아두었던 말들을 쏟아낸다.

> 이제야 당신이 얼마나 잔인하고 위선적이었는지 알겠어. **왜** 나를 경멸했지? **왜** 당신 마음을 배반했어, 캐시? (……) 당신은 나를 사랑했어. 그러면서도 무슨 **권리**로 나를 버리고 간 거지? 무슨 권리로, 대답해봐. 린턴에 대한 어리석은 생각 때문이었어? 불행도, 타락도, 죽음도, 그리고 신이나 악마가 할 수 있는 어떠한 것도 우리 사이를 떼어놓을 수는 없었기 때문에 **당신** 스스로 나를 버린 거야. 내가 당신의 마음을 찢어놓은 것이 아니라 **당신** 자신이 찢어놓은 거야. 그리고 그렇게 함으로써 당신은 내 가슴도 찢어놓은 거야. (300-301쪽)

당신이 당신 마음을 배반했다는 히스클리프의 힐난은 아프고 정확하다. 무슨 권리로 나를 버렸느냐는 히스클리프의 비난은 무리하다고 느껴질 수도 있다. 그러나 이 주장은 자기 내면의 진정성을 파괴함으로써 타인의 진정성마저 파괴할 권리는 그 누구에게도 없다는 정당한 요구를 담고 있다. 이후 소설이 보여주듯이, 캐서린은 두 존재의 진정성을 파괴한 후과를 고통스럽게 겪는다. 캐서린은 에드거와 결혼한 뒤 부르주아 가정에 편입되면서 반항적인 딸에서 정신착란을 일으키는 병든 아내로 퇴행한다. 또한 그의 배반은 히스클리프를 복수심에 사로잡혀 강박적으로 돈을 추구하는 냉혈한으로 만든다. 그러나 히스클리프의 복수는 캐시를 되찾으려는 도착적 방식일 뿐 그 자체가 목적이 아니다. 캐서린을 두고 히스클리프와 에드거가 벌이는 상징 투쟁은 그녀가 부르주아 가부장제와 맺고 있는 불안정한 관계를 뒤흔든다. 히스클리프가 캐서린을 자신의 연인으로 다시 데려오기 위해 벌이는 작업은 에드거의 아내이자 드러시크로스 그레인지의 마님 위치에서 그녀를 떼어내는 데까지만 성공한다. 이제 캐서린은 어린 시절로 돌아가는 환각에 빠져든다. 작가는 캐서린이 히스클리프와 에드거, 두 남성의 대결에서 희생되었다는 것을 보여줌으로써 그녀의 병사(病死)가 갖는 젠더적 의미를 정치화한다. 캐서린은 두 남성의 욕망의 대상으로 전락하면서 애초 히스클리프와 공유했던 전복적 욕망을 잃어버린다.

소설 전반부에 나타나는 히스클리프와 캐서린의 모습과 후반부의 모습 사이에는 상당한 차이가 있다. 앞서 언급했듯이, 워더링 하이츠에서 캐서린과 히스클리프의 사랑은 억압적 사회구조에 맞서 인간적 가능성을 보여주는 것이었다면, 후반부에서 히스클리프는 가부장적 폭력성을 표출하는 냉혹한 자본주의자로, 캐서린은 부르주아 가정에 감금된 이방인으로 전락한다. 히스클리프는 재산에 대한 강박적 집착으로 캐서린을 잃은 상실감과 박탈감에 맞선다. 그는 허물어진 자존감을 돈의 성채를 통해 단단히 쌓아 올리려고 한다. 그러나 돈이 그가 진정으로 갖고 싶어 하는 캐서린을 대신할 수는 없다. 히스클리프는 어린 시절 워더링 하이츠에서 캐서린과 자유롭고 평등한 사랑을 나누었다. 그러나 캐서린에게 배신당한 뒤에는 그녀를 강박적으로 소유하려고 한다. 히스클리프는 캐서린의 신체와 영혼이 자신의 수중에서 벗어나 있다는 사실을 참지 못하고 그녀를 벼랑 끝으로 내몬다. 히스클리프의 출현으로 캐서린의 마음이 흔들리는 것을 느낀 에드거는 그녀에게 자신과 히스클리프 둘 중 하나를 선택하라고 윽박지른다. 또다시 불가능한 선택에 내몰린 캐서린은 이번에는 배반이 아닌 자기 소멸의 길로 접어든다. 거식증과 정신착란에 시달리던 캐서린은 거울에 비친 자신의 얼굴을 알아보지 못한다. 환각 속에서 그녀는 드러시크로스 그레인지의 안주인으로서의 정체성을 잃어버리고 워더링 하이츠에서 뛰어놀던 어린 소녀로 돌아간다. 과거가 현재 속으로 들어와 '캐시 언쇼'가 '캐시 린턴'을 뒤흔들어놓는다.

> 그러나 열두 살이라고 생각했던 내가 워더링 하이츠와 어렸을 때 친숙했던 모든 것과 그 당시 내게는 없어서는 안 될 사람이었던 히스클리프한테서 억지로 떨어져 나와서 단박에 린턴 부인이며, 드러시크로스 저택의 안주인이며, 낯선 사람의 아내가 되어버린 거지. 그때부터 쭉 자기 세계에서 쫓겨나고 버림받은 사람이 되었다는 걸 생각해봐. 그러면 깊은 구렁을 기어 다닌 듯한 내 기분을 조금이라도 알 수 있을 거야! **(234쪽)**

병석에서 캐서린이 넬리에게 들려주는 위의 말은 '캐서린 린턴'으로서 그녀가 느꼈을 고립감과 소외감, 자신의 존재에서 떨어져 나와 낯선 집에서 이방인으로서 느꼈을 자기 분열을 표현한다. 소설 초반 워더링 하이츠를 방문한 록우드는 그곳에서 캐서린의 이름이 적힌 일기장을 발견한다. 그 일기장에는 "'캐서린 언쇼'라는 이름이 군데군데 있는가 하면 '캐서린 히스클리프'가 되었다가 '캐서린 린턴'이 되어 있기도 했다".(37쪽) 캐서린의 삶에서 이 세 이름은 하나로 통합되지 못하고 서로를 간섭하고 침범하면서 분열되어 있다.

어린 시절 드러시크로스 그레인지에서 5주간 머무른 뒤 워더링 하이츠로 돌아왔듯, 캐서린은 7년간의 결혼 생활 뒤 워더링 하이츠로 돌아온다. 그때는 사회적으로 길들여진 숙녀가 되어 돌아왔지만 이번에는 자신의 존재에서 분리되고 자신의 세계에서 찢겨나간 환영이 되어 돌아온다. 그러나 이 환영 속에 캐서린의 감정적 진실과 욕망의 진리가 담겨 있다.

> 오, 내 몸이 불덩이 같아! 밖으로 나갔으면, 다시 야만에 가까운, 억세고 자유로운 계집아이가 되어 어떠한 상처를 입더라도 미치거나 하지 않고 깔깔 웃을 수 있었으면! 왜 조금만 해도 내 피는 끓어오를까? 저 언덕 무성한 히스 속에 한번 뛰어들면 틀림없이 정신이 날 텐데. 다시 창을 활짝 열어줘. 빨리, 왜 가만히 있어?
> (234-245쪽)

죽음의 침상에서 그녀가 떠올린 "야만에 가까운, 억세고 자유로운 계집아이"는 언쇼도, 히스클리프도, 린턴도 소유할 수 없는 그녀 자신이다. 그녀는 죽어가면서 드러시크로스 집 안에 갇힌 이 소녀를 해방시키고자 한다. 그러려면 창문을 열어 저 언덕 위 히스 덤불을 흔드는 바람 소리를 들어야 하고, 그 바람 속을 자유롭게 뛰어다녀야 한다. 이 자유의 꿈을 지상의 삶에서 이룰 수 없었던 소녀는 유령이 되어 귀환한다. 워더링 하이츠의 창밖에 출몰하여 "들어가게 해주세요, 들어가게 해주세요"를 외치는 유령은 록우드가 누구냐고 정체를 묻자 "캐서린 린턴"이라고 대답한다. 그러나 가부장제가 그녀에게 붙여준 이 이름이 그녀의 존재를 대변할 수는 없다. 뒤이어 유령은 말한다. "제가 돌아왔어요. 저는 벌판에서 길을 잃었던 거예요!"(48쪽) 그녀는 20년간 벌판을 헤매다가 이제 자신의 존재를 되찾기 위해 워더링 하이츠로 돌아왔다. 겁에 질린 록우드는 어린 유령의 팔목을 깨진 유리로 끌어당겨 피를 흘리게 만든다. 그러고선 책을 쌓아 올려 유령이 집 안으로 들어오는 것을 막고 유령의 애원에 귀를 닫는다. 록우드의 꿈인지 환영인지 실제 벌어진 사건인지 모호한 이 그로테스크한 장면은 이후 작품에서 전개될 불행한 사건들을 예고한다. 고딕풍의 이 장면은 어린 캐서린과 히스클리프가 나누는 해방적 사랑과 그 사랑이 겪게 될 비극적 운명을 미리 보여준다. 어린 시절 캐서린이 히스클리프와 동일시함으로써 자신의 존재를 구현하려고 했던 것은 히스클리프라는 인종적, 계급적 타자성을 지닌 존재를 지향하는 것이었다. 캐서린은 히스클리프에게서 자기 안의 타자적 존재를 만나면서 자신의 경계를 넘지만 결국 그 존재를 부정한다. 이로써 캐서린과 히스클리프의 관계는 사랑과 배반, 자유와 소유가 착잡하게 뒤얽힌 양가적인 것이 되고 만다.

그러나 끝내 이루어지 못한 이들의 사랑은 인간적 가능성의 표상으로서 유령이 되어 돌아온다. 캐서린 2세와 헤어턴이 아름답게 만들어가는 사랑이 캐서린과 히스클리프의 격정적 사랑을 미약한 형태로 실현하는 것이라 할지라도—그 부정적 측면은 완화시키면서—, 1세대의 사랑은 쉬이 사라지지 않는다. 그것은 워더링 하이츠의 창밖을 맴도는 유령으로 다시 출몰한다. 2세대가 만들어가는 사랑은 '빅토리아 시대의 가정성(Victorian domesticity)' 안에 안착한, 보다 온화하고 상호적인 사랑, 그런 의미에서 우리가 통상적으로 '낭만적 사랑'이라고 부르는 것에 더 근접한 형태를 띠고 있다. 그러나 캐서린 1세와 히스클리프가 나누는 사랑은 낭만적 사랑보다 더 급진적이고, 더 숭고하고, 더 그로테스크한 성격을 지니고 있다. 이런 사랑을 무엇이라 불러야 할지 잘 모르겠지만, 그것이 근대의 가정 안에 갇혀 있을 수 없는 성질의 열정이라는 점만은 분명하다. 이 사랑이 반드시 긍정적 측면만 지니고 있지 않음을 우리는 알고 있다. 그러나 긍정적인 것이 꼭 우리를 이끄는 것은 아니며, 우리 존재의 진실을 표현하는 것도 아니다.

작품의 화자 중 한 사람인 록우드는 사랑의 위험 앞에 달팽이처럼 자기 속으로 움츠러드는 인간이다. 그의 조심스러움은 겸손의 표현이 아니라 용기의 부족을 나타내는 표시이다. 사랑은 아무나 하는 것이 아니다. 그것은 사랑할 수 있는 힘과 용기를 지닌 자, 자신을 위험한 열정 앞에 드러낼 수 있는 자만이 할 수 있는 일이다. 록우드처럼 자기 방어적인 인간들이 세상의 다수를 차지하고 있는 오늘날 사랑할 수 있는 연인들의 존재는 각별하다. 그들의 이야기는 우리를 각성시킨다.

제11장

개츠비의 사랑과 개츠비의 위대성

—

F. 스콧 피츠제럴드, 『위대한 개츠비』

김영미

경인여자대학교 간호학과 교수

이화여자대학교 영어영문학과를 졸업하고 동 대학원에서 영문학 석사 및 박사 학위를 받았다. 현재 경인여자대학교 간호학과(간호영어) 조교수로 재직 중이다. 저서로는 『젠더와 재현』(공저), 『감정의 지도그리기』(공저), 『미국 이민소설의 초국가적 역동성』(공저) 등이 있고, 역서로는 『블레이크 씨의 특별한 심리치료법』『대지의 순례자 애니 딜라드가 전하는 자연의 지혜』 등이 있다.

낭만적 사랑의 주체로서의 개츠비

소설 장르가 탄생하던 때부터 소설이 가장 잘 다룬 주제가 사랑이었다고 미국의 비평가 피들러(Leslie Fiedler)는 말했다.[1] 호머 작품의 정수가 '전쟁'이고 영국 르네상스 드라마의 중심 주제가 '복수'이듯, 소설은 '사랑'을 중심 주제로 다루고 있다는 것이다. 그런데 피들러에 의하면 18, 19세기 프랑스, 이탈리아, 독일, 러시아, 영국 소설의 중심 주제는 '사랑'인 데 반해, 미국 고전소설 작가들은 남녀의 열정적 사랑의 주제를 회피하는 경향이 있다고 한다.(24) 미국 고전소설의 전형적인 남성

1. Leslie Fiedler, *Love and Death in the American Novel*, New York : Stein, 1966, p24.

주인공은 문명화, 즉 구애, 결혼, 양육을 피하기 위해 숲이나 바다, 강가로 달아나고 있다는 것이다. 미국 사회의 맥락에서 사랑의 문제를 다룬 캔시언(Francesca M. Cancian)의 주장도, 사랑이 남성의 영역이 아닌 여성의 영역이었다는 것을 지적한다는 점에서 피들러의 주장과 상통하는 점이 있다. 캔시언에 따르면[2] 18세기 말과 19세기 미국 사회는 영역 분리 이데올로기의 지배하에 있었기 때문에, 사랑은 여성의 영역, 일과 자아 개발은 남성의 영역으로 구분되었다. 이로 인해 사랑은 여성화되었고, 당시 여성들은 사랑과 가족에 초점을 둔 삶을 살도록 강요받았다. 한편 남성의 이상적인 자질은 대두하던 자본주의 경제에 맞게 독립적이고 경제적 성공을 이루는 능력, 자신의 감정과 섹슈얼리티를 잘 통제하는 능력이라고 여겨졌다.

그런데 미국의 자본주의가 황금기로 접어들기 시작하던 19세기 말, 20세기 초에 낭만적 사랑과 관련하여 주목할 만한 변화가 생겼다. 생산과 소비의 비약적 발전과 더불어 전화기, 타자기, 축음기, 라디오, 사진, 영화 등의 신문물의 등장, 댄스홀, 놀이공원, 영화관 수의 급증, 신문, 잡지, 대중가요의 발달은 미국적 풍경을 재구조화하여, 낭만적 사랑을 대중매체에

2. Francesca M. Cancian, *Love in America : Gender and Self-improvement*, Cambridge : Cambridge Univ. Press, 1987, p21.

편입시켰다. 에바 일루즈에 의하면, 대중문화는 "낭만적 사랑을 현대 미국인의 삶에서 가장 널리 퍼져 있는 신화들 중 하나로 전환"[3]시켰다. 사랑을 개인의 행복과 등치시켰으며, 종교의 구심점이 쇠퇴하는 상황에서 낭만적 사랑을 그 자체로 하나의 가치로 만들었다. 빅토리아 시대에 사랑이 도덕에 갇혀서 주로 자기 인식과 정신 계발의 도구였다면, 20세기로 오면서 사랑은 개인주의적이고 행복 추구의 주된 동기로 제시되고, 낭만적 사랑의 행동이 점점 더 대담해지고 화려해졌다고 한다. 영화에서 특히 사랑의 테마는 매우 중요해서, 1930년대를 대표하는 100편의 영화 중 95편이 로맨스를 포함하고 있었다고 에바 일루즈는 지적한다.

F. 스콧 피츠제럴드의 대표작 『위대한 개츠비』(1925)는 가진 것 없는 청년이 우연히 상류층의 여성을 알게 되어 사랑에 빠진 뒤 계층적 차이로 결별했다가, 5년 만에 거부가 되어 다시 나타나 그 사랑을 찾으려 하지만 결국 실패하는 이야기이다. 미천한 신분의 남성이 능력과 야심으로 사회의 중심부로 나아가는 플롯을 담고 있다는 점에서 이 소설은 스탕달, 발자크, 디킨스 등의 19세기 작가들의 맥을 잇고 있지만,[4] 이 소설

---

3. 에바 일루즈, 『사랑은 왜 불안한가 : 하드코어 로맨스와 에로티즘의 사회학』, 김희상 옮김, 돌베개, 2014, 62쪽.

의 초점은 개츠비의 사랑에 가 있다. 개츠비 이야기는 사랑을 위해 모든 것을 걸고 모든 것을 잃는다는 점에서 마담 보바리, 안나 카레니나 등의 낭만적 사랑의 이야기의 맥을 잇고 있다. 그래서인지 피들러는 개츠비를 일컬어 "주제적으로, 원형적으로 여성 인물"이라고 했다.[5]

작품 속에서 주인공 개츠비는 여러 정체성을 가졌고 그의 정체성 속에는 여러 모순되는 지점과 모호한 지점들이 있지만, 그의 가장 두드러진 정체성은 낭만적인 연인이다. 그는 어떤 점에서는 『폭풍의 언덕』의 주인공 히스클리프와 닮았다. 미천한 신분에서 3년 만에 부자이자 완벽한 신사가 되어 나타나 사랑의 복수를 하는 히스클리프, 폭력적이고 잔혹하지만 캐서린에 대한 불멸의 사랑으로 독자들의 공감을 이끌었던 히스클리프처럼, 개츠비는 밀주업이나 주가조작 같은 불법적인 일에 뛰어들어 부정한 돈을 모았지만, 한 여인에 대한 한

---

4. 비평가 트릴링(Lionel Trilling)은 이 소설이 19세기 초에 시작된 '자수성가' 이야기를 다룬 일련의 위대한 소설의 마지막에 속한다고 평했다.

5. 『위대한 개츠비』를 로맨스 장르와 연관시켜 논의하고 있는 이준영은, 이 소설이 중세 기사도적 사랑 이야기와 현대 대중 로맨스물 소설의 공식을 공유하면서 비틀고 있으며, 이를 통해 1920년대 미국 사회를 비판하고 있다고 본다. 이준영에 의하면 로맨스 장르는 중세 기사도 로맨스와 월터 스콧의 역사 로맨스물 등에서 보듯 주로 남성이 주인공이었다가, 19세기 말, 20세기 초 대중 로맨스물에서 여성의 장르로 변화했으며 제2차 세계대전 이후 여성적 장르로 확고히 자리 잡았다고 한다. 그러면서 여성 주인공에서 남성 주인공으로의 변화를 보여주고 있는 이 소설은 로맨스 양식의 이행기에 있는 작품이라고 언급한다.

결같은 사랑과, 그 사랑을 지키기 위해 자신의 모든 것을 거는 헌신적인 태도로 독자들의 공감을 끌어낸다. 개츠비를 가까이서 지켜보고 그에 대한 이야기를 들려주는 화자 닉 캐러웨이는 개츠비가 안타까운 희생자라고, 개츠비를 죽게 만든 세력이 문제이고 개츠비는 옳았다고 말하면서 그의 이야기를 시작한다.

과연 개츠비는 한 인간으로서, 그리고 연인으로서 우리가 찬미해야 할 그런 사람일까? 사랑하는 대상에 대한 그의 태도, 사랑에 대한 그의 생각과 행동이 높이 평가받아야 하는 것일까?

사랑의 시작과 끝에 놓여 있는 계급적 장벽

무릇 모든 사랑에는 장애물이 있다. 그 장애물의 크기가 때로 사랑의 크기를 결정하기도 한다. 연인이 넘어야 할 장애물이 클수록 사랑 이야기는 극적인 호소력을 지닌다. 장애물은 그 사회가 정해놓은 여러 가지 금기와 근접할수록 그 크기가 커진다. 신분제 사회에서는 신분이, 인종차별적 사회에서는 인종적 차이가, 엄격한 종교 사회에서는 종교적 차이가 연인들을 갈라놓는 장벽이 된다. 1920년대 미국 사회를 배경으로 하고 있는 이 소설에서 주인공인 개츠비와 데이지를 갈라놓는 주된 장벽이 계급적 차이라는 점은, 당대의 미국 사회의 계급적 차이와 장벽이 매우 공고했음을 시사한다.

개츠비와 데이지의 사랑의 시작과 끝을 좌우하는 결정적 요인은 계급적 요인이다. 궁핍하기 짝이 없는 농부의 아들인 개츠비와 미국 남부 루이빌에서 가장 잘사는 부잣집 딸인 데이지는 서로 다른 삶의 반경 속에서 살아가게 되어 있는 인물이다. 동떨어진 두 사람의 만남을 가능하게 한 것은 제1차 세계대전이다. 전쟁은 사회의 기존 질서를 전복시킬 수 있다는 점에서, 전쟁이 이런 장치로 활용된 것은 설득력이 있다. 사회적으로 한없이 미천했던 개츠비는 용맹함이란 남성적 자질을 잘 증명하여 장교가 된다. 장교는 그에게 미천한 사회적 신분을 가릴 수 있는 '망토'가 되어 데이지의 세계와 마주칠 수 있는 기회를 준다. 그의 부대가 주둔하게 된 지역에 데이지가 살고 있었고, 그는 장교의 신분으로 데이지와 만나게 된다.

처음 만난 상류층 딸인 데이지는 개츠비를 단숨에 매혹시킨다. 왜 그는 데이지에게 빠져들었을까? 여기서 우리는 그의 사랑의 대상인 데이지의 외모, 주변 남성들 사이에서 그녀가 누리는 인기, 그녀의 멋진 집에 대해서, 그리고 그녀와의 첫 키스의 감흥에 대해서는 정보를 받지만, 그녀가 어떤 생각과 개성을 지녔는지, 그녀의 삶의 지향점은 무엇인지 등에 대해서는 아무 정보를 얻지 못한다. 개츠비의 눈에 데이지의 집은 이제껏 그가 본 어떤 집보다 멋있고, '신비'로 가득 차 있었다고 개츠비는 말한다. 그녀의 침실이 있는 2층 복도는, "새로 출시된 번쩍거리는 신차처럼 신선하고 향기로운 로맨스"[6]가 펼쳐질 것 같았다고 그는 말한다. 여기서 로맨스의 흥분과 기대감을 반짝이는 새 차를 타는 흥분과 기대감으로 묘사하는 것도 흥미롭지만, 데이지의 가치를 다른 사람들로부터의 인기의 정도로 재는 것도 인상적이다. 말하자면 그 시대의 사람들이 가장 욕망하는 상품 중의 하나인 새 차, 교환가치에 의해 가격이 결정되는 상품에 사랑하는 연인을 비유하고 있는 것이다.

데이지는 욕망의 주체로서 존재하는 것이 아니라 오로지 개츠비의 욕망의 대상으로 그려지고 있다. 그리고 개츠비에게 있어 데이지는 자신의 개성으로 반짝이는 존재라기보다 그를 더 고귀하고 멋있는 존재로 만들어줄 사람, 그가 경험하지 못한 신비와 아름다움이 있는 세계로 안내해줄 안내자 혹

---

6. 원문으로는 F. Scott Fitzgerald, *The Great Gatsby with Essays in Criticism, Annotated with Critical Introduction by Yong-kown Kim*(신아사, 2004)를 참조.

은 도구로서 존재한다. 기실 개츠비는 데이지를 만나기 전부터 자기가 속해 있는 세계보다 더 나은 세계, 자신의 현재보다 더 나은 자신을 원해왔다. 그가 자신의 아버지를 마음으로나 물리적으로나 버린 것[7]은 새로운 자아를 만들어내기 위한 것이었다. 그가 실제 아버지를 버리고 대리 아버지로 삼은 사람이 억만장자로서 요트를 타고 세계 유람을 하는 댄 코디(Dan Coddy)였다는 것은, 그가 상류층으로의 진입을 지향하고 있음을 짐작하게 한다.

데이지를 만나기 이전부터 새로운 자아, 새로운 삶을 꿈꾸었던 개츠비에게 데이지는 그야말로 그 꿈을 실현시켜주는 존재이다. 데이지에게 처음 키스하던 때 그가 느낀 감정적인 고양은 그의 꿈의 크기와 강렬함, 데이지와 데이지가 속한 세계에 대해 그가 가졌던 환상과 동경의 크기를 그대로 보여준다. 그는 데이지를 통해 하늘까지 이르는 사다리에 오를 수 있을 것 같은 느낌, 그리고 그 위에서 '생명의 젖'을 빨 수 있을 것 같고, 자신이 심지어 '신의 아들'이 된 듯한 느낌까지 받는다. 그리고 자신에게 이런 고양된 감정을 선사하는 데이지는

---

7. 그는 열일곱 살 때 자신에 대한 새로운 이미지를 그리고 그 환상을 부풀려왔으며, 아버지를 떠나온 이래 거의 한 번도 아버지를 찾지 않은 것으로 보인다. 심지어 그는 닉에게 부모님이 다 돌아가셨다고까지 말한다. 작품 속에서 그가 아버지를 버린 것에 대한 회환이나 후회의 감정을 토로한 적은 없다.

그의 삶에서 '성배(grail)'와 같이 신성한 존재로 각인된다.

데이지에 대한 이런 사랑을 우리는 과연 바람직한 사랑이라 할 수 있을까? 데이지가 여성으로서, 그리고 인간으로서 바라는 것이 무엇인지 그는 생각해본 적 있을까? 그는 상류계급의 삶에 대한 선망과 동경으로 인해 데이지를 과도하게 이상화하고 있는 것은 아닐까?

자신의 환상에 기반하여 상대방을 과도하게 이상화하는 것 자체도 아슬아슬하게 위험한 것이지만, 당장 그의 사랑에 가장 큰 장애가 되는 것은 그의 미천한 위치이다. 비록 장교라는 '망토'를 입고 멋진 남자로서 데이지 앞에 섰지만, 그 망토는 한시적인 것이다. 그 역시 이 사실을 잘 알고 있다. 데이지의 연인으로서 이런 불리함을 그는 거짓말로써 돌파한다. 그는 데이지로 하여금 자신도 그녀와 같은 계급이라 믿게 만드는 '속임수'를 통해 데이지에게 계속 접근했고 사랑의 보답을 얻었다고 말한다. 그가 진실을 밝힐 수 없는 것은 데이지가 계급적인 한계를 넘어선 사랑을 할 수 없으리라는 판단 때문이었고, 그의 이 판단은 옳았다.

부도덕한 자본과 거짓 정체성의 힘으로 '성배'를 찾을 수 있을까?

개츠비의 삶을 볼 때 새삼 놀라게 되는 지점은, 그렇게 짧은 기간에 그토록 큰 성취를 이룰 수 있었다는 것이다. 그는 불과 5년의 시간 동안 거부가 되어 나타났다. 해안 풍광이 보이는 "봉건영주의 대저택" 같은 곳에 살면서 유명 영화배우와 음악인 등을 초대하여 화려한 볼거리, 오케스트라 연주, 신선하고 화려한 음식 등을 제공하는 화려한 파티를 연일 열 수 있는 재력을 갖추었다. 말끔한 양복을 차려입고 신형 차를 타며 수상비행기까지 갖추고 있다. 무일푼의 제대 군인으로서 밥도 제대로 못 사 먹고 양복 한 벌 살 돈이 없어 장교복 하나로 버티던 그가 어떻게 그런 대자본가로 변신하였는가?

재투성이 신데렐라를 순식간에 공주의 모습으로 변신시킨 요정의 힘을 빌린 건 물론 아니다. 그의 변신의 비밀은 메이어 울프셰임(Meyer Wolfsheim)이다. 디킨스의 『위대한 유산』에서 노동계급의 핍(Pip)이 범죄자인 매그위치(Magwitch)의 '더럽혀진 돈(tainted money)'으로 영국 신사 계급의 길을 걷듯이, 개츠비도 불법적 거래와 폭력, 주가조작 같은 비정상적이고 부도덕한 방법으로 돈을 버는 울프셰임의 도움과 그와의 협업으로 부를 이루었다. 울프셰임은 개츠비의 호감 가는 외모와 신사다운 매너, 그리고 6개월 정도 머문 옥스퍼드대학의 경력 등을 높이 사서 그를 "저 밑바닥, 개천에서 끌어올려서 용을 만들었다"고 말한다. 개츠비의 이런 성공 사례는 한편으로는 "자수성가형 신화가 벤저민 플랭클린식 모델에서 악덕 자본가의 형태로 변함을 암시"[8]하고, 다른 한편으로는 미국 사회가 계급의 유동성에 열려 있음을 나타내기도 한다. 말하자면 세습된 부자가 아니라, 신흥 벼락부자가 가능했다는 뜻이다.

과거가 밝혀지기 전까지의 개츠비는 거의 광고 속에 나오는 스타와 같이 비현실적인 모습을 하고 있다. 현실 속 인물이라고 믿기엔 너무나 훌륭한 모습이다. 데이지가 재회 후 무심코 던지는 말처럼, 개츠비는 광고 속 인물같이 근사한 것만 가지고 있다. 뛰어난 외모에 사람들이 욕망하는 최고급 물건들을 배경으로 독보적인 매력을 발산하는 스타 말이다. 그는 자기 집 파티에서 옷이 찢어진 한 여성에게 훨씬 비싸고 좋은 옷을 선물로 다시 보내줄 만큼 신사다운 매너를 갖추고 있고, 파티에 참석한 사람들이 술과 음악과 유희에 흥청망청 취해 있

8. 김명성, 「상품 문화와 계급 불안, 전통적 귀족 사회의 해체 : 루돌프 발렌티노를 원형으로 읽는 『위대한 개츠비』」, 《영어영문학 연구》 제 60권 1호, 2018년 3월, 28쪽.

을 때 홀로 고고하게 깨어 있으며, 다른 무엇인가를 추구하는 모습으로 등장한다.

다만 그의 부의 출처가 불분명하기 때문에 이와 관련한 여러 소문이 있는 것이 흠이다. 미국과 적국이었던 독일의 '빌헬름 황제의 사촌인가 조카'였다는 소문도 있고(머틀의 여동생이 한 말), 자기 말로는 옥스퍼드대학을 나왔다는데 안 믿긴다는 말(조던 베이커의 말), '캐나다 직송 지하 밀주 파이프라인'을 통해 몰래 술을 들여온다는 말(뉴욕에서 온 젊은 기자가 어디선가 듣고 취재를 나온다) 등이 그를 둘러싼 소문이다. '스파이', '살인', '밀주' 등의 세 단어로 요약될 수 있는 이 소문은 그의 반짝이는 겉모습 뒤에 어두운 악이 있을 수 있음을 암시하고, 결국은 그 소문 중 하나가 사실로 드러난다. 제인 에어가 사랑하는 남자 로체스터가 자신의 저택 안 어두운 곳 깊숙이 '미친 아내'를 감추고 있듯이, 개츠비는 자신의 화려한 부 이면에 불법적 축적 방법을 감추고 있다.

이런 이중적인 개츠비는 데이지를 되찾을 수 있을까? 그의 사랑이 일편단심이고 오직 데이지만을 위해 모든 것을 해왔다고 해도, 과연 그 사랑은 정당화될 수 있을까? '장교의 군복'이라는 망토로 무일푼의 자신을 감추고 데이지의 사랑을 얻었던 그는, 이번에도 '성공한 사업가'라는 망토로 재력가의 아내가 된 데이지를 되찾을 수 있을까? 그리고 만약 데이지가 이에 응했다 하더라도, 비밀과 거짓말로 구성된 자아를 가지고 진정한 사랑이 가능할까? 그리고 데이지는 과연 '성배'였을까?

개츠비가 재회하는 데이지는 거부의 아들 톰 뷰캐넌과 결혼해 딸을 둔 엄마가 되어 있다. 그녀와 톰은 생산에 전혀 종사하지 않고 마음 가는 대로 여행하고 소비해도 아무 지장이 없는 특권층 사람들이다. 대저택에서 하인들의 시중을 받으며 살고, 아이도 유모가 전담해서 키우고, 더위를 피해 호텔에 가서 즐길 수 있는 그런 삶을 산다. 그녀의 말을 빌리자면 그녀는 안 해본 것이 없고 안 가본 곳이 없을 만큼 세계 여행도 두루 다녔다. 그녀는 여전히 아름다운 외모를 유지하고 있고 삶에서 거의 모든 것을 갖추고 있는 듯이 보인다. 하지만 완벽한 인생이란 있을 수 없다는 듯, 그녀의 삶에서 딱 하나 없는 것이 있다. 그것은 바로 남편의 진실된 사랑이다. 혹은 화자인 닉의 표현을 빌리자면, "낭만적 가능성"이다.

톰은 결혼한 지 얼마 되지 않은 때부터, 심지어 딸이 태어나는 순간이나 오늘날에 이르기까지 복잡한 여자관계를 맺고 있다. 그가 바람을 피우는 대상이 묵었던 호텔의 여종업원, 정비공의 아내인 것을 볼 때, 그는 상대의 신분이나 처지를 가리지 않고 무분별하게 육체의 정욕을 좇는다는 것을 알 수 있다. 그는 뉴욕에 아파트를 구해 자신의 정부가 그곳에서 귀부인 흉내를 내며 살게끔 뒷받침해줄 정도로 대단한 재력의 소유자이다. 주변 사람들은 그가 뉴욕에 정부를 두고 있다는 사실을 거의 다 알고 있고, 심지어 데이지도 알고 있다. 그래서 부부 사이에는 팽팽한 긴장감이 흐르고, 두 사람은 행복과는 거리가 먼 생활을 하고 있다. 그래서 그들의 결혼 이후 처음 그들의 집을 방문한 닉은 그녀가 그 집을 나왔으면 좋겠다고 생각할 정도이다. 그녀의 결혼 생활은 말할 수 없이 풍족하고 세련되었으나 권태롭고 삭막하고 각박하다.

이런 그녀 앞에 오로지 그녀만을 생각하고 사랑해온 개츠비가 나타나, 변함없는 사랑을 표현한다. 그녀가 감동하는 건 당연해 보인다. 5년간 한결같은 마음으로 그녀만을 바라본 개츠비가 그녀를 만나 보여주는 감정의 전율이 그녀에게도 고스란히 전달되고, 두 사람은 공감과 호의를 회복한 상태에서 개츠비가 이룩한 성공의 전시물들을 보게 된다. 데이지가 오기 전날부터 지하에서 꼭대기까지 온 집에 불을 밝히고 하나하나 점검했던 개츠비는, 온갖 꽃들이 피어 있는 정원, 마리 앙투아네트풍의 음악실, 왕정복고 시대의 살롱을 본따 만든 살롱들, 머튼 칼리지 도서관, 온갖 싱싱한 꽃으로 장식한 고풍스러운 침실들, 드레스룸, 당구장, 욕실들, 그리고 개츠비 자신의 침실과 서재와 옷장, 그리고 마침내 그 옷장 속의 화려한 옷들까지, 데이지에게 전시한다. 이런 물질적 성취뿐 아니라, 데이지와 헤어진 이후 그녀에 관한 기사를 모아놓은 스크랩북, 데이지와 헤어진 날짜들을 하나하나 헤아려온 것 등은 데이지에 대한 그의 열망의 크기와 강도가 어떠했는지를 충분히 드러낸다.

개츠비의 열망에 데이지도 진실되게 공명하고 있다는 것은 그녀가 터뜨리는 눈물이 증명해준다. 그리고 자수성가한 개츠비의 세계가 자신과 남편이 속한 세계에 비해 다소 조악함에도 그 세계를 그리 비판적으로 보지 않는 것 또한 개츠비를 존중해서이다.[9] 사실 그녀가 개츠비를 버리고 자기 세계로 되돌아가는 선택을 할 때 우리는 단순히 그녀를 속물적이라고 몰아세우기 어려운 측면이 있다. 왜냐하면 개츠비가 불가능한 것을 요구하는 측면이 있고, 또 개츠비 자신의 거짓 정체성, 부도덕한 자본의 성격이 문제가 되었기 때문이다. 톰과 지

---

9. 톰과 그 주변 사람들은 개츠비 같은 사람을 자신들과 동류로 여기지 않는다. 이는 톰이 지인 두 명과 함께 말을 타다가 목이 말라 우연히 개츠비 저택에 가게 되었을 때의 에피소드에서 잘 나타난다. 말을 타는 톰 무리와 자동차밖에 없는 개츠비가 구분되고, 또 그들 중 한 여성이 개츠비를 파티에 초대하겠다고 해서 남편과 다투게 되는 장면 등은 개츠비가 속한 세계와 톰의 세계가 다르다는 것을 보여준다.

낸 세월을 완전히 무화시킬 수 있도록 '톰을 사랑한 적이 한 번도 없다'고 선언하고 5년 전으로 시계를 되돌리듯 루이빌의 데이지의 집에서 결혼하고자 하는 개츠비의 요구는 현실적으로 불가능하다. 데이지에게 너무 많은 것을 요구하며 과거로 돌아가는 일은 불가능하다고 하는 닉의 지적처럼, 개츠비의 요구는 현실의 변화를 인정하지 못하는 태도이다. 또, 개츠비의 아킬레스건인 부도덕한 부의 출처가 밝혀졌을 때 개츠비가 보인 표정과 태도를 보면, 개츠비를 좋게 평가하기 힘들다. 그는 거짓말로 상황을 돌파하려고 하기 때문이다. 매력적인 미소가 특징인 개츠비가 그답지 않게 매우 굳은 표정, 닉의 표현을 빌리자면 "사람을 하나 죽인 것 같은" 표정을 보인 것은, 그에 대한 톰의 폭로가 사실임을 증명한다. 그런데 그는 데이지에게 자신의 상황을 정직하게 설명하는 대신, 톰이 말한 모든 것을 부인하고, "아직 제기되지 않은 비난들"에 대해 "방어하는" 반응을 보인다.

이렇게 보았을 때, 데이지의 거절을 탓할 수만은 없다. 변한 현실을 전혀 인정하지 않는 사람, 근사한 외양 뒤에 불법적인 행위와 어두운 속임수를 감추고 있는 사람을 사랑의 이름으로 받아들일 여성은 많지 않을 것이다. 아무리 상대방을 사랑한다고 해도 내 삶, 내 정체성 속에 비밀과 거짓말이 핵심적으로 개입되어 있다면 그 사랑은 이뤄지기가 힘들다.

그럼에도 불구하고 개츠비가 위대하다면?

개츠비는 자신이 쌓아 올린 부와 이미지가 한순간에 무너질 위기에 이르렀고, 그것이 도덕성의 측면에서 볼 때는 사필귀정의 측면이 있는데도, 그의 결함에 대한 정당한 비판이 작품 속에서 이뤄지지 않는다. 아이돌 출신이면서 독립하여 독자적인 사업을 꾸리고 영어, 중국어, 일본어를 능숙하게 구사하면서 유능한 사업가로 인정받아 '승츠비'로 불리던 '승리'가 마약, 불법 술집 운영, 성매매 및 성폭력 등의 죄로 체포되었을 때 그를 동정한 사람은 아무도 없었다. 겉이 화려하고 사람들의 인정과 선망을 많이 받을수록 그 인물에 대한 배신감은 더욱 커지는 법이다. 그렇다면 개츠비는? 그가 만든 새로운 자아가 유리처럼 산산이 부서진 후, 우리는 그를 어떻게 봐야 할 것인가?

작가와 작가의 대변인인 닉은 물론 개츠비의 부의 축적 과정의 문제점을 잘 알고 있다. 닉이 개츠비를 가리켜 "자신이 경멸하던 모든 것을 대변하는 인물"이었다고 말한 것이나, 개츠비의 결함으로 데이지가 점점 그에게서 멀어져서 마침내 자신의 원래 세계로 회귀하는 플롯은 바로 이 점을 명확하게 한다. 그럼에도 불구하고 닉은 개츠비가 옳았다고, 개츠비는 그들 모두를 합친 것보다 더 가치 있는 사람이라고 말한다. 그리고 심지어는 개츠비의 꿈을 미국적 꿈으로까지 확장시켜 이해한다. 이 지점에서 독자들의 혼란이 가중된다. 개츠비의 어두운 비밀이 밝혀지고, 개츠비가 일생을 바쳐 사랑했던 대상이 오히려 그를 비극으로 몰아넣고는 뒤도 돌아보지 않고 도망갔는데, 도대체 개츠비가 무엇이 위대하다는 것인가?

개츠비에 대한 닉의 판단을 이해하기 위해서는 개츠비가 놓여 있는 세계, 그를 둘러싼 사람들의 맥락 속에서 개츠비의 삶을 살펴봐야 한다. 톰과 데이지, 조던 베이커로 대변되던 상류층 세계의 삶의 방식, 톰의 정부이던 머틀과 그의 남편 조지 윌슨의 삶의 방식, 그리고 그의 파티에서 음악과 술과 유희에 취해 있던 사람들의 삶의 방식의 맥락에서 볼 때 개츠비의 삶의 방식은 그들과 분명 다른 지점이 있고, 닉은 이 다른 지점에서 개츠비의 훌륭함을 읽어낸다.

톰과 데이지와 조던 베이커의 삶의 방식은 계급적 우월성에서 비롯된 특권 의식이 강하고 자신들의 이익과 안전을 최우선으로 하며 자신들의 행위를 쉽게 합리화한다. 거짓말과 부정행위를 쉽게 저지르면서도 돈과 특권 뒤로 숨으며, 자신들의 행위에 대한 성찰이라고는 찾아볼 수 없다. 가령 톰의 경우 무수한 여자들과 문란한 관계를 유지하면서도 가족제도의 필요성을 역설하는 이중적 태도를 보이지만, 스스로의 이중성을 통찰할 눈이 그에게는 없다. 아름답게 반짝이고 신비롭고 달콤하고 즐거운 어떤 세계를 상징하는 존재, 성배와도 같은 가치를 지닌 존재, 그리고 "그 도시에서 가장 멋지고 제일 좋은 것"을 의미한다고 믿었던 존재, 데이지는 결정적인 순간에 자신의 안전과 부를 선택하는 사람, 자신이 저지른 잘못을 책임지지 않을 뿐 아니라, 그것을 다른 사람이 뒤집어쓰는 것을 방조하면서 자신은 그 현실에서 도망치는 무책임한 사람인 것으로 드러난다. 게다가 자기 때문에 개츠비가 죽었는데도 일말의 애도조차 표현하지 않는 그녀의 태도는 더욱 가증스럽다. 그런 이유로 닉이 그녀를 가리켜 '썩은 사람들(rotten people)', '그로테스크한 장미'라고 비난할 때, 독자들은 그 비난에 동참할 수밖에 없다.

한편 사랑을 통해 계급적 상승을 꿈꾸고 사랑에 모든 것을 걸다가 죽는다는 점에서 개츠비와 짝패를 이루는 머틀의 삶의 방식 역시 여러모로 개츠비와 대조된다. 그녀에게 사랑은 섹슈얼리티와 계급적 지위의 문제이다. 그녀는 소유물을 통해 그 사람의 지위를 드러내는 그 시대의 사회 풍조를 대변하는 인물로, 아파트를 꽉꽉 채운 가구들과 예술품, 화려한 옷, 애완견 등의 소유물들은 그녀가 지향하는 레이디의 삶을 나타내는 기표다. 이 모든 것을 가능하게 하는 물질이 톰에게서 나오기 때문에 그녀는 톰과의 부적절한 관계로 뛰어든 것이다. 그녀의 남편 조지 윌슨은 가난한 시절의 개츠비를 연상시키는 인물이다. 옷 살 돈이 없어 군복 하나로 버티던 개츠비처럼 윌슨은 결혼식 때 입을 양복조차 없어서 빌려 입은 사람이다. '신사'인 줄 알고 결혼했다는 머틀의 말에서 드러나듯, 그는 점잖고 명예를 소중히 여기는 사람인 듯하나 사업적 자질이 없어 '재의 계곡'처럼 보이는 황량한 곳에서 사는지 죽었는지도 모르는 것처럼 그렇게 무기력하게 하루하루 연명하고 있을 뿐이다. 돈이 없는 세계의 황량함과 무력함, 돈이 없기 때문에 사랑도 지킬 수 없는 삶을 윌슨의 삶은 대변하고 있다.

물질적인 부의 매력과 유혹이 가시적으로 크게 느껴지는 세계, 돈과 성공이 도덕적 가치와 사회적 책임보다 중요한 세계, 부서지고 거짓된 인간관계가 판치는 세계가 개츠비를 둘러싼 사회의 모습이다. 윌리엄 제임스에서 존 듀이에 이르기까지 미국의 도덕주의자 전통에서 두려워하던 새로운 세계의 모습이 바로 개츠비를 둘러싼 세계의 모습이다. 이런 세계 속에서 개츠비는 독자적인 아우라를 가지고 오직 자신이 가진 꿈에 집중하고, 그 꿈만을 위해 살아왔다. 닉이 개츠비를 높이 평가하는 것은 바로 이런 꿈에 대한 헌신, 꿈의 실현 가능성을 믿는 낙관이다.

그런데 개츠비의 꿈의 실체, 꿈의 내용에 대해 생각해본다면, 그 실체가 막연하고 모호하다. 자신이 놓인 열악한 환경을 뛰어넘는 새로운 삶으로의 도약, 새로운 정체성을 만들고자 하는 열망, 데이지와 그녀가 속한 세계가 제공해주리라 믿는 삶의 신비와 아름다움, 이 모든 것이 그의 꿈 안에 섞여 있고, 이 모든 요소들은 결국 물질적인 부와 성공과 불가분하게 얽혀 있다. 그는 그 시대가 가장 가치 있다고 여기는 것, 가장 아름답고 신비하게 보이는 어떤 것을 추구한 것이고, 그 아름답고 가치 있는 세계가 곧 데이지와 데이지로 대변되는 세계였던 것이다. 그러나 데이지 자신과 그녀가 속한 세계는 그가 생각하는 이상과는 거리가 먼 모습, 속물적이고 이기적이고 냉담하고 무책임함이 핵심적인 그런 세계이다. 개츠비 역시 데이지의 이런 한계를 알고 있다. 그럼에도 불구하고 그는 환멸과 냉소에 빠지지 않고, 끝까지 데이지를 지키는 선택을 한다. 자신이 소중히 여기는 가치, 꿈을 위해 자신의 삶을 통째로 헌신하는 것이다.

사랑하는 여인을 위한 죽음, 그것도 갑작스럽게 때 이르게 맞게 된 죽음은 그를 무엇보다 낭만적 연인으로 기억되게 만든다. 그의 죽음은 닉의 마음속에서, 그리고 독자들의 마음속에서 그의 과오를 용서하게 하고, 그를 죽음으로 몰고 간 톰과 데이지의 잔인성과 속물성을 더 비난하게 만든다.

그런데 사랑의 관점에서 볼 때 개츠비는 사랑하는 여인에게 끝까지 충실한 헌신적인 연인이었지만, 그의 사랑은 현실성이 결여된 사랑, 자신의 진실한 정체를 드러내지 못하고 상대방의 진실한 정체를 알지 못하는 그런 사랑이다. 어쩌면 그의 헌신은 대상의 매혹적인 환상에 대한 헌신이지, 대상의 실체에 대한 헌신은 아니다.

제12장

「개를 데리고 다니는 여인」과 그 남자의 사랑

—

안톤 체호프, 「개를 데리고 다니는 여인」

안지영
경희대학교 러시아어학과 교수

연세대학교 노어노문학과와 서울대학교 노어노문학과 대학원을 졸업하고 러시아 학술원 러시아문학연구소에서 러시아 모더니즘 드라마 연구로 박사 학위를 받았다. 현재 경희대학교 러시아어학과 교수로 재직하며, 러시아 연극, 소비에트, 포스트 소비에트의 다양한 문화 현상에 관심을 가지고 연구를 진행하고 있다. 체호프의 『사랑에 관하여 : 「개를 데리고 다니는 여인」과 대표 단편들』을 번역하였다.

사랑은 다른가?

체호프의 단편과 희곡들을 읽어 내려가다 보면, 이 작가가, 우리가 흔히 희망, 꿈, 삶의 의미의 목록에 넣을 수 있다고 믿는 모든 단어들에 하나씩 하나씩 가위표를 치고, 그 모든 것을 '미망'이라는 표지가 붙은 거대한 자루 속으로 던져 넣는다는 생각을 떨치기 힘들다.

체호프의 세계에서는 첫사랑의 떨림, 모든 것을 삼킬 듯한 열정, 연인과 행복한 가정을 이루겠다는 건실한 소망, 이념을 위하여 인생을 바치겠다는 결의, 비루한 삶을 버리고 예술가가 되겠다는 꿈, 종교적 열정과 헌신, 100년 후의 세대를 생각하는 환경 운동, 유곽에서 만난 창녀를 구원하겠다는 피 끓는 정의감이 일상과 시간이라는 거대한 늪을 통과하며 한낱 '미망'에 불과했음이 드러나게 된다.

그리하여 그곳에는 얼빠진 눈으로 "산 것 같지 않은데 인생이 스쳐 지나갔다"고 중얼거리는 인물들, 도대체 이 지긋지긋한 인생의 의미가 무엇인지 알 수 없지만, 참고 인내하며 주어진 삶을 살아내자는 눈물 어린 각오를 내뱉는 인물들이 가득하다.

밤낮없이 일하고 또 일하고, 치료하고 또 치료해도 10년 세월 동안 하나도 나아진 것이 없는 벽촌의 현실 앞에서 서서히 무너져 내린 자신의 삶의 의미에 대해 「바냐 아저씨」의 등장인물인 의사 아스트로프는 다음과 같이 한탄한다.

> 칠흑 같은 밤에 숲길을 가는데요, 만일 그때 저 멀리서 작은 불빛이 반짝인다면, 피곤도, 어둠도, 얼굴을 찔러대는 나뭇가지도 다 상관이 없단 말이죠. 아시는 것처럼 우리 군에서 저처럼 일하는 사람은 없어요. 운명이 채찍질을 해대니 쉬지 않고 일하죠. 때론 참을 수 없이 괴로워하면서요. 하지만 제게는 저 멀리 작은 불빛도 없습니다.

맨정신으로 인간이 처한 현실을 직시하면, 인간은 유한하고, 힘없고, 나약하고, 사랑에 목마르지만 사랑할 줄 모르는 존재들이다. 그리고 이 복잡하고 모순적인 인간의 존재 의미를 담보해줄 거창한 '답'은 없다. 아스트로프가 불빛(огонь)도 아니고 너무도 작은 불빛(огонёк)이라는 지소형을 사용하여 강조하듯, 이 인생에는 '향하여' 나아갈 먼지만 한 불빛도 없다.

이러한 체호프의 세계가 냉혹하지만 따뜻한 것은 그의 작품이 향방 없이 주어진 삶을 살아가야 하는 인간들의 좌충우돌 소동에 대한 애가이자 위로이고, 정감 어린 농담이자 그럼에도 살아야 하는 삶에 대한 찬가이기 때문이다. 아스트로프는 아무런 의미도 없는 삶을 무엇으로 채워야 할지 모르겠다는 바냐의 눈물 섞인 절규에 콧방귀를 뀌며 "그냥 살아!"라고 답하지만, 동시에 200년이나 300년 후에는 지금보다는 나은 삶이 찾아오리라는 막연한 기대로 쇠락한 마을 한쪽에 숲을 가꾼다. 한탄하고 노래하고, 술 마시고 싸우고, 지지고 볶으며, 어쨌든 살아간다. 그것이 체호프의 세상이다.

그렇다면 사랑은 다른가? 사랑은 그 세계에 한 줄기 빛, 아니 아주 희미한 이정표라도 될 수 있는가? 짧게 답하자면, 아니다. 그 세계에서는 어떤 사랑도 인생을 구원하지 못한다. 체호프의 단편과 희곡에는 자신의 경계를 벗어나지 못해 불발

된 사랑, 시작도 해보지 못한 사랑, 사랑이라고 믿었으나 미망이었던 사랑, 현실의 시험 앞에 여지없이 무너지고 마는 사랑, 몇몇 여인들의 맹목적이고 자기 파괴적인 헌신, 사랑이 무엇인지도 모르는 사람들의 이기적인 욕망과 몰입, 그리고 그것이 남긴 상처들이 매우 잔잔하게 그려져 있다.

이런 의미에서 우리가 읽고자 하는 「개를 데리고 다니는 여인」(1899)은 체호프 작품 세계에서 분명 특별한 위치를 점한다. 20대에 첫 각혈을 한 후 '의사의 숙명적인 지식으로' 자신의 남은 생의 시간을 비교적 정확히 알았던 작가의 말년에 쓰인 이 작품에 이르러서야 체호프는 우리에게 처음으로 "사랑은 다른가?"라는 질문을 제대로 던져볼 일말의 여지를 준다. 정말 사랑은 다른가?

얄타식 사랑

「개를 데리고 다니는 여인」의 주인공 구로프는 여자들을 '저급한 종족'이라고 부르지만, 정작 그 저급한 종족이 없이는 단 이틀도 살 수 없는 모스크바의 중산층 바람둥이로 아직 마흔이 채 되지 않았으나 벌써 아이가 셋인 은행원이다. 책을 읽고 최신 철자법에 따라 글을 쓰며 스스로를 '생각 있는 여자'라 부르는 연상의 아내와는 일찌감치 결혼했는데, 그녀는 이미 폭삭 늙어 나이가 예순은 되어 보인다. 구로프는 아내에게 공포와 혐오를 느끼며 오래전부터 일상처럼 불륜을 이어오고 있다. 천성적으로 남자들과 있을 때는 불편하고 지루하지만, 여자들과 있을 때는 모든 것이 물 흐르듯 자연스러운 구로프에게 '저급한 종족'들과의 은밀한 만남은 무의미한 삶의 유일한 활력소이다.

그런 그가 여름에 혈혈단신 휴양지인 얄타로 떠나서 그곳에서 무료하게 시간을 보내다 개를 데리고 다니는 여인, 안나 세르게예브나를 만난다. 자신의 큰딸보다 조금 나이가 많은 안나 세르게예브나는 페테르부르크 출신으로 여학교 졸업 직후 결혼하여 소도시 S에 사는 젊은 유부녀이다. 그녀는 성실하고 재력이 있으며 좋은 사람인지는 모르지만 본질적으로는 '하인'인 남편과의 삶에 염증을 느끼며 도망치듯 얄타로 내려와 매일 작은 스피츠 한 마리를 끌고 해변을 쏘다니고 있다.

이들의 만남은 스쳐 지나갈 가벼운 관계를 한껏 즐겨보자는 휴양지의 독특한 정서와 관행을 그대로 답습한다. 우연히 식사하러 들른 레스토랑에서, 안 그래도 시선을 끌던 예쁘장한 여인을 발견한 구로프는 그녀와의 짜릿한 밀회를 꿈꾼다.

> 개를 데리고 다니는 여인이 그와 세 걸음 정도 떨어진 옆 탁자에 앉자 불현듯 그의 머릿속에는 여인들의 마음을 얻는 경박한 승리, 여인들과의 산행에 관한 그 별것 아닌 이야기들이 떠올랐고, 빠르게 스쳐 지나갈 관계, 이름도 성도 모르는 미지의 여인과의 연애에 대한 매혹적인 생각이 갑작스레 그를 사로잡았다.[1]

답답한 결혼 생활에서 탈출하듯 얄타로 달려온 안나도 이 해변의 노골적인 분위기 앞에서 잔뜩 긴장한 채 무언가 일어나기를 기다리고 있다. 첫 만남 이후 방에 돌아와 안나를 생각하던 구로프는 그녀를 다음과 같이 묘사한다.

> 모르는 사람과 대화를 나누는 그녀의 웃음이 얼마나 겁이 많고 부자연스러웠던지. 아마 다른 사람이 그녀의 뒤를 따르고 그녀를 쳐다보고 그녀도 알아챌 수밖에 없는 한 가지 비밀스러운 목적만을 가지고 접근하는 이러한 상황에 난생처음 놓이게 된 것이 분명해 보였다.

---

1. 이하 작품의 번역은 필자의 번역서인 『사랑에 관하여』(펭귄클래식, 2010)에 실린 「개를 데리고 다니는 여인」(205-229쪽)을 인용한 것이다.

이렇게 시작된 만남은 여름 휴양지 연애의 모든 수순을 밟으며 차근차근 제대로 진행된다. 더운 여름, 하릴없는 휴양 인파에 휩쓸려 이리저리 쏘다니며 나누는 한담, 교태, 아이스크림, 소다수, 산책. 얄타식 사랑이 시작된 것이다.

그 여름, 수박을 먹던 그

그리고 얄타식 사랑은 매우 빠르게 다음 단계를 향해 나아간다. 만난 지 일주일 만에 안나와 구로프는 정사를 나눈다. 정사 직후 구로프는 그간 자신을 스쳐 갔던 다양한 여인들을 기억하며, 이 순진한 여인과의 연애 역시 그중 한 페이지로 기록될 것이라는 느긋한 생각에 잠긴다. 반면 평생 모범적으로 살아온 얌전하고 어린 귀부인 안나는 예감했지만, 동시에 예기치 못했던 이 사건의 무게에 눌리고 동요한다.

> 안나 세르게예브나는, 그러니까 이 '개를 데리고 다니는 여인'은 지금 일어난 일을 좀 특별하게, 아주 진지하게, 그러니까 자신의 타락이라고 생각하는 듯했고, 구로프에게는 그것이 이상하고 부적절해 보였다. 그녀는

> 기가 빠지고 시들어버린 얼굴을 하고는 양옆으로 긴 머리를 서글프게 늘어뜨린 채, 오래된 그림에 나오는 타락한 여인처럼 우울한 자세로 생각에 잠겼다.

구로프는 괴로워하는 안나를 매우 낯선 눈으로 바라보다 급기야는 가슴을 쥐으며 울고 있는 안나 앞에서 방에 놓여 있던 수박을 한 조각 잘라 먹기 시작한다. 그러고는 그녀가 자신이 왜 이곳에 올 수밖에 없었는지, 하인 같은 남편과의 삶에 염증을 느끼며 이것과는 다른 삶도 있지 않을까, 살고 싶다, 살고 싶다는 마음으로 이곳에 도망치듯 왔다는 참회와 고백을 늘어놓을 때는 이미 지루해서 어쩔 줄을 모른다.

> 구로프는 이미 그녀의 말을 듣는 것이 지루해졌다. 순진한 어조나 너무도 갑작스럽고 부적절한 참회가 모두 그를 짜증스럽게 했다. 그녀의 눈에 눈물이 고여 있지 않았다면 이 여자가 농담을 하거나 연기를 하고 있는 거라고 느낄 지경이었다.

그러고는 지루한 기다림 끝에 다시 여자를 툭툭 건드리며 장난을 걸어 그녀를 죄책감과 우울에서 끌어낸다. 그녀는 처음에는 두려운 듯 그를 바라보다 차츰 그의 태평스러움에 전염된다. 그리고 그때부터 휴양지의 진한 연애가 시작된다. 아무 할 일이 없는 태평함, 한낮에 누가 보지 않을까 두려워 주위를 둘러보며 하는 뜨거운 입맞춤, 더위, 바다 내음, 바싹 다가붙어 끝없이 쏟아내는 열정적인 고백, 고백, 고백, 새벽녘 근교로의 여행, 위대한 자연 앞에서 잠시간의 철학적 사색까지.

체호프는 이들의 연애 과정을 매우 담담하게 그려내며, 그 사랑의 성분을 들여다보게 만든다. 그들의 사랑이 이토록 뜨겁고 진하고 때로 심각하지만, 당연히 헤어질 것을 전제로 시작된 이들의 사랑, 상대를 모르고, 그 내면을 알고 싶어 하지 않거나 전혀 잘못 알고 이루어지는 이 사랑의 성분은 무엇일까? 설렘, 욕정, 짜릿함, 미망? 그와 그녀는 사랑의 흥분에 들떠 뜨거운 여름을 보냈지만, 과연 이것을 사랑이라 부를 수 있을까?

아내를 따라 얄타로 오겠다고 했던 안나의 남편이 눈병이 났으니 속히 돌아오라고 편지를 보내자 이들의 연애는 당연한 수순을 따라 정리 모드로 들어간다. 안나는 운명이라 말하며 출발을 서두르고, 눈물을 흘리지는 않았지만 슬프고 창백한 얼굴로 그와 헤어진다.

구로프는 기차역에서 안나를 떠나보내고 돌아오며 자신들

의 연애의 본질을 비교적 정확하게 정리하며 쿨하게 모스크바로 향한다.

> 기차는 서둘러 출발했고, 곧 기차의 불빛도 사라졌으며, 잠시 후에는 기차가 덜컹대는 소리조차 들리지 않게 되었다. 가능한 한 빨리 이 달콤한 미망과 광기를 끝내라고 부러 모의라도 한 듯했다. (……) 자신의 인생에서 또 한 건의 편력, 혹은 모험을 치렀고, 그것이 이미 끝났으며, 이제는 추억만이 남았다는 생각을 했다. (……) 사실 이제는 더 볼 수 없을 이 젊은 여인은 그와 있을 때 행복하지 않았다. 그는 그녀에게 친절했고 진심으로 대했지만, 그녀를 대하는 그의 어조와 애무에는 가벼운 조롱, 그리고 그녀보다 나이가 두 배는 많은 행복한 남자의 저속한 오만의 그림자가 드리워져 있었다. 그녀는 항상 그를 선량하고 특별하며 고결한 사람이라고 불렀다. 그녀가 그의 실체를 못 본 게 분명하니, 의도하지는 않았지만 결국 그녀를 속여온 것이다. 역에서는 이미 가을이 온 것을 느낄 수 있었고, 저녁 날씨는 쌀쌀했다. '이제, 나도 북쪽으로 갈 때가 되었군. 자, 이제 가야지!'

그렇게 그들의 알타식 사랑은 막을 내리는 것 같았다.

저녁마다 그녀는 책장, 벽난로, 방구석에서

구로프가 불어온 가을바람과 함께 깔끔하게 정리했던 알타식 사랑이 아직 끝나지 않았음을 깨닫기까지는 그리 오랜 시간이 걸리지 않았다. 모스크바에 돌아와 차갑고 청량한 날씨를 즐기며 예전처럼 탐욕스레 하루에 세 종류의 신문을 읽어대고, 박사들을 위한 클럽에서 교수들과 카드놀이를 했지만, 한 달만 지나면 꿈속에서나 아련히 보이겠지, 생각했던 안나 세르게예브나의 기억은 한 달이 넘어 겨울이 지나도 점점 더 선명해지더니 가는 곳마다 그를 따라다니기 시작했다. "저녁마다 그녀는 책장, 벽난로, 방구석에서 그를 바라보았고, 그는 그녀의 숨소리와 부드러운 옷자락 소리"를 들었다.

이 예기치 못한 감정에 당황하며 구로프는 자신의 사랑을 복기해본다. 왜? 왜 그녀가 이토록 머릿속에서 사라지지 않는 것일까. 아무리 생각해보아도 거기에 '사랑'이라 부를 만한 것이 전혀 없음에도 불구하고, 그는 그녀에 관하여 이야기하지 않으면 미칠 것 같은 지경에 이른다.

그러자 누군가와 이 기억을 나누고 싶은 강한 열망이 솟아나 그를 괴롭혔다. 하지만 집에서는 자신의 사랑에 대해 이야기할 수 없었고, 집 밖에서는 이야기를 나눌 사람이 없었다. (……) 그리고 무슨 이야기를 한단 말인가. 과연 그것이 사랑이었을까? 안나 세르게예브나에 대한 그의 태도에 뭔가 아름답고 시적이며 교훈적이거나 아니면 그저 재미있기라도 한 게 있기는 했단 말인가?

안나 세르게예브나를 향한 이 정체 모를 감정은 구로프의 일상을 뒤흔들고, 그가 그동안 가치 있다고 여겼던 자신의 삶의 민낯을 드러낸다. 그는 자기 삶이 허위로 가득 차 있고, 그 안에 '진짜'라 부를 만한 것이 하나도 없다는 사실을 깨닫는다. 어느 날 터져 나오는 감정을 주체하지 못해 알고 지내던 관료와 박사 클럽에서 나오며 "저, 말이죠, 얄타에서 너무너무 매혹적인 여자를 알게 되었답니다"라고 고백했지만, 상대는 갑자기 썰매를 타려다가 고개를 돌려 소리치며 "얼마 전 당신 말씀이 맞았어요. 철갑상어 고기가 상했더라고요!"라고 외친다. 그리고 관료의 이 평범한 말이 일순간 구로프의 모든 것을 무너뜨린다.

너무도 평범한 이 말이 왠지 갑작스레 구로프를 당황하게 만들었고 너무도 모욕적이고 불결하게 들렸다. 얼마나 야만적인 사람들인가! 도대체 이 무의미한 밤과 지루한 날들은 무엇을 위한 것인가! 미친 듯 빠져드는 카드놀이, 폭식, 만취, 항상 똑같은 이야기들, 불필요한 일과 늘 똑같은 대화가 인생 최고의 시간, 최고의 힘을 앗아 가버리고, 결국에는 날개도 꼬리도 잘려버린 웬 헛소리 같은 삶만 남는다. 하지만 거기서 도망치거나 떠나는 것도 불가능해 정신병원이나 수인 부대에 갇힌 듯 살아가는 것이다!

구로프는 속물적인 수인으로 살아가는 자신의 삶의 현실을 직면하고 탈출구를 찾듯 안나 세르게예브나가 있는 소도시로 향한다. 그리고 그곳에서 잿빛 울타리에 갇혀 살고 있는 또 한 명의 수인인 안나 세르게예브나를 만난다. 그리하여 끝난 줄 알았던 이들의 얄타식 사랑은 질기게 이어지기 시작한다.

호텔 '슬라브 시장', 늙은 연인들의 사랑

구로프가 잿빛 소도시로 안나를 따라간 후 시작된 이들의 밀회는 근 20여 년간 지속된다. 안나는 부인병 때문에 모스크바의 의사를 만나러 간다는 핑계로 두세 달에 한 번 모스크바를 방문했고, 남편은 반신반의하면서도 그녀를 보내주었다. 그리하여 체호프가 다시 우리 앞에 두 연인을 보여줄 때, 안나는 그들이 처음 만났을 때의 구로프와 같은 중년의 여인이, 구로프는 이미 백발이 희끗희끗한 노신사가 되어 있다. 그날 아침도 구로프는 어제 S시에서 모스크바로 와 호텔 '슬라브 시장'에서 그를 기다리고 있는 안나를 만나러 간다.

안나에게 가는 길에 아들을 학교에 데려다주던 구로프는 아들에게 기온이 영상 3도이지만 눈이 내리는 것은 지표면과 대기권 상층부의 온도가 전혀 다르기 때문이라고 설명하다가 자기 삶의 이중성에 대해 생각한다.

> 그는 자기가 지금 밀회 장소로 가고 있다는 사실을 이 세상 어느 누구도 모르며, 앞으로도 절대 알 수 없으리라 생각했다. 그에게는 두 개의 삶이 있었다. 하나는 원하는 사람은 누구나 보고 알 수 있는 삶, 조건부의 진

실과 기만으로 가득 차 누구에게나 명백한 삶이었다. 그 삶은 지인이나 친구들의 삶과 아주 비슷했다. 하지만 또 하나의 삶은 비밀스레 흘러갔다. 상황이 기이하게, 어쩌면 우연히 흐르다 보니 그가 중요하고 흥미롭고 꼭 필요하다고 생각하는 것, 스스로를 속이지 않으며 진실할 수 있는 것, 삶의 핵심인 것은 다른 사람 몰래 이루어졌고, 진실을 숨기기 위해 숨어들었던 거짓이자 껍질, 예를 들어, 은행에서의 업무, 클럽에서의 논쟁(……) 등은 모두에게 명백했다. 그는 자기 기준으로 남들을 판단했기에 보이는 것을 믿지 않았고, 모두들 마치 밤 같은 비밀의 덮개 아래 흘러가는 진짜 인생, 가장 흥미로운 인생을 숨기고 있을 거라고 생각했다.

책장, 벽난로, 방구석에서 생생하게 살아나던 안나를 쫓아 충동적으로 S시까지 내달려 갔고, 모스크바에서의 밀회를 약속을 받았지만, 실상 그의 삶에 변한 것은 아무것도 없었다. 수인 같은 삶, 아무런 의미도 없는 권태로운 삶의 외피를 안전하게 두른 채 그는 "정말 중요하고 흥미롭고 꼭 필요하며 진실한 것"이라 부르는 것을 누리며 20년간 질기게 '밀회'를 이어왔다. 그리고 자신이 이중적인 삶을 살기에 다른 이들도 모두 비슷한 삶을 살고 있을 것이라 생각했다.

뜻밖의 반전은 작품의 마지막 순간에 찾아온다. 구로프는 오랜 여행과 기다림에 지쳐 호텔 방에 앉아 있는 안나를 만나는데, 그녀는 창밖을 바라보며 우느라 안부를 묻는 그에게 대답을 할 수가 없다. 마치 20여 년 전 격정에 몸을 맡겼던 정사 후 얄타의 자기 방에서 울었던 20대의 안나처럼, 마흔이 다 된 안나는 "그들의 삶이 이토록 슬프게 흘러버렸다는 서글픈 깨달음과 흥분으로" 울고 있다.

20년 전 수박을 베어 먹으며 낯선 생물처럼 그녀를 바라보다 농을 걸던 구로프는 이번에도 그녀에게 다가가 어깨를 어루만지며 장난을 치기 시작한다. 그런데 그 순간 거울 속에 비친 자신과 안나를 보게 된다.

> 그 순간 거울 속의 자신을 보았다. 그의 머리는 이미 세기 시작했다. 최근 몇 년간 자신이 이렇게 늙고 추해져버린 것이 이상하게 생각되었다. 그의 손이 놓인 따뜻한 어깨는 떨리고 있었다. 그는 이 인생, 아직 이렇게 따스하고 아름답지만, 그의 삶처럼 이미 퇴색하고 시들기 시작하는 시점에 더 가까운 이 인생에 연민을 느꼈다.

그리고 그 순간 처음으로 자기의 경계를 넘어서고자 하는 열망, 지독하게 자기중심적이고 이기적인 안락함을 내려놓고 상대를 향해 나아가고 싶은 마음을 느낀다. 그리고 그것이 생애 처음으로 하게 된 '사랑'이라는 사실을 깨닫는다. 격정이나 열정이나 뜨거움이 아니라 상대에게 연민을 느끼고 진실하고 다정한 존재가 되는 것, 세상 모든 것의 중심에 자기를 두지 않고, 상대를 연민하고 보듬는, 어찌 보면 너무도 당연한 그 사랑이 자신을 변화시켰다는 것을 알게 된다.

> 세월이 흐르며 사람을 만나고 헤어졌지만, 단 한 번도 사랑한 적은 없었다. 뭐라 불러도 좋지만, 그건 절대 사랑은 아니었다. 그리고 머리가 세기 시작하는 지금에야 그는 난생처음으로 제대로 된 진짜 사랑을 하게 되었다. 안나 세르게예브나와 그는 정말 가까운 친지들이, 남편과 아내가, 애틋한 친구들이 서로에게 하듯 그렇게 서로를 사랑했다. (……) 과거의 부끄러운 죄들을 서로 용서해주었고, 현재의 모든 것을 용서했으며. 이러한 사랑이 자신들을 변화시켰음을 느꼈다. 전에는 이런 서글픈 순간에 머릿속에 떠오르는 온갖 논리로 스스로를 안심시키려 했다면, 이제는 그런 논리를 펼 겨를이 없

었다. 그는 그녀에게 깊은 연민을 느꼈고, 진실하고 다정한 존재가 되고 싶었다.

그리하여 난생처음으로 그는 자신이 처한 현실 앞에서 진정으로 머리를 싸매고 이 삶을 어떻게 변화시킬 수 있을까 하는 진지한 고민에 빠진다. 그들은 어떻게 하면 서로 다른 도시에서 살며 숨고 속이는 이런 상황을 벗어날 수 있을지에 관하여 오랫동안 이야기를 나눈다. “어떻게? 어떻게?” 머리를 감싸 쥐며 그가 묻는다. “어떻게?”

그리고 작가는 처음으로 진짜 사랑 앞에 눈을 뜬 이 늙은 불륜남의 고뇌를 매우 체호프적인 설명으로 마무리하며 작품을 끝낸다.

그러자 조금만 지나면 해결책을 찾을 수 있을 것이고, 그러면 새롭고 아름다운 인생이 시작되리라는 생각이 들었다. 아직 멀고 먼 길이 남아 있으며, 가장 복잡하고 어려운 것이 이제 막 시작되었음을 두 사람 모두 분명히 알 수 있었다.

「개를 데리고 다니는 여인」은 발표 당시 평단뿐 아니라, 대중의 열렬한 사랑을 받았다. 독자들은 이 작품에 그려진 불륜의 사랑의 사실성에 열광했고, 그 열광은 우스꽝스러운 파장으로 이어지기도 했다. 체호프와 알고 지내던 수많은 여인들이 자기가 바로 그 개를 데리고 다니는 여인이라 주장하며 나섰고, 얄타에는 하얀 스피츠를 끌고 몽롱한 눈빛으로 해변을 쏘다니는 여인들이 급증했다는 재미있는 일화도 전해진다. 또 과연 구로프와 안나 세르게예브나가 자신을 둘러싼 이 복잡한 상황의 벽을 넘어 사랑을 이룰 수 있었는지에 대한 문의가 쇄도했고, 작품의 후속편을 요구하는 여성 독자들의 목소리도 높았다.

분명 일말의 변화의 가능성을 희미하게라도 시사한다는 점에서 이 작품은 '체호프식' 낙관주의의 최대치를 보여주는 작품이다. 그리고 이런 작품의 배경에는 '사랑'에 대한 작가 자신의 자전적인 변화 또한 반영되어 있다. 체호프는 모스크바 예술극장의 젊은 여배우였던 올가 크니페르에게 매료되기 시작했던 시기에 이 작품을 썼고, 특히 작품의 집필 시기와 겹치는 1899년 7월 말부터 8월 초까지 그들은 얄타와 그 근교를 둘러보며 함께 시간을 보냈고, 함께 모스크바로 돌아갔다. 그리고 1901년, 모두가 평생 독신으로 생을 마감할 것이라 생각했던 작가는 자신의 가까운 죽음을 예감하면서도, 서신에서 "내 인생의 마지막 페이지여! 러시아의 위대한 배우여!"라고 부른 올가 크니페르와 결혼한다.

작가의 개인적인 삶의 변화 때문인지는 알 수 없지만 분명 그간 체호프의 작품 속에서 자신 안의 상자에 갇혀서, 혹은 잘못된 선택의 연속일 수밖에 없는 여러 가지 관습과 제도에 묶여서 결코 '사랑'에 도달할 수 없었던 사람들과 달리 구로프는 처음으로 '사랑'이 무엇인지를 삶으로 깨닫고, 그 사랑 때문에 변화를 갈망한다. 그는 인생을 변화시키는 사랑 앞에 선 체호프의 유일한 남성 캐릭터이다.

많은 이들이 이 작품에 대해 호평을 쏟아냈지만, 때로 체호프 작품에 최고의 상찬을 건네던 톨스토이는 이 작품을 읽고 분노했다고 한다. 톨스토이는 선과 악의 구분도 모른 채 그것을 뛰어넘은 척하며 짐승이 되어버린 사람들에게 분노하면서, 이런 작품을 쓴 체호프에게 실망감을 감추지 않았다.

하지만 거듭 「개를 데리고 다니는 여인」을 읽어도 작가의 관심이 불륜의 옹호나 결혼 제도의 부정에 있었던 것 같지는 않다. 오히려 체호프의 관심은 지극히 이기적인 한 남자(보다

시피 이 작품은 거의 전적으로 구로프의 시점으로 기술된다)가 변화되어가는 과정, 지독한 자기중심성을 벗어나 경계를 넘어 타인을 향해 나아가는 과정, 세계의 중심을 '나'에 두던 인간이 반드시 자신의 경계를 이월해야만 가능한 '사랑'의 문턱에 서며 '사랑'의 의미를 배우고 알아가는 과정이란 것을 생각해보면, 톨스토이의 분노가 지나치게 작품의 일면에만 집중되어 있다는 인상을 지우기 어렵다. 사랑이 변화시키는 새로운 삶 앞에서 "어떻게?"라고 외치는 구로프의 백발이 성성한 머리는 안타깝기도 하지만 분명 감동을 준다. 그런 그의 백발 뒤로 그저 그렇게 살아갈 수밖에 없는 인생의 변화를 예고하는 아주 작고 희미한 섬광이 보인다. 하지만 체호프는 그 이상의 변화를 약속하지는 않는다.

그래서 사랑은 다른가? 체호프는 다르다고 답하지는 않는다. 언뜻 비치는 변화의 가능성, 약속의 가능성을 슬쩍 지나가듯 보여줄 뿐이다.

작품이 출간된 이듬해인 1900년 1월, 고리키는 체호프에게 보낸 편지에서 다음과 같이 이 작품을 평했다.

> "당신의 「개를 데리고 다니는 여인」을 읽었습니다. (……) 당신이 무슨 일을 하고 계신지 아십니까? 리얼리

즘을 죽이고 있습니다. 그리고 아마 당신은 그것을 곧, 완전히, 아주 오랫동안 끝장내게 될 겁니다. 이 형식은 이미 자기 수명을 다 했으니까요! 당신 이후로는 누구도 같은 길을 걸어갈 수 없을 겁니다. 누구도 당신이 할 수 있는 것처럼 그렇게 단순한 것들에 대하여 그토록 단순하게 쓸 수는 없을 겁니다."

분명 이 작품은 지독히 단순하고 지독히 사실적인 체호프의 '사랑'에 관한 모든 이야기들의 완결판이다.

경계를 넘어

:

퀴어와 비인간의 사랑

제13장

카우보이들의 사랑

—

애니 프루, 『브로크백 마운틴』

고강일

연세대학교 미래캠퍼스 영어영문학과 조교수

연세대학교 영어영문학과와 동 대학원을 졸업한 후, 뉴욕주립대학교(스토니브룩)에서 영문학 박사 학위를 받았다. 「정체성의 정치학, 퀴어 정치학, 그리고 미국 소설 연구」 등의 논문을 발표했으며, 미국 문학과 문화 연구와 관련된 연구를 진행 중이다. 현재 연세대학교 미래캠퍼스 영어영문학과 조교수로 재직 중이다.

단편소설 「브로크백 마운틴」과
영화 〈브로크백 마운틴〉은 어떻게 다른가?

2005년 개봉된 리안 감독의 〈브로크백 마운틴〉만큼 화제를 모은 영화도 없을 듯싶다. 2006년 제78회 아카데미 최우수 감독상을 비롯해서 유수의 영화제를 석권한 이 영화는 하나의 '문화적 사건'이었다. 전 세계적으로 주목을 받았던 이 작품에 대해서는 누구나 한 번쯤은 들어봤음 직하다. 20여 년간의 비밀 연애에 지친 잭(제이크 질렌할 분)이 에니스(히스 레저 분)에게 "널 관두는 법을 알았으면 좋겠어"라고 탄식하는 장면은 많은 이들의 심금을 울리기도 하였다. 단연코 〈브로크백 마운틴〉은 일반 관객들에게 가장 잘 알려진 퀴어 영화이다. 이 작품이 이성애자 여성 관객을 주된 관객층으로 마케팅을 진행했다는 일부 평론가들의 비판은 리안의 영화가 특정 성적 지향이나 젠더 정체성과 관계없이 폭넓은 대중적 지지를 얻었음을 역설적으로 시사하고 있다.

하지만 〈브로크백 마운틴〉이 미국 여성 작가 애니 프루의 동명의 단편소설을 원작으로 하고 있다는 사실을 아는 관객들은 그렇게 많은 것 같지 않다. 프루는 1997년 10월 13일, 《뉴요커》에 30페이지 분량의 단편 「브로크백 마운틴」을 발표한다. 언론에 공개된 후, 평단은 물론 일반 독자들에게도 많은 지지를 받은 이 작품은 오헨리상을 수상하기도 한다. 이미 1993년에 『시핑 뉴스』로 퓰리처상을 수상하고 미국 문단에서 입지를 다진 프루에게 「브로크백 마운틴」의 성취는 그다지 놀라운 것은 아니었다. 하지만 2005년 스크린으로 옮겨진 영화 〈브로크백 마운틴〉에 대한 폭발적인 반응에는 비할 수 없었다. 게이들의 사랑을 할리우드 주류 무대의 전면에 등장시킨 이 작품은 아직도 일반 관객들을 대상으로 한 각종 조사에서 가장 선호하는 퀴어 영화(혹은 로맨스 영화) 중 하나로 거론되고 있다. 더구나 전문 연구자들을 대상으로 하는 단행본은 물론, 학술 논문 형태의 연구 성과들도 적잖게 축적되어왔다.[1] 하지만 상대적으로 원작에 대한 대중이나 학계의 관심은 덜한 듯하다.

이 글에서는 프루의 단편소설을 주로 다루면서 작품에서 주인공들의 사랑과 이성애의 차이를 부각시키는 양상을 주로 살펴보고자 한다. 2000년대 할리우드의 대표적인 '꽃미남' 배우 두 명이 출연하고 리안이 인터뷰 때마다 강조했던 '보편적인 사랑' 이야기를 표방한 영화와는 달리, 원작 소설은 주인공들의 계층성이나 삶의 독특한 방식이 많이 부각되는 편이다. 이 같은 점에 주목하면서 이 글에서는 미국 중서부의 자연을 배경으로 펼쳐지는 두 남성들의 사랑 이야기가 동성애자들에 대한 편견 어린 시선에 던지는 메시지도 살펴보고자 한다.

---

1. 아직 국내에는 영화 〈브로크백 마운틴〉 연구에 관한 단행본은 출판되지 않았다. 미국에서 출판된 단행본은 *Reading Brokeback Mountain : Essays on the Story and Film*, Ed. Jim Stacy. Jefferson : McFarland, 2007; *The Brokeback Book : From Story to Cultural Phenomenon*, Ed. William R. Handley. Lincoln : U of Nebraska P, 2011; Eric Patterson. *On Brokeback Mountain : Meditations about Masculinity, Fear, and Love in the Story and the Film*, New York : Lexington Books, 2008 등을 참조할 것. 이 작품에 대한 번역은 2006년에 나온 조동섭의 역서와 2017년 출판된 전하림의 역서가 있다. 이 글에서는 원문을 대조해 필자의 번역을 가미하였다. 애니 프루, 「브로크백 마운틴」, 『브로크백 마운틴』, 전하림 옮김, 푸른책들, 2017; Annie Proulx, "Brokeback Mountain", *Close Range : Wyoming Stories*. New York : Scribner, 2003.

"그 산에는 오직 그 두 사람뿐이었다"

「브로크백 마운틴」은 에니스와 잭이 1963년 와이오밍의 시그널이라는 지역에서 처음 만난 이후, 20여 년에 걸쳐 이어진 '금지된 사랑'의 이야기를 그리고 있다. 둘 다 스무 살이 되기 전의 나이에 처음 만났는데, 작품 초반부터 둘의 가난한 처지는 적잖게 부각된다. 흥미로운 점은 이 같은 경제적 궁핍이 둘의 '퀴어'한 사랑과 갖게 되는 독특한 관계이다. 1990년대부터 미국 대중문화계에 등장한 소비 지향적인 게이들의 정형화된 이미지와 상반되는 두 청년—특히 에니스—의 가난은 역설적으로 이성애 바깥의 사랑을 도모할 수 있는 계기를 마련해준다. 소설은 영화와는 달리, 허름한 트레일러에서 잠이 깬 에니스가 꿈에 나타난 잭을 생각하는 장면으로 시작된다. 일어나자마자 전날 마시다 남긴 찬 커피를 덜어내 냄비에서 다시 끓이고, 남루한 바지를 끌면서 싱크대에서 소변을 보는 그의 모습은 〈섹스 앤 더 시티〉 등에 나오는 멀쑥하고 세련된 게이의 이미지를 떠올리던 많은 독자들을 당황케 한다. 곧바로 소설의 화자는 에니스와 잭의 불우한 삶의 이력을 제시한다. 에니스와 잭 모두 고등학교를 채 마치지 못했다. 두 청년은 "성격도 거칠고 입도 거칠었으며" 미래에 대한 아무런 "전망도 없었다". "고된 노동과 궁핍"에 언제나 시달렸고, 더구나 에니스는 고아였다. 1963년 브로크백 마운틴에서 한 목양 회사의 양치기와 야영지 감시인으로 취직하면서 첫 만남을 갖기 직전까지 둘 다 입에 풀칠이라도 하기 위해 어떤 일이라도 해야 하는 궁색한 처지였다. 작품 속에서 표현되는 그들의 외양도 볼품없기는 마찬가지이다. 곱슬머리에 키가 작은 잭은 웃을 때마다 뻐드렁니가 드러났다. 부츠는 "속살까지 보일 만큼 닳을 대로 닳았고 수선이 불가능할 정도의 구멍도 나있었다". 에니스 역시 "좁다란 얼굴"에 "매부리코"를 하고 "부스스한 인상에 가슴은 약간 안으로 굽었으며" 행색은 초라하기 그지없었다.[2]

이처럼 가진 것 하나 없었던 에니스와 잭이 생활을 영위하기 위해 할 수 있는 것은 일용직으로 산에서 양을 치는 일뿐이었다. 어렸을 때부터 생활고에 시달리고 교육의 혜택도 받지 못한 이 두 청년이 할 수 있는 일은 거의 없었다. 남의 목장 일을 돕거나 로데오 일을 하는 정도가 전부였던 것이다. 부모로부터 물려받은 재산도 거의 없었기에 자신들의 소유권을 주

2. 짐작했듯이, 리안의 영화에 나오는 레저와 질렌할의 이미지는 소설 속의 캐릭터들의 모습과는 너무나 다르다. 스크린을 가득 채우는 두 배우의 수려한 외모는 원작과 가장 다른 부분들 중 하나이다. 또한 에니스의 성이 '델마'라는 점은 그가 히스패닉 계열의 혈통을 지니고 있음을 시사하고 있다. 영화에서는 이 같은 특징이 전혀 부각되지 않는다.

장할 만한 것도 없었다. 하지만 앞서 말했듯이, 브로크백 마운틴에서는 둘의 가난이 별로 문제시 되지 않는다. 오히려 거기에서 두 청년의 삶은 더할 나위 없이 풍요롭고 윤택하게 그려진다. 경제적 궁핍이 그곳에서는 결핍으로 느껴지지 않고, 그들의 퀴어한 성적 욕망도 일탈로 비치지 않는다. 동성애가 자연의 섭리에 반한다는 편견과는 상이한 풍경이 소설 속에서 펼쳐지고 있는 것이다.

보다 구체적으로 살펴보면, 우선 브로크백 마운틴에서는 사회에서의 소유의 문법이 통하지 않는다. 잭과 에니스를 고용한 목양 회사의 대리인 조 아귀레는 둘에게 산림청의 규정을 어기고 둘 중의 한 명은 밤에 양 떼를 지키라고 말한다. 국유림인 브로크백 마운틴에서 양치기들의 야영지는 따로 규정되어 있었는데 아귀레는 그것을 무시하라는 것이다. 그는 두 청년에게 지난여름에 코요테를 비롯한 맹수들에게 꽤 많은 양을 잃었다고 불평하며 올해는 그런 일이 절대 있어서는 안 된다고 단단하게 일러둔다. 목양 회사의 이익을 극대화하기 위해 모두가 공유하는 공간인 국유지를 사유화하려는 시도라 할 수 있다. 하지만 브로크백 마운틴에서 소유할 수 없는 것을 소유하고자 하는 목양 회사의 의도는 쉽게 관철되지는 않는다.

예를 들어, 잭은 산림청에서 정한 야영지를 떠나 밤에는 양 떼 곁으로 가라는 지시를 이행하지 않으려 한다. "밤새 절반은 깜짝 놀라 일어나서 코요테가 왔나 확인하느라고 제대로 자지도 못해. 밤에는 여기(야영지)에서 지내는 게 내 권리야. 아귀레는 나한테 이런 걸 시킬 권리가 없다고"라고 말한다. 아귀레를 트레일러 사무실 안에서 만났을 때는 그의 얼굴을 쳐다보지도 못하고 순순히 부당한 지시를 듣고 말았지만 광활한 산에서 그의 행동을 일일이 제어할 사람은 없다. 산에서 둘만 남은 채 점점 친분을 쌓아가던 에니스와 잭은 같이 "이런저런 노래를 제멋대로 부르며 며칠 밤을 보내기도 한다". 급기야 야영지에서 밤늦게까지 술을 마시다가 양 떼 곁으로 가지 않기도 한다. 감시와 통제의 눈이 미치지 않는 브로크백 마운틴에서 두 청년은 생애 처음으로 풍요와 자유를 느낀다. 그들은 "서로의 의견을 존중했으며, 전혀 기대하지 않은 곳에서 마음 맞는 동료를 만나 기쁘기 그지없었다".

계약에 묶여 있던 에니스와 잭에게 "당장 손을 뻗으면 달도 딸 수 있을 것 같은" 희열을 가져다준 브로크백 마운틴의 자연은 목양 회사에 의해 인위적으로 수용되어 있던 양 떼에게도 유사한 영향을 끼친다. 8월이 되어 우박을 동반한 거센 폭풍으로 인해 서쪽으로 밀려난 양 떼들이 다른 방목지의 양들과 섞여버린 일이 발생한 것이다. 칠레 출신의 양치기가 관리하고 있었던 양들과 섞여버린 목양 회사의 양들을 가려내기 위해 에니스와 잭은 닷새 동안 진땀을 흘렸지만, "계절의 막바지인지라 페인트로 찍어놓은 도장이 바래고 희미해져 양을 솎아내는 일은 거의 불가능했다". 자신들의 소유를 확립하고 표방하며, 또한 관리의 효율을 높이기 위해 페인트로 도장까지 찍어가며 노력했지만, 브로크백 마운틴에서 이 모든 것은 허사가 되고 만다. 등장 초기부터 성난 얼굴을 하고 있던 아귀레도 섞인 양들을 언짢은 표정으로 바라볼 뿐이다. 폭풍으로 인해 섞인 양들을 다시 분류하여 원래의 소유권을 주장할 수 없을뿐더러, 피고용인인 에니스와 잭에게 이 일에 대한 책임을 물을 수는 없다는 것을 그도 잘 알고 있었다. 궁극적으로 브로크백 마운틴은 사유화할 수 없는 공간이다. 따라서 거기에서는 계층의 차이가 더 이상 벌어질 수 없다. 에니스와 잭이 경제적 궁핍을 느낄 필요도 없는 장소였던 셈이다.

지독한 가난으로 인해 딱히 갈 곳도, 반겨주는 곳도 없었던 그들이 그곳에서 자유를 느끼는 대목은 또 있다. 바로 상대를 향한 애틋한 감정이다. 인적이 없는 그곳에서 둘은 타인들의 시선을 의식하거나 혹은 그로 의해 감정들이 굴절되는 지난한 과정을 생략하고 상대를 직시할 수 있다. "낮 동안 에니스가 광활한 초지를 가로질러 바라보고 있노라면 이따금씩, 커다란 식탁보 위를 기어가는 작은 곤충처럼, 너른 초원 위에 작은 점으로 움직이는 잭의 모습이 비쳐 보였다. 그리고 밤이 오면 잭은 캄캄한 미니 텐트 안에서 산이 만든 거대한 검은 덩어리 속에 붉은 불꽃을 피우는, 밤의 등불 같은 에니스를 보았다". 그리고 야영지에서 밤늦게까지 함께 술을 마시고 이야기꽃을 피우다가 양 떼 곁으로 가라는 아귀레의 지시를 어긴 날 둘은 텐트 안에서 첫 관계를 맺게 된다. 그 과정에서 달콤한 밀어 같은 언어적 수단의 개입 없이 잭과 에니스는 "침묵" 속에서 섹스를 한다. "생전 처음 해보는 일이었지만 설명서 같은 것은 필요 없었다". 구애, 애무, 관계 같은 양식화된 통상적인 이성애의 절차를 뛰어넘고 그들은 그렇게 연인이 되었다. 아니 언제부터 사랑에 빠졌는지도 기억하지 못했다. 그날 이후, 잭과 에니스의 관계는 더욱 깊어진다. 낮과 밤, 그리고 텐트의 안과 밖에서 그들은 서로의 몸을 탐닉한다. 여전히 "사랑해" 같은 말은 생략한 채 두 청년은 브로크백 마운틴에서 그해 평생 잊을 수 없는 기억을 남긴다. "평범한 일상사에서 벗어난, 캄캄한 밤에 짖어대는 길들여진 목장 개들의 울음소리에서 멀리 떨어진 채" 잭과 에니스는 서로의 충만한 존재를 느낀다. 1963년 "그 산에는 오직 그 두 사람뿐이었다".

에니스와 잭의 금지된 사랑을 가능케 한 것이 자연이었듯이 그들의 관계는 자연에 의해 일시적인 종결을 맞는다. 8월 중순경 태평양에서 폭풍이 밀려오자 그들은 산을 내려올 수밖에 없었다. 시작도 끝도 제도나 관습의 영향과는 무관했다. 그해 여름, 둘의 사랑은 실로 특별했다. 결혼 적령기에 남녀가 성직자의 입회 아래 결혼식을 하고 출산을 하고 가장과 배우자로서 살아가는 1960년대 와이오밍의 이성애 규범적인 풍경과는 달리 두 청년의 사랑은 단출하기 그지없다. 타인의 개입이나 중재가 없었고 형식과 절차도 필요하지 않았다. 산에서는 소유할 필요가 없었기에 가난도 문제가 되지 않았다. 동성의 몸을 탐닉하는 것도 상관없었다. 둘의 행위를 비난하는 이는 없었고, 에니스와 잭 자신도 이에 대한 자의식적인 반응을 보이지 않는다. 딱 한 번 서로에게 자신이 동성애자가 아니라는 말을 했을 뿐, 그 이후에도 관계는 지속된다. 리안의 영화에서는 둘이 텐트에서 첫 관계를 맺은 다음 날, 양 한 마리가 코요테에게 물려 죽어 내장이 모두 밖으로 드러나는 사건이 발생한다. 이를 근심 어린 눈으로 바라보는 에니스의 모습이 부각되는데, 프루의 원작에서는 그 같은 일이 전혀 생기지 않는다. 앞서 말했듯이 폭풍이 밀려와 브로크백 마운틴을 떠나야 하는 상황이 되어서야 그 둘의 관계는 일시적이나마 종식된다.

이들의 이별도 별다른 절차가 필요하지 않다. 사실 브로크백 마운틴에 오기 전에 에니스는 이미 알마와 약혼한 사이였고 잭도 이를 알고 있었다. 따라서 잭과 에니스는 재회를 기약하기 어려운 처지였고, 아마 산에서 사랑을 나눌 때도 미래에 대해서는 생각하지도 않았을 것이다. "둘은 악수를 하고 서로 어깨를 툭 치며 헤어졌다." 하지만 에니스는 중간에 길을 가다가 멈춰 길옆에서 구토를 하기 시작한다. "휘몰아쳐 내리는 하얀 눈송이 속에서 뭐든 게워내려고 했지만 아무것도 나오지 않았다. 살면서 이토록 심하게 메스꺼운 기분이 들었던 적이 또 있었을까 싶었고, 그 기분을 떨쳐내는 데에도 한참의 시간이 필요했다." 브로크백 마운틴에서 잭과 적잖은 관계를 맺을 때도 에니스는 별다른 감정적 동요를 보이지 않았다. 양 떼를 지켜야 하는 계약까지 소홀히 해가며 순간을 즐기고 탐닉했을 뿐이다. 하지만 산에서 내려와 다시 사람들이 사는 곳으로 돌아오자 그는 뭔지 모를 괴로움에 휩싸여 길 위에서 "누군가가 두 손을 번갈아가며 그의 오장육부를 한 번에 1미터씩 끄집어내는 것 같은 통증을 느꼈다". 물론 이는 약혼자를 배신했다는 양심의 가책 때문만은 아닐 것이다. 광활한 자연 속에서 망각할 수 있었던 이성애 규범성의 족쇄가 '문명' 세계에서 다시 느껴졌기 때문이다.

"너랑 내가 둘이서 보통 사람처럼 사는 건 불가능해"

브로크백 마운틴에서 내려온 이후, 에니스는 알마와 결혼을 한다. 그해 겨울에 식을 올렸고, 이듬해 알마는 임신을 하고 딸 알마 주니어를 출산한다. 가족을 부양하기 위해 에니스는 한 오래된 목장에서 카우보이로 일하게 된다. 목장이 문을 닫자, 그는 고속도로 공사 현장 일을 구해 "그럭저럭 참으며 해나갔다". 프루는 잭과 재회하기 전까지 에니스와 알마의 결혼생활에 관해서는 한 페이지도 할애하지 않는다. 결혼식, 임신, 출산의 도식화된 이성애의 삶의 방식을 따라 살아가는 이 부부의 생활에 대해서 달리 할 말이 없는 듯하다. "부부의 침실은 묵은 피 냄새와 젖, 아기 똥 냄새로 가득 찼으며, 주위에서 들리는 소리라곤 아기가 악을 쓰며 우는 소리와 젖 빠는 소리, 그리고 잠을 못 자 힘들어하는 알마의 볼멘소리가 전부였다." 브로크백 마운틴에서 느꼈던 상대의 존재에 대한 충만함이나 쾌락은 흔적조차 찾아볼 수 없다. 에니스에게 알마와의 결혼생활과 아이의 출산은 "생산력과 삶의 영속성을 재확인시키는 것일 뿐이었다".

잭은 어땠을까? 산에서 내려온 후, 그는 로데오로 근근이 살아가다 농기구 사업을 하는 거부의 딸 루린과 결혼한다. 자신을 경멸하는 장인의 반대를 무릅쓰고 결혼에 성공하지만 그도 그리 행복해 보이지 않는다. 이후 4년 만에 에니스와 재회한 잭은 자신이 루린의 돈을 보고 결혼했다는 사실을 숨기지 않는다. 아내의 부로 인해 에니스보다는 여유로운 삶을 살고 있지만, 언제든지 기회가 되면 이혼할 생각을 하고 있다. 오히려 자신이 이혼을 하게 되면 장인이 크게 반겨 적지 않은 돈을 위자료로 챙길 수 있으리라 믿는다. 에니스와의 관계와는 달리 루린과의 결혼 생활에 있어서는 이처럼 제삼자의 개입과 경제적인 맥락이 숨어 있다. 당사자의 감정만으로 관계가 성립되거나 종결되지 않는다. 결혼이라는 제도로 편입하기 위해 타인과의 다툼이나 중재가 필요했고, 이를 해소하기 위해서도 같은 절차가 있어야 한다. 계약에 묶여 있는 셈이다.

에니스는 알마와의 결혼을 법적으로 청산한 이후에도 온전한 자유를 가질 수 없다. 이혼하기 전 1967년 자신의 집에서 잭과 재회한 이후, 그들은 동네 싸구려 모텔에 가서 하룻밤을 같이 지낸다. 거기서 앞으로의 계획을 의논하고 싶어 하는 잭에게 에니스는 "나한테 지금까지 살아온 인생이 있어. 사랑하는 딸들도 있고. 알마는 어떻고? (……) 너랑 내가 둘이서 보통 사람처럼 사는 건 불가능해"라고 말한다. 가장으로서의 책임을 거론하는 것이다. 하지만 이혼 후에도 그는 여전히 묶여 있다. 알마와 헤어진 후 세월이 훌쩍 지난 1983년 5월 어느 강가에서, 그를 만나는 것이 교황을 만나는 것보다 어렵다고 불평하는 잭에게 에니스는 딸에게 보내줘야 하는 양육비 때문에 시간을 내기 힘들다고 토로한다. 결혼하기 이전에는 마음이 내키지 않으면 언제든지 일을 그만둘 수 있었지만 이제는 매달 양육비를 마련하기 위해 원치 않는 일을 해야 한다. 잭과도 쉽사리 만날 수 없었던 것이다. 추수감사절에 딸들과 시간을 보내기 위해 알마와 그녀의 새 남편이 사는 집에 가서 함께 식사도 해야 했다. 거기서 알마가 잭과의 관계를 추궁하며 역겹다고 소리치는 것을 들으면서도 견디는 것 또한 에니스의 몫이다.

「브로크백 마운틴」에서 에니스와 잭의 배우자들 역시 피해자이다. 애정 없는 결혼을 한 두 명의 카우보이들이 가해자인지, 아니면 이성애 결혼을 규범화하고 있는 사회가 문제인지는 독자가 판단할 일이다. 분명한 건 소설에서 두 여성이 겪는 아픔도 역력하게 드러난다는 점이다. 특히 알마가 겪는 고통은 작품에서 비교적 자세히 묘사되어 있다. 그녀는 4년 만에 재회한 에니스와 잭이 자신의 집 앞에서 격렬한 키스를 하는 모습을 우연찮게 목격한다. 그리고 그 후 계속되는 두 남성의 밀회를 묵인한다. 아니 묵인할 수밖에 없었다. 1960-1970년대 미국 서부에서 동성애는 정신 질환 정도로 이해되었을 것이다. 알마도 아마 비슷한 생각을 가졌던 것 같다. 남편의 '질환'을 불륜으로 생각할 수도 없었을 것이다. 에니스가 만약 여성과 관계를 가졌다면 알마는 그에게 대놓고 따지면서 항의했을지도 모른다. 잭과의 관계를 깨달은 이후, 이혼 전까지 그녀가 감내해야 했던 고통의 크기는 짐작할 수도 없다. 우선 알마는 에니스의 '일탈'을 알게 된 이후에도, 자식들을 부양하기 위해 식료품점에서 계속 일을 해야 했다. 남편의 벌이만으로는 충분하지 않았기 때문에 그녀는 늘 일을 해야 한다는 사실을 잘 알고 있었다. 서서히 허물어져가는 둘의 관계는 마침내 이혼으로 치닫는다. 알마에게 이혼도 쉬운 과정은 아니었다. 만약 에니스와 잭의 관계가 적법한 사랑으로 인정받을 수 있는 여건이었다면 역설적으로 알마는 이혼소송이라도 해서 남편에게 책임을 물을 수 있었을 것이다. 하지만 그녀는 그럴 수 없었다. 남편이 다른 남성과 잠을 잔다는 사실을 공개하는 것 자체가 자신은 물론 딸들에게도 큰 상처로 남을 것이기에 침묵을 지킬 수밖에 없었다. 부부는 큰딸이 아홉 살, 작은딸이 일곱 살 때 마침내 이혼을 하게 되는데 작품에서 어떤 절차를 밟아서 이혼이 성립하는지는 자세히 나오지 않는다. 하지만 앞서 잠시 언급했듯이, 이혼 후 맞은 추수감사절에 알마는 처음이자 마지막으로 에니스에게 그의 비밀을 알고 있었다고 털어놓는다. 그렇다면 아마 이혼 사유도 남편의 '금지된 사랑'은 아니었을 듯싶다. 이성애가 아닌 다른 사랑의 형태는 죄악시되고 병리화되던 시대에 동성과 사랑을 나누는 배우자의 모습을 보는 것만큼 큰 고통도 없었을 것이다.

"수취인 사망"

「브로크백 마운틴」에서 이성애 외부의 사랑을 도모하는 이들을 통제하는 수단은 물리적 폭력으로 구현된다. 이 작품이 출판되고 1년 후, 와이오밍주에서 매슈 셰퍼드라는 게이 청년이 두 명의 남성에 의해 잔인하게 살해당하는 사건이 발생하기도 하는데, 프루의 소설에서도 동성애자들에게 가해지는 잔혹한 폭력이 잘 드러난다. 앞서 서술한 에니스와 알마가 감내해야 하는 것은 이성애 제도와 관습에 의한 억압의 결과라 할 것이다. 하지만 이성애 규범성은 보다 원초적인 수준에서도 작동한다. 퀴어한 존재 자체를 아예 물리적으로 지워버리는 폭력을 수반하기도 하는 것이다. 작품에서 에니스를 끊임없이 괴롭히는 것은 어렸을 때 보았던 거세당한 남성의 이미지이다. 시간을 좀 더 같이 보내자고 채근하는 잭에게 "자칫 애먼 곳에서 그랬다가는 우리 둘 다 그대로 죽은 목숨이야. 이 문제는 우리가 원한다고 어떻게 할 수 있는 게 아니야. 그 생각만 하면 난 오줌을 지릴 만큼 무서워"라고 고백한다. 말수도 적고 무뚝뚝하고 육체노동을 즐겨 하는 에니스는 여간해서는 속내를 드러내지 않는데, 그가 이렇게 무섭다는 말을 쉽사리 하는 데는 연유가 있다. 그가 아홉 살쯤 됐을 때 그의 동네에는 목장을 같이 운영하던 얼과 리치라는 동성애자 남성들이 있었다. 그들을 혐오하면서 만날 때마다 싫은 소리를 하던 그의 아버지는 어느 날 에니스를 마을의 용수로로 데리고 간다. 거기에는 거세당한 채 타이어 지렛대로 구타당해 피범벅이 된 얼의 시체가 있었다. 20여 년이 지난 후에도 에니스는 그 끔직한 일을 생생하게 기억한다. "얼이 용수로에서 죽은 채로 발견되었어. 사람들이, 타이어를 떼어내는 지렛대 있지? 그걸 가져다가 두들겨 팬 다음에 거시기가 빠질 때까지 그걸 꽃아서 질질 끌고 다녔어. 그냥 피범벅 죽사발이었지. 온몸은 불탄 토마토 같은 지렛대 자국으로 가득한 데다, 코는 떨어져서 자갈밭에 나뒹굴었어". 그가 더욱 두려워하는 대목은 그 같은 일을 자신의 아버지가 했다는 점이다. 인권이나 동성애자의 권익 같은 개념도 희미했던 에니스에게 아버지의 말은 엄청난 도덕적 권위를 지니고 있었을 것이다. 따라서 남들과는 조금 다른 자신의 성적 욕망을 느낄 때마다 그가 느끼는 압박은 남달랐다. 아버지의 폭력과 거세된 채 피투성이로 죽어 있는 얼의 이미지는 에니스를 유년 시절 이후 계속 옥죄고 있었다. 같이 살자는 잭에게 그는 "만약 우리 아버지가 지금 살아서 저 문으로 여길 들여다보기라도 한다면, 분명 그길로 지렛대를 가지러 갈걸. 남자 둘이서 산다고? 안 돼. 내가 생각하는 최선은 가끔씩 만나서 아무도 모르는 어디 깊숙한 구석에 들어……"라고 얼버무릴 수밖에 없다. 앞에서 에니스가 브로크백 마운틴에서 내려오자마자 "누군가가 두 손을 번갈아가며 그의 오장육부를 한 번에 1미터씩 끄집어내는 것 같은 통증을" 느낀 것을 다시 생각해보자. 사람들을 보는 순간 그의 몸이 기억하고, 끊임없이 자신의 금지된 욕망을 의식의 저편으로 밀어버리게 만든다.

결국 에니스는 잭을 얼과 비슷한 방식으로 잃는다. 어느 날 잭에게 보낸 엽서가 되돌아오는데 거기에는 "수취인 사망"이라는 글자가 찍혀 있었다. 경위를 알아보기 위해 루린에게 전화를 걸자, 그녀의 대답은 이랬다. "잭이 뒷길에서 플랫 타이어에 바람을 넣고 있을 때 그만 타이어가 터져버렸어요. 폭발 강도가 얼마나 셌던지 림이 그의 얼굴을 강타하면서 코와 턱

이 부서지고 쓰러져서 의식을 잃고 말았대요. 누군가 그를 발견했을 때는 이미 자기 피에 질식해 죽고 난 후였어요." 현실성이나 개연성이 전혀 없는 이 같은 설명을 듣는 순간, 에니스는 "아니야. 타이어 지렛대에 당한 거겠지"라고 생각한다. 그리고 유해를 브로크백 마운틴에 뿌려달라는 잭의 유언을 들어주기 위해 그의 아버지를 찾아갔을 때 에니스는 자신의 심증이 옳았다고 확신하게 된다. 혐오의 눈빛으로 에니스를 쳐다보던 잭의 아버지는 아들이 언젠가 이런 계획을 갖고 있었다고 말한다. 잭의 아버지에 따르면, 잭은 텍사스에서 목장을 하던 한 남성이 아내와 이혼하고 잭의 고향으로 오면 같이 목장을 운영할 계획을 품고 있었다. 다시 말해 잭은 루린과 함께 살고 있었던 텍사스의 거주지에서 동성애자라는 사실이 어느 정도 주변인들에게 노출되어 있었다. 타이어가 터져 림이 얼굴을 강타해 흘러나오는 자기 피에 질식해 죽었다는 허황된 설명은 사실 그가 '일탈'된 성적 욕망 때문에 죽었다는 것을 의도적으로 표현하기 위해 꾸며졌을 것이다. 잭의 동성애를 혐오하거나 또는 그를 죽인 무리들이 잭이 '단죄'되었다는 것을 알리기 위해 아무도 믿지 못하는 그 같은 시나리오를 만들었을 가능성이 농후하다. 타이어가 터진 후, 림에 얼굴을 맞아 자기 피에 질식했다는 잭의 사망 원인을 듣는 순간, 그의 성적 지향을 알고 있었던 모든 이들은 그가 죽은 진짜 이유를 짐작했다.

"그래서 이제 우리한테 남은 건 브로크백 마운틴,

그게 다야"

잭이 죽기 전 함께 떠났던 마지막 여행에서 둘은 심한 말다툼을 벌인다. 양육비 부담과 주변인들의 시선에 대한 의식 때문에 자신과의 만남을 주저하는 에니스에게 잭은 "그래서 이제 우리한테 남은 건 브로크백 마운틴, 그게 다야. 거기 몽땅 다 있어. 우리가 가진 건 그것뿐이야"라고 토로한다. 사람들이 있는 곳은 아무 데도 갈 수 없었기에 내뱉는 잭의 탄식이지만 사실 이만큼 둘의 사랑의 의미를 압축적으로 전달하는 대목도 찾기 힘들다. 앞서 말했듯이, 둘은 브로크백 마운틴에서 행복했다. 그곳에는 삶의 고달픔도, '아버지의 법'도, 주변의 부담스러운 시선도 없었다. 광활한 대지에서 서로의 존재를 타인의 중재나 경유 없이 느낄 수 있었다. 관계의 시작과 끝도 별다른 절차를 필요로 하지 않았다. 둘은 상대에게 느끼는 감정을 규정할 능력도 의사도 없었다. 그저 거기서 보낸 시간들은 두 카우보이들의 기억 속에 “이해할 수 없는 방식으로 굳게 자리 잡고 있었을 뿐이었다”. 브로크백 마운틴에서 함께했던 시간들, 둘이 나눈 사랑이 바로 그랬다.

프루의 작품이 각별한 의미를 갖는 것은 동성애에 대한 우리들의 고정관념을 허물었기 때문이다. 평자들이 주로 거론하는 것은(특히 리안의 영화에 대해서), 작품 속 두 인물이 ‘남성적’이라는 점이다. 게이들이 겪는 흔한 편견 중 하나가 ‘여성적’ 이미지를 갖고 있다는 것인데, 이 작품에서 둘은 ‘카우보이’로서 육체노동에 능하고 로데오를 즐기기도 한다. 더구나 에니스는 말수도 적고 때로는 폭력적이기도 하다. 물론 이러한 캐릭터들의 특징이 원작과 각색된 영화 공히 이성애 주류 독자들이나 관객들에게 호응을 얻은 이유 중 하나일 것이다. 「브로크백 마운틴」이 타파하는 퀴어들에 대한 편견은 또 있다. 동성애 혐오를 정당화하는 오래된 수사 중 하나가 그것이 자연의 섭리에 반한다는 것이다. 하지만 프루의 작품은 이성애 규범성이 인위적이고, 퀴어한 관계가 더 ‘자연스럽다’고 역설하고 있다. 에니스와 잭은 브로크백 마운틴의 자연을 배경으로 관계를 맺고 사랑을 키운다. 앞서 말했듯이 둘의 애정은 주변인들의 인위적인 개입이나 그로 인한 굴곡이 없다. 소유나 경제적 이해관계로부터 자유롭다. 그렇다면 사랑의 종류나 양태를 시대 구분으로 나누고자 한다면 둘의 사랑은 어디에 해당하는 것일까? 흔히 미드 등에서 보는 세련되고 '포스트모던'한 게이의 이미지는 이 작품에서 찾아볼 수 없다. 소비와 자본이 중심이 되는 관계는 프루의 단편에서는 이성애와 가깝다. 이성애 바깥에 존재하는 두 게이의 사랑은 분명 특별하다.

또한 금지된 사랑으로 인해 '단죄'받았기에 잭의 죽음을 애도하는 방식 역시 다를 수밖에 없다.[3] 당사자 중 하나인 에니스의 경우가 특히 그렇다. 앞서 말했듯이 잭이 죽은 후, 에니스는 잭의 집으로 유골을 인수하러 간다. 하지만 잭의 아버지는 이를 거절한다. 대신 에니스는 잭의 어머니의 도움을 받아, 둘이 브로크백 마운틴에서 입었던 낡은 셔츠 두 장을 가져온다. 그리고 자신의 동네에서 브로크백 마운틴 사진이 있는 30센트짜리 엽서를 구입해 두 장의 셔츠와 함께 낡은 트레일러에 붙인다. 그리고 눈물 어린 눈으로 이를 지켜보며 생각한다. "고칠 수 없다면 견뎌야 한다"고. 물론 고칠 수 없는 건 이성애 바깥에 있는 사람들을 혐오하고 때로는 그 존재조차 버거워하는 사람들의 문화일 것이다. 이에 대해 에니스는 할 수 있는

---

3. 영화 〈브로크백 마운틴〉에서 잭의 죽음을 애도하는 방식과 1980-1990년대 미국의 에이즈 사태와의 관련성에 대해서는 졸고 「〈브로크백 마운틴〉과 재생산적 미래주의」, 《비평과 이론》 21.3(2016 가을), 89-111쪽을 참조할 것.

것이 아무것도 없다. 연인의 죽음을 슬퍼하며 목 놓아 오열할 수도 없다. 죽은 잭이 자기 연인이었다고 말할 수도 없다. 그리고 그는 여전히 아이들의 양육비를 마련하기 위해 원하지 않는 일을 해야 하고, 거세되어 피투성이로 누워 있는 얼에 대한 기억으로 고통받을 것이다. 그저 브로크백 마운틴의 추억이 서려 있는 셔츠와 엽서를 바라보며 견딜 수밖에 없다는 그의 고백은 이성애를 강제하는 제도와 문화의 인위성과 폭력성을 다시금 우리에게 환기시킨다.

제14장

우리도 사랑하면 안 되나요?
복제인간의 사랑

—

가즈오 이시구로, 『나를 보내지 마』

김지은
경희대학교 영미어문화학과 박사 과정 수료

경희대학교 글로벌커뮤니케이션학부 영미문화 전공을 졸업하고 동 대학원에서 아일랜드 현대문학으로 석사 학위 취득 후 박사과정을 수료했다. 연구 분야는 젠더/페미니즘, 현대문학, 문화 비평이다. 루스 이리가레 · 마이클 마더의 『식물의 사유』를 공역했다.

사랑, 인간의 전유물?

사랑, 그것은 우리의 삶을 풍요롭게 만드는 감정이자 한순간에 심신을 황폐화시킬 수 있는 역동적이고 격변적인 에너지를 지닌 감정이다. 사랑으로부터 파생되는 다양한 감정은 때로는 우리를 웃게 하고 울게 만들며 때로는 질투하고 분노하게 한다. 태아는 남녀의 사랑 속에서 탄생하고, 아이는 보호자의 애정 어린 양육 속에서 성장하며, 이후 새로운 연인과의 연애가 설레는 로맨스로 꽃피워진다는 점은 우리네 삶이란 기실 사랑에서 시작하여 또 다른 사랑으로 나아가는 사랑의 연속 과정이라는 점을 보여준다. 인간에게 사랑은 그 삶의 기저를 이루는 핵심 감정이자 토대요, 에너지의 원천이다.

사랑이 매우 중요하다는 점을 부인할 수는 없지만 우리는 이 감정을 온전히 우리만의 것 즉, 인간의 것으로 전유해왔다. 인간은 눈에 보이지도 만질 수도 없는 사랑을 설명하기 위해 부단히 애를 써왔지만 사랑에 대한 다양한 접근과 설명은 모두 인간의 관점에서 출발하여 인간의 관점으로 결론지어지곤 했다. 사랑의 모양과 방법은 너무나 다양하기 때문에, 결코 하나로 정의되거나 결론지어질 수 없다고 거듭 강조되고 논의되어왔지만 정작 사랑 논의의 중심에 인간이 고정 변수로 존재한다는 점은 암묵적으로 용인되어왔다. 사랑을 대하는 우리의 태도는 지극히 인간 중심적이었다.

그렇다면 정녕 사랑은 인간에게만 허용된 감정인가? 인간이 아닌 존재는 사랑할 수 없는 것인가? 2005년에 발표된 가즈오 이시구로(Kazuo Isiguro)의 『나를 보내지 마(Never Let Me Go)』는 복제인간의 슬픈 사랑 이야기를 담담하게 그려낸 소설로, 사랑이 비단 인간의 전유물이 아님을 보여준다. 『나를 보내지 마』는 2010년 마크 로마넥 감독에 의해 〈네버 렛 미 고〉 영화로 각색되기도 하였는데 개봉 당시에는 크게 주목받지 못하였다. 소설은 타임지 선정 100대 영문 소설로 선정되고 전미도서협회 알렉스상, 독일 코레네상 등을 다수 수상하며 그 문학적 가치를 인정받은 반면, 영화는 당시 영국의 유명 배우인 키라 나이틀리와 캐리 멀리건이 주연을 맡았음에도 불구하고 흥행에 실패하고 만다. 실제로 〈네버 렛 미 고〉의 국내 개봉 당시 집계된 관객 수는 약 4,000명에 불과했다.[1] 그러나 2017년 이시구로가 노벨문학상 수상자로 선정되자 소설과 영화는 새롭게 재조명되며 화제의 중심에 섰다. 2017년부터 두 작품에 대한 많은 리뷰와 서평, 평론이 쏟아져 나왔는데 대부분 복제인간의 존엄성과 생명 윤리에 대해 기술하고 있다.

『나를 보내지 마』와 〈네버 렛 미 고〉가 클론이라고 불리는 복제인간을 주인공으로 그들의 장기 기증과 삶의 마감을 그려내는 것은 사실이지만 두 작품의 보다 핵심적인 주제는 다름 아닌 클론의 사랑이다. 소설과 영화는 유년시절부터 삶의 마지막 순간에 이르기까지 클론의 삶을 천천히 추적하면서 그들이 주어진 환경 속에서 어떻게 사랑을 느끼고 행하는지, 어떤 방식으로 감정을 표현하는지, 그리고 왜 그들의 사랑은 좌절되고 마는지 매우 담담하지만 꽤나 복중한 방식으로 보여준다. 이러한 점에서 작품 전체는 사랑을 인간의 방식으로 전유해온 우리에게 복제인간인 클론이 '우리도 사랑하면 안 되나요?'라고 묻는 하나의 큰 질문이기도 하다. 지금까지 온전

1. 2021년 2월 26일 《씨네21》의 누적 관객 수 기준이다.

히 조명되지 않은 『나를 보내지 마』 속 클론의 사랑에 주목하여 그들이 그리는 사랑의 길을 함께 따라가보자.

한정된 공간 속 제한된 경험과 교류

『나를 보내지 마』는 의학 혁신으로 인해 클론의 장기 기증이 가능해진 1990년대 잉글랜드를 배경으로 클론인 캐시와 토미, 루스의 사랑과 우정을 그려낸다. 소설은 여타의 SF 소설과 달리 미래를 배경으로 하지 않으며 서사에는 생명공학에 관한 구체적 서술이 부재한다. 실제로 이시구로는 소설에서 어떻게 의학 혁신이 가능하게 되었는지, 무엇에 의해 진행되는지, 클론은 어떻게 만들어지고 얼마나 존재하는지, 어디에 소속되는지 등과 관련된 구체적인 정보를 제공하지 않는다. 따라서 독자는 소설 전반에서 매우 낯설게 등장하는 클론(clone), 기증(donation), 완료(completion) 등의 단어를 통해 전체 맥락을 추측할 뿐이다.

클론은 국가 혹은 초국가적 기업으로 추정되는 거대 단체의 통제하에 있다. 청소년기의 어린 클론은 일정 기간 동안 학교에서 대규모 집단생활을 하며 교양 교육을 받고 이후 코티지(cottage)로 이동한다. 한 코티지에는 대략 여섯에서 열 명 정도의 클론이 함께 지내며 소규모 집단생활을 하는데 이들은 주로 낮 시간 동안에만 일시적으로 외출을 하거나 한데 모여 TV를 보고 자유연애를 즐기며 여가를 보낸다. 물론 가장 중요한 활동은 본격적인 장기 기증 준비를 위해 4, 5일 동안 코티지를 떠나 실질적 교육을 받는 것이다. 준비를 마친 클론은 코티지를 떠나서 바로 첫 번째 수술을 받거나, 혹은 장기 기증자가 된 클론을 돌보는 간병인으로 활동하게 된다.

소설의 주인공인 캐시와 토미, 루스 역시 일생 동안 학교와 코티지, 회복 센터를 벗어나지 못한다. 전체 3부로 구성된 『나를 보내지 마』는 이 한정된 공간 속에서 세 명이 각각 어떤 관계를 맺고 있는지, 또 그 관계가 어떻게 변화하는지 보여준다. 이를테면 캐시의 독백으로 시작하는 1부는 토미, 루스와 함께 다녔던 헤일셤 학교에 대한 회상으로, 2부는 코티지 생활에 대한 회상으로 구성된다. 1부와 2부가 과거에 대한 회상이었다면 3부는 현재 캐시에게 일어나는 일들을 그려낸다. 캐시는 코티지를 떠난 후 약 10년간 볼 수 없었던 루스, 토미와 재회하고 이들의 간병인이 되기를 자처한다. 다시 만난 캐시와 루스, 토미는 가끔 어느 배가 난파된 바다에 가며 외출하기도 하지만 이들이 함께 시간을 보내는 공간은 주로 회복 센터이다.

소설 전체의 3부를 구성하는 헤일셤, 코티지, 회복 센터는 클론에게 허용된 유일한 공간이자 전부이다. 캐시와 토미, 루스 또한 이 공간 안에서만 성장하였고 생활하였으며 또 그곳에서 삶을 '완료'한다. 그런데 이때 클론에게 한정되는 것은 비단 물리적 공간만이 아니다. 공간의 제재는 그에 동반하는 경험과 교류까지 제한하기 때문이다. 예컨대 헤일셤에서 에밀리 교장을 비롯한 선생님들은 외부에 나가면 '일반인(일반 사람)'처럼 행동하라고 교육하지만, 클론이 학교 밖으로 나갈 기회는 사실상 없다. 헤일셤은 큰 담장으로 둘러싸여 있었고, 담장을 넘어간 남학생이 이틀 뒤 숲에서 두 손이 잘린 채 나무에 묶여 있었다는 끔찍한 루머만이 학생들 사이에서 흉흉하게 전해질 뿐이다. 캐시와 토미, 루스는 코티지로 이동하게 된 열여섯 살 전후까지 약 10년간 헤일셤에서 지냈지만 만난 이들이라곤 고작 그들과 같은 운명의 클론들, 루시 선생님, 에밀리 교장, 마담, 필요 물품을 전달해주는 괴팍한 케퍼스 노인과 같은 몇몇 되지 않는 사람뿐이다.

헤일셤의 엄격한 통제와 헤일셤 담장을 둘러싼 험악한 루머와는 달리 코티지에서는 어느 정도의 자유와 외출이 허락된다. 외·출입 시 출입국 기록을 남기기만 하면 반나절 정도는 근교로 여행가는 것도 가능하다. 캐시와 토미, 루스는 코티지에서 처음으로 헤일셤 출신이 아닌 타 지역 출신 클론들과 만나 이들과 약 2년간 생활하고, 처음으로 사람들이 사는 마을에 방문해보기도 한다. 코티지가 캐시와 토미, 루스에게 새로운 만남과 경험을 제공하는 것은 사실이지만 이곳에서의 경험과 교류 역시 매우 제한적이고 작위적이다. 일례로 루스는 코티지에 먼저 도착한 클루들, 즉, 선임들의 행동을 보고 따라 하며 새로운 사회화 과정을 거치는 것 같지만 그 과정은 상당히 의식적이다. 루스는 어느 날부터 토미와 잠시 헤어질 때 그의 팔꿈치를 손가락으로 살짝 스치는데 이는 자연스러운 행동이 아니라 텔레비전 속 장면을 보고 의식적으로 따라 하는 행위이다. 그녀는 이러한 행동을 마치 이전부터 해왔던 것처럼 행하려 하지만 캐시는 루스의 행동에서 어딘지 모를 어색함을 느낀다. 결국 캐시와 토미, 루스가 실질적으로 교류하는 대상이 모두 클론이라는 점, 출신 학교가 다르더라도 모두 장기 기증을 위한 공통의 교육을 받았다는 점, 자신들의 예정된 미래에 대해 알고 있다는 점은 클론의 생활과 사고를 구조적으로 그리고 의식적으로 틀에 가둔다.

『나를 보내지 마』의 1부가 캐시의 독백으로 시작한 것처럼, 3부 역시 간병사 일이 자신에게 잘 맞았으며 그 일에 최고의 자질을 발휘했다고까지 볼 수 있다는 캐시의 독백으로 시작한다. 캐시는 간병사 직업을 수행하며 기증자들이 동요하지 않고 안정된 상태를 유지할 수 있도록 도와주는 데 탁월한 재능을 보이지만 그녀에게도 고독이라는 문제가 발생한다. 사람은 다른 이들과 함께 그리고 그들과 둘러싸여 성장하는 존재이지만, 간병사가 된다는 것은 혼자가 되어가는 길을 택하는 것이기 때문이다. 간병사에게는 관계의 심화나 연장이 아닌, 늘상 단절감과 고립감이 함께한다. 11년 이상 간병사 일을 해온 캐시는 회복 센터에서 끊임없이 새로운 장기 기증자를 만나지만 고독은 해소되지 않는다. 사실 회복 센터는 클론의 장기 기증의 최전선에 있는 공간이기에 진정한 의미의 소통과 교류가 거의 불가능한 장소이다. 회복 센터에서 장기 기증자 클론이 하는 것은 검진과 수술을 받고 또 다른 기증을 위해 컨디션을 회복하는 것이 전부이고, 간병자 클론이 하는 것은 이들의 컨디션을 체크하고 회복을 돕는 것 그 이상도 그 이하도 아니기 때문이다.

클론의 삶은 대개 2, 30대에 세 번째 혹은 네 번째 기증을 마치고 '완료'된다. 클론은 그 짧은 인생의 약 3분의 1은 학교에서 보내고, 또 다른 3분의 1은 코티지에서, 나머지 시간은 회복 센터에서 보내는 것이다. 그들에게 허락된 공간은 한정되어 있고 그 속에서의 경험과 교류 또한 전적으로 제한되어 있지만, 그렇다고 하여 사랑과 연애, 성에 대한 모든 접근과 가능성이 막혀 있는 것은 아니다. 오히려 어느 부분에서는 개방적이기까지 하다. 통제와 억압이 기입된 이 공간 속에서도 클론은 뜨겁게 연애하고 사랑하며 육체적 사랑을 나눈다.

클론의 사랑법

클론이 머무르는 공간은 제한되지만 그곳에서 연애와 성이 금지되는 것은 아니다. 많은 클론이 사귀고 헤어지고를 반복하였고 하룻밤 사랑을 즐기기도 했다. 『나를 보내지 마』에서 그려지는 클론의 사랑법은 사실 우리 인간이 하는 연애와 크게 다를 바 없다. 마음에 드는 사람에게 다가가 호감을 얻고, 데이트를 하고 선물을 주며 때로는 섹스를 즐긴다. 그러다 마음이 잘 맞지 않아 헤어지기도 하고 다시 재회하기도 하는 그런 연애와 사랑 말이다. 토미와 루스 역시 그런 커플 중 하나로, 그들의 첫 연애는 헤일셤에서 약 6개월간 지속된다. 이들은 잠시 헤어지기도 하지만, 캐시의 도움으로 재회에 성공하고 코티지로 이동한 이후에도 얼마간 공개 연애를 이어나간다. 사실 캐시는 토미와 루스가 커플이 되기 전부터 토미에게 약간의 호감을 느끼지만, 캐시는 또한 루스의 가장 친한 친구였기에 둘 사이에 일부로 끼어들려고 하지 않는다. 작품 속에서 클론에게 누구와 만날지, 어떻게 연애할지, 또는 누구와 섹스를 할지는 전적으로 그들의 자유인 것처럼 묘사된다. 실제로 토미와 루스의 관계는 오래지 않아 끝이 났고, 코티지를 떠난 후로부터 약 10년 뒤에 다시 만난 토미와 캐시는 한때 이루지 못했던 사랑을 다시 속삭이기 시작한다.

이처럼 클론에게 자유로운 연애와 성생활은 가능하지만, 이는 기증이라는 거스를 수 없는 운명이 허락하는 한에서만 가능하다. 예컨대 클론은 다른 클론과 혹은 심지어 바깥 사회의 일반 사람과도 성교할 수 있다고 교육받지만 특히 병에 걸리지 않도록 더욱 주의할 것을 요구받는다. 어느 누구도 이를 기증과 직접적으로 연관시켜 발언하지는 않았지만, 캐시는 기증에 대해 공개적으로 토론하지 않는다는 모종의 규칙 내지 규정 같은 것이 헤일셤에서의 생활에 깊이 파고들었던 것 같다고 회상한다. 마치 루시 선생님이 학생들에게 담배 피우지 말 것을 권유하면서 그들이 몸과 마음을 건강히 유지하는 것이 너무나도 중요하다고 말한 것처럼 말이다. 루시 선생님이 자신보다 학생들의 건강 유지가 더 중요하다고 거듭 강조한 것은 학생에 대한 애정만으로 해석될 수 없으며, 그보다는 장기 기증을 염두에 둔 발언으로 해석되는 것이 보다 적확하다.

캐시의 회상에 따르면, 헤일셤에서 성교에 대한 강의가 시작된 것은 그녀가 열세 살이 되던 무렵이었다. 교사들은 몸의 욕구를 존중하는 것이 얼마나 중요한지, 남녀가 서로 진정으로 원하는 성교가 얼마나 아름다운 것인지에 대해 강조한다. 에밀리 교장의 경우, 생물실에서 직접 인체 뼈 모형에 지휘봉을 이리저리 찔러 넣으며 성교의 다양한 자세를 노골적으로 시연하는 적극성까지 보인다. 잠시 살펴본 것처럼, 헤일셤에서 이러한 성에 대한 강의는 단순히 성 관련 지식을 전달하는 수업이라기보다는 기증과 관련된 기본 사항을 이에 함께 녹여 전달하는 교육법이기도 하다. 예컨대 에밀리 교장은 학생들에게 학교 밖 세상에서는 성교에 많은 의미가 담겨있는데, 그 이유는 우리 '학생'들과는 달리 성교를 통해 아이를 가질 수 있기 때문이라고 설명한다. 학생들은 자신의 몸이 임신과 출산이 허락되지 않은 불임의 몸이라는 점을 알게 되며, 그 내막에는 기증이라는 큰 담론이 존재함을 암묵적으로 깨닫게 된다.

헤일셤의 성교육이 학생들의 성적 호기심을 충분히 충족시켜주었는지는 불분명하지만 학생들은 성적 쾌락을 향유한다. 동성 간 성교를 칭하는 '우산 성교'라는 명칭이 생긴 점은 학교에서 클론의 성생활이 꽤나 자유로웠다는 점을 보여주는 일례이다. 그리고 코티지에서의 성생활은 여기서 좀 더 나아가 한층 더 자유롭고 '성숙'한 양상으로 전개된다. 성숙했고 훨씬 노골적이었다. 적어도 코티지에서는 누가 누구와 육체적 관계를 맺었는지를 두고 수군거리거나 킬킬거리는 일은 더 이상 일어나지 않았으며, 성교 여부가 곧바로 커플로의 이행을 의미하지도 않았다. 정서적 교류 여부를 떠나서, 서로의 방에서 그저 하룻밤 보내지 않겠냐고 묻는 일도 그리 대단한 일이 아니었다. 실제로 헤일셤에서는 밤 9시 이후에는 남녀가 서로의 기숙사에 출입하지 않는다는 교칙이 존재하지만 코티지에서는 그런 규칙조차 없었기에, 마음이 맞는 남녀 클론은 '기분 전환'을 위해 그 어느 시간대에건 성적 쾌락을 즐길 수 있다.

이시구로가 『나를 보내지 마』에서 상상한 클론은 인간처럼 성적 욕망을 느끼고 그 쾌락을 적극적으로 향유하고자 하는 존재로 그려진다. 어느 날 캐시는 쓰레기통에서 우연히 포르노 잡지를 발견하고 보일러실에서 몰래 보다가 토미에게 들키게 되는데, 이때 캐시의 행동은 다소 부산스럽다. 그녀는 성적 충동에 따라 잡지 속 벌거벗은 여인의 몸을 찬찬히 훑는 것이 아니라 무언가를 급히 찾는 듯 잡지를 급하게 넘긴다. 자신의 행동을 의아하게 지켜보는 토미에게 캐시는 그의 눈에 자신의 행동과 말이 이치에 맞지 않게 여겨질 수 있다고 동조한다. 그러나 캐시는 종종 자신이 통제할 수 없는 강한 성욕을 느끼면, 그리고 그 성욕이 너무나 강해져서 한 두 시간동안 지속될 때면, 자신이 경멸하던 케퍼스 아저씨하고도 관계를 맺을 수 있을 정도로 자신을 혼란스럽게 한다고 토로한다. 강인하고도 지독한 성욕. 캐시는 자신의 몸 안에서 들끓는 성욕을 주체할 수 없을 때가 있었고, 그때마다 이 주체할 수 없는 성욕의 출처가 어딘지 궁금했다. 그리고 혹시 자신의 '원본(original)'이 포르노 잡지 속에 있는 여성은 아닐까 하고 잡지를 살펴본 것이다. 토미는 자신 역시 때때로 강한 성욕을 느낀다고 밝힌다. 나아가 누구나 이러한 일을 겪고 있을 것이라 조심스럽게 답하며 성욕은 모두에게 존재하는 당연한 것이라고 말한다.

흥미롭게도 소설에서 캐시와 토미의 첫 섹스는 토미의 세 번째 기증 직후에 이뤄진다. 그런데 이들의 첫 섹스를 추동한 것은 강력하고도 지독한 성욕이라기보다는, 외부 시선에 대한 걱정이기도 하다. 캐시는 혹시 둘이 아직 성교를 하지 않았다는 사실이 집행 연기를 신청함에 있어 친밀감 부족으로 비춰질까 걱정하며 토미와의 첫 성교를 감행한다. 몇 번의 장기 기증으로 토미의 체력이 쇠약해졌기에, 캐시는 토미를 천천히 조심스럽게 애무하고 토미는 이를 받아들인다. 비록 첫 행위 때는 이 모든 것이 하나의 시작이자 통과해야 할 관문이라는 느낌이 포함되어 있어서 조금 성가신 느낌이 들기도 하였지만, 그리고 그러한 느낌을 쉽게 떨쳐버릴 수 없었지만, 이후 캐시와 토미는 육체적 관계에도 전념했고 열정적으로 참여하게 된다. 물론 이때에도 섹스를 육체적 쾌락으로만 즐길 수는 없었다. 섹스에 관한 성가신 감정과 의문은 여전히 잔존해있었다. 애정 어린 손길로 되살아난 감각들, 뜨거운 열정과 성욕, 그 속에서 꽃피는 연인의 애정도 토미의 시간을 멈출 수는 없었고, 그 점이 캐시와 토미를 끈질기게 괴롭혔다. 그들의 사랑은 그 어느 때보다 농익었지만 이별의 시간 또한 가까워졌기에 불안감이 엄습한다.

사랑의 증명 : 집행 연기와 루머 사이에서

클론에게 장기 기증은 피할 수 없는 숙명이다. 그런데 작품 속에서 사랑은 바로 이 장기 기증의 비운을 잠시나마 유예할 수 있는 유일한 희망으로 그려진다. 만약 클론 커플이 서로를 향한 진실한 사랑을 증명할 수 있다면, 그들에게는 약 3년간의 집행 연기가 허락된다는 소문이 클론들 사이에서 돌았기 때문이다. 이 소문은 헤일셤에서도, 코티지에서도 곳곳에서 어렴풋이 들려왔지만 그 출처와 진위 여부는 언제나 불분명했다. 그리고 이 집행 연기의 꿈은 루스에 의해 소설 전면에 다시 등장한다. 몇 번의 장기 기증으로 몸이 쇠약해진 루스는 캐시, 토미와 함께 마지막 나들이를 떠나는데, 버려진 배를 구경하던 루스는 그곳에서 둘에게 마담의 집주소가 적힌 쪽지를 전하면서 마담을 찾아가 둘의 사랑을 증명하고 집행 연기를 신청하라고 권유한다. 한때 캐시와 토미의 관계를 질투하고 방해했던 루스는 캐시에게 토미와 함께 집행 연기를 신청하고 허가 받을 것을 제안한다. 루스는 다른 이들은 실패했을지라도 둘이라면, 틀림없이 할 수 있을 것이라는 격려와 함께, 이제 그들 사랑의 지지자가 된다. 그리고 이 격려를 건넨 시일로부터 얼마 지나지 않아 루스는 자신을 병문안 온 캐시 앞에서 그 짧은 삶을 마감한다.

그 여행으로부터 약 1년 후 캐시는 토미의 간병사가 되어 킹스필드 센터에 주기적으로 방문하게 된다. 킹스필드 센터는 낡은 유원지를 매립하여 만든 회복 센터로 루스가 마지막으로 머물던 도버 회복 센터에 비하면 시설은 매우 낡았지만 캐시는 그곳에서 토미와 꽤나 좋은 시간을 보냈다고 회상한다. 그곳에서 캐시와 토미는 때로는 담소를 나누고 때로는 뜨거운 육체적 사랑을 나눈다. 시설은 열악하고 환경은 누추하지만 그들의 사랑은 그 어느 때보다 진실되었으며 열정적이었고 그 사랑 속에서 둘은 행복을 느낀다. 캐시와 토미의 사랑을 방해하는 것이 있다면 그것은 다름 아닌 토미의 또 다른 장기기증 일정이었다. 캐시와 토미가 처한 상황이 보다 나아지거나 낙관적 미래를 그리는 것은 아니었지만, 이들은 행복했다. 그리고 사태가 줄곧 그런 식으로 흘러갔다면 이들의 평온과 행복은 유지되었을 것이다. 일상의 사소한 것들에 대해 이야기를 나누고, 자신이 좋아하는 책을 한가로운 오후 시간에 소리 내어 읽고 또 그림을 그리면서, 때로는 성교를 나누면서 서로의 시간과 삶을 공유하는 것은 그해 여름이 끝날 무렵까지만 허락되었다. 그 즈음 토미의 몸 상태가 좋아져서, 그에게는 마지막 기증이 될 가능성이 농후한 네 번째 기증이 통보될 예정이었기 때문이다. 캐시와 토미는 마침내 이 행복의 시간을 조금이나마 연장하고자 루스의 조언을 따라 마담을 찾아가기로 결심한다. 그것이 이들이 할 수 있는 최선의 조치이자 방어였다.

이때 캐시와 토미가 그들의 사랑을 증명하기 위해 택한 것은 바로 토미의 그림이다. 헤일셤에서 마담은 클론이 그린 그림 중 우수한 작품을 화랑으로 가져가곤 했는데, 토미는 그림과 시 같은 예술이 클론의 영혼을 드러내는 중요한 판단 기준이기 때문에 마담이 화랑으로 가져가 보관한 것은 아닌지 추측한다. 토미는 '어떤 커플이 자신들이 진정한 사랑에 빠졌다고 말한다면, 마담은 그들이 수년에 걸쳐 창작한 작품을 찾아보고 그 작품을 통해 커플의 진심을 확인해보는 것은 아닐까?'라고 말하며 마담이 클론의 영혼을 드러내는 무언가를 갖고 있다고 확신하게 된다.

사실 이 추측은 토미와 루스가 아직 연인 관계일 때 즉, 루스가 캐시와 토미에게 마담의 집 주소가 적힌 쪽지를 건네기 한참 전에 한 것이지만, 시간이 지난 후 캐시와 토미는 이 추측에 확신을 갖게 되고 이를 시행하기로 결심한다. 게다가 마침 토미는 헤일셤을 떠난 이후에도 줄곧 그림을 그려왔기에 그림의 수는 충분했다. 둘은 마담에게 가져갈 그림을 선별하고 또 선별했고 마침내 모든 준비를 끝낸 이들은 마담을 방문한다.

마담을 만난 토미는 정중하고도 복중한 태도로 자신들의 방문 이유를 설명한다. 토미와 캐시는 진정한 사랑에 빠져 마담을 찾아온 것이고, 이미 수많은 커플의 방문으로 진절머리가 났을 마담에게 구태여 찾아온 것은 자신들의 사랑이 진실되다고 확신했기 때문이라고 덧붙인다. 신중하고도 조심스러운 토미의 태도와는 달리, 마담은 토미의 말을 듣자마자 한 치의 망설임도 없이 사랑과 집행연기에 관한 이야기는 한낱 루머일 뿐이라고 일축한다.

그렇다면 헤일셤의 선생님들은 왜 클론에게 훌륭한 작품을 만들라고 그토록 격려한 것인가? 클론이 받은 수많은 예술 수업은 도대체 무엇을 위한 것이었던가? 화랑의 존재 여부와 그 존재 의미에 대해 묻는 캐시에게 마담과 함께 있던 에밀리 교장은 학생들이 인간적이고 교육적인 환경에서 '사육'된다면 '학생들'역시 일반인들처럼 지각 있고 지성적인 사람으로 성장할 수 있음을 세상에 증명하게 되었다고 잔인하게 설명하면서, 화랑에 담긴 비참한 진실을 여과 없이 전달한다. '우리는 너희를 학생이라고 부르는 게 더 좋지만, 그저 의학 재료를 공급하기 위한 존재에 지나지 않았단다.'라는 에밀리 교장의 마지막 말은 그저 집행 연기라는 작은 소망을 갖고 찾아온 토미와 캐시에게 비수가 되어 가슴을 파고든다.

마담과 에밀리 교장은 클론들에게 좋은 '사육' 환경이 제공된다면 인간 못지않은 교양과 예술성을 보일 수 있다고 주장했고 화랑을 통해 이를 증명하였다. 그리고 그 화랑을 통해서 헤일셤 학교에 대한 많은 후원을 이끌어낸 것이다. 따라서 화랑과 예술 작품 창작은 그 시초부터 클론의 영혼을 판단하기 위한 것이 아니었다. 그저 후원금을 모으고, 장기 기증이 이면에 서 있는 클론이 유토피아적 과학혁신 속에서 그저 그림자 속에 머물기를 바란 기획의 일부였던 것이다. 따라서 캐시와 토미가 그림을 통해 영혼과 그들 사랑의 진실함을 증명하고 집행유예를 받을 수 있을 것이라 소망한 것은 결코 이뤄질 수 없는 헛된 희망으로 밝혀진다.

이해 불가능성 혹은 공감 불가능성

조금 더 사랑하고자 했던 캐시와 토미의 바람은 사치였던 걸까? 마담은 마지막 말은 이들을 더욱 비참하게 만든다. 마담은 적어도 그들의 '보호'아래에 있는 동안에는 클론이 모두 좋은 환경에서 성장할 수 있도록 신경을 썼지만, 집행 연기에 대한 무모한 꿈을 허용하는 것은 그들의 한계를 벗어나는 일이라며 명확한 선을 긋는다. 마담의 말은 명확하기에 날카롭고 날카롭기에 잔인하다. 마담은 캐시와 토미의 간절한 사랑을 조금도 이해하지 못한 듯하다. 오히려 현재 진행 중인 그들의 감정을 그저 하나의 멋진 추억으로 만들고, 안전한 성장 환경을 만들어준 자신에게 고마워할 것을 요구한다. 이는 마치 '우리도 사랑하면 안 되나요?'라고 묻는 캐시와 토미에게 사랑은 여전히 인간의 전유물이라고 못 박는 행위와도 같다.

클론의 감정과 사랑에 대한 마담의 이해 불가능성 혹은 공감 불가능성은 소설의 제목이기도 한 〈네버 렛 미 고〉 노래에 대한 해석에서 더욱 극명하게 드러난다. 헤일셤 재학 당시 캐시는 그 노래 가사를 아기를 가질 수 없는 여자가 기적처럼 아기를 임신하게 되고, 누군가 그 소중한 아기를 빼앗아 갈지도 모른다는 겁에 질려 있는 상황으로 해석하였고, 노래에 맞춰 춤을 추었다. 당시 캐시는 그 노래 가사가 정확히 무엇을 의미하는지는 전혀 몰랐기 때문에, 이는 순전히 캐시의 자의적인 해석이지만 그것이 옳은 해석인지 잘못된 해석인지는 중요하지 않았다. 캐시에게 그 노래는 바로 그런 의미였기 때문이다. 그리고 캐시는 그 음악에 맞춰 춤을 추는 자신을 보여 눈물 흘렸던 마담을 떠올리게 된다. 그녀는 마담이 자신의 감정에 공감하여 눈물을 흘렸다고 생각하고, 토미 역시 상상 속에서 아기를 품에 안고 춤추는 캐시가 실제로는 아기를 갖지 못한다는 사실이 너무나 비극적으로 여겨져서 마담 또한 울었을 것이라고 말하며, 캐시의 생각에 동조한다.

하지만 마담이 〈네버 렛 미 고〉 노래에 맞춰서 춤추고 있는 캐시로부터 발견한 것은 어떤 사랑이나 연민, 슬픔이 아니었다. 캐시의 감정을 이해했거나 그 감정에 공감한 것은 더욱이 아니었다. 마담은 캐시의 견해가 흥미롭다고 덧붙이지만, 자신이 타인의 마음을 헤아리거나 이에 동감하는데에는 전혀 소질이 없다고 밝히며 자신이 보인 눈물의 의미를 설명한다. 마담이 춤을 추는 캐시로부터 본 것은 캐시의 자의적 해석과는 다른 미래였다. 그것은 빠르게 다가오는 신세계, 과거의 질병에 대한 보다 효율적이고 혁신적인 치료법으로서의 클론이었다.

그날 마담이 본 것은 클론이라는 복제인간이 불러온 의료혁신의 신세계였다. 그 신세계의 이면은 비록 마담 스스로 인정하듯이 "거칠고 잔인한 세상이지"만 그 무거운 과제를 떠안고 있는 소녀를 보고 감동한 것이다. 마담의 눈에 캐시는 더 이상 지속될 수 없는 과거의 세계를 가슴에 안고 결코 자신을 보내지 말아달라고 애원하는 한 소녀에 불과했다. 이렇듯 작품 속에서 마담은 클론이 자신의 정서를 녹여낸 영혼의 그림을 그릴 수 있다는 사실을, 그들에게도 섬세한 감정이 존재함을, 그리고 그 감정을 통해 충만한 사랑을 느끼는 존재라는 점을 결코 이해할 수 없는 인물로 묘사된다. 『나를 보내지 마』에서 이시구로는 인간이 아닌 존재가 어떻게 사랑하는지 보여주면서, 동시에 왜 이들의 사랑이 좌절되고 마는지 함께 보여준다. 사랑을 오직 인간만의 방식으로 전유하는 인간 중심적 사고 속에서 비인간의 사랑은 허락되지 않는다.

결국 토미와 캐시는 헤일셤과 집행 연기에 대한 숨겨진 진실을 모두 알게 되고 다시 킹스필드 회복 센터로 돌아온다. 회복 센터는 그들에게 예정된 최종 목적지였고 그들의 섬세한 감정 교류도, 뜨거운 육체적 사랑도, 그림도, 그 무엇도 이 비운의 경로를 바꾸지 못한다. 예술을 통한 영혼과 사랑 증명은 실체 없는 루머에 불과했다. 집행 연기의 꿈이 무산되며 토미와 캐시의 애정 전선은 급속도로 침몰해간다. 더 이상의 애정 표현과 육체적 관계는 사치로 여겨졌고 결국 토미는 네 번째 기증이 얼마 남지 않은 시점에서 캐시에게 자신의 간병사를 그만둬달라고 부탁한다. 캐시가 토미에게 해줄 수 있는 건 그와 담담하게 마지막 담소를 나누고 가벼운 입맞춤으로 인사를 대신하는 것이다. 더 이상 해줄 수 있는 것도, 허락된 것도 없는 이들의 사랑은 조용히 마무리되고 얼마 지나지 않아, 캐시는 토미의 완료 소식을 전해 듣는다. 캐시는 들판에 서서 토미와 루시, 그리고 자신의 유년시절을 회상하다가 애써 흐르는 눈물을 닦고 자신이 소속되어 있어야 할 새로운 병원으로 발걸음을 옮긴다. 그 어떤 격렬한 저항이나 슬픔 없이 작품은 이렇게 조용하게 끝난다.

비록 작품 속에서 캐시와 토미의 사랑은 지속될 수 없지만 그 감정의 파장은 책과 스크린을 뚫고 나와 끈질기게 우리를 따라오고 또 괴롭힌다. 책장을 다 넘긴 후에도, 영화관을 나선 이후에도 가슴 한편에서 왠지 모를 불편함이 계속 느껴지고 쉬이 해소되지 않는다. 이 회피할 수 없는 불편함은 독자로 하여금 클론의 사랑을, 그 사랑의 모양과 방법을 정면에서 마주할 것을 요청하고 나아가 '우리도 사랑하면 안 되나요?'라는 질문에 답할 것을 요청한다. 이 질문에 대한 답변 또한 하나로 귀결될 수 없겠지만 다음의 사실은 분명하다. 사랑, 그 풍요로운 감정은 이제 더 이상 인간의 전유물이라 볼 수 없다.

불확실성의 시대

:

우리는 사랑을 할 수 있을까

제15장

1990년 여성 서사의 귀환과 낭만적 사랑의 종언

—

은희경, 『새의 선물』

김은하

경희대 후마니타스칼리지 부교수

중앙대학교에서 한국현대소설 연구로 문학박사 학위를 받았다. 여성주의 무크지 《여성과 사회》 6호(창비)에 공선옥론을 발표하며 국문학 연구자로 활동하기 시작했고 현재 경희대학교에서 학생들을 가르치고 있다. 저서로 『문학을 부수는 문학들 : 페미니스트 시각으로 읽는 한국 현대문학사』(공저), 『소녀들 : K-pop 스크린 광장』(공저), 『감정의 지도 그리기』(공저), 『개발의 문화사와 남성 주체의 행로』 등이 있다.

87년 체제 이후 여성 서사의 귀환

한국에서 페미니즘이 1970년대 엘리트 여성의 교양 재화나 1980년대 진보적 여대생들의 성 평등 기획이 아니라 가부장적인 사회와 일상을 뒤흔드는 불온한 문화적 기획으로 사회에 광범위한 영향력을 미치기 시작한 것은, 6월 항쟁으로 '87년 체제'[1]가 형성되고 1990년대가 본격적으로 열리면서부터

1. 한국의 진보적인 학계는 '87년 체제'라는 개념을 통해 1987년 6월 항쟁이 한국 사회의 전환점이며, 그 전환의 형태가 이후의 사회에 대해 구조형성적인 측면을 가진다는 인식을 공유해왔다. 이 용어를 제안한 김종엽은 정치적으로는 권위주의 체제의 종식과 형식적 민주주의의 제도화, 경제적으로는 박정희식 발전 체제를 벗어나 대자본과 민중 부문 양자가 국가 통제에서 벗어나게 된 것, 사회문화적으로는 대중소비사회의 출현과 다양한 정체성 탐구나 상징적 투쟁들의 증가로 87년 체제의 성격을 설명한다. 김종엽, 「분단체제와 87년 체제」, 《창작과 비평》 제130호, 창비, 2005년, 12-33쪽.

다. 국내적으로는 직선제 개헌 등 민주주의의 승리라고 할 만한 성과가 나타남으로써 정치적 유화 국면이 열려 문민정부가 출현하고, 대외적으로는 동구 사회주의의 몰락과 함께 이념의 시대가 종언을 고하면서 1970-1980년대 진보적 공론장 문화 속에서 계급, 민족 등 '거대 서사'에 밀려 주변화되었던 '성 모순'이나 젠더 경험이 서사화되는 등 '억압된 것의 회귀'가 이루어졌다. 1990년대 페미니즘을 혁명을 이끌었던 '영페미'들은 '제2물결'의 "개인적인 것은 정치적인 것이다"라는 구호가 연상될 만큼 사랑, 섹슈얼리티, 가족 등 '사적 영역'을 비판적으로 공론화하는 데 주력했다. 1990년대에는 연애와 사랑을 권력관계로 분석하는 여성 연구자들의 저작 『결혼이라는 이데올로기』(1993), 『새로 쓰는 사랑 이야기』(1991), 『새로 쓰는 성 이야기』(1991) 등이 출판 시장에 쏟아져 나오고, 여전히 낭만적이지만 조금 더 평등한 연애를 원하게 된 여성들의 욕망이 '신세대 연애관' 또는 '신세대 결혼관'이라는 이름으로 담론화되기 시작하면서 연애, 사랑, 결혼에 대한 비판적이고도 진지한 논쟁들이 이루어졌다.[2]

이러한 흐름은 중간계급 엘리트 남성의 내면을 소설의 주

---

2. 전희경, 「'젠더-나이 체제'와 여성의 나이 : 시간의 서사성을 통해 본 나이 경험의 정치적 함의에 관한 연구」, 이화여자대학교 여성학과 박사 학위 논문, 2012년, 180쪽 참조.

요한 무대로 채택해왔던 한국문학 장이 흔들리는 사태로 이어졌다. 바야흐로 1990년대는 문단의 주류로서 남성들이 '문학의 연성화'를 우려한다고 우려와 탄식을 토로할 만큼 여성 작가가 약진했던 시대였다. 동구 사회주의권의 몰락으로 1980년대 문학 이념이 시효를 다하자 리얼리즘과 모더니즘 논쟁의 바깥에 서 있거나, '정치성=문학성의 등식'으로 창조성을 억눌려왔던 여성 작가들은 대문자 '문학'의 감시가 느슨해진 틈을 타 문단을 점령하고 여성 서사를 한껏 풀어놓았다. 여성 작가들은 지극히 사적인 문제로 취급되어 사회적, 정치적 토론의 장이 되지 못했던 여성의 현실을 전경화하고 가부장적 가족제도와 규범적 여성성을 거부하는 하위문화적 상상력마저 차용하면서 본격문학과 대중(통속)문학이라는 엄격한 경계마저 해체하며 문학 장의 지배적 우세종이 되었다.[3] 이렇듯 여성 작가의 약진과 여성 서사의 귀환이라는 한국문학사의 이례적인 흐름 속에서 은희경은 사랑의 신비를 벗기는 도

3. 1990년대에 들어오면서 지난 연대에 계급, 민족 등 '거대 서사(Master Narrative)'에 밀려 주변화되었던 섹슈얼리티와 젠더 체험이 전경린, 은희경, 김인숙 등 대학의 1970년대 후반이나 1980년대 학번 작가들에 의해 서사화되기 시작했다. 1990년대 여성 문학은 모성성에 대한 회의, 가부장적 가족 질서를 교란하는 이혼과 불륜의 모티프, 사회가 금기시한 욕망과 동성애에 대한 매혹 등을 통해 대담한 도발을 감행했다. 1990년대 여성 문학의 지도에 관해서는 다음을 참고할 것. 김은하, 「민주화 이후의 여성 문학 : 억압된 것의 회귀와 성차화된 여성 주체의 등장」, 《릿터》 13, 민음사, 2018년, 24-29쪽.

발적인 상상력을 통해 '사랑의 탈낭만화'라는 1990년대 여성 문학의 한 흐름을 이끌어갔다. 은희경이 다시 쓰는 '러브 스토리'는 '낭만적 사랑'을 넘어서는 대안을 찾고자 하는 동시대 여성 독자에 대한 여성 작가의 진지한 응답이었던 셈이다.[4]

1990년대에 여성 독자를 매혹하며 불온한 여성 작가로서의 '저자성'을 뽐내던 은희경의 문학은 때로 '계몽주의와 마르크스주의의 중심에 있던 이상, 즉 세계의 본성에 대한 우리의 이해가 증가할 때 필연적으로 사회적 변화가 야기될 것이라는 이상의 끝'을 보여주는 냉소적 이성의 징후로 간주되기도 했다. 그러나 그간의 여러 연구를 통해 이미 증명된 바 있는 것처럼 '냉소의 글쓰기'는 문화의 억압을 자연화하지 않고 비판적으로 사유 가능한 것으로 만들면서 가부장제에 균열을 내는 불온한 여성의 여성 성장 전략을 찾기 위한 것으로서 한국 여성 문학사에서 중요한 의미를 갖는다. 특히 『새의 선물』(1995)은 1980년대 사회 공간을 진동시킨 정치 혁명의 상상력

---

4. 슐라미스 파이어스톤의 지적처럼 사랑은 우리의 삶에서 경험되거나 로맨스 소설에서 판타스틱하게 묘사되어왔을 뿐 여성의 심리나 삶에서 어떤 역할을 하는지 분석되지는 못했다. 파이어스톤에 의하면 이 부재는 여성과 사랑은 사회의 기본 토대이기 때문에 그것에 대한 검토는 문화의 구조 자체를 위협한다는 점을 암시한다. 즉, '사랑'은 비판과 분석을 허락하지 않는 문화의 금기인 것이다. 따라서 '사랑'을 다루지 않은 급진적 여성 해방론에 관한 책은 정치적으로 실패작일 수밖에 없다는 결론이 도출된다. 슐라미스 파이어스톤, 『성의 변증법』, 김예숙 옮김, 풀빛, 1983년, 131-134쪽.

이 소진한 이후, 즉 진정성 주체의 죽음을 예증하는 이야기가 아니라 사회적 성숙이 여성 개인의 성장 불가능성으로 귀착되는 역설을 문제 삼고 그 모순 혹은 부조리의 근거를 탐색하고 있는 한국 여성 문학사의 '정전'으로 보기에 충분한 작품이다. 이 작품은 최초로 출간된 시점으로부터 26년이 지난 현재까지도 출판을 멈춘 적이 없는 스테디셀러이기도 하다. 그럼에도 불구하고 이 작품이 한없이 가볍고 쿨한 개인의 출현을 보여주는 작품으로 오인되는 것은, 사랑이 한 시대의 제도와 이념을 반영하는 내밀한 변화들을 담고 있는[5] 구조적 감정이라는 점을 간과하는 것과 같다.

'잡년 여신'과 '미친 여자'를 넘어서

이 글은 『새의 선물』에 나타나는 '낭만적 사랑'에 대한 냉소 전략에 중심을 두되, '잡년 여신(Bitch Goddess)'과 '미친 여자' 모두를 거부하는 주인공 강진희의 성장 전략이 한국 여성 문

5. 이선옥, 「사랑의 서사, 전복인가 퇴행인가」, 『한국소설과 페미니즘』, 예림기획, 2003년, 240쪽.

학사에서 갖는 의미를 살펴보고자 한다. 여성 작가는 어떻게 '낭만적 사랑'의 환상에 사로잡히지 않고 새로운 '러브 스토리'를 쓸 수 있을까? SF 작가이자 페미니스트 비평가인 조애나 러스는 "작가는 아무 근거 없이 이야기를 만들어내는 것이 아니라 태도, 신념, 기대, 무엇보다 널리 퍼진 플롯의 큰 제약 아래 놓여 있다"[6](194쪽)라고 하면서 영문학이나 서구 문학을 살펴보면 허구 안에서 여자가 할 수 있는 일이 극히 적고 오로지 활약이 가능한 것은 '러브 스토리'에 불과하다고 비판했다. 글을 쓰는 작가는 "내 소설의 주인공(들)이 무엇을 하게 할 것인가? 어떤 중심 행위를 소설의 핵심으로 삼을 수 있는가?"(200쪽)라는 질문에 도달할 수밖에 없지만, 문학은 여자와 남자를 동등하게 다루지 않거나 여자는 "조신한 처녀, 요부, 예쁜 여선생, 아리따운 잡년, 정숙한 아내" 등 "주인공(남성)과의 관계에서만 존재"(195쪽)하는 것으로 그려지는가 하면 작중 여성들이 할 수 있는 한 가지이자 몇 번이나 반복해서 되풀이하는 일은 오로지 '러브 스토리'일 뿐이라는 것이다.

---

6. 조애나 러스, 『SF는 어떻게 여자들의 놀이터가 되었나』, 나현영 옮김, 포도밭출판사, 2020년, 190-220쪽. 러스는 여성 작가에게는 여성의 소외만을 부추기는 남성의 신화, 즉 남성적 문학 전통이 만들어낸 플롯이 아니라 기존의 젠더 역할과는 관계가 없는 새로운 신화를 찾는 일이 필요하다고 주장하며 탐정소설, 판타지, SF 등 주류 영문학 전통과 정전의 바깥에 서 있는 하위 장르들에 주목하자고 제안한다.

조애나 러스는 이렇듯 소외에 처한 여성 작가가 지배적인 플롯, 즉 '신화'를 이용한 사례로서 여성 작가들이 쓴 "잡년 여신"(196쪽)의 이야기에 주목했다. 거부할 수 없는 아름다운 육체와 불온한 매혹으로 남자들을 유혹하고 결국 파멸에 몰아넣는 "잡년 여신"들을, 남성 중심적인 플롯의 전통 속에서 참조할 모델이 없어 곤경에 처한 여성 작가가 여성을 행위의 주체로 만들기 위한 전략으로서 여성 서사의 새로운 주인공으로 초대했다는 것이다. 그러나 러스는 "잡년 여신"들은 남자들이 원하거나 혐오하거나 두려워하는 판타지, 즉 인격도 내면도 존재하지 않는 타자에 불과했다고 하면서 이러한 서사는 결코 해방적이지 않다고 비판한다. 따라서 여성 작가는 "잡년 여신" 즉 요부를 넘어서는 다른 플롯을 찾는 일을 멈출 수 없는데, 그렇게 찾아낸 새로운 플롯의 유형이 이른바 '다락방의 미친 여자' 서사라는 것이 러스가 찾아낸 여성 문학사의 계보이다. 20세기 미국 문학에서 러브 스토리를 쓰고 싶지 않은 여성 작가들 사이에서 유행한 새 유형은 여주인공이 미쳐가는 과정이 중심 행위가 되는 이야기, 즉 가부장제의 여성성 규범을 수행하기보다 위반을 선택하지만 저항의 출구를 찾지 못해 거실에서 서서히 미쳐가는 신경쇠약 직전의 여자들의 이야기였다. 그러나 러스는 "그녀가 어떻게 미치게 되었는가를 다룬 이야기 역시 곧 매력을 잃고 말 것이다. 언제까지나 이런 소설만 쓸 수는 없기 때문이다"이라고 함으로써 미친 여자 역시 여성 작가의 창조적 대안이 될 수 없다고 비판했다.

조애나 러스의 분석은 비단 미국 여성 문학사에 한정되지 않고 여성 인물을 행위의 중심에 둔 서사의 플롯이 극도로 부족한 한국 여성 문학사를 설명하는 데도 무척 유효해 보인다. 러스의 글은 해방을 원하지만 이렇다 할 물질적 · 정신적 자원이 부족한 가부장제 사회에서 한국의 여성 작가가 처했던 곤경을 보여주는 한편으로 '실력 있는' 여성 작가들 역시 왜 빈번하게 "잡년 여신"들에게 자신의 소설 공간을 내주었는가를 해명하는 것처럼 보인다. 한국전쟁 후 가부장적 사회 재건의 열풍이 불었던 1950-1960년대 문학 장에서 여성 작가들은 여성 플롯이 부재하는 남성 중심적인 문학 전통 속에서 일종의 '복화술 전략', 즉 가면과 위장으로서의 글쓰기를 보여주었다. 여성 작가이지만 드물게 한국문학사에 자신의 이름을 올린 박경리 역시 『성녀와 마녀』(1960) 등 착한 여자와 나쁜 여자라는 도식적 이분법에 기반을 둔 러브 스토리를 무수히 발표하며 대중문학 시장에서 여성 작가의 '저자성'을 입증했다. 박경리는 겉으로는 성녀를 예찬하는 것 같지만 가부장제를 희롱하는 악녀를 서사의 전면에 배치함으로써 여성성에 수수께끼 같은 신비를 부여하고 여성다움이라는 감옥에 갇혀 탈출을 꿈꾸는 여성 독자들에게 도피적 쾌락을 제공했다. 강신재 역시 표면적으로는 착한 여자를 상찬하고 조신한 숙녀이기를 거부한 악녀를 처벌하는 듯하지만 그녀를 통해 여성의 억눌린 관능을 해방시키고 가부장제를 파괴하고자 하는 은밀한 소망을 실현하는 통속 서사들을 무수히 발표했다. 초남성들이 주도한 개발의 시대에 독서 시장에서 상당한 인기를 끌었던 『숲에는 그대 향기』(1967)는 남성성을 이상화하는 대신에 폭력으로 재현했다. 그리고 가부장제가 이상화하는 착한 여자인 '루미'가 여성성 규범에 충실했기 때문에 결국 폭력적인 남성성의 위협에 노출되는 희생자가 되는 과정을 그렸다. 반면에 강신재는 통속성을 짙게 드리운 다른 여러 작품에서 '루미'와 상이한 여자들, 즉 "애브노멀"한 "잡년 여신"들을 여성에게 금지된 자유와 쾌락을 향유하는 강자들로 그려냈다.

1960년대의 끝에 이르면 박경리나 강신재와도 다른 방식으로 글을 쓰는 여성 작가들이 등장한다. 1968년에 「완구점 여인」이라는 '여성성'에 대한 '기묘한 낯섦(uncanny)'의 감각을 불러일으키는 새로운 소설로 등단한 오정희는 여성의 행위와 활동이 유일하게 허락된 러브 스토리를 포기하고, 서사성이 제거된 서정적 글쓰기 전략을 선택해 우울증과 히스테리가 출몰하는 여자의 내면을 썼다. 언뜻 보기에 아버지의 수발과 보신을 위해 자신을 온통 비워낸 착한 딸인 것 같지만 기만적 화투 놀이로 아버지를 잠재우고 밤마다 공사장에 가 몸을 파는 노처녀(「저녁의 게임」, 1979)는 영아 살해의 전력을 가진 어머니와 '광녀'의 영혼을 공유하고 있었다. 마치 단단한 성벽에 홈을 파듯이 아버지를 속이고 거세시켜 아버지 집의 침몰을 재촉하는 딸은 팜므 파탈, 즉 악녀의 시대가 저물고 새롭게 출현한 여성 주체인 미친 여자였다. 앞서도 말했듯이 1980년대에 들어서면서 그간 본격문학과 통속문학 사이에 어정쩡하게 위치해 있던 여성 문학은 일련의 세대 분화 과정을 겪으며 문학에서 추방되어 출판 시장의 하위문화 장으로 곤두박칠치기 시작했다. 다른 한편으로 민주화의 국면을 맞아 공지영, 김인숙 등 1980년대 민주화 열기가 불었던 대학에서 광주항쟁을 겪으며 세대적 연대 의식으로 결속되어 있었던 여성 작가들은 글쓰기에서 여자의 흔적을 지우고 변혁 운동으로서의 글쓰기에 동참하며 씩씩한 누이 작가로 호명되었고 이들의 작품은 평단의 주목을 끌었다. 그렇다면 1990년대라는 새로운 시대에 신진 여성 작가들은 기존의 여성 문학을 뛰어넘는 새로운 플롯을 만들어낼 수 있을까? 신진 여성 작가들은 모더니즘적 글쓰기로 저자의 반열에 든 오정희를 흉내 낼 수도 있을 것이다. 그러나 오정희의 글쓰기는 간헐적으로나마 여전히 계속되었지만 '미친 여자'의 글쓰기는 지나치게 은유적이고, 또 모두가 오정희만큼의 글쓰기 재능을 가지지 않았다는 점에서 여성 작가들 사이에서 넓게 퍼져나가기 어려웠다. 더욱이 러스가 말한 대로 '그녀', 즉 여성이 어떻게 미치게 되었는가를 다룬 이야기 역시 곧 진부한 상상력으로 변모할 수 있다. 언제까지나 질병과 광기를 낭만화하고 예찬할 수 없기 때문이다.

이렇게 보자면 은희경은 『새의 선물』에서 '잡년 여신'과 '미친 여자'를 넘어서 사랑을 불온한 게임으로 만들어 낭만적 사랑의 이데올로기를 해체하는 한편으로 쾌락을 포기하지 않는 여성 주인공을 창조함으로써 여성의 새로운 성장 전략을 찾고자 했던 시도로 볼 수 있다. 리타 펠스키는 후기 구조주의에 의해 '저자의 죽음'이 이루어져 저자를 신화화할 수도 없지만 여성 작가가 온전히 저자로서 받아들여지지 못했던 역사를 떠올려본다면 '저자성' 개념을 폐기하기도 어렵다고 하면서 여성이 지닌 상상력의 힘에 주목해 여성 인물을 여성 저자의 알레고리로 보자고 제안했다.[7] 한국의 여성 작가나 페미니스트 연구자에게 여성 작가의 저자성을 새롭게 창조할 이유가 있다면 『새의 선물』은 1990년대 신진 여성 작가의 저자성 투쟁을 인상적으로 보여주는 작품이다. 강진희는 한국문학의 여성 독자가 거의 처음으로 만나는 냉소적인 이성의 주체이자 나쁜 여자였다. 서사의 디테일들이 기억 속에서 뭉개졌다고 할지라도 첫사랑에 대한 환상에서 벗어나 "열두 살 이후 나는 성장할 필요가 없었다"(9쪽)라고 선언하는 당돌한 소녀 강진희를 잊기는 어렵다. 진희는 '그 시절 우리가 사랑했던 소녀', 즉 '여성'과 '여성성'에 대한 남성적인 환상이 투사된 존재와 거리가 멀었다. 진희는 어른 사회의 허위를 관찰하고 인간의 우스꽝스러움과 비루함을 조소하지만 모범생의 외양 아래 자신의 진실을 숨긴다는 점에서 '순수'와 거리가 먼 다소 의뭉스럽기조차 한 소녀였다. 성장한 그녀는 세상과 타인에 대한 신뢰가 전혀 없는 인물로, 냉소적인 자아 분리술로 사람들을 속이고 반(反)사회적인 연애로 순진한 인물들을 다치게까지 한다는 점에서 긍정적인 인물과 거리가 멀다. 그녀는 은희경이 새롭게 추구하는 글쓰기 정체성과 전략이 무엇인지를 보여주는

---

7. 리타 펠스키는 '저자'가 고뇌에 찬 남성 문사, 반역의 열정이 가득한 남성 혁명가로 상상되는 오래된 '전통'을 염두에 두자면 페미니스트 문학 연구자가 '저자의 죽음' 선포에 동의하는 것은 시기상조라고 주장했다. 아직까지 창조된 적이 없는 여성 저자를 살해하는 일은 애당초 불가능하기도 하지만 "저자성은 여성주의 공구 상자에서 없어서는 안 될 필수품이자 여성 작가들이 직면했던 부당함을 추적하는 한 방식이며, 보다 적절하고 포괄적인 학문 형식을 향해 전진하"기 위한 개념으로 유용하다고 본 것이다. 그녀는 여성이 지닌 상상력의 힘에 주목해 여성 인물을 여성 저자의 알레고리로서 보는 식의 접근을 통해 '다락방의 미친 여자', '가장무도회 하는 여자', '흠결스'를 글 쓰는 여자의 세 가지 원형으로 제시했다. 리타 펠스키, 『페미니즘 이후의 문학』, 이은경 옮김, 여이연, 2010년, 90-98쪽 참조.

여성 저자의 알레고리라고 할 수 있다.

냉소적인 여성 주체와 여성적 성숙 없는 성장의 서사

어쩌면 평범함을 정상성과 동일시하는 이들이라면 진희의 성장 거부를 가족사적 트라우마에서 기인한 병리적 징후로 간주할 것이다. 진희는 아버지에게서 거의 버려지는 한편으로 자살한 어머니를 애도하지 못한 멜랑콜리커이기 때문이다. 그러나 진희의 '성장 거부'를 불행한 개인사에서 기인하는 병리적 징후로 환원해서는 안 된다. 이 소설은 풍속극이라는 오해를 받을 만큼 소설의 배경인 1969년을 중심으로 시대적 상황을 공들여 묘사함으로써 진희의 성장담에 사회적, 역사적인 의미마저 부여하고 있다. 다른 한편으로 진희를 성숙에 실패한 인물로 규정하는 것은 여성의 성숙을 '사랑할 수 있는 능력의 획득'으로 규정하는 보수적인 시선을 반증할 뿐이다. 은희경은 순진성과 거리가 먼 악동 소녀를 자신의 분신으로 내세워 초남성적 가부장제 문화 속에서 길러지고 살아가야 하는 여성들이 경험한 성장의 함정을 문제 삼고 가부장제의 타자를 면하기 위한 여성의 성장 전략을 이야기하고자 했다. 근대성의 상징적 형식으로서 성장의 플롯을 차용해 여성의 성숙이 교양의 형성이나 주체성의 획득이 아니라 자아의 상실이나 훼손으로 귀결되는 현실을 문제 삼고 가부장제를 내파할 상상력을 찾고자 한 것이다. 그만큼 『새의 선물』은 넓은 의미에서 페미니스트 성장 서사로 볼 여지가 충분한 작품이다.

『새의 선물』은 여성의 성장을 인도해줄 아버지의 부재에서 기인한 실패한 오이디푸스 가족 서사로 간주하거나 공동체의 지평이 사라짐으로써 영원한 미성년을 선고받은 포스트모던 시대의 성장에 대한 알레고리와 하등의 관련이 없다. 『새의 선물』은 전통, 관습, 의례에 대한 복종을 통해 이루어지는 사회적 성숙을 거부함으로써 주체성과 독립성을 획득하고자 하는 여성의 성장소설이다. 비록 비틀려 있지만 소녀 진희는 성장소설의 주인공들과 분명히 많은 공통점을 보여준다. 헤르만 헤세는 "새는 알을 깨고 나온다. 알은 새의 세계이다. 태어나려는 자는 한 세계를 파괴해야만 한다"라는 문장으로, '성장'이 기성 사회의 질서에 맞서서 그것의 붕괴를 재촉하는 반항 혹은 혁명임을 암시했다. 계몽철학자 칸트 역시 우리는 우리의 보호자를 자처하면서 기실 우리를 자신들이 붙들어 매어두기 쉬운 "온화한 동물"로 만들고자 하는 후견인들과 그들이 장악한 권력 장치에 묶여 있다고 비판하며 사회의 지배 질서를 의심하지 않고 규범을 윤리인 양 착각할 때 우리는 주체적 자아를 획득할 수 없음을 강조했다. 이는 반(反)성숙은 주체적 성장을 위해 필수 불가결하다는 점을 뜻한다. 따라서 칸트가 "과감히 알려고 하라(Sapere aude)"라고 압축한 계몽의 표어는 성장의 지침이었다. 성장이 생물학적 어른 됨이나 사회적 규범의 습득이 아니라 "우리가 마땅히 스스로 책임져야 할 미성년 상태로부터 벗어나는 것"이라고 한다면, 다른 사람의 지도 없이도 이성을 사용할 수 있는 결단과 용기가 필요한 것이다.[8]

진희는 단순히 부모와의 애착 관계를 맺는 데 실패해 성격이 왜곡되게 형성된 소녀가 아니라, 남성 지배 사회에서 관습적인 여성 성장의 가치와 의례의 정당성을 심문(審問)하는 문제적인 여주인공이다. 은희경은 여성의 대항적 성장 전망을 찾기 위해 가부장적인 서사가 여성에게 허락하지 않았던 지적인 분석력과 성적 호기심을 억압하지 않는 개성적인 여성 '신참자'를 창조했다. 강진희는 '감상적 순응'이라는 규범적 여성의 에토스를 거부하고 세상과 사물을 냉철하게 관찰하는 문제적인 소녀라고 할 수 있다. 그녀의 성장기는 자신의 정신을 단련하여 미성년 상태에서 벗어나 확실한 발걸음을 내딛

8. 이마누엘 칸트, 『칸트의 역사철학』, 이한구 편/옮김, 서광사, 1992, 88쪽.

기 위한 숙고와 수련으로 점철되어 있다. 『새의 선물』은 불행한 소녀의 정동을 보여주는 이야기가 아니라 가부장제 바깥으로 빠져나갈 수 있는 틈을 찾는 지적인 소녀의 성장기인 것이다. '반항'의 대표 표상이 청년 남자로 세대화/젠더화되어왔다는 점을 염두에 두자면, 성별 규범을 넘어서는 자유로운 개인으로서 주체적 성장 가능성을 탐색하는 진희는 우리가 한국문학사에서 최초로 만나는 여성 화자인 것이다.

무엇보다 은희경은 악동 소녀의 성장기를 알레고리로 내세워 가부장제 사회에서 여성에게 구원의 종교인 양 여겨져왔던 '사랑'을 비판적 관찰과 해부의 대상으로 만들어 1990년대 여성 문학 장에 활력을 불어넣었다. 사랑을 낭만적 동화가 아니라 젠더전(戰)의 한 양상으로 포착하고 비극적 순애보가 아니라 유쾌한 뒤집기를 시도했다는 점에서 은희경은 불온한 여성 작가였다.[9] 『새의 선물』은 은희경의 트레이드마크라고 할 수 있는 냉소적 자아 분리술과 애착의 탈낭만화 전략이 어떻게 연동하는가를 인상적으로 보여주는 작품이다. 강진희의

---

9. 벨 훅스는 "우리(여성)가 아무리 훌륭하다고 해도 가부장적 세계에서는 결코 충분히 훌륭하지 않다는 것을 알게 된 순간부터 사랑에 대한 집착은 시작"되며 "사랑한다는 것은 결국 얼마만큼 사랑스러운 여성이 되는가의 문제"이기 때문에 사랑은 여성에게 능동적 주체성을 허락하지 않는다고 비판했다. 벨 훅스, 『사랑은 사치일까?』, 양지학 옮김, 현실문화, 2015, 52쪽.

성숙 없는 성장은 어떻게 가능한가? 이 소설은 '안 이야기'에 해당하는 열두 살 진희의 성장 체험과 30대 중반의 성인이 된 진희의 이야기를 각각 프롤로그와 에필로그가 감싸고 있는 액자식구성을 취하고 있다. "열두 살 이후로 나는 성장할 필요가 없었다"라는 제목의 프롤로그는 사랑의 환상에 빠지지 않기 위한 여성의 분투를 보여준다. 프롤로그에서 30대 중반의 강진희는 야외 정원이 있는 카페에서 데이트를 하는 중이다. 잘 손질된 정원수와 유럽풍의 실내장식, 그리고 어둠이 내리기 시작한 공간을 감싸는 격정적인 음악은 낭만적 아름다움으로 남녀를 사로잡으려는 듯하다. 그러나 강진희는 비현실적인 환상이 완성되려는 순간에 나뭇가지에 매달린 살진 쥐를 발견하고 그것에 대한 시선을 거두지 않는다. "나는 지금도 혐오감과 증오, 그리고 심지어는 사랑에 이르기까지 모든 극복의 대상을 이겨내기 위해서는 언제나 그 대상을 똑바로 바라보곤 한다"(10쪽)라는 독백은 응시가 우연에 의해 붙들린 수동성이 아니라 의지적인 것임을 뜻한다. 그녀는 혐오나 역겨움 같은 불쾌의 감각을 견디면서까지 쥐의 움직임을 좇으며 맹목적인 사랑의 열정으로부터 자신을 지키고자 하는 것이다. 여기서 '쥐'는 환상으로서 사랑의 이데올로기에 사로잡히지 않음으로써 여성을 자유롭게 해주는 실재계의 '얼룩'이라고 할 수 있다.

진희가 사랑에 빠지지 않으려 하는 것은 사랑이 여성에게 수난을 안겨주는가 하면 의존의 신화를 주입함으로써 여성을 영원한 '미성년'의 상태에 가두는 족쇄가 되어왔다는 두려운 깨달음 때문이다. 따라서 사랑의 환상에 빠지지 않고 그것의 보잘것없는 실체를 응시하는 것은 진희의 성장 전략이 된다. 이 소설을 관통하는 것은 '본다는 것', 즉 시선과 응시에 대한 알레고리적 사유이다. 진희는 그녀의 이모처럼 순진한 여성 인물과 달리 감상에 빠지는 대신에 냉철한 관찰, 즉 응시를 통해 세상에 대한 올바른 지식을 얻고자 한다. 그녀에게 '본다는 것'은 단순히 빛이 망막을 통해 시신경으로 전달되는 것과 같은 물리적 의미가 아니라 행위에 깃든 사회적 의미를 파헤치는 '시각의 재검토'라는 의미를 갖는다. 이미지를 주어진 대로 보지 않고 새로운 시각으로 세상을 이해하고, 이를 통해 새로운 사고방식이나 행동을 만들어내기 위한 실마리를 찾고자 하는 것이다. 진희는 일련의 관찰과 직접적 경험을 종합해 사랑은 "기질과 필요가 계기를 만나서 생겨났다가 암시 혹은 자기최면에 의해 변형되고, 그리고 결국은 사라지는 것"(11쪽)이라는 결론을 내린다. '사랑'을 인간의 결핍을 채워주고 불완전성을 극복하게 해줄 '구원의 사다리'로 여겨온 문명사의 유구한 관점과 달리, 굳이 그 뜻을 캐물을 필요가 없는 농담으로 비하함으로써 사랑이 여성에게 부여한 종속과 자유의 상실이라는 함정을 비껴가고자 하는 것이다.

> "내가 내 삶과의 거리를 유지하는 것은 나 자신을 '보여지는 나'와 '바라보는 나'로 분리시키는 데서부터 시작된다. 나는 언제나 나를 본다. '보여지는 나'에게 내 삶을 이끌어가게 하면서 '바라보는 나'가 그것을 보도록 만든다. 이렇게 내 내면 속에 있는 또 다른 나로 하여금 나 자신의 일거일동을 낱낱이 지켜보게 하는 것은 20년도 훨씬 더 된 습관이다.
> 그러므로 내 삶은 내게 가까이 오지 못하도록 끊임없이 거리를 유지하는 긴장으로써만 지탱돼왔다. 나는 언제나 내 삶을 거리 밖에서 지켜보기를 원한다." **(12쪽)**

그러나 독립과 자유를 쟁취하기 위한 진희의 전략은 병리적 징후를 잔뜩 풍기고 있는 것이 사실이다. 위의 인용문을 통해 알 수 있듯이 사랑의 환상에 빠지지 않기 위한 '나'의 전략은 자기 자신을 '보여지는 나'와 '바라보는 나'로 이원화하고, '보여지는 나'가 삶을 이끌어가고 '바라보는 나'가 그것을 보도록 만들어 사랑에 빠지지 못하도록 자신을 감시하는 한편으로 규범적인 여성성을 연기함으로써 타인을 속이는 것이다. 따라서 사랑은 연기로서만 가능하고 진정한 소통은 일어날 수 없게 된다. 화려한 바로크 음악이 귓가를 파고드는 순간에 '나'가 그의 눈 속에서 찾는 것은 '나'를 사랑의 열정에 휩싸이게 하는 상대의 신비가 아니다. '나'가 응시하고 있는 것은 '그'의 눈 속에 비친 "여자가 사랑하는 남자를 볼 때 으레 담게 되는 흠잡을 데 없는 다정함"(10쪽)이다. '그'가 욕망하는 대로 자신을 사랑스러운 여성, 즉 이상적인 여성으로 연출함으로써 기실 '그'를 속이고 있는 '나'는 가면을 쓴 여성인 것이다. '나'의 가면 쓰기, 혹은 연출은 반복적인 수행을 통해 문화적으로 이상화된 여성성에 가까워지고자 하는 '성의 사회화'와 무관하다. 가면 쓰기는 이상적 여성이라는 원본을 상정하고 그것에 가까워지기 위해 노력하는 것이 아니라, 오히려 원본이라는 것은 없음을 폭로한다는 점에서 여성성에 대한 풍자적 패러디에 가깝다. 연출된 여성성은 여성의 본성이라는 개념을 침식하고 실제와 가짜의 경계를 흐림으로써 여성성을 지극히 모호한 것으로 만들고 있는 것이다.

진희의 성장 전략은 결코 아름다운 것이라고 할 수 없다. "나에게 있어 사랑은 거의 마음먹은 대로 생겨나고 변형되고 그리고 폐기된다"(11쪽)라는 고백이 암시하듯이 30대 비혼 여성으로서 강진희는 사랑에 대한 가벼운 태도로 일관하며 "분방한 남성 편력"을 완성해간다. '가면을 쓴 여성성'이라는 전략은 그녀가 남성의 쾌락을 위협한다는 점에서 악녀에 가깝다는 것을 암시한다. 지난밤을 함께 보냈음에도 불구하고 그녀의 새 애인은 여자를 소유한 남자답게 득의양양하기보다 어색한 표정과 흔들리는 목소리로 관계에 대한 의혹을 감추지 못한다. 남성은 그녀와의 사랑에서 남성적 활력을 결코 얻을 수 없었다. 쾌락에 도달하지 못한 자의 본능적 감각으로 남자는 자신이 쏟아부은 에너지를 회수하지 못해 고통을 느끼고 있는 것이다. 이는 그녀가 남자를 가지고 놀면서 그녀를 알고 싶어 하는 그의 욕망을 충족시켜주지 않았음을 암시한다. 그렇다고 진희가 낯설고 강도 높고 새롭기조차 한 성의 탐미주의를 위해 남자를 수단화하고 있는 것도 아니다. 그녀는 자신의 본질을 감추고 연기함으로써 상대에게 불의의 일격을 가하기 위해 활동하는 여성 스파이처럼 행동한다. '그'의 눈속에 비친 "여자가 사랑하는 남자를 볼 때 으레 담게 되는 흠잡을 데 없는 다정함"(10쪽)을 예의 주시하고 냉정을 유지하려는 그녀는 심지어 어려운 업무를 수행하기 위해 고통을 견디는 것처럼 보이기조차 한다.

이 소설을 자세히 살펴보면 진희가 자신의 성장을 일종의 '트러블'로 만드는 원인의 근저에는 정신병을 앓다 자살한 어머니가 자리하고 있다. "내 삶을 거리 밖에 떨어뜨리고 보지 못했다면 나는 자폐를 일으켰을지도 모른다"라는 서술이 암시하듯이 진희를 사로잡은 불안의 정체는 엄마처럼 될지 모른다는 공포이다. "에미가 그랬어도 애는 정신이 온전한가 보죠?"(19쪽), "실성해 죽은 것도 아니니고 재 어미는 목을 맸잖아요"(20쪽)라는 이웃의 수군거림이 암시하듯이 어머니를 휩쓸고 간 '광기'에 자신도 나포될지 모른다는 두려움을 안고 있는 것이다. 진희의 어머니는 처녀 시절부터 남의 눈에 띄기 싫어해 대인기피증을 동반한 우울증을 앓았고, 병이 다 나은 것처럼 보여 결혼했지만 남편이 직업상 객지로 돌고 있는 사이에 병을 끌어안고 여위어가다가 결국 자살을 시도했다. 그녀는 아내의 자살 시도 소식을 듣고 달려온 남편에게 매를 맞은 뒤 젖먹이 딸을 마루 기둥에 묶어놓고 집을 나가버렸다. 그리고 노숙자로 떠돌다가 가족들에게 붙들려 다시 집으로 돌아오지만 결국 요양원에 보내지고 그곳에서 자살에 성공해 짧은 생을 마감한다. 진희 어머니의 삶은 지극히 평범한 여성들이 쉽게 광기에 사로잡힐 수 있음을 암시한다. "그 병이 내림은 아니거든"(19쪽)이라는 이웃의 말처럼 그녀의 병은 유전적 소인을 결여하고 있었다. '광장공포증'은 히스테리나 거식증처럼 중산층 계급의 지극히 규범적인 딸-여성들에게서 자주 발견되는 여성의 병이라는 사실은 광기가 여성으로 살아간다는 것의 고통에 대한 웅변임을 뜻한다.[10] 진희의 성장담은 입사(入社)를 앞둔 사춘기 소녀의 '여성이 된다는 것'의 불안과 가부장제 사회에 대한 여성의 분노를 함축하고 있는 것이다.

트러블이 된 낭만적 사랑과 성 해방 전략

『새의 선물』의 강진희가 보여주는 편집증적 면모는 초남성들이 주도한 가부장제 사회를 살아온 여성들의 외상적 경험에 대한 낯설게 하기 전략으로 보아야 할 것이다. 『새의 선물』은 1960년대 말 한국의 농촌 마을을 배경으로 이루어지는 소녀의 성장기이다. 진희는 우물을 중심으로 두 채의 살림집

---

10. 광장공포증은 광장이나 공공장소, 특히 급히 빠져나갈 수 없는 상황에 도움 없이 혼자 있게 되는 것에 대한 공포를 주 증상으로 하는 불안장애의 일종이다. 페미니스트 정신분석학자들은 광장공포증을 가부장제가 이상화하는 남성 의존적이고 순응적인 여성이 결과적으로 자기 존재의 무화라는 결론에 이를 수 있음을 보여주는 증거이자, 정상적인 아내 노릇이나 어머니 노릇마저 수행하지 못함으로써 온순해 보이는 여성의 심연 아래 사회에 대한 분노와 반항으로 해석했다. 영국의 문학사에서 미친 여자를 저항하는 여성의 알레고리로 보는 논의로는 리타 펠스키를 참고할 것. 리타 펠스키, 앞의 책, 107-117쪽 참조.

과 가게로 이루어진 '감나무 집'의 외손녀로 어린아이라는 특권을 빌려 광진테라 아주머니, 경자 이모, 미쓰 리, 장군이 엄마, 무용 선생님 등 여러 어른들의 삶을 가까이에서 관찰하며 희비극으로서 삶의 본질을 발견한다. 다른 한편으로 이 소설은 "60년대 서민 사회의 생생한 풍속도, 세태소설로도 충실하다"[11]라는 평가를 받을 만큼 한국 현대사를 공들여 재현하고 있다. '선데이 서울', '대한 뉴스', 영화배우 신성일, 혼분식 검사, 동백림 사건 등 여러 모티프들은 세밀화를 방불케 할 정도로 개발독재기의 시대 풍속을 리얼하고도 풍성하게 그려내고 있다. 이렇듯 세심한 시대 재현은 이미 과거가 된 시간에 대한 독자의 향수를 일깨우기 위한 것이 아니라 진희의 이야기가 어디까지나 지극히 사실적인 현실에 대한 이야기이며 역사적인 것임을 뜻한다.

진희의 성장담을 초남성적인 아버지들이 주도한 산업화의 시간 속에서 여성이 된다는 것의 의미를 비판적으로 질문하며 어머니와 다른 삶의 가능성을 모색하는 딸의 전략으로 읽을 수 있다. 1960년대에는 해방과 한국전쟁 후 고착화된 냉전

---

11. 『새의 선물』을 제1회 문학동네 소설상으로 선정하면서 심사 위원인 오정희와 김화영은 이 작품이 세태소설적인 면모를 가지고 있다고 평했다. 자세한 내용은 소설집 끝에 실린 심사평을 참고할 것. 은희경, 『새의 선물』, 문학동네, 1995, 395쪽.

질서 속에서 국가 주도의 개발계획이 선포되어 일정한 성과가 나타난 때이다. 위로부터의 근대화, 도시화가 본격적으로 진행되면서 한국인들은 경제성장의 과실을 향유하면서 중산층의 이상을 실현하기 위해 분투했다. 근대화, 산업화, 도시화는 공적 영역과 사적 영역을 분리하고, 남성과 여성을 각 영역의 전담자로 위치시킴으로써 여성들의 삶에도 커다란 영향을 미쳤다. 공적 영역에서 생산노동에 종사하는 남성에게는 계산성, 합리성이 요구되는 한편, 사적 영역에서 재생산 노동에 종사하는 여성에게는 돌봄 노동과 정서적 치유자로서의 역할이 맡겨졌다. 그러나 사실상 여성들은 사회계약의 주체가 될 수 없었기 때문에 "헤게모니적 남성성"[12]의 통치 속에서 '낭만적 사랑'의 환상에 기대고 시민적 사회계약 대신에 '결혼 계약'을 받아들일 수밖에 없었다. 여성은 사회적 인정을 얻기 위해 조신한 여성이 되어야 했고, 사랑의 구원을 받은 여자들은 창부

---

12. 코넬은 어떤 사회에서 남성 지배 체제가 어느 정도 안정되게 지속되기 위해서는 단지 남성 집단에 제도적 권력이 편중 배분되어 있는 것뿐 아니라 사회 구성원이 그러한 상태를 어느 정도 승인하여 문화적으로 지지할 필요가 있고, 다른 한편으로 남성 지배가 문화적으로 계속 승인되기 위해서는 그 밑받침이 되는 제도적 권력이 남성에게 편중 배분될 필요가 있다는 점에 주목했다. 헤게모니적 남성성은 여성성 및 다른 남성성과의 관계에서 정의된다. 남성 지배의 정당화 전략이 주효한 사회에서는 '남자다움/여자다움'의 이항대립은 우위/열위, 지배/복종, 주역/보좌역 같은 이항대립에 대응하여 정의된다. R. W. 코넬, 『남성성/들』, 안상욱 · 현민 옮김, 이매진, 2013, 44쪽.

를 면하고 정상 가족 속에 편입되지만 내실은 '사랑'이 과연 믿을 만한 것인가라는 의혹 속에서 여성이 광기를 일으키는 불안정한 장소가 될 수밖에 없었다.

'낭만적 사랑'은 근대 전환 이후 여성의 존재 양식이 되어 왔다는 점에서 은희경 특유의 냉소 전략은 '역사성'마저 갖는다. 근대의 도래와 함께 개인의 탄생이 이루어지면서 봉건적 가문 중심의 혼인 제도에서 벗어나 함께 살 대상을 당사자가 결정할 수 있는 자유가 추구되었다. 근대와 함께 발명된 새로운 친밀성의 양식으로서 '낭만적 사랑'은 여성들의 열렬한 지지를 받았다. 중세의 가문 중심적인 혼인 제도 속에서 여성은 아버지들에 의해 교환되는 재산 목록에 불과했기 때문에 자유로운 개인으로 존재할 수 없었다. 그래서 봉건/근대의 교차로에 있었던 식민지기의 '신여성'들은 남녀는 모두 평등하기에 자유롭게 사랑할 수 있음을 뜻하는 근대의 선물로 자유연애를 받아들였다. 그러나 근대사회로의 전환 이후에도 여성은 사회에서 정치적, 경제적 주체로 존재할 수 없었다. 개인으로서 여성이 '자아의 서사'를 써나갈 수 있도록 하는 유일한 방편으로 여겨지면서 사랑은 여성의 자유를 제약하는 제도이자 이데올로기가 되었다. '낭만적 사랑'은 봉건적 공동체주의, 즉 가문이나 대가족제로부터 여성을 분리시켰다는 점에서 여성에게 해방을 가져다줄 것으로 여겨졌지만 여성은 공동체주의로부터 벗어나 한 남자가 통치하는 사적 가정으로 수평 이동해 사실상 고립된 것이다. 가부장적 사회는 여성에게 구원의 여성이나 자애로운 어머니라는 그럴듯한 이름을 붙여주지만 남성의 끊임없는 통제와 보호라는 이름의 감시를 못 견뎌 볼온한 위반을 꿈꾸거나 미친 여자가 되어 가부장제의 궤도를 튕겨져 나갔던 것이 여성의 역사였다.

'광진테라 아주머니'로 불리는 '순분'은 여성들이 가부장제를 어떻게 경험해왔는지 보여주는 핵심 인물이다. 순분은 "단지 돈 없고 빽 없어서 불운해진 천하의 풍운아"(61쪽)를 자처하는 술주정뱅이 남편 대신에 양복집을 운영하며 가족의 생계를 꾸리지만 사나흘에 한 번씩 비명조차 지르지 못한 채 남편에게 매를 맞는다. 그녀의 불우한 삶은 초월적 존재의 악의나 자기 자신의 결함에서 비롯되는 것이 아니라 "자기 인생에 닥친 불운을 체념으로 받아들"(64쪽)이는, 즉 "그것이 바로 자기의 삶이라는 생각"(68쪽)에서 비롯된다. 다분히 마조히스트적인 순분의 인생관은 개인의 세계관의 문제가 아니라 "여자 팔자가 뒤웅박"(61쪽)이라는 진희 외할머니의 논평처럼 여성이 처한 현실에서 비롯된다. 순분의 불행은 성격비극이 아니라 억압적인 현실에서 비롯되는 사회 비극의 면모를 띤다. 어깨너

머로 배웠지만 재봉사인 남편보다 더 실력이 뛰어나고 살림도 야무지게 꾸리는 그녀가 자신의 인생에 대해서는 속수무책인 것은 남편이 그녀의 첫 남자이기 때문이다. 그녀의 인생은 양복점 뒷방에서 박광진에게 강제로 순결을 잃은 순간에 결정되었다. 더럽혀진 여자라는 사회적 낙인으로부터 자기를 지키기 위해 자신을 강간한 남자와의 결혼이라는 수레바퀴에 스스로를 밀어 넣었기 때문이다. 그 결과 그녀는 사회적 낙인은 피했지만 무능하고 포악하기까지 한 남자의 가내 노예가 된 것이다. 순분은 딱 한 번 용기를 내어 가출하지만 아이를 잊지 못해 집으로 돌아오고, 두 번째 임신을 함으로써 모성애의 덫에 갇힌다.

순분의 인생을 망친 것은 여성을 몸, 즉 욕망 없는 존재로 가정하고 금욕을 이상적인 여성 규범으로 만들어온 가부장제의 순결 이데올로기라고 할 수 있다. 인체의 내장기관에 속하는 처녀막에 순결과 신성함의 휘장을 덧씌워 성관계를 여성의 족쇄로 만드는 순결 콤플렉스는 '낭만적 사랑'의 이데올로기에서 유래한다. 근대의 각본으로서 '낭만적 사랑'은 성, 사랑, 가족(결혼과 재생산)의 삼각형을 하나로 연결함으로써 섹슈얼리티를 개인의 욕망의 문제가 아니라 사회적 제도로 만들어냈다. 중세적 공동체가 무너지고 근대화와 함께 공사 영역이 분리되면서 핵가족의 승리라고 할 만한 현상이 나타나 남녀 간의 낭만적 사랑이 핵가족의 이상을 실현할 결혼으로 통합되고 결혼 내의 성만이 '정상적'이고 '합법적'인 것으로 자리 잡기 시작한다. 남녀 간의 낭만적 사랑, 결혼, 섹슈얼리티가 일치되는 제도 및 이데올로기 그리고 제도로서 이성애가 성립된 것이다.[13] 순분의 사례가 보여주듯이 '낭만적 사랑'은 자유를 향해 나아가는 여성을 주저앉히는 아킬레스건이 된다. 특히 사랑은 관능을 깨우지만 성 행동에 대한 평가가 남녀에 따라 다르게 이루어지는 '성적 이중 기준'의 사회에서 섹스는 여성에게 금기가 된다. 남성의 성적 경험은 '섹스 자본'이 풍부하다는 증거가 되지만, 여성의 성적 경험은 '되바라짐'이나 타락의 증거가 되는 것이다.

> "그렇다면 피고는 음모를 보면서 성과 관련된 이미지를 상상했다는 이유로 기소되었습니다. 그렇다면 피고

---

13. 낭만적 사랑은 남녀 간의 사랑을 제외한 모든 사랑을 부적절한 것으로 보기 때문에 '비정상'을 발명해낸다. 가령 '낭만적 사랑'은 과거에 다양한 성적 관계 중의 하나로 여겨졌던 동성애를 비정상적인 것을 의미하는 '도착'으로 전치시킨다. 고대 그리스 사회가 어떤 성별과 섹스하느냐보다 사랑이 육체적 열정에 머물러 성이 남용되는 것을 우려했던 것과 달리 이성애만이 정상적인 섹스로 간주되는 것이다. 본문의 인용 부분을 포함해 낭만적 사랑에 대한 설명으로 다음의 책을 참고할 것. 김신현경, 『이토록 두려운 사랑』, 반비, 2018, 36쪽.

는 그런 자연스러운 상상을 하지 않도록 노력해야 했을까요? 그것은 창조주의 섭리를 거스르는 것이 아닙니까? 만약 그것이 죄로 성립될 수 있다면 먼저 원인 제공인 창조주를 이 법정에 세워야 한다고 생각합니다. 존경하는 재판장님, 창조주를 증인으로 요청합니다.

내 마음속의 판사가 판결을 내렸다.

금기가 만들어지지 않았다면 금기를 깨뜨리는 죄도 생겨나지 않았을 것입니다. 그러므로 피고에게 죄책감은 부당하게 강요된 것이라 하겠습니다. 그러나 여기서 나는 무죄를 선언할 필요를 느끼지 않습니다. 사실은 피고 자신이 죄책감을 전혀 느끼지 않으며 다만 강요된 죄책감을 치러내고 있을 뿐이기 때문입니다." **(112쪽)**

위의 인용문에서 어린 진희는 가상의 법정극을 통해 인간의 자연스러운 본능으로서 성을 억압함으로써 문명은 그것을 죄가 되게 만들었지만, 성의 금기는 행위의 일반 법칙으로서 윤리에 대한 존중을 뜻하지도 사회의 질서를 어지럽히는 일탈도 될 수 없음을 주장한다. 사춘기 소녀로서 진희는 마치 수집가처럼 침대, 젖가슴, 포옹, 키스, 대퇴부 같은 말들을 찾으며 성에 대한 왕성한 호기심을 품는다. 신문이나 잡지의 연재

소설 속 성애 장면을 얼쩡거리던 그녀는 외삼촌의 다락에서 여성에게 금지된 지식들과 맞닥뜨린다. 음침한 다락 속 깊은 곳에서 발견한 "음모를 불태워라!"라는 제목의 책은 그녀의 머릿속을 떠나지 않는다. 깡패 출신인 매니저가 순진한 권투 선수를 유혹해 경기에서 지게 했다는 죄로 여성의 음모를 불태우는 가학적 장면이 쾌락을 안겨준 것이다. 그러나 동시에 그녀가 새롭게 불완전한 어른의 몸으로 발견한 쾌락은 죄의식과 이웃하고 있어 번뇌를 안겨준다. 욕망을 품은 몸을 가지게 되었지만 쾌락의 충족을 금지당한 모순 혹은 딜레마로 고통받고 있는 것이다. 진희는 조숙한 소녀답게 죄책감은 금기로부터 오고, 금기는 기실 합리적인 명분이나 이유를 갖지 못한 것임을 조목조목 비판함으로써 죄책의 무게에서 해방되고자 하는 것이다. 이 법정극에서 자신을 피고석에 세우는 듯했지만 자기 자신에 대한 변호를 통해 법의 부당성을 심문하고 있는 것이다.

억지스럽고 기만적인 법의 모순에 맞서 그녀는 성의 금기에 저항하는 것으로 성장의 전략을 짠다. 진희의 "모든 남자에게 성기가 있다는 사실을 알기를 거부하지 않고 오히려 일부러 확인함으로써 그 사실로부터 자유스러워지"(116쪽)기 위한 단련의 기술은 의미심장하다. "나를 괴롭히는 것은 남자들의 성기에 내포된 성적인 의미가 아니라 단지 그것이 바지 안에 감춰져 있다는 사실 그 자체이다"(113쪽)라는 서술은 '성기'가 단순히 생물학적 인간의 신체 기관이 아니라 가부장제의 법으로서 '팔루스(phal·lus)'임을 뜻한다. "여자가 드러내놓고 관심을 가져서는 안 되는 부위"로서 남성 성기는 성이 여성에게 금지된 욕망이자 지식임을 의미한다. 따라서 진희에서 금지된 것을 하는 것은 금지의 권력을 무능하게 만드는 저항이 된다. 그녀가 추구하는 성의 자유는 관능의 열정을 충족하기 위한 것이 아니라 아버지 질서를 뒤흔들기 위한 불온한 욕망이었던 것이다. 이렇듯 진지한 학습과 수련 끝에 진희는 '나쁜 여자'가 된다. '안 이야기'의 끝에 이르면 그녀는 정상 가족 속에 편입된다. 그리움과 상실감을 불러일으켰던 아버지와 재회하고 재혼한 아버지 가정 속으로 편입되는 것이다. 그러나 진희는 이미 성장을 완료했기 때문에 아버지의 '착한' 딸이 되지 못한다.

에필로그 속 성인 강진희는 실로 반(反)사회적인 인물처럼 보인다. 30대 후반의 전문대 교수인 그녀가 현재 사귀는 남자는 유부남일 뿐 아니라 배다른 여동생의 지도 교수이자 첫사랑의 상대이다. 심지어 그에게 '나'는 첫사랑의 여자이기도 하다. 여동생이 선물한 목욕제의 딸기 향을 풍기는 애인을 안으며 여동생은 자신을 통해 첫사랑의 몸에 비누칠을 해본다고 생각하고, 애인에게 첫사랑에 대한 그리움을 앗아버린 그녀는 영락없는 악녀처럼 보인다. 그러나 "만약 사랑이 무겁고 엄숙한 것이었다면 나는 열두 살 그때처럼 상처의 내압을 견디기 힘들었을 테니까"(385쪽)라는 고백은 그녀가 위악적인 인물임을 암시한다. 1990년대에 성인의 몸으로 무궁화호가 발사되는 것을 보고 있는 진희는 1969년 시골의 소읍에서 아폴로 11호의 발사 장면을 보고 있는 소녀와 결코 다르지 않다. 그녀는 결여투성이인 인간은 사랑을 통해 자기 존재의 상승을 경험하고 나르시시즘의 단계를 벗어나 성숙한 인간이 될 수 있다는 사랑의 신화는 허위이며, 실제 사랑은 인간과 삶에 대한 깊은 비관을 안겨주는 불합리한 사건이라고 냉소한다. 그녀는 사랑에 대한 냉소를 통해 성숙한 여성이 되기를 거부한 것이다.

사실상 뜨거운 연애소설

성장이 기성 사회에 편입되는 것이라고 한다면 차라리 성장을 하지 않겠다는 진희의 선택은 성장에 대한 거부에 가까운 것이다. 성장 주체 스스로가 성장의 거부를 외치고, 또 그것이

성장의 중지와도 연결되어 있다는 점에서 『새의 선물』은 엄밀히 말해 '성장소설'이 아니다. 지배적 가치나 이념을 넘어서는 긍정적이고 해방적인 가치에 대한 지향을 '대항적 성장'이라고 한다면, 진희의 이야기는 악동의 반항에 불과한 것이다. 부정적인 현재를 넘어설 수 있는 대안적 이념이나 가치의 지평을 결여하고 있기 때문이다. 많은 논자들이 이 소설에서 미성숙한 자아의 징후로서 나르시시즘을 읽는 것도 이러한 맥락 때문이다. 그럼에도 불구하고 이 소설이 문제적인 것은 여성의 성장 의례에 '트러블'을 일으킴으로써 대항적 성장에 관한 논의를 끌어내는 힘을 갖고 있기 때문이다. 남성과 다른 차이로서의 몸을 가진 여성이 사회 속에서 적절한 성장 지평을 발견할 수 없는 현실을 여성의 성장의 딜레마로 포착했다는 점을 높이 평가하지 않을 수 없다.

'낭만적 사랑'의 근대적 각본이 젠더 규범을 발명하고 유지하는 역할을 해왔다는 점에 주목해보자면, 은희경은 『새의 선물』에서 여성이 어떤 존재이며 마땅히 어떤 존재여야 하는가를 규정함으로써 여자들을 집요하게 고정시키려고 하는 힘에 맞서며 "여성적 글쓰기의 드문 실천가"로서의 면모를 보여주었다고도 할 수 있다.[14] 얼핏 『새의 선물』의 강진희는 자유도 쾌락도 없이 지루한 세계에 갇힌 여성 독자들을 매혹하고 위안했던 “잡년 여신”의 계보에 속하는 것처럼 보인다. 그러나 그녀는 우리가 한국문학사에서 익히 보아왔던 악녀, 즉 색정증적 열기를 풍기거나 섹슈얼리티를 자원화함으로써 부유한 남자들이 거두어들인 성취를 통해 소비, 사치를 한껏 만족시키는 애첩들의 생존 방식을 벗어나 있다. 성인 강진희는 사치, 중독, 방탕, 색정을 타고난 여성 편집증자가 아니라 어엿한 전문직을 가진 지적인 여성이기도 하다. 강진희는 금욕주의로 무장한 ‘성처녀’와 관능적인 욕망만 가진 ‘색정녀’로 대표되는 성녀/악녀의 이분법에 들어맞지 않는 지극히 모호한 여성인 것이다. 가면을 쓴 채 연인 혹은 가부장제를 속이고 여성에게 금지된 쾌락을 향유하고자 의도하는 이 새로운 여성 인물은 가부장제의 집은 무너졌고 여성들은 다시는 그 집으로 돌아가지 않을 것임을 보여준다는 점에서 불온하다.

---

14. 엘렌 식수는 「메두사의 웃음」이라는 선언문에서 시도니 가브리엘 콜레트(Sidonie Gabrielle Claudine Colette)가 쓴 짧은 이야기인 「그 여자의 감춰진 얼굴」을 분석하며 콜레트를 여성적 글쓰기의 실천가로 명명한다. 식수는 “남자들은 여성이 어떤 존재이며 마땅히 어떤 존재여야 하는가를 규정함으로써 여자들을 집요하게 고정시키려 했다. 여자가 된다는 것은 성녀가 되거나 희생적인 어머니가 되거나 그것도 아니면 유혹하는 세이렌, 괴물적인 메두사가 되는 것이다. 여성은 남성 욕망을 수동적으로 반영하는 존재로서 죽음 상태로 동결된다. 혁명적인 여성주의적 글쓰기는 정체성을 반영하기보다 그것을 폭파시켜야만 하고, 일관성과 진리에 대한 욕망을 전복시켜야 하며, 글쓰기의 지칠 줄 모르는 범람을 해방시켜야 한다”고 주장한다. 본문에서 인용이 붙은 문장은 식수의 글에서 가져온 것임을 밝혀둔다. 식수의 글에 대한 자세한 분석은 다음을 참고할 것. 리타 펠스키, 『페미니즘 이후의 문학』, 121쪽 참조.

그러나 발표된 지 오랜 시간이 흐른 현재에서 보면 여러 가지 한계를 발견하게 된다. 성인 강진희는 사랑에 대한 이렇다 할 기대를 품거나 결혼 제도에 안착하고자 하는 실리적인 목적이 없으면서도 연애를 쉬지 않는다. 최근 여성 문학에서 무성애자, 비혼 여성을 위시로 한 '탈(脫)낭만' 현상이 뚜렷이 발견된다는 점과 비교해보자면, 『새의 선물』은 사랑에 대해 냉소적이라기보다 지독한 갈망을 가진 뜨거운 소설처럼 보인다.[15] 성/사랑/가족의 일치를 강조하는 낭만적 사랑의 이데올로기를 비웃으며 속박 없는 남녀 관계를 추구하는 강진희는 기실 가부장제가 여성에게 불허한 쾌락을 향유하고 있다기보다 사랑이 없다면 삶의 의미가 없어 고통을 감수하며 관계의 억압성과 폭력성을 견디는 피학적 인물처럼 보이기도 한다. 무엇보다 친밀한 사이에서 이루어지는 성폭력 고발 사건에서 보듯이 섹스와 성폭력, 나아가 성 해방과 성폭력의 거리가 그다지 멀지 않다는 점에서 성의 자유분방한 편력이 여성의 성 해방과 등치될 수 있는지도 의문이다. 성의 제도나 규범으로부터 벗어난 성관계가 곧 성 해방으로 귀결될 것이라는 1990년대식의

---

15. 이선옥은 "되풀이되는 사랑에 대한 부정은 긍정의 또 다른 표현"으로 "위악과 부정의 언어를 뒤집어보면 그녀의 소설들은 모두 사랑에 대한 갈망으로 가득찬 사랑의 서사"라고 분석하기도 한다. 앞의 글, 242쪽 참조.

또 다른 환상에 사로잡혀 있다는 의문을 자아내는 것이다.[16] 더욱더 삐딱하게 보자면 강진희는 처와 첩 모두를 거느리고 싶어 하는 남성 욕망에 복종적인 것처럼 보인다. 조강지처의 자리 따위에 연연하지 않고 애인에게 어떤 부담도 주지 않는 그녀들은 남자가 손쉽게 대가 없는 쾌락을 인출할 수 있는 욕망 수납기처럼 보이는 것이다.

은희경을 비롯해 전경린 등 1990년대 '사랑의 탈낭만화'를 외치는 여성 작가들에게 성의 해방은 '낭만적 사랑'의 이데올로기와 가부장적 가족제도로부터 벗어나기 위해 밀교적 의례였다. 성에 대해 방어적이라기보다 쿨한 여주인공들은 비로소 '정조'가 여성의 생명보다 더 중요한 가치로 얘기되는 퇴행적인 시대는 지나갔고, 여성은 남성에게 의존하지 않아도 될 만큼 경제적으로 자립하게 되었음을 보여주었다. 연애결혼은 부양자인 남편과 주부인 아내 그리고 자녀로 구성되는 핵가족 모델이 형성 · 유지되는 이념이었고, 경제적으로 자립이 어려운 여성들은 자기를 현실적으로 구원해줄 누군가를 향한 갈망으로 사랑은 더욱 신화화될 수 있었다. 그렇다면 낭만적 사

---

16. 최근에는 은희경 소설에 등장하는 여성 인물들은 성적 자유와 해방의 주체라기보다는 오히려 기존의 성적 질서와 성적 혼란 사이의 '경계'에 위치해 있는 존재들에 가깝다는 비판적 논의가 제출되는 등 은희경 문학 연구가 다성화되고 있다. 심진경, 앞의 논문 참조.

랑의 종언은 그러한 산업사회의 성 역할 분리주의가 더 이상 유효하지 않다는 것을 확인하는 절차였다고도 볼 수 있다. 생각해보면 은희경 소설의 자유분방한 성의 편력기를 보여주는 여주인공들은 대개 골드 카드를 가진 커리어 우먼들이었다. 그러나 좋았던 시절도 이내 끝나고 1997년 국가 부도의 위기를 겪으며 대규모 구조조정과 함께 신자유주의 체제가 형성되자 여성들은 좋은 일자리에서 남자보다 우선적으로 떨려났다. 그리고 2008년 글로벌 금융 위기 이후 유례없는 여성 혐오와 백래시의 열풍이 불자 이별 살인, 데이트 폭력 등 사랑은 젠더 갈등이 노골화되는 장이 되면서 에로스의 종언이 이루어졌다. 사랑과 결혼이 드문 사건이 된 시대에 『새의 선물』은 다시 우리가 사랑을 포기하지 않고 '사랑의 기술'(에리히 프롬)을 배우기 위한 유의미한 논쟁점이 될 수 있는 소설일 것이다.

제16장

우리가 꼭 사랑해야 하나요?
현대 일본의 연애와 결혼

—

무라타 사야카, 『편의점 인간』 외

심정명

조선대학교 인문학연구원 HK교수

서울대학교 서양사학과, 동 대학원 협동과정 비교문학과를 졸업한 뒤 일본 오사카대학교에서 내셔널리즘과 일본 현대문학에 대한 연구로 박사 학위를 받았다. 현재 조선대학교 인문학 연구원에서 재난 서사와 기억에 대한 연구를 하고 있다. 『시작의 앎』 『후항설백물어』 『여자들의 등산일기』 등을 번역하였다.

들어가며

여느 해처럼 2016년에도 다양한 뉴스가 쏟아졌지만, 특히 문화계에 초점을 맞춰보면 현대 일본 사회의 모습을 반영한 두 작품이 근래 보기 드물게 떠들썩한 인기를 누렸던 것이 떠오른다. 먼저 소위 순문학 분야에서 최고의 권위를 가지고 있다고 평가받는 아쿠타가와상을 수상한 무라타 사야카의 『편의점 인간』[1]의 인기다. 잡지 《문예》 6월호에 실린 이 작품은 7월 말에 단행본으로 발간되자마자 30만 부를 팔아치우고 2018년 10월에는 100만 부를 돌파했다. 그리고 2016년 10월, 이

---

1. 무라타 사야카, 『편의점 인간』, 김석희 옮김, 살림출판사, 2016.

른바 '니게하지(逃げ恥)' 붐을 일으킨 TBS 드라마 〈도망치는 건 부끄럽지만 도움이 된다(逃げるは恥だが役に立つ)〉가 방영되어 '사회현상'으로까지 불릴 정도로 크게 히트했다. 하나는 문학작품, 또 하나는 텔레비전 드라마라는 차이는 있지만, 이 두 작품의 배경을 이루고 있는 현실은 사실 유사하다. 그것은 아마 고용 불안과 생애 미혼율[2]의 증가라는 두 가지 사회현상으로 요약할 수 있을 텐데, 그 유사한 현실을 바탕으로 만들어지는 이야기와 그려지는 관계는 또 거의 정반대다.

먼저 『편의점 인간』의 주인공은 한 번도 다른 곳에는 취직한 적 없이 30대 중반까지 계속 편의점에서 아르바이트로 일하고 있는 여성 후루쿠라다. 그는 기본적으로 타인에게 관심이 없고, 오로지 편의점의 매뉴얼 속에서만 '정상적인 인간'처럼 기능할 수 있다. 당연히 사랑에 빠져본 적도 없으며, 연애나 결혼과는 무관한 삶을 살고 있다. 결혼도 하지 않았고 제대로 된 직장도 없는 30대 중반 여성인 후루쿠라를 주위에서는 '이물질'처럼 바라본다. 후루쿠라는 정상성에 대한 이 같은 사회적 압력을 피하기 위해 새로 편의점 아르바이트로 들어온

---

2. 50세까지 한 번도 결혼한 적이 없는 사람들의 비율. 단, 50세가 넘으면 결혼할 수 없느냐는 일본 내 비판 여론을 수용하여, 현재는 '50세 때의 미혼율'이라는 표현으로 통일하였다.

시라하에게 같이 살자고 제안하면서, 남성과의 연애와 결혼(으로 보이는 것)을 통해 표면적인 정상성을 획득하려고 한다. 과연 그 결말은 어떻게 될까?

한편, 〈도망치는 건 부끄럽지만 도움이 된다〉는 우미노 쓰나미(海野つなみ)의 동명 만화[3]를 원작으로 하고 있는데, 드라마와 같은 문제의식을 앞서 제시하여 이미 사회적인 작품으로 평가받은 바 있다. 주인공은 25세 여성 모리야마 미쿠리. 그는 심리학 대학원을 졸업했지만 정규직으로 취업하지 못하고 파견 사원으로 일하다가 해고된다. 취업 활동이 잘 풀리지 않는 미쿠리를 보다 못한 아버지는 가사를 대행해줄 사람을 찾고 있는 옛 부하 직원 쓰자키 히라마사를 소개해준다. 미쿠리가 히라마사의 집에서 일주일에 한 번 가사 대행 서비스 일을 하며 노동의 보람을 느끼기 시작한 것도 잠시, 아버지의 정년퇴직과 함께 부모님은 시골로 이사를 하게 된다. 현재의 생활 터전을 바꾸고 싶지는 않지만 그렇다고 자립할 만한 경제력은 없는 미쿠리는 히라마사에게 처음에는 입주 가사 서비스를, 다음으로는 계약 결혼을 제의한다. 서른여섯이 되기까지

---

3. 우미노 쓰나미, 『도망치는 건 부끄럽지만 도움이 된다』 1-9, 대원씨아이, 2018-2019. 원고 집필 시점에 10, 11권이 간행되지 않았기 때문에 1-9권까지의 내용만을 토대로 하고 있음을 밝혀둔다.

연애 한 번 한 적 없고 따라서 '고령 동정'인 히라마사는 여러 가지 계산을 해본 끝에 미쿠리의 제안에 동의한다. 이리하여 두 사람은 사실혼 관계를 맺고 함께 사는 계약 결혼 생활을 시작한다. 이 작품은 로맨틱 코미디로, 독자 누구나가 예상할 수 있듯 미쿠리와 히라마사 사이에서는 점점 고용 관계를 벗어난 감정이 싹트지만, 본격적인 문제는 그때부터 시작이다. 이 글에서는 유사한 현실적 배경에서 출발하는 이 두 작품을 통해 오늘날 일본에서 연애와 성, 결혼을 하나로 묶는 로맨틱 러브 이데올로기가 어떤 변화를 맞고 있는지 그 일단을 살펴보겠다.

『편의점 인간』: 비정상의 두세 가지 그림자

『편의점 인간』의 주인공 후루쿠라는 어렸을 때부터 조금 이상한 아이였다. 가령 이런 식이다. 유치원 때 공원에서 놀다가 작은 새가 죽어 있는 것을 발견하고 엄마에게 가져가서 "이거, 먹자"라고 하는 바람에 자신의 엄마뿐 아니라 주위 다른 아이들의 엄마들까지 놀라게 한 후루쿠라는, 집에서 닭튀김을 맛있게 먹는 사람들이 왜 죽은 새는 먹지 않고 불쌍해하면서 묻어주는지 전혀 이해하지 못한다. 초등학교 때는 남자아이들이 싸우는 바람에 시끄러워진 교실에서 누군가가 이를 멈추게 하라고 하자 남자아이의 머리를 삽으로 때리기도 한다. 주위 아이들은 비명을 지르지만, 가장 신속하게 두 사람을 멈추게 할 방법을 찾았다고 생각하는 후루쿠라는 선생님이 왜 화를 내며 부모님을 학교로 부르는지, 또 부모님은 왜 그런 선생님에게 사죄하는지 알 수가 없다. 교실에서 히스테리를 일으킨 선생님을 진정시키기 위해서 선생님의 스커트와 팬티를 내린 다음, 텔레비전에서 성인 여성의 옷을 벗기면 조용해지는 것을 봤다고 설명하는 후루쿠라. 평범한 부모님과 평범한 여동생으로 이루어진, 별다른 문제라고는 없는 평범한 가정에서 자란 그는 여전히 자신의 어디에 문제가 있는지를 이해하지 못하는 상태에서 부모님을 난처하게 만들지 않기 위해 먼저 나서서 행동하거나 말하지 않는 조용한 사람으로 성장한다.

그런 후루쿠라가 다시 태어나는 것은 대학 때 우연히 발견한 새로 생긴 편의점에서 일하기 시작한 뒤부터다. 연수 때부터 이미 그는 직업과 성별, 나이 등이 다양한 사람들이 똑같은 제복을 입고 균일한 '점원'이라는 '생물'로 다시 만들어지는 것에서 재미를 느낀다. 연수가 끝나고 드디어 개업한 편의점에서 매뉴얼대로 고객을 잘 응대했을 때, 그는 자신이 비로소 '세계의 부품'이 되었다고 느낀다. "나는 '지금 내가 태어났다'고 생각했다. 세계의 정상적인 부품으로서의 내가 바로 이 날 확실히 탄생한 것이다."(27쪽) 그 뒤로 15만 7600시간이 지나고 후루쿠라는 서른여섯이 되었다. 가게가 취급하는 상품도 거기서 일하는 직원이나 아르바이트생도 계속 바뀌는 가운데, 후루쿠라만은 여전히 편의점 점원으로 남아 있다. 처음에는 기뻐하던 가족들도 불안을 느끼기 시작했지만, 그는 이미 완벽한 매뉴얼을 따라 '점원'이라는 이 세상의 정상적인 부품이 될 수 있는 편의점 외에서는 일할 수 없다.

어느 날 편의점에는 시라하라는 남자 직원이 새로 들어온다. 심하게 말라서 육체적인 매력도 없을 뿐 아니라, 입만 벌렸다 하면 신석기 시대가 어떻고, 사회 밑바닥이 어떻고 하며 "인간다운 말을 하고 있지만 사실은 아무것도 말하지 않는"(83쪽) 시라하는, 편의점과 편의점에서 일하는 사람들을 멸시하는 주제에 일은 제대로 하지도 못하고 근무 시간에도 농땡이만 친다. 왜 여기서 일하게 됐느냐는 후루쿠라의 질문에 대한 시라하의 대답이 놀랍다. '혼활(婚活)'을 하기 위해서라는 것이다.

결혼 활동의 약자인 혼활은 사회학자 야마다 마사히로가 제안한 조어로, 취직을 하기 위해 취업 활동(就活)을 하듯 결혼 상대를 찾기 위해 적극적인 활동을 하는 것을 의미한다. 편의점에서 결혼 활동을? 일본의 미혼율 증가가 연애결혼의 증가와 맞선 및 직장 결혼의 감소와 관련 있다는 분석도 나오는 상황에서,[4] 다른 곳도 아닌 편의점 같은 직장에서 결혼할 상대를 찾는다는 것은 다소 무리가 있는 이야기처럼 들린다. 아니나 다를까, 시라하는 가게 연락망을 마음대로 써서 저녁에 근무하는 여성 직원에게 연락을 한다거나, 단골손님의 택배에 적혀 있는 전화번호를 휴대전화로 찍어서 주소를 알아내려고 하는 등 기분 나쁜 행동을 보인다. 일손이 모자라서 어쩔 수 없이 시라하를 고용한 점장도 결국 그를 해고해버리고, 다른 점원들은 그 나이에 편의점에서 잘리다니 인생이 끝난 셈이라고 하면서 즐거워하는 것 같다. 후루쿠라 역시 "그래요!" 하며 고개를 끄덕여 보이지만, 자신 또한 시라하와 마찬가지로 이물질이 된다면 이렇게 배제되겠다는 생각이 든다.

그 공포는 이윽고 현실로 다가온다. 아르바이트를 시작한 뒤로 이따금 옛 동네 친구들과 만나게 된 후루쿠라는 여러 점원들에게서 골고루 베낀 패션과 말투를 구사하며 평범하게 그들과 어울리는 듯하지만, 동생이 만들어준, 몸이 안 좋아서

---

4. 「100년 전의 일본인이 결혼할 수 있었던 이유—'연애결혼'이 9할인 현대는 이혼율도 증가」, 《도요게이자이(東洋經濟)》, 2018년 1월 2일.

취직하지 않고 편의점 아르바이트를 계속하고 있다는 핑계가 점점 통하지 않는 것 같다. 20대 초반에는 프리터도 드물지 않아서 굳이 변명할 필요가 없었는데, 이제는 친구들도 대부분 결혼을 하거나 취직을 했다. 하지만 후루쿠라는 연애를 하기는커녕 자신의 섹슈얼리티를 의식한 적조차 없다. 물론 그 역시 자신과는 달리 평범하게 결혼해서 아이를 낳고 살아가는 동생의 설명을 들은 덕분에 30대 중반이 되어도 취직도 하지 않고 결혼도 하지 않는 것이 이상한 일이라는 사실쯤은 지식으로 알고 있다. 가족 동반으로 모인 바비큐 파티에서 후루쿠라의 위기감은 더 커진다. 한 친구의 남편은 후루쿠라를 마치 '요괴'라도 되는 것처럼 보면서 취직하기 어려워도 결혼 정도는 하는 편이 좋다고 충고하고, 다른 친구의 남편은 "누구라도 좋으니까 상대를 찾아보는 게 어때요? 그 점에서 여자는 좋아요."(96쪽)라고 맞장구친다. 후루쿠라는 자신도 이물질이 되었음을 깨닫는다. 그리고 정상적인 세계에서 이러한 이물질은 시라하가 그랬듯 삭제되기 마련이다. 제거되지 않으려면 '고치는' 수밖에 없다.

어느 날 밤, 가게 밖에서 시라하를 발견한 후루쿠라는 셰어하우스에서도 쫓겨나서 갈 데가 없다는 그를 집으로 데려가기로 한다. 만일 시라하의 목적이 결혼하는 것이라면 자신과 혼인신고를 하고, 사회의 간섭을 받는 리스크를 줄이자는 것이다. 시라하는 후루쿠라에 대해서는 욕정이 생기지 않는다고 처음에는 거절하지만, 후루쿠라는 서류상의 혼인과 생리 현상인 욕정이 무슨 관계가 있는지도 알 수 없다. 어쨌든 일단 시라하가 씻고 있는 동안 동생에게 전화를 걸어 집에 남자가 와 있다고 말하자, 동생은 놀랍도록 감동한다. 후루쿠라는 이제야말로 평범한 인간의 매뉴얼이 무엇인지를 알았다고 생각하고, 시라하를 통해 지금의 상황을 변화시키고자 한다. 시라하 역시 자신이 함께 살면 세상도 납득할 테니 후루쿠라에게는 "메리트밖에 없는 거래"(130쪽)라며 이제 적극적으로 나선다. 대신 세상으로부터 자신을 숨겨주고 식사를 차려달라는 시라하에게 후루쿠라는 '먹이'를 제공하기로 한다.

사업의 비전이 있다면서 하는 일은 없이 여자 친구 집에 얹혀사는 남자라도 함께 살고 있다고 하자 친구들은 하나같이 기뻐하며 기꺼이 연애 충고를 해준다. 마치 '저쪽' 인간이던 후루쿠라가 처음으로 자신들과 같은 '이쪽'으로 온 것을 환영하는 듯하다. 시라하를 내쫓은 편의점 직원들도 마찬가지다. 시라하와 후루쿠라가 함께 산다는 것을 알게 된 직원들은 세일 상품인 스틱 닭튀김을 준비하는 것보다 후루쿠라의 연애 문제에 더 관심을 보인다. 편의점의 매상이나 신상품에 대해

유의미한 대화를 나누던 점장이 이제는 자신을 '인간 암컷'으로 보는 것 같다. 이렇게 해서 둘은 사람들의 축복(?) 속에서 동거 생활을 시작하지만, 드디어 편의점을 그만둔 뒤로 후루쿠라는 오히려 인간다운 생활로부터 더더욱 멀어져간다. 이제는 편의점에서 일하기 위해 규칙적으로 잠자리에 들었다 일어날 필요도, 제대로 작동하기 위해 꼬박꼬박 음식을 섭취할 이유도 없기 때문이다. 시라하는 자신을 먹여 살려야 할 후루쿠라를 취직시키기 위해 많은 회사에 이력서를 보내고, 파견 사원으로나마 처음으로 면접까지 가게 된 날, 후루쿠라는 자신이 오로지 편의점에서만 살아갈 수 있음을 깨닫는다.

『편의점 인간』은 연애와 결혼이라는 사회적인 '매뉴얼'을 따르지 않는 30대 여성이 사회에 어떻게 비치는지를 '이물질'이라는 말로 극단적으로 표현한 소설이다. 일단 후루쿠라가 어찌 되었든 '남자'를 자기 인생에 들이는 순간, 편의점 아르바이트만 계속해왔다는 것은 가족이나 주위 사람들에게 별문제조차 아니게 된다. 2015년 국세 조사에 따르면, 일본의 생애 미혼율은 남성이 23.37퍼센트, 여성이 14.06퍼센트로 과거 최고치를 기록했다. 이 같은 미혼율 증가의 원인으로는 비정규직 노동의 증가 등 고용의 불안정화나 가치관의 변화 등이 꼽히는데, 실제로 2015년 국립사회보장인구문제연구소의 조사에 따르면 18세에서 34세 사이의 미혼자 중 언젠가 결혼하고 싶다고 대답한 비율은 남성 85.7퍼센트, 여성 89.3퍼센트였다. 야마다 마사히로는 결혼하고 싶어도 결혼을 하지 '못'하는 것이 이 같은 미혼화의 이유라면서, 특히 미혼 여성 다수가 남성에게 경제력을 요구하는 반면, 저소득 남성 즉 돈을 못 버는 남성은 여성에게 매력적으로 비치지 않을 가능성이 크기 때문에 실제로 결혼에 이르기 위한 관계가 성립되기 어렵다는 사실을 지적한다.[5] 물론, 소설은 후루쿠라를 '비정상'적인 인물로 설정함으로써, 오히려 이 같은 경제적으로는 불안정한 상태 즉 편의점 아르바이트를 지속하기 위해 후루쿠라가 결혼을 선택하는 것으로 그린다. 하지만 현실이든 소설이든, 여성과 남성의 만남과 사랑, 결혼이 로맨틱하게 이어지는 회로는 더 이상 작동하지 않고 있음을 우리는 확인할 수 있다. 그리고 특히 여성의 경우, 연애와 결혼이 사회적인 정상성을 확보하는 것과 밀접한 관계가 있다는 것을 소설은 분명히 보여준다.

하지만 이 소설이 그리는 것은 단지 약간 뒤집어놓은 현실만이 아니다. 『편의점 인간』이 묘사하는 후루쿠라는 애초에

---

5. 야마다 마사히로, 『'혼활'의 사회학(「婚活」の社会学)』.

타인을 이해하거나 그에게 공감할 수 없는 인물이다. 이는 직업부터 외모, 인격에 이르기까지 모든 것이 부족하여 여성의 사랑을 받은 적이 한 번도 없고, 따라서 아무한테도 피해 준 적이 없는데 그냥 소수파라는 이유만으로 모든 사람들이 자신을 "간단히 강간"(105쪽)한다고 표현하는 시라하가 어떤 면에서는 꽤 뻔한 인셀 남성인 것과는 다르다. 그 자신이야말로 "성범죄자가 되기 직전의 인간"이면서 자신이 피해를 준 여성들에 대해서는 생각지도 않고 오히려 자신의 괴로움을 비유하기 위해 '강간'이라는 표현을 쓰는 시라하를 "피해자 의식은 강한데 자신이 가해자일지 모른다고는 생각지 않는 사고회로를 갖고 있구나"(106쪽)라고 판단하거나, 각자의 복잡한 삶을 가령 무성애자 같은 말로 단순화하는 세상 사람들을 의아해하는 후루쿠라는 사고 능력이 부족한 것도 아니다.

그럼에도 불구하고 후루쿠라가 누군가를 멈추거나 조용히 시키기 위해 폭력을 휘두르거나 옷을 벗기면 된다는 식으로 판단한다는 것은, 그가 단지 취직이나 결혼, 연애와 같은 세상의 '정상적인' 기준에서만 벗어나는 인물이 아님을 보여준다. 오히려 이 소설은 후루쿠라가 가지고 있는 이 같은 비인간성을 사회가 암암리에 강제하는 세속적인 기준에서 벗어나는 삶을 사는 것과 겹쳐놓으면서, 사랑을 할 줄 모르는 것을 좀 더 깊은 차원의 인간적 결핍인 것처럼 생각하게 만든다. 즉 시라하와 후루쿠라의 서로 다른 층위의 '다름'을 '이물질'이라는 말로 퉁치고 있는 셈이다. 50세 시점에서 한 번도 결혼하지 않은 여성이 전체의 14퍼센트, 줄어들고 있다고는 하나 소위 고령 프리터가 95만 명에 이르는 현재 일본에서[6] 단지 편의점 아르바이트를 계속하며 연애도 하지 않고 결혼도 하지 않는다는 이유만으로 '제거'되어야 할 '비정상'은 당연히 아닌 것이다.

그렇다면 이 소설이 보여주는 것은 오히려 이상적인 비정규직 노동자의 모습일지도 모른다. 후루쿠라는 자신이 세계의 톱니바퀴 중 하나라는 것을 정확히 인지하고 있으며, 바로 그렇게 세상의 부품이 됨으로써 자신이 살아 있다고 느낀다. 편의점 직원들이 자신의 연애에 관심을 기울이며 일을 소홀히 하는 것이 그에게는 기계의 소리에 섞인 '잡음'으로 느껴질 뿐이다. 그는 직원들의 이 같은 사적인 대화를 '불쾌한 불협화음'이라고 생각한다. 또한 후루쿠라는 편의점 직원으로서 제대로 노동하기 위해 늘 체력을 유지하고 적절한 양의 수면을

---

6. 「2018년은 95만 명…… 고령 프리터의 추이와 현재」, 2019년 3월 26일. https://news.yahoo.co.jp/byline/fuwaraizo/20190326-00119039/

취하고자 애쓰며, 근무 시간이 아닐 때에도 끊임없이 편의점에 대해 생각한다. 그는 편의점이 무엇을 원하는지, 고객 응대는 어떻게 해야 하고 점포는 어떻게 유지해야 하는지를 단번에 파악할 수 있다.

사랑을 비롯한 사적인 감정은 완전히 배제된, 오로지 자신이 부품으로서 일하는 직장에 삶의 모든 부분이 맞춰진 인간. 노동하는 것이 인간이기 때문에 생길 수 있는 감정을 불협화음으로 간주하고, 매뉴얼대로 완벽하게 돌아가는 환경 속에서 비로소 다시 태어나 오로지 그 같은 직장의 인간으로서만 살아가는 사람들. 이 세계에서는 연애나 결혼조차도 부품으로서 제대로 승인받기 위해 필요한 조건에 지나지 않는다. 그렇다면 『편의점 인간』은 로맨틱한 사랑과 결혼이 더 이상 작동하지 않는다면 인간은 그야말로 완벽한 부품일 뿐이라는 사실을 극단적으로 보여줌으로써 오히려 그 같은 이데올로기의 정상성을 의도치 않게 강화하고 있는 것 아닐까? 남성을 사랑하지 않거나 결혼에 관심이 없는 것은, 누군가의 입을 막기 위해 그를 삽으로 내리치는 것 같은 문제가 아닌데도 말이다.

『도망치는 건 부끄럽지만 도움이 된다』: 사랑과 노동이 양립하려면

한편, 『도망치는 건 부끄럽지만 도움이 된다』의 주인공 미쿠리는 대학원을 졸업한 고학력 여성이지만 취업을 못 하고 있다. 미쿠리는 "결혼이라는 이름의 영구 취직을 하면 이 막막한 취준생 신세에서 벗어날 수 있을까?"(1권 14쪽)라고 생각하며 갈등하는데, 이는 많은 여성들에게 결혼이 경제적인 안정을 얻기 위한 하나의 통로로서 기능하고 있다는 사회적 인식과도 통한다.[7] 작품에서도 활발하게 '혼활'을 하며 적절한 결혼 상대를 찾고 있는 한 여성이, 왜 그렇게 결혼하고 싶어 하느냐는 질문에 아이를 낳기 위한 '타임 리밋'과 장래에 대한 불안을 적시하며 아이를 벌써 낳았거나 낳지 않기로 결정하고 월급을 많이 주는 일을 하고 있으면 결혼할 이유는 없을 것이라고 대답하는 장면이 등장하기도 한다. 장기 불황과 함께 젊은 여

---

7. 오히토리사마(お一人様), 초식계 남성 같은 말을 유행시켰다는 마케팅 라이터 우시쿠보 메구미에 따르면, 불투명한 일본 사회에서 여성들은 블랙 기업 같은 어두운 현실에서 눈을 돌리고 우아하고 편안한 결혼 생활에 대한 꿈을 꾸는데, 이를 일각에서는 '로맨틱 매리지 이데올로기'라 칭하기도 한다. 그는 특히 1990년대 중반에서 2000년대 초반 사이 창간된 여성 잡지들이 "결혼한 뒤에도 남편과 사랑이 넘치는 부부 생활"을 하는 중산층 전업주부의 이미지를 만들어낸 것이 그러한 현상의 요인 중 하나라고 지적하였다. 우시쿠보 메구미, 『연애하지 않는 청년들(恋愛しない若者たち)』, 87쪽.

성들에게 '전업주부 2.0'이라는 선택지가 인기를 얻고 있다는 지적도 이미 오래전에 나온 지금, 이 만화는 결혼과 취업, 사랑과 노동이 단지 수사적인 표현으로서가 아니라 실제로 결합하는 부부의 형태를 상상하는 데서 시작한다. 즉, 앞에서 간략하게 살펴봤듯 부모님이 시골로 이사하게 된 것을 계기로 미쿠리는 자신이 가사 대행 서비스를 제공하던 히라마사와 "취직으로서 결혼"(1권 43쪽)하게 되는 것이다. 제대로 된 연애를 해본 적도 없고 어차피 가사 대행을 계속해서 고용해온 히라마사 입장에서도 이것은 별로 손해 볼 것이 없는 계약이다. 이렇게 해서 미쿠리는 자신의 표현대로 "'샐러리맨의 아내'로 정규 **채용**"(1권 50쪽, 강조는 필자)된다.

그런 미쿠리에게는 화장품 회사에서 관리직으로 일하고 있는 50대 독신 이모 유리가 있다. 젊었을 때는 남성들에게 인기가 있었음에도 쉬운 상대와 타협하지 않은 덕분에 결국 제대로 연애를 한 적도 없이 혼자 살아가는 유리는, 겉으로는 전문직 독신 여성의 삶을 구가하고 있지만 미쿠리가 보기에는 결혼을 단지 부정할 뿐만 아니라 그에 대해 동경하는 마음도 가지고 있는 복잡한 상태다. 결국 결혼을 하지 않았기/못 했기 때문에 주위에서 이런저런 말을 듣게 된다는 사실, 무엇보다 '누구에게도 한 번도 선택받지 못했다'는 것을 괴로워하는 유리의 모습은, 특히 전문직 여성이 노동과 사랑을 양립시키기는 어렵다는 사회적 통념을 그대로 보여준다. 미쿠리는 유리가 결혼하지 않은/못한 것과 자신이 취직하지 못한 것이 선택받지 못했다는 점에서 똑같다고 생각하는데, 여기서 취직과 연애 · 결혼은 사회의 승인을 얻는 중요한 계기로 자리매김되고 있음을 알 수 있다. 후루쿠라가 편의점 점원으로 일함으로써 사회의 '부품'으로 다시 태어날 수 있었듯 미쿠리는 취업과 함께 자신도 사회에 필요한 존재임을 승인받을 수 있고, 그것이 고령의 프리터이든 전문직이든 여성에게는 결혼할 남성의 사랑을 얻는(선택을 받는) 것이 자신의 직업 생활 그 자체를 사회적으로 승인받기 위한 중요한 조건이 되는 셈이다.

그렇다면 이 만화가 어떤 방향으로 전개될지는 얼추 짐작할 수 있을 것이다. 먼저 매력적인 독신 여성인 유리는 작품의 후반부에서 히라마사의 직장 동료였던 카자미의 사랑을 얻게 된다. 카자미는 잘생긴 얼굴로 어릴 때부터 늘 여성들에게 인기가 많았지만, 나이가 들어감에 따라 만나는 여성들이 결혼을 원하는 것이 부담스럽다. 그는 결혼 제도나 아내가 남성에게 요구하는 의무가 성가시며, 로맨틱한 사랑과 결혼에 대한 환상도 가지고 있지 않다. 미쿠리와 히라마사 부부를 통해 알게 된 카자미를 유리는 연하의 남성 친구를 대하는 기분으로

편하게 만나지만, 카자미는 점점 더 유리에게 여성으로서의 매력을 느끼기 시작한다. 그리고 어느 날 카자미는 자신의 마음을 전혀 눈치채지 못하는 유리에게 자신이 실은 그에게 욕정을 느끼고 있음을 갑자기 고백한다.

유리는 기쁜 한편 크게 동요하는데, 결국 열 몇 살이나 나이가 적은 남자와 연애할 수는 없다는 생각에 카자미의 사랑을 거절한다. 결국 유리가 그의 사랑을 받아들임으로써 둘은 연인 관계가 되지만, 여기서 카자미와 같은 젊은 남성에게 육체적인 욕망의 대상이 된다는 것이 유리와 같은 여성에게 매우 중요한 일로 그려지고 있음에 주목할 필요가 있다(실제로 처음에 유리는 이를 보석 같은 경험으로 간직하겠다고 카자미에게 이야기하기도 한다). 중요한 것은 그가 그 사랑을 받아들이든 그렇지 않든 유리는 겉보기와는 달리 사회적으로 완벽하게 승인되지 않은 존재라는 것, 그리고 그러한 결핍을 메워주는 것은 결국 남성의 로맨틱한 사랑이라는 점이다. 나이가 들어서도 여전히 미인이고, 아름다운 신체를 유지하고 있으며, 일도 사회생활도 완벽하게 수행하고 있다는 점에서 유리는 후루쿠라와는 정반대에 가까운 인물이지만, 그럼에도 불구하고 이들의 노동은 노동만으로는 사회적으로 불완전한 것이다.

재미있는 것은 유리가 카자미에게 처음 감정적 동요를 느끼기 시작하는 장면이다. 유리는 카자미에게 '사회의 관점'에 관한 이야기를 하며 이렇게 털어놓는다.

> 나이를 먹으면 인생이 승패가 아니라 맛보는 거란 걸 알게 돼요. (중략) 난 독신이고 자식도 없지만 즐겁게 살고 있으니까, 나를 보고 안심하는 사람도 있지 않을까 생각해요. 그렇다면 나이 먹고 혼자인 게 무서운 사람에게 그 사람이 있잖아, 하고 안심할 수 있는 존재가 되고 싶어요. 그런 사람도 사회에 필요하잖아요. 결혼을 안 하면, 혹은 애가 없으면 불행하다는 강박관념에서 젊은 여자들을 구해주고 싶다고 할까요. **(7권, 167-168쪽)**

유리는 카자미와 사귀기 시작한 뒤에도 그 관계가 언젠가는 끝날 것임을 '알고' 있고, 그렇게 된다면 그것을 받아들이고 앞으로 나아가겠다는 생각도 하고 있다. 그렇게 된다면 유리는 여전히 결혼하지 않은 여성으로서 즐겁게 지내는 모습을 보여줄 수 있겠지만, 문제는 카자미가 무척 슬픈 얼굴로 "그런 말 하지 마세요"라고 말하자 유리가 저도 모르게 눈물을 흘리는 장면이 이어진다는 점일 것이다. 물론 카자미가 말하듯 누군가의 모범이 되기 위해 살아갈 수는 없으리라. 하지만 사랑을 모르는 독신이 실제로 즐겁고, 그러한 존재로서 '결과적으로' 다른 누군가 역시 통념으로부터 자유롭게 해줄 수도 있다는 가능성은 여기서는 '서글픈 체념'으로 바꿔 읽히며 연하남과의 로맨틱한 사랑으로 흘러가고 만다.

미쿠리의 경우 상황은 조금 더 복잡하다. 계약 부부로서 함께 살게 된 그들이지만, 이야기가 진행됨에 따라 둘은 점점 서로를 의식하고 서로 끌리기 시작한다. 가사 대행 서비스를 할 당시부터 몸져누운 히라마사의 약해진 모습에 꽂히고, 그런 그를 꼼꼼하게 챙기면서 "엄마 같은 기분이랑 내가 없으면 안 되겠지 같은 정복감?"(1권 40쪽)을 느끼던 미쿠리가, 인간관계에 서툴고 특히 여성에게 소극적이며 걸핏하면 상처받지 않기 위해 자기 껍데기 속에 틀어박히는 히라마사에게 사랑을 느끼는 것은 어쩌면 당연한 수순이리라. 좀 더 사이좋은 부부 관계를 연출하기 위해 '계약 연인' 관계를 도입하고 허그나 머리 쓰다듬기 같은 스킨십을 갖자는 미쿠리의 제안에 히라마사가 동의하면서 이들은 서로를 단지 계약상의 고용주와 피고용인이라는 추상적인 관계가 아니라 체온과 부피, 촉감을 가진 여성과 남성으로서 인식하기 시작한다. 한편으로 이는 자존감이 낮아서 쉽게 도망치는 히라마사에게 타자의 승인, 격려, 공감 등을 제공하기 위한 미쿠리의 전략이기도 하다. 히라마사는 상처받는 것에 대한 두려움으로 자신을 승인해주는 타인과의 관계에서 도망치려고 하고, 따라서 미쿠리와의 거리도 좀처럼 좁아지지 않지만, 연인이라는 '역할'을 수행하게 함으로써 그의 자존감을 채워주겠다는 것이다. 이는 연애와 결혼, 사랑과 노동이 결합된 이상적인 결혼 관계를 만들기 위한 방법이기도 하다. 이렇게 해서 미쿠리는 스스로 생각하듯 직업과 좋아하는 사람 그리고 정기적인 스킨십이 있는 '이상적인 생활'(5권 38쪽)을 손에 넣는다.

하지만 단지 계약관계였던 결혼이 로맨틱 러브 이데올로기가 상정하는 사랑과 결혼, 성이 결합하는 형태가 되자마자 노동의 위치가 불안정해진다. 히라마사의 청혼을 받은 미쿠리는 자신이 지금까지 보수를 받고 하던 가사일이 사랑을 전제로 한 무상 노동이 될까 봐 걱정한다. 좋아하는 사람을 돌보는 게 보람 있지 않느냐고 하면서 보수를 주지 않는다는 건 결혼이 곧 취업이었던 미쿠리에게는 악덕 기업에서 일하는 것이나 다를 바 없고, 카자미가 표현하듯 그것은 보람의 착취다.[8] 미쿠리는 히라마사에게 지금까지 나름대로 완벽하게 계획해

8. 한편 드라마에서는 이를 미쿠리의 '사랑의 착취'라는 표현으로 바꿈으로써 큰 반향을 불러일으키기도 하였다.

서 확실히 수행하던 것과 같은 질의 가사 노동을 무상으로 제공하기는 어렵다고 털어놓는다. 한편으로는 히라마사가 프러포즈를 하며 반지를 선물하거나 식사를 대접하는 것이 기쁘기도 했던 미쿠리는, 자신이 히라마사에게 남성의 역할(이라고 간주되는 것)을 요구하고 있는 이상 자신 또한 여성의 역할(이라고 간주되는 것)을 수행할 수밖에 없지 않은가 하는 생각에 갈등하기도 한다.

그렇다면 미쿠리는 히라마사와 어떠한 관계를 만들 수 있을까? 결국 미쿠리가 유리의 집에 머물며 주말에만 만나는 식으로 두 사람은 약간의 거리를 두게 되고, 그동안 미쿠리 역시 자신이 할 수 있는 일을 발견하고 가사 노동이 아닌 직업을 찾음으로써 문제는 일단락된다. 처음에는 서로의 바쁜 생활 때문에 약간씩 어긋나던 두 사람이지만, 이제는 고용 관계가 아니라 '공동 최고 경영자'로서 회의를 열어 세부 사항을 조정하며 함께 갈등을 해결해나간다. 이제 두 사람에게 가사 노동은 분담을 통해 상대방에게 당연히 요구해야 하는 의무가 아니라, 사랑과 감사로써 서로 배려해나가는 과정이다. 가정 내에서 사랑과 노동의 완벽한 양립이 가능한가, 라는 질문에 대한 대답은, 부부의 출발점이었던 노동을 가정의 외부로 옮기고 그 자리에 두 사람의 로맨틱한 사랑을 두는 방식으로써 유예되는 셈이다.

사랑이 너희를 구원하리라

일본에서 만혼화와 저출생이 거론되기 시작한 지도 이미 많은 시간이 지났다. 그동안 미혼율은 꾸준히 증가했고, 한편으로는 연애에 대한 사람들이 관심이 점점 줄어드는 동시에 '오히토리사마'라는 삶의 방식이 주목받기도 하는 등, 사랑과 결혼은 더 이상 삶의 필수적인 부분이 아닌 것처럼 보인다. 다른 한편으로 장기 불황과 저성장 시대는 작은 공동체에서 승인 욕구를 만족시키며 '자신이 있을 곳(居場所)'을 찾고 소소한 소비를 통해 행복을 얻는 삶을 대안으로 찾고 있는 듯하다.[9] 물론 한국의 'n포 세대'처럼 빈곤과 불안정한 경제 상황 때문에 현실적으로 연애가 어려워지는 경우도 있을 테고, 무선 인터넷과 스마트폰의 보급으로 독점적인 연애가 아니더라도 승인을 얻을 수 있는 관계를 다방면으로 만들기 쉬워진 측면도 있으리라. 이 글에서는 바로 이 같은 배경에서 출발하여 비슷하

---

9. 후루이치 노리토시, 『절망의 나라의 행복한 젊은이들』, 이언숙 옮김, 민음사, 2014 등 참조.

지만 서로 다른 이야기를 하면서 큰 화제를 부른 두 작품을 읽어보았다.

로맨틱 코미디인 『도망치는 건 부끄럽지만 도움이 된다』는 모든 이야기를 결국 로맨틱한 사랑으로 회수할 수밖에 없는 장르적 한계를 가지고 있지만, 그 안에서 노동과 사랑의 양립 가능성에 대해 고찰하며 오늘날(에도 여전히) 여성의 앞에 놓인 취업과 결혼이라는 두 가지 선택지를 결합시킨 방식을 상상한다. 미인이고 능력이 있는 독신 여성 유리는 결국 젊은 남성과 사랑하게 되고, 결혼이라는 취업을 한 미쿠리는 사랑이 넘치는 부부 관계와 자아실현을 할 수 있는 일자리를 동시에 손에 넣는다. '결혼 활동'이라는 말 자체와 거기서 작동하는 갖가지 현실적인 논리들에도 불구하고, 결혼하기 적합한 사람을 정하기 위해 여러 사람을 만나보면서도 "결혼하고 싶으니까 사귀는 게 아니라 저는 좋아하는 사람과 결혼하고 싶을 뿐이에요!"라고 역설하는 한 여성 인물의 말처럼, 여전히 사랑은 중요하다는 것을 이 작품은 그야말로 로맨틱하게 보여준다.

반면 『편의점 인간』은 사랑이 완전히 결여된, 노동하는 인간을 그린다. 후루쿠라에게는 로맨틱한 사랑뿐 아니라 세상의 온갖 것들에 대한 사랑의 감정이 애초에 존재하지 않는데, 그것은 로맨틱한 사랑이 인류애의 출발점에 놓일 수 있다는 전통적인 관점의 연장선상에 있는 것처럼 보이기도 한다. 사랑이 없는 존재에게는 인간적인 감정 자체가 존재하지 않고, 세계의 부품으로 태어나서 살아가는 것과 사랑이 없는 삶은 '이물질'이라는 표현으로 등치된다. 동조 압력이 강한 일본 사회에서 살아가는 많은 일본의 독자들이 후루쿠라가 일상적으로 느끼는 압박에 대해 "이게 나다"라는 공감을 느꼈듯[10] 이미 사람들은 사랑하지 않고도 얼마든지 살아갈 수 있는 세상을 살고 있지만, 이 소설은 사람에게서 갖가지 사랑의 감정을 빼버렸을 때 남는 것이 얼마나 앙상한 존재인지를 역설적으로 보여준다.

그렇다면, 비슷한 현실에서 출발해 서로 다른 이야기를 하는 것처럼 보이던 두 작품은 어쩌면 한 바퀴 돌아서 결국 다시 비슷한 이야기를 하고 있는 것은 아닐까? 물론 『편의점 인간』은 '이물질'을 제거하지 않고 서로 다른 사람들이 공존할 수 있는 세계에 대한 희망을 담고 있을지도 모르지만, 거기서 사랑 없는 인간은 한편으로는 세계가 원만히 돌아가게 만드는 부품에 지나지 않는다. 그리고 우리가 아무리 더 이상 적극적

---

10. 「영어권에서는 이해하기 힘든 『편의점 인간』의 일본적 배경」, 《뉴스위크》, 2018년 7월 19일.

으로 사랑하지 않는 세계에 살지라도, 모든 이야기들이 결국 사랑으로 회수되는 로맨틱 코미디는 여전히 인기가 있다. 그것이 가사 노동의 경제적 가치라는 복잡한 문제를 이야기하고 있을 때조차 로맨틱함은 남는 것이다.